GOLDMANN

Buch:

Zwei brutale Feuermorde schrecken die Einwohner von Laguna Beach, einer kleinen Stadt in Kalifornien, aus ihren idyllischen Träumen auf und versetzen sie in Angst und Panik; denn sie scheinen nur der Anfang einer unheimlichen Mordserie zu sein.
Tom Shephard, Detective der Mordkommission von Laguna Beach, hat das Gefühl, daß er sich, je mehr Indizien er zusammenträgt, immer weiter von dem Täter entfernt. Bis er erkennt, daß er das Tatmotiv nicht in der Gegenwart, sondern in der Vergangenheit suchen muß. Das stürzt ihn in einen schweren Gewissenskonflikt, denn auch sein Vater, jetzt Reverend, aber früher selbst Polizist, ist in die unseligen Ereignisse der Vergangenheit verstrickt.

Autor:

T. Jefferson Parker lebt als Journalist und Schriftsteller in Laguna Beach, Kalifornien.

T. JEFFERSON PARKER

FEUER KILLER

ROMAN

Aus dem Amerikanischen
von W. M. Riegel

GOLDMANN VERLAG

Titel der Originalausgabe: Laguna Heat
Originalverlag: St. Martin's Press, New York

Die Handlung des Buches und ihre Personen sind frei erfunden. Jede Ähnlichkeit der handelnden Personen mit wirklichen Leuten, die in der schönen Stadt Laguna Beach leben oder gelebt haben, wäre rein zufällig.

Der Goldmann Verlag
ist ein Unternehmen der Verlagsgruppe Bertelsmann

Made in Germany · 3/89 · Sonderausgabe

Umschlaggestaltung: Design Team München
Umschlagillustration: M. Paul, New York
Satz: IBV Satz- und Datentechnik GmbH, Berlin
Druck: Elsnerdruck, Berlin
Verlagsnummer: 68791
Lektorat: Werner Morawetz · Au
Herstellung: Gisela Ernst/AS
ISBN 3-442-08791-0

Für Robert und Caroline, für ihr Vertrauen,
und für Lori, für ihre Geduld

Erster Teil

1

Es war ein vollkommener Morgen in einer Stadt, in der jeder Morgen vollkommen ist. Ein Künstler hätte ihn als Sujet verwenden, ein Gott hätte von ihm zum Bleiben verleitet werden können.

Das Kabriolett fuhr langsamer, als es sich den Ställen näherte, und holperte dann von der Straße auf den Schotterweg. Die Scheinwerferlichter tanzten hin und her. In ihrem Lichtstrahl wirbelte der Staub auf. Schottersteine ploppten unter den Reifen wie brutzelndes Fett in der Pfanne.

Der Fahrer, obwohl üblicherweise ein Frühaufsteher, war bis vor einigen Augenblicken noch nicht recht wach gewesen – bis zu dem Moment, als ihm ein Rehkitz über den Weg gelaufen war. Er hatte das Steuerrad herumgerissen und in erstarrter Panik zugesehen, wie das Tier wie gelähmt auf seinen dürren Beinen stehen blieb und vom Scheinwerferlicht gebannt war. Aber das Geräusch eines Zusammenstoßes blieb aus. Im Rückspiegel sah der Fahrer, wie etwas schemenhaft unter einer Krüppel-Eiche neben der Straße verschwand. Sein Name war Tom Shephard, er war Kriminalbeamter und das neue und einzige Mitglied der Mordkommission von Laguna Beach. Shephard folgte dem breiten Schotterweg an einer Koppel vorbei. Er schaltete die Scheinwerfer aus und stellte den Motor ab, als drei Gestalten schemenhaft in dem Dämmerlicht des frühen Morgens vor ihm auftauchten. Im Osten kündigte ein orangener Lichtschein die Sonne an, im

Westen begann der schwarze Himmel ins Graue aufzuweichen. Nur noch kurze Zeit, und die Sonne würde hinter dem höchsten Hügel hervorkommen und sich dann der Stadt ankündigen, die sich an die Pazifikküste schmiegte, jetzt aber noch schlief.

Er fuhr den Mustang unter einige Eukalyptusbäume. Das wilde, scharfe Aroma der Bäume umfing ihn, als er ausstieg und die Tür zuschlug. Ein Baumblatt, das wie ein Komet aussah, trudelte in den Kofferraum, während er dort seine Taschenlampe suchte. Er fand sie in einer Box mit Lappen und Wagenpolitur. Als er den Kofferraumdeckel schloß, begann eine Spottdrossel ihren Morgengesang. Dieser begleitete ihn den ganzen Weg bis zu den drei Gestalten, die dort noch immer mit gesenkten Köpfen standen, aber die Kegel ihrer Taschenlampen nach vorne gerichtet hielten.

Am Boden lag über einer kleinen Erhebung eine Decke. Shephard erkannte seine Polizeikollegen an ihrer Erscheinung. Rechts, das war unübersehbar der sagenhafte Umfang von Sergeant Grimes. Links, das war das fast schulterlose schlottrige Gestell von Carl Pavlik, des Polizeispurensicherers. Zwischen ihnen stand Lydia Worth mit ihren beachtlichen Kurven, welche auch die Dienstuniform nicht verbarg. Sie stand am weitesten abseits von der Decke und ergriff als erste das Wort.

»Ich fand ihn hier auf dem Weg, als ich wenden wollte, um zur Stadt zurückzufahren«, berichtete sie. »Die Tür des Hauses stand offen.« Sie hob ihre Taschenlampe und wanderte mit deren schwachem Lichtstrahl über das Haus und dann zur offenen Tür. »Ich weiß nicht, ob es Tim ist. Aber das Haus und der Stall gehören ihm.«

Shephard kniete nieder und zog die Decke etwas zur Seite. Er hatte die Maske des Todes in vielerlei Form und Ausdruck gesehen. Hundert Gesichter, hundert Tode; hundert Gelegenheiten, sich innerlich auf den nächsten einzustellen. Aber auch Tausende hätten ihn nicht auf diesen hier vorbereiten können. Seine Knie wurden weich, er ließ die Decke wieder fallen und stand auf.

»Na, was halten Sie davon?« fragte Grimes und leuchtete hart und grob in Shephards Gesicht. »Das ist ja wohl Ihr erster Mord in Laguna? Wir wollten Sie eben nicht eigens aus Los Angeles hierherkommen und in dem Glauben lassen, dies hier sei einfach so ein ruhiges kleines Städtchen.«

Shephard nahm ihm die Taschenlampe aus der Hand, schaltete sie aus und gab sie Grimes zurück. Er fragte Lydia mit einer Stimme, die ihm selbst fremd und anonym vorkam: »Kehren Sie hier üblicherweise immer um?«

»Erst seit letzter Woche. Ich traf Tim in der Stadt, und er bat mich, einmal die Woche nachts bei ihm vorbeizuschauen. Bis dahin fuhr ich immer eine halbe Meile von hier auf der Straße.« Selbst in dem rötlichen Widerschein der aufgehenden Sonne auf der einen Seite ihres Gesichts konnte Shephard erkennen, daß Lydia Worth bleich und erschüttert aussah.

»Und warum wollte Tim das?« fragte er. Das Licht der Scheinwerfer weckte doch das Haus auf, und das Autogeräusch mußte die Pferde erschrecken. Pferde? dachte er. Er hatte nicht eines gesehen. Er warf einen kurzen Blick über die Pfähle der leeren Koppel.

»Er fürchtete Landstreicher.«

»Sperren Sie doch bitte oben an der Straße die Zufahrt. Und zwar beide Richtungen. Grimes, helfen Sie ihr.« Shephard fand Gefallen daran, Grimes Befehle zu erteilen. Der rührte sich aber nicht.

»Meinen Sie, Shephard, daß Sie den Fall mit Ihrer tollen Großstadtroutine lösen?«

»Wenn einem Könner wie Sie assistieren, Jerry, kann nichts schiefgehen.«

Grimes unterdrückte einen Grunzer, der alsbald in einem phlegmatischen Raucherhusten unterging. Shephard bot ihm eine Zigarette an, aber Grimes setzte seinen Wanst in Richtung Straße in Bewegung und spuckte aus. »Leute wie ich schießen jedenfalls keine Kinder nieder«, brummte er.

Shephard schluckte die Beleidigung ohne Kommentar. Er blickte wieder auf die Decke hinunter und steckte sich die Zigarette selbst an, irgendwie in dem Glauben, der Rauch halte die Todeskeime der Leiche von ihm ab, so wie er die Pest oder Mükken fernhält. Auf jeden Fall beruhigte das sein Gewissen, und außerdem war Rauchen besser als gar kein Frühstück. Der Rauch wehte über seinen Kopf und vermischte sich mit dem Eukalyptusgeruch, der dadurch fast angenehm wurde. Neben ihm wickelte Pavlik einen aromatisch riechenden Kaugummi aus dem Silberpapier und schob ihn sich in den Mund. Weintraubengeschmack, fast eine Pavlik-Erkennungsmarke. Er faltete das Papier ordentlich wieder zusammen und steckte es in die Tasche. »Lieber Carl«, sagte Shephard, »herzlichen Glückwunsch zum 25. August.«

»Morgen, Tom. Gestern sagte mein Horoskop, daß Fragezeichen am Horizont stehen. Da hast du sie, alle zusammen!« Pavlik schob sich mit seinem dünnen Zeigefinger die Brille nach oben. Er war ein schmächtiger Mann mit glattem schwarzem Haar. Sein Blick war immer so, als sei er gerade eben aufgestanden. Allein seine Augen paßten nicht zu seiner allgemeinen Erscheinung von Hinfälligkeit. Wach und lebendig wanderte ihr Blick über Shephards Gesicht und wandte sich wieder dem Boden vor ihnen zu.

»Na, dann wollen wir doch mal sehen, was wir ihnen antworten können, deinen Fragezeichen«, antwortete Shephard. Er hob die Decke wieder und sah noch einmal in das schwarze und zerschundene Gesicht. Es war versengt und deshalb völlig haarlos. Die Wangen und die Kehle waren aufgebläht wie die eines Ochsenfrosches mitten im Quaken. Aus der Stirn ragte ein geschwärzter Steinbrocken. Dann bemerkte er den scharf abgegrenzten, aber deutlichen Geruch. Verbranntes Fleisch, dachte er. Süßlich und ekelerregend. Er zog die Decke ganz beiseite. Der Körper war auf obszöne Art ebenso zugerichtet wie das Gesicht: die Brust eine aufgedunsene Ansammlung von Wunden, Leib und Genitalien mit Blasen übersät, Beine und Arme voller Brandgeschwüre. Alles, was auf Kleidungsstücke hindeutete, waren die Brandreste rund um die Leiche und der festgezurrte Ledergürtel, der noch immer stramm um seine Hüfte lag. Die große ovale Gürtelschnalle hatte sich in das Fleisch eingeschmolzen. Allein die bloßen Fußsohlen waren unversehrt.

Shephard bemerkte, daß er kaum atmete. Er erhob sich, stieß die Luft aus und nahm einen tiefen Zug aus seiner Zigarette. Gefühl von Schwummrigkeit, Kloß von Übelkeit im Magen. Er sah, wie Lydia Worth ein Sperrschild aus dem Kofferraum des Streifenwagens holte. Grimes stand daneben und sah zu.

»Fotografier's, Carlos«, sagte er. Pavlik hielt aber die Kamera ohnehin schon in der Hand. Er setzte das Blitzgerät auf, stellte die Kamera ein und begann. Zwischen jeder Aufnahme schien die Leiche ihre Lage zu verändern. Shephard mochte nicht mehr zusehen, er drehte sich um und beobachtete die aufsteigende Sonne, die eben von dem Hügel in zwei Teile gespalten wurde. Er bemerkte, daß die Drossel noch immer fröhlich sang, unbeeindruckt von dem, was unter ihr zu sehen war. Pavlik fotografierte die 36 Bilder seines Films fast in einem Zug herunter. Shephard winkte ihn mit seiner Kamera weg und beugte sich wieder nach unten.

Er arbeitete sorgfältig, aber rasch, bog den Kopf der Leiche zurück, drückte den Mund auf und steckte zwei Finger hinein. Er zog ein grünweißes Papierknäuel heraus. Dann noch eines, und noch eines. Am Schluß waren es sechs, und noch immer steckten weitere unerreichbar tief im Schlund. Pavlik hielt schon eine Plastiktüte bereit. In diese legte Shephard die Knäuel. Den letzten behielt er. Er war so groß wie ein Golfball, aber viel leichter. Shephard stand auf und dröselte ihn auseinander. Pavlik sah neugierig hinter seiner Brille zu.

Geldscheine. Zwei Hunderter, zwei Fünfziger, zwei Zwanziger.

»340 Dollar«, sagte Pavlik, der Genauigkeitsfanatiker. Shephard wanderte mit dem Finger über die Banknote und deutete im Schein seiner Lampe auf die roten und blauen Haare. Dann schob er sie ebenfalls in die Tüte. Der Spurensicherer klatschte sie so hastig zu, als könnte das Geld einen Fluchtversuch unternehmen. Shephard sah wieder nach unten.

Offenstehender Mund. Aus der Stirn ragt wie ein Tumor ein Steinbrocken heraus. Dieses Gesicht lange zu betrachten, war unmöglich. Shephard warf statt dessen einen Blick auf seine Uhr.

Eine Meile im Westen hörte er die Brandungswellen am Badestrand, oder vielleicht waren es auch die vorbeibrausenden Autos auf der Küstenautobahn. Die frühe Morgenluft schmeckte frisch. Der Mann lag hingestreckt da, Arme und Beine standen ab, als hätte man ihn von oben heruntergeworfen. Shephard folgte dieser imaginären Fall-Linie vom Himmel zur Leiche am Boden. Die linke Hand lag offen und entspannt da, die rechte aber war sogar noch im Tod fest zur Faust zusammengepreßt. Shephard drückte sie auf, während Pavlik ein Stück weißes Papier darunterschob. Aus der weiß und unversengt gebliebenen Handfläche fiel eine kleine Handvoll Haare zu Boden. Pavlik sammelte sie sofort ein. »Hübsch«, sagte er.

»Erstaunlich«, bestätigte Shephard und faltete die Decke auseinander, um die Leiche zu bedecken. Pavlik streckte noch einmal die Hand aus und hob ein abgebranntes Streichholz vom Boden neben dem Kopf der Leiche auf.

Einige Augenblicke vertieften sich beide Männer in die Suche nach eventuellen weiteren Streichhölzern. Es war ihnen wie eine willkommene Ablenkung von dem direkten Anblick der gräßlich verstümmelten Leiche. Als sie nichts weiter fanden, erhoben sie sich schweigend und folgten den Fußspuren zum Haus. Im weichen Lehm vor der Veranda wurden diese deutlicher und tiefer. Als sich Shephard mit der Taschenlampe zu ihnen hinunterbeugte, sah er, daß eine der Spuren von einem Barfüßigen stammte. Sie begann kurz vor den Verandastufen – in der Entfernung eines kurzen Sprungs, schätzte er –, setzte sich auf strauchelnde, ungeordnete Weise fort und endete an der Leiche. Eine andere Spur zeigte die Merkmale von Cowboystiefeln: tiefer Absatzeindruck, breite Ballen, schmale Zehen. Der rechte Absatz zeigte einen fast V-förmigen Knick. Diese Spur folgte der barfüßigen bis zum halben Weg zur Leiche, scherte dann in den Kies aus und kehrte auf dem normalen Boden wieder, aber nicht hinter, sondern vor der Leiche. Shephard bemerkte auch noch andere Spuren. Sie waren älter und von diesen hier übertreten.

»Mach mir von den neuen Spuren Fotos, Carl. Und nimm sie dann ab. Sieh zu, daß du eine gute Großaufnahme von dem rechten Stiefel bekommst.«

»Warum rannte er um ihn herum; um Tim von vorne zu kriegen?« fragte Pavlik nachdenklich.

Richtige Überlegung, dachte Shephard. Tim – wenn es denn Tim war – war offenbar nicht von seinem Mörder weg –, sondern in ihn hineingerannt. Sofern der arme Teufel nicht schon mit von dem Steinbrocken gespaltenem Schädel den ganzen Weg von der Veranda dorthin gerannt war.

Shephard ging durch die offene Haustür und kam in ein ordentlich aufgeräumtes, im Cowboystil ausgestattetes Wohnzimmer. Das Licht brannte. Zwei Winchesterbüchsen hingen gekreuzt über dem Kamin, in der Mitte des Holzbodens lag ein Navajo-Teppich, die Fenstervorhänge waren aus Plaid, der Kaffeetisch aus solider Eiche. Eine Wand war getäfelt und über und über mit Fotos und Pferdegemälden bedeckt. An der gegenüberliegenden standen Bücherregale, Pflanzen und ein kleiner Fernseher. Gleich neben dem Kamin lag ein hoher, aber sauber geordneter Stapel der *Rennzeitung.* Ein paar weitere Exemplare davon lagen auf dem Kaffeetisch vor der ledernen Couch. Shephard sah sich die Daten an: 21. und 28. Juli, 4. und 11. August. Pferdenarr. Pferdewettennarr, dachte er. Warum aber war die Koppel draußen leer?

Auf dem Tisch standen auch noch zwei Whiskygläser und eine halbvolle Flasche *Jack Daniels.* Er schnupperte daran. Schmeckten beide nach Alkohol. Licht an, Drinks eingeschenkt: ein früher Morgentrunk mit einem Freund?

Aufgeschlagen, Seiten nach unten, lag auf dem Boden neben dem Tisch auch eine Bibel. Shephard hob sie mit spitzen Fingern auf und legte sie auf die Couch. Sie war abgegriffen, aber immer noch lesbar. Das Gold der Lettern *Heilige Schrift* war aus der Ledereinprägung längst verschwunden, der Einband schon recht locker, aber alle Seiten noch vorhanden. Die erste Seite zierte ein phantasievoll verschnörkelter Rahmen, in dem die Worte standen: »Geschenk für«, gefolgt von drei Linien, auf die aber nichts geschrieben war. Von einem verwischten Stempel war nur noch zu lesen:

DIES BIB EIG DE
FO TAT I N

Die folgende Titelseite war mit einer Farbtafel illustriert, unter der »Jesus und die Kinder« stand. In hellroter Schrift stand unter dem Titel *Heilige Schrift* ein eng und sauber geschriebener Spruch:

Lügner brennen, und
Kleine Lügner brennen zuerst

Shephard spürte eine ferne Welle quer durch seine Brust laufen, als er das noch einmal las. Dann wurde es dunkler im Raum. Pavlik stand in der Tür, und das Sonnenlicht zeichnete die Silhouette seiner schlottrigen Figur scharf nach. An seiner Hand baumelte seine ständige Begleiterin: seine Instrumententasche. Er stellte sie heftig auf dem Holzboden ab. »Riegles Leute werden in zwanzig Minuten da sein und die Leiche abholen. Willst du mir beim Einstauben helfen?«

»Jeder soll das tun, was er am besten kann, Carl. Ich sehe mich mal im Haus um. Staube das Buch auf der Couch als erstes ein. Wenn du keine Fingerabdrücke entdeckst, nehme ich es mit.«

»Grimes hat dich wohl auf die Palme gebracht? Er haßt Neue. Auch ein Weg, aufzufallen.«

»Genau, lieber Carl. Eine auffällige Erscheinung.«

»Das gibt sich. Er hat keine blasse Ahnung, wie das Polizistenleben in Los Angeles ist. Ich kenne es, und ich habe keinerlei Sehnsucht dorthin zurück.«

Ich auch nicht, dachte Shephard auf dem Weg durch den kurzen Korridor. Dort hing ein mannshoher Spiegel. Er blieb stehen und betrachtete sich darin – eine Gewohnheit, die weniger Eitelkeit war als Neugier: Wer bin ich? Aus jedem Spiegel schien eine andere Geschichte zu sehen. Nur die Einzelheiten waren die gleichen: hochgewachsener, hagerer Körper, gerade Schultern, braunes Haar, ein Gesicht mit harten Falten, nur gemildert von dem schlaffen Schnurrbart, der so perfekt zu seinem Gesicht paßte, als sei dieses schon mit ihm auf die Welt gekommen.

Der erste Raum hinter dem Flur war eine Schlafkammer. Sie ließ eine Leidenschaft für Symmetrie erkennen: Das Bett in der Mitte, flankiert von zwei gleichen Nachttischen mit zwei gleichen Lampen, ein eingerahmtes Poster eines galoppierenden Pferdes auf der Mitte der Wand, kleinere Bilder genau einander gegenüber vor und hinter dem Bett, gleiches Pferd, gleiches Bild. Nichts in dem Zimmer, bemerkte er, wies darauf hin, daß es hier eine Frau gegeben hätte. Es war geradezu fanatisch sauber. Und ebenso fanatisch unbewohnt. Shephard konstatierte das Bedürfnis dieses Junggesellen nach Ordnung.

Das große Schlafzimmer am Ende des Hauptraumes war von ähnlicher Art. Auf dem Nachttisch zwei Bilder, eines zeigte einen Mann und eine Frau, das andere denselben Mann und dieselbe Frau, aber mit einem kleinen Mädchen zwischen sich. Ein ausgesprochen kaltes Zimmer. Das Bett war gemacht. Wegen des frühen Morgentrunks mit einem Freund, den er erwartet hatte? Oder war er einfach daran gewöhnt, schon vor Sonnenaufgang aufzustehen und sein Bett zu machen?

Im Wohnzimmer krabbelte Pavlik auf Händen und Knien herum und drückte fast seine Nase an ein Whiskyglas. Mit der einen Hand strich er es mit einem Pinsel vorsichtig mit weißem Pulver ein, immer mit konzentrischen Bewegungen nach außen. Mit der anderen hielt er ein Blatt schwarzes Bauzeichnungspapier hinter das Glas. Er trug dünne weiße Gummihandschuhe, und sein Gesicht, registrierte Shephard, hatte kaum mehr Farbe. Er richtete sich auf, holte tief Luft. »Nichts Besonderes«, sagte er. »Auf dem Buch ist nichts. Das Leder ist zu alt und porös. Die kleine Notiz auf der Titelseite ist allerdings interessant.«

Shephard steckte das Buch in seine Manteltasche und ging hinaus. Die Morgenluft wurde schon warm, und der Berufsverkehr auf der Laguna Canyon-Straße nach Norden hatte sich merklich verdichtet. Er sah, wie der Wagen des Leichenbeschauers langsam auf Lydia Worths Streifenwagen zurollte und dort anhielt. Grimes lehnte an diesem und paffte eine Zigarre. Als er Shephard auf sich zukommen sah, nebelte er sich in eine blaue Rauchwolke ein. Noch bevor diese sich ganz verzogen hatte, waren zwei weitere Streifenwagen aufgetaucht. Und ihnen folgte der weiße Chevy-Viertürer des Pressesprechers der Polizei. Der Chevy fuhr geräuschlos heran, und Pinkus von der Public Relations Abteilung stieg aus. Daß er ziemlich spät dran war, machte er durch amtliches Gehabe wett. Shephard baute sich vor Grimes und dessen aufgeblasenem Bulldoggengesicht auf. »Grimes, Sie nehmen die Häuser westlich. Lydia, Sie nehmen die Häuser in Richtung Osten. Wecken Sie die Leute auf und fragen Sie sie, ob sie irgend etwas gesehen oder gehört haben.«

Grimes brummte wieder etwas und stemmte sich vom Streifenwagen ab. Lydia nahm die Zigarette, die ihr Shephard anbot, und zündete sie mit noch immer zitternder Hand an. »Ich bin so etwas nicht gewöhnt, wissen Sie«, sagte sie und lächelte matt. »Vor fünf Tagen habe ich noch mit Tim Algernon gesprochen. Und jetzt könnte ich nicht einmal sicher sagen, daß er das ist, so wie er zugerichtet ist. Der Tim Algernon aber, den ich kenne, lebte allein und hat eine Tochter in der Stadt. Jane heißt sie. Diesen Reitstall hier besitzt er schon ziemlich lange. Er vermietete Pferde für Ausflüge in die Berge. Letzte Woche erzählte er mir, daß er sich jetzt endlich zur Ruhe gesetzt und alle Pferde bis auf eines verkauft habe. Seine Lieblingsstute.«

Droben am anderen Ende des Schotterweges, wo die Ein- und Ausfahrt für die Pferdetransportautos war, sah sich Shephard nach frischen Reifenspuren um. Aber der Kies war ziemlich glatt, und die wenigen schwachen Fahrspuren konnten auch schon eine Woche alt sein – oder nur eine Stunde.

Vor der Scheune entdeckte er wieder diese Stiefelspur. Die Fußspur führte in die offene Scheunentür hinein und auch wieder heraus. Shephard betrat die Scheune. Eine helle Birne brannte oben unter dem Dach, etwa in der Mitte des Ganges mit den Stallboxen zu beiden Seiten. Es roch nach Heu und Pferdedung. Dieser Geruch, dachte er, hatte sich längst in die Balken eingefressen und würde nie mehr weichen. Die Stille hier wurde nur gestört von den vorbeizischenden Autos drüben auf der Autostraße von Laguna Canyon. Er bemerkte, daß die Namensschilder der einzelnen Boxen erst vor kurzem entfernt worden waren. An diesen Stellen war die Farbe noch frischer, und auch die Schraubenlöcher bewiesen es. Er hat seine sentimentalen Erinnerungen abgenommen, dachte Shephard. Genau wie ich selbst, als ich nach der Scheidung Louises Fotos von der Wand nahm. Nur das Namensschild an der ersten Box war noch vorhanden: BECKY. Die Lieblingsstute, kein Zweifel.

Shephard bemerkte, daß auch die Zaumzeugwand leer war. Kompletter Ausverkauf, dachte er. Aber er müßte doch zumindest einen Sattel, ein Zaumzeug, ein Geschirr für Becky behalten haben? Aber er fand in der Scheune nicht die Spur von einem Sattelzeug.

Wieder draußen, blendete ihn die leuchtende Morgensonne. Er ging den Stiefelabdrücken weiter nach. Sie führten hinauf zur Koppel. Dort hielt er an einer Mulde weichen Lehms unter einem Pfefferbaum an und fand, was er suchte. Der rechte Fußabdruck zeigte wieder den geknickten Absatz.

Er kehrte zur Leiche zurück und starrte auf sie hinunter. Er spürte fast körperlich diese Grenze zwischen den Lebendigen und den Toten. Er fühlte sich unbehaglich und fehl am Platze, wie ein Tourist in einem Land, dessen Sprache und Gebräuche ihm fremd sind.

Von seinem Standort aus sah er den Weg der Fußspur von der Scheune zur Koppel. Sie endete an dem jetzt offenstehenden Tor, wo sie von den tieferen Spuren der Hufe zertreten war. Becky, dachte er, die Altersversorgung eines Cowboys im Ruhestand. Das Tier hatte einen großen Bogen um den toten Mann herum gemacht, vermutlich verschreckt von den Flammen, und war dann auf eine Böschung hinter dem Haus galoppiert. Die Hufe hatten dort tiefe Eindrücke hinterlassen. Von dort war es hinunter zu einem Bachbett gelaufen, das der heiße Sommer zu lediglich noch feuchtem Schlick ausgetrocknet hatte. Während die Sonne immer heißer in seinen Nacken brannte und die Mücken ihm in den Ohren sirrten, folgte er dieser Spur bis hinauf auf das gegenüberliegende Ufer. Dort verschwand sie unter einem Eichenstand. Und da stand, keine zwanzig Meter entfernt, tatsächlich das gesattelte Pferd. Es sah dem Mann ruhig entgegen.

2

Die Büros des Leichenbeschauers von Orange County befinden sich in einem schäbigen Haus in Santa Ana. Der Stellvertreter des ärztlichen Leichenbeschauers stellte sich als Glen Yee vor. Er führte Shephard den langen, nach Klinik aussehenden und riechenden Flur hinunter bis zu einem Eingang mit Doppeltüren. »Shephard aus Los Angeles?« fragte er nebenbei. Er war klein, pingelig gekleidet und sah leicht orientalisch aus.

»Richtig«, entgegnete Shephard kurz und zwang sich zu dem erwarteten verbindlichen Ton.

»War ziemlich unfair, wie die Presse Sie bei Ihrer Arbeit behandelt hat. Aber willkommen in Orange County. Ich bin hier aufgewachsen, nicht weit von Disneyland. Als ich zehn war, war dies hier noch eine ruhige Gegend, in der es nur Orangenbäume und politisch Konservative gab. Aber das hat sich geändert. Ich finde es beispielsweise bemerkenswert, daß nicht weniger als sechs von den zehn Hingerichteten seit der Wiedereinführung der Todesstrafe hier in Orange County aufgewachsen sind. Das heißt, wir sind eine toll moderne Gegend mit toll modernen Problemen.« Er warf Shephard einen besorgten Blick zu. »Aber jetzt haben wir die modernen gerichtsmedizinischen Einrichtungen, um sie zu lösen.« Shephard entging ein gewisser Stolz in dieser Bemerkung nicht. »Wir haben das hier erst vor einem Jahr gebaut. Früher haben wir unsere Leichen an verschiedene Ortsfriedhöfe ›verkauft‹, sozusagen. Unsere Leichenbeschauer mußten dafür quasi Klinken putzen. Für hundert Dollar pro Stück, das läpperte sich ganz schön zusammen.«

»Wieviel hat das hier denn gekostet?«

»Um die zwölf Millionen. Aber auf lange Sicht zahlt es sich aus. Offen gesagt, der ›Quincy‹-Erfolg hat uns da zum Durchbruch verholfen. Das hier, zum Beispiel, ist eine tolle Sache.« Yee hielt etwa zwei Meter vor der Doppeltür an und tippte mit der Fußspitze auf eine schmale schwarze Linie. Sofort öffnete sich die Tür und blieb offen. »Das elektrische Auge befindet sich exakt in der Entfernung eines Leichentragekastens. Die einzige Tür in der ganzen Gegend, die darauf eingerichtet ist, sich durch Tote öffnen zu lassen.« Er lächelte. Shephard zündete sich kommentarlos eine Zigarette an und ging hinein.

Weiße Fliesen, Formaldehydgeruch, gefaltete Leintücher, graue Füße. Die Leichen lagen ordentlich an einer Wand entlang aufgereiht. An der anderen Wand gegenüber arbeiteten Assistenten eifrig auf einer Art langer Theke. Vier grelle Lampen hingen in Abständen von der Decke über den vier Tischen, auf denen seziert wurde. Yee führte Shephard an den ersten drei vorbei. Die Körper waren von der Blutleere bereits zu blassem Grau entstellt. Die Brustkörbe waren geöffnet. Hier wurde mit fabrikmäßiger Routine gearbeitet. Die Leichen machten so auf Shephard eher den Eindruck von Puppen als von Menschen. Yee blieb am letzten Tisch stehen, der noch bedeckt war, und nahm das dort liegende Brett mit dem Personalbogen zur Hand.

»Tim Algernon, Alter 64, männlich, kaukasisch. Die Verifizierung durch das Gebiß war einfach, weil der Name bekannt war und es nicht viele Zahnärzte hier in Laguna Beach gibt. Er war bis vor fünf Stunden völlig gesund. Etwa gegen sechs Uhr morgens trat der Tod ein infolge einer massiven Gehirnblutung, verursacht durch das Eindringen eines Fremdkörpers durch die vordere Schädeldecke. Der Fremdkörper wurde identifiziert als ein Gesteinsbrocken aus einer Basaltformation. Aber darüber kann Ihnen Robbins genauere Auskunft geben. Nach meiner Ansicht kann ein Sturz, nicht einmal einer infolge Bewußtlosigkeit, nicht die Ursache für das Eindringen in der vorliegenden Weise sein. Ich glaube nicht einmal, daß es bei einem Steinbrocken dieser Größe durch einen Wurf möglich wäre. Kurz, ich meine, daß dem Toten von jemandem buchstäblich das Gehirn herausgeschlagen wurde. Möchten Sie's sehen?«

»Jetzt nicht, später.«

Die Umrisse des Kopfes unter dem Tuch waren nicht klar zu erkennen. Yee ließ das Blatt wieder los. »Die Leiche ist zu siebzig Prozent durch Verbrennungen dritten Grades versehrt«, fuhr er fort und unterbrach sich, um sich mit einer Hand durch sein schwarzes Haar zu fahren. »Genau gesagt, der gesamte Körper, soweit er keine Bodenberührung hatte, also mit Ausnahme der Fußsohlen. Fragen Sie auch dazu Robbins, der kennt sich mit Verbrennungen aus. Ich meinerseits weiß nur, daß Algernon selbst dieses Feuer trug. Das heißt also, es wurde Brennstoff benutzt. Menschenhaut ist natürlich sowohl porös wie brandresistent, was übrigens, nebenbei gesagt, auch auf die meisten grünen Pflanzen zutrifft. Mit Resistenz meine ich, daß sich Flammen auf ihr nicht von selbst ausbreiten.« Er unterbrach seinen Monolog, um jemandem auf der anderen Seite zuzuwinken. Shephard sah hinüber und erblickte eine hübsche blonde Frau, die ihre Hände gerade wieder in einer Leiche vergrub. »Nun haben wir hier aber etwas wirklich Interessantes gefunden, *Detective.* In der Speiseröhre unterhalb der Rachenmandeln fanden sich vier Fremdkörper aus US-Banknoten. Es handelte sich um insgesamt 22 Einzelscheine im Gesamtwert von 990 Dollar. Der Zustand der Geldscheine deutet darauf hin, daß er sie kurz vor seinem Tod ›aß‹, oder gezwungen wurde, sie zu essen. Seltsame Geschichte.« Er legte das Brett zurück und verschränkte die Arme. Seine schwarzen Augenbrauen zogen sich nachdenklich zusammen.

»Wieviel Alkohol hatte er getrunken?«

Yees Gesicht überflog ein Hauch von Betroffenheit. »Einen Blutalkoholtest haben wir allerdings nicht gemacht. Im allgemeinen –«

»Seien Sie so nett, und holen Sie das nach. Auch sonstiger Mageninhalt interessiert mich.«

»Kommen Sie noch mal vorbei, nachdem Sie bei Robbins waren. Bis dahin habe ich diese Werte dann.« Er gab ihm mit einem Lächeln die Hand.

»Danke, Doktor. Ihr neuer Laden ist beeindruckend.«

»Willkommen in Orange County, wie gesagt. Ich hoffe, hier werden Sie besser behandelt als in Los Angeles.«

Besser behandelt, dachte Shephard, als er die Treppen zum Labor hinaufstieg. Das klang, als wäre er von einer Klinik in eine andere überwiesen worden. In seinem Gehirn blitzte das Gesicht von Morris Mumford auf, verschwand aber gleich wieder.

Der Gerichtsmediziner Ken Robbins war der glatte Gegensatz zu der orientalischen Präzision Yees. Er blickte Shephard aus trüben, rotgeränderten Augen an und wischte sich erst einmal die Brille an seinem schmutzigen Laborkittel ab. Er hatte einen großen, massiven, kantigen Kopf, auf dem eine Menge graues Haar wirr wucherte. Statt Korrektheit war ein Hauch von Wildwest um ihn.

»Ziemlicher Scheiß, mein lieber Shephard«, sagte er. »Sind Sie der Sohn von dem Prediger?«

»Stimmt.«

»Der Bursche, der sich diesen kleinen Totschlag hier ausgedacht hat, war an unserem lieben Jesulein wenig interessiert, sage ich Ihnen.« Shephard dachte: die Bibel in meiner Manteltasche spricht eigentlich dagegen. Aber es war nicht der Moment, darauf hinzuweisen. Robbins schüttelte Shephards Hand mit seiner mächtigen Pranke.

»Welcher Brennstoff wurde verwendet?« fragte Shephard.

»Kennen Sie sich mit Verbrennungen aus?«

»Ein wenig.«

»Der Brennstoff war Terpentin. In reichlicher Menge. Sie haben ja wahrscheinlich gesehen, daß er von oben bis unten angesengt war, auf der Vorderseite. Weil Fleisch ja nicht von allein brennt, verwendete unser Mann eben das Terpentin. Nicht schlecht ausgedacht. Es ist billig, leicht zu kriegen und brennt wie's Höllenfeuer.«

»Schöner Vergleich«, sagte Shephard. »Terpentin wird für Farben und Lacke verwendet. Wofür noch?«

»Keine Ahnung, Shephard. Ich kenne mich mit Leichen aus und warum sie so aussehen, wie sie aussehen. In diesem Fall zum Beispiel weiß ich, daß dieser Algernon an 630 Gramm Basaltstein starb, die in seinen Kopf gehauen wurden. Da liegt er.« Robbins deutete mit dem Kopf auf den dreieckigen Stein auf dem Tisch neben einem Mikroskop. Der Brocken war faustgroß, scharfkantig und unauffällig.

»Ist er typisch für die Gegend hier?«

»Laut Literatur, ja. Ausgespuckt von alten Vulkanen, und von

Erdbeben und Triften herumtransportiert. Aber Stein ist Stein. Hingegen könnten die Haare, die Sie zur Untersuchung gegeben haben, eine Goldmine sein.« Robbins deutete auf das Mikroskop und schaltete es an. Shephard beugte sich hinunter und stellte die Schärfe ein. In der Vergrößerung sahen die Haare wie Stücke von Baumstämmen aus, samt Rinde. Zwei solcher Baumstämme waren in der linken Bildhälfte zu sehen, in der rechten zeigte sich ein fetter Ring, der aussah wie eines dieser ringförmigen Gummibonbons. »Links haben Sie zwei Haare von denen, die Sie mir schickten. Rechts sehen Sie einen Querschnitt eines dritten. Das runde Zentrum zeigt, daß es ein glattes Haar ist. Ein ovales Zentrum würde auf gekräuseltes Haar hindeuten. Wegen der Beleuchtung erkennt man es jetzt nicht, aber es sind grauschwarze Haare. Bleiben Sie mal noch bei den Haaren links, ich hole sie noch näher ran, und Sie sagen mir, was Ihnen auffällt.«

Shephard beobachtete, wie sich das Präparat im Mikroskop noch dreimal vergrößerte. Dessen blaßrotes Aussehen wurde dabei noch fahler, je stärker die Vergrößerung wurde. »Sie werden größer«, meinte er.

»Lassen Sie doch den Quatsch. Was noch?«

»Buckel. Kleine Buckel darauf.«

»Wissen Sie, was die bedeuten? Tokopherolazetat. Besser bekannt als Vitamin E. Wenn Sie gutes Haarspray verwenden, haben Sie diese Buckel wahrscheinlich auch. Das ist das Entscheidende: nicht jeder kriegt sie. Haben Sie diese Haare von einem Verdächtigen?«

»Sofern Algernon sich nicht die eigenen Haare ausgerissen hat, ja.«

»In diesem Fall ist Ihr Mann alt genug, um graue Haare zu haben, und damit meine ich nicht nur eine Strähne oder zwei. Die ursprüngliche Farbe war schwarz, nicht braun. Tiefschwarz. Die Eiweißanalyse sagt eindeutig: kaukasisch. Blutgruppe 0. Und er verwendet einen Haarfestiger oder so etwas, der Tokopherolazetat enthält.«

»Das heißt, eine teure Marke«, merkte Shephard an. Er erinnerte sich, daß die Beschreibung der Inhaltsstoffe auf seinem eher billigen Haarspray schon eine ziemliche Latte war. Und das ohne Vitamin E.

»Und billige Leute kaufen ohnehin keine Haarfestiger. Weiter.« Robbins nahm das Präparat heraus und legte ein anderes ein. Er verringerte die Vergrößerung wieder. Shephard besah sich den einzelnen Baumstamm, den er jetzt erblickte. Er war dicker, dunkler und viel glatter als die anderen vorhin. Das eine Ende lief in einer fast perfekten Spitze aus, das andere war glatt durchgeschnitten. In der Mitte war der Baumstamm ausgefranst.

»Was Sie da sehen, ist ein Kamelhaar, ob Sie's glauben oder nicht.« Shephard sah einen kurzen und unsinnigen Moment lang den Mörder auf einem Kamel heranreiten. »Es war mitten unter den Menschenhaaren. Zuerst dachte ich an eine Haarbürste. Aber dafür ist es viel zu dünn.«

»Und warum das zugespitzte Ende?«

»Eben, das frage ich mich auch. Ich dachte daran, daß es aus einer Sportjacke oder einem Pullover herausgezogen sein könnte.«

Shephard stellte die stärkere Vergrößerung ein und sah das Haar wachsen. Wieder Buckel. »Aber wer sprüht eine Jacke mit Haarspray ein?«

»Was?«

Shephard beugte sich zurück und ließ Robbins durch das Mikroskop schauen.

»Das gibt's nicht. Ich kam bei dem gar nicht auf die Idee, es so hochzuziehen.« Robbins schüttelte verwundert den Kopf. »Das gibt's nicht.« Er überlegte. »Dann gibt's das aber auch nicht.« Er wechselte das Präparat noch einmal gegen ein anderes. Shephard sah durch und erblickte verwundert eine wunderschöne Blauschliere, dunkel und satt wie Lapislazuli. »Sieht aus wie ein Edelstein«, sagte er.

»Es ist ein Kobaltklümpchen«, verbesserte Robbins.

Shephard sah sich den hellen Schein von Blau noch einmal an. »Ist das radioaktiv?«

»Wenn Sie mir eine Stunde Zeit lassen, sage ich es Ihnen.«

»Wie kommt das in das Haar eines Mannes?«

»Das rauszufinden, lieber Freund, ist Ihr Job. Vielleicht benutzt er Nuklearshampoos? Ich grabe die Funde nur aus. Ihre Arbeit ist es herauszufinden, was Sie mit ihnen anfangen können. Ich arbeite noch an dem Material seines Hemdes und an dem Schmutz unter seinen Fingernägeln und an noch so ein paar Details. Viel, woran man sich halten kann, läßt Feuer freilich nicht übrig.«

»Ein Anfang ist es immerhin. Der Mörder reitet auf einem haargesprayten Kamel und wäscht sein Haar mit Kobalt. Das kommt doch jeden Tag vor.«

Robbins zuckte mit den Schultern und geleitete Shephard zur Tür. »Grüßen Sie Ihren Vater von mir. Wir waren oft zusammen, als wir beide unten in Laguna noch Polizisten waren. Seit er im Seelenrettergeschäft ist, habe ich ihn nicht mehr gesehen, aber schlechter wird der Job auch nicht sein, als den ganzen Tag auf Leichen zu starren. Wiedersehen, Shephard. Scheißberuf.«

Yee war gerade dabei, eine Handvoll von irgendwas in eine Waagschale bei Tim Algernons Leiche zu streuen, als Shephard ins Leichenschauhaus zurückkam. Die Waage bewegte sich sanft, als das Etwas auf sie fiel.

»Blutalkohol Nullkommazwei«, stellte Yee fest. »Das gilt in diesem Staat hier bereits als Trunkenheit. Wir haben noch zwei Unzen unverdauten Whiskys in seinem Magen gefunden. Nach meiner Schätzung trank er den letzten Schluck höchstens fünfzehn Minuten vor seinem Tod.«

Shephard beobachtete, wie sich die Skala der Waage bei einem Pfund vier Unzen einpendelte. »Wie ist das mit dem Geld in seiner Kehle? War es genug, daß er erstickte?«

»O ja. Genau das ist ja passiert.«

»Kann man Laute von sich geben, wenn man am Ersticken ist? Irgendwas, das laut genug ist, die Nachbarn aufzuwecken?«

»Sie meinen Schreie. Nein. Ich fürchte, dieses Geld da erschwert Ihnen die Suche nach einem Motiv. Warum sollte irgendwer jemandem, den er umbringt, auch noch tausend Dollar in den Rachen stopfen, wenn er sie in die eigene Tasche stecken kann?«

Shephard wandte sich nach einem kurzen Blick auf Yee den

Doppeltüren zu. Eigentlich keine dumme Frage, dachte er. Genau die gleiche Frage, die er sich selbst seit sechs Stunden zu beantworten versuchte. Selbst noch ohne brauchbare Antwort, blieb er beim vielleicht Wahrscheinlichsten: »Vielleicht waren sie beide voll bis oben.«

Yee schüttelte den Kopf und leerte den Inhalt der Waagenschüssel mit der Routine eines Hausmeisters aus.

3

Zurück auf dem Revier, zog Shephard die Bibel aus seiner Manteltasche und legte sie vor sich auf den Schreibtisch. Die Handschrift verriet Korrektheit und Ruhe: *Lügner brennen, und kleine Lügner brennen zuerst.* Noch einmal studierte er den unvollständigen, verschmierten Stempel.

DIES BIB EIG DE
FO TAT I N

Diese Bibel ist Eigentum der/des... von wem? Shephard gab der Telefonzentrale Anweisung, alle Anrufe der Presse selbst zu erledigen und holte sich das Telefonbuch auf den Tisch. Er beschloß, mit dem besten Hotel zu beginnen, auf der Basis der Theorie, daß, wer es sich leisten kann, über tausend Dollar dranzugeben, sich auch das beste Hotel der Stadt leisten kann, und daß jemand, der nur zu Fuß ist, auch eine Unterkunft braucht. Wie vorherzusehen, war das *Surf and Sand* schon seit letzten Monat ausgebucht, und das *Martinique* und das *Hotel California* ebenso. Das *Laguna Hotel* berichtete einen einzigen neuen Gast am gleichen Morgen, nämlich einen »jungen Mann mit schöner Sonnenbräune«. Im *Whaler's Inn* war eine Familie um neun Uhr angekommen, »Vollpensions-Touristas«, wie der Mann am Empfang sagte. Flauer Montagsbetrieb also.

Shephard telefonierte sich weiter durch das gesamte Hotelverzeichnis, einschließlich der Motels, und am Ende war er ohne Erfolg beim miesesten Haus am Platze angekommen: dem *San Sebastian*. Er erinnerte sich an dieses Haus aus seiner Jugendzeit als den Ort, wo die drittklassigen Mitglieder der »Brotherhood« abstiegen, jene Geld-und-Stoff-suchenden Opportunisten, die sich in deren letzten Tagen Timothy Learys Organisation bemächtigt hatten. Der Besitzer, ein gewisser James Hylkama, sagte, daß am Morgen ein Mann ohne Gepäck »um die Sechzig« bei ihm abgestiegen sei. Er hatte seinen Namen als William Hodges aus Fresno angegeben und für drei Tage im voraus bezahlt. Sieben, kalkulierte Shephard, das könnte genau die richtige Zeit für jemanden sein, der mit einem Pferd von der Laguna Canyon-Straße bis zum Stadtrand kam und dann zu Fuß zum *Sebastian* ging.

Sein Telefon summte. Chief Darrel »Pete« Hannover rief ihn mit sanfter Stimme in sein Büro. Er saß breit hinter seinem Eichenschreibtisch, Ellbogen aufgestützt, Hände gefaltet, als Shephard eintrat. Wie üblich trug er einen Anzug mit Weste, der eher nach Geschäftsmann als nach Vertreter der öffentlichen Ordnung aussah und eher nach Aktivität als nach der höflichen Trägheit, die Hannovers Markenzeichen war. Er war bekannt als guter Verwalter in einer Abteilung, in der wenig zu verwalten war, und als guter Redner, der selten etwas zu sagen hatte. Er forderte Shephard auf, sich zu setzen und bot ihm eine Zigarette an.

»Wie ich Ihnen seinerzeit schon sagte, als Sie hier anfingen, Shephard, habe ich das Prinzip, mich nicht in die Ermittlungen und die Arbeit meiner Leute einzumischen. Laguna Beach hat eine durchschnittliche Kapitalverbrechen-Rate von Nullkommafünf, was also einen Mord alle zwei Jahre bedeutet. Dieser hier ist der erste in diesem Jahr, allerdings der mit Abstand abscheulichste, den ich in meinen ganzen dreißig Jahren im Dienst der Stadt erlebt habe.« Er trug einen demonstrativ ernsten Gesichtsausdruck zur Schau. »Ich will gar nicht wissen, welche Verdachtsspuren Sie verfolgen, welche Spuren Sie haben oder welche Theorien. Profis arbeiten am besten, wenn man sie in Ruhe läßt. Ich möchte lediglich die tägliche Versicherung – für den Bürgermeister und für mich selbst –, daß Sie tun, was möglich ist, um einen Verdächtigen zu verhaften. Habe ich diese?«

»Selbstverständlich. Alles, was möglich ist.« Shephard nahm einen tiefen Zug aus der Zigarette und bedauerte sofort, daß er sowohl das Frühstück als auch das Mittagessen ausgelassen hatte. Der eine Zug verursachte ihm Schwindel.

»Wissen Sie, Shephard, wie ich an Laguna Beach gerne denken möchte? Und ich bin ganz sicher, daß die Stadträte und die Handelskammer mir da zustimmen. Ich möchte an unsere Stadt gerne als eine hübsche kleine Stadt denken, in die die Leute friedlich kommen, um ihr Geld auszugeben. Eine Touristenstadt ist nur so gut wie ihr Image. Das einzige, was noch schlechter für sie sein könnte als ein Mord, wäre ein Riesenhai, der am Badestrand Surfer auffrißt. Sie erinnern sich doch an *Der weiße Hai?*«

»Guter Film.«

»Meine liebste Stelle darin war die Szene mit der Erzählung im Boot. Die vergessene Kunst des Malens mit Worten. Aber das gehört natürlich nicht hierher. Meine Gedanken heute sind vielmehr auf das Hauptproblem konzentriert, Shephard. Ich möchte lediglich, daß Sie wissen: ich bin auf Ihrer Seite und verlasse mich auf Sie. Und ich möchte, daß Sie sich Ihrerseits auf mich verlassen und auf mich zählen. Was immer die Leute über Ihren Vater und seine frühere Verbindung zu dieser Abteilung reden, ich versichere Ihnen, daß ich Sie wegen Ihrer Fähigkeiten eingestellt habe, nicht wegen irgendwelcher Gefühle. Waren Sie nicht der jüngste Kriminalbeamte in Los Angeles?«

»Ja.«

»Und Sie haben doch ein ganzes Paket Auszeichnungen und lobende Erwähnungen vor der... bewußten Geschichte bekommen?«

»Ja, Sir. Vor der – bewußten Geschichte.«

»Und genau diese Art Arbeit erwarte ich auch hier von Ihnen, Shephard. Das wäre alles. Sie können jetzt gehen. Übrigens, wie geht es Wade Shephard denn so? Ich habe seine Predigt am Fernsehen letzte Woche gesehen.«

»Es geht ihm gut, Chef.«

»Grüßen Sie ihn von mir, Tom. *Au revoir.*«

Shephard fuhr in seinem Mustang durch den zähflüssigen Verkehr am Küsten-Highway in Richtung Süden zum Hotel Sebastian. An einer Fußgängerkreuzung mußte er anhalten. Während er auf Grün wartete, betrachtete Shephard das Wasser und den Himmel, das unaufhörliche Flanieren von Frauen mit hübschen Beinen an den Geschäften der Straße entlang. Die liebe Heimatstadt hat sich nicht sehr verändert, dachte er. Aber beim Anblick seines eigenen Spiegelbildes im Rückspiegel wurde ihm klar, daß sich dennoch viel verändert hatte; nämlich er selbst. Das Haar war schon dünner geworden, das Gesicht schon lange nicht mehr das eines Jünglings. Die Augen waren ruhiger und nicht mehr so begierig und unstet. Vor zehn Jahren war er hier auf der gleichen Straße mit dem gleichen Wagen gefahren, hatte möglicherweise die gleichen Geschäfte und die gleichen Touristen gesehen, aber das Gefühl war nicht mehr das gleiche. Mit zwanzig hatte er Laguna verlassen, um die Polizeiakademie in Los Angeles zu besuchen, und hatte dann auch zwölf Jahre in L. A. gearbeitet. Jetzt war er zurück, ohne die Frau, die er mitgebracht hatte, ohne die Illusionen eines einfachen Lebens. Der Kreis hat sich geschlossen, dachte er. Aus der Vaterstadt hinaus und wieder zurück. Er fühlte sich nicht eigentlich desillusioniert. Nur nichtillusioniert, allenfalls. Er war nach Laguna zurückgekommen, um neu anzufangen. Heute morgen noch hatte er sich unter der Dusche vorgenommen, neu anzufangen. War es zum hundertstenmal gewesen?

Das Hotel Sebastian hatte sich nicht verändert, soviel stand fest. Er sah die schäbigen gelben Mauern auf dem Hügel an der Landseite. Eine baufällige Bude. Man wußte nie, ob sie nicht im nächsten Augenblick zusammenfallen würde. Noch immer gab es die windige Treppe, die sich im Zickzack von der Straße aus zum Eingang hinaufwand. Und das verblichene Schild verkündete immer noch, daß das Hotel Sebastian das »Juwel am Pazifik« sei.

Shephard fuhr nach links in die Serra Street, die steile Anhöhe hinauf, und bog in den Hotelhof ein. Der erste Bungalow rechts trug ein Schild mit der Aufschrift: MANAGER: JAMES

HYLKAMA. Er parkte auf einem freien Platz neben dem Parkplatz des Managers. Der Kies im Hof war von der Sonne gebleicht und mit Ölflecken übersät. Einige Eukalyptusbäume erhoben sich über die flachen Bungalows, die in Hufeisenform gebaut waren. Shephard registrierte, wie schäbig die Tische und Stühle im Hof vor dem Managerbungalow waren, als er dort anklopfte. Der Mann, der ihm öffnete, sah aus wie Mickey Rooney. »Ja, was ist?« fragte er. Seine Stimme war tief und klar. Shephard zeigte seine Marke her, und das öffnete ihm die Tür. Drinnen war es hell und sauber. Es roch nach Speck. Eine kräftige Frau war an einem Bügelbrett mit den Falten eines weißen Hemdes beschäftigt. Sie sah auf und lächelte ihm zu, sagte aber nichts. Der Manager sagte: »Ich bin Jimmy Hylkama. Das ist Dorothy. Was kann ich für Sie tun?«

»Ich habe vor einer Stunde angerufen, wegen William Hodges. Ich möchte zu ihm.« Der Speckgeruch erinnerte ihn an das Frühstück, das er nicht gehabt hatte.

»Scheint ein gefragter Bursche zu sein, dieser Hodges«, meinte Hylkama. Er kratzte sich an seinem schon kahl werdenden Kopf. »Um sieben kam er an, und um neun war schon ein alter Freund bei ihm. Und jetzt Sie. Das Problem ist nur, daß er gar nicht mehr da ist.«

»Ein alter Freund kam zu ihm?« fragte Shephard.

Hylkama schmückte die Geschichte weiter mit Theatralik aus. Seine kurze und dicke Hand schien ein Eigenleben zu beginnen, ging auf und ab, hin und her, flatterte wie Vogelflügel. Shephard hörte aufmerksam zu und schrieb Bemerkungen in sein kleines Notizbuch. Er brauchte nicht lange, um festzustellen, daß Hylkamas Gestikulieren nicht die Geschichten eines Lügners zudekken sollte, sondern die natürliche Begleiterscheinung eines Mannes war, der gern redete. ›Die vergessene Kunst, mit Worten zu malen ...‹: Hannover sollte dies mal sehen ...

Im Gegensatz zu dem Aufwand seiner Hände war die Erzählung des Mannes jedoch sachlich und geordnet. Kurz nach sieben hatte er heute morgen gerade gefrühstückt. Spiegeleier mit Schinken. Dot hatte es ihm zubereitet. Da klopfte es an der Tür, er hatte geöffnet, und draußen hatte »ein ältlicher Mann« gestanden; so etwa von seinem eigenen und Dots Alter, und sie beide, nebenbei, waren jetzt an die vierzig Jahre verheiratet. Er war klein gewesen, normale Gestalt, und seine Kleidung war nicht anders als die vieler – der offen gesagt Alkoholiker, welche hier bei ihm abstiegen. Grauschwarzes glattes Haar, ein bißchen lang an den Seiten. Schnurrbart und Kinnbart, beides ordentlich. Hylkamas Hand kreiste wieder herum und legte sich dann über seine Augen, als er zum nächsten Punkt kam: »Seine Augen«, sagte er. »An die erinnere ich mich. Groß wie Golfbälle und blau, wunderschön blau. Nicht, Dot?«

»Sehr schön blau, Jim, ja. Aber so groß auch wieder nicht. Ganz normal große Augen, Schatz.« Sie lächelte wieder und machte sich an dem nächsten Hemd zu schaffen. Hylkama ignorierte die Verbesserung und fuhr eifrig fort. Der Mann hatte ein Zimmer für drei Tage genommen und im voraus bezahlt, wie es, nach Hylkamas Erklärung, im Hotel Sebastian üblich war.

»Wie hat er bezahlt?« fragte Shephard. »Die Banknoten, meine ich.«

»Zwei Zwanziger«, berichtete Hylkama. »Alte Zwanziger.« Er brachte Shephard ein altes Klemmbrett mit einer abgebrochenen Ecke und einem Bündel eingeklemmten Papiers. Der neue Gast hatte sich als William Hodges eingetragen. Die Unterschrift war sicher und fest. Auf weitere Nachfragen teilte Hylkama mit, daß, wenn er nachdachte, Hodges wohl zu Fuß gekommen sein mußte. An ein Auto oder an Gepäck erinnerte er sich nicht. Und hier im Sebastian fielen Autos durchaus auf, denn nur wenige Gäste kamen im Wagen. Hylkamas Hand mochte diesen Punkt; sie flatterte und schloß sich dann zu einer Faust mit der Bedeutung: oh, diese verdammte Armut! Jedenfalls, fuhr er dann fort, kam dann um neun, zwei Stunden später, dieser alte Freund namens Michael Stett. Aber als er ihm den Zweitschlüssel gab und Stett zu Hodges Bungalow ging, war der schon wieder fort. Hyklama beschrieb, daß seine Gäste ja meistens alle anhang- oder kontaktlos seien: »Fast alle sind an die Flasche verloren.« Und wie er sich über Stetts Ankunft deshalb gefreut habe. Wegen Hodges, natürlich. Denn dieser Stett war bestens angezogen und fuhr in einem dunkelblauen Porsche vor, der neben seinem, Hylkamas, zerbeulten Kombi »wie ein Edelstein funkelte«. Wenn dieser alte Hodges solche Freunde hat, hatte er, Hylkama, gedacht, war er nicht so schlecht dran.

»Warum wollte Stett denn den Schlüssel haben? Wenn er ein Freund war, konnte er doch einfach anklopfen?«

»Weil er ihn überraschen wollte. Er wollte nicht klopfen. Er sagte, er wollte drin sein, um dem alten Jungen ein wirklich echtes Überraschungswillkommen zu bereiten. Er schärfte mir sogar noch ein, ihm ja nicht zu sagen, daß jemand da sei, wenn Billy zurückkomme, und ihn schnell anzurufen. Und damit ich es auch nicht vergäße, gab er mir das.« Strahlend holte er mit seinen Wurstfingern einen gefalteten Hundert-Dollar-Schein aus der Tasche seines wohlgebügelten Hemdes, und dazu noch eine Visitenkarte. Die Karte, in jeder Hinsicht Standard, enthielt nur den Namen Michael Stett zusammen mit einer Telephonnummer in Newport Beach.

»Kann ich die behalten?«

»Gewiß. Mr. Stett bat darum, daß ich sein Geschenk strikt vertraulich behandle, aber für mich ist selbstverständlich oberstes Gebot, der Polizei zu helfen, wo ich nur kann. Das Hotel Sebastian legt Wert auf einen guten Ruf in dieser Stadt. Aber ich würde mir doch gern diese Nummer notieren.«

Der Mann wäre der letzte auf der Welt, dem ich ein Geheimnis anvertrauen möchte, dachte Shephard. Er steckte die Visitenkarte ein, nachdem er Hylkama die Nummer vorgelesen hatte, der sie sich in sein Meldebuch schrieb. Im Hinblick auf die Ankunft und das großzügige Geschenk des »alten Freundes« Michael Stett erwog Shephard in Gedanken mehrere Möglichkeiten, aber keine war es eigentlich wert, weiterverfolgt zu werden.

»Ich möchte gern einen Blick in den Bungalow Fünf werfen«, sagte er.

»Haben Sie einen Durchsuchungsbefehl, Mr. Shephard?« Hylkama sah mit einem Mal sehr ernst drein.

»Nein. Aber hätte ich einen, dann würde ich natürlich auch

diesen Hunderter beschlagnahmen.« Dies bewirkte eine augenblickliche Entspannung von Jimmy Hyklamas angestrengtem Gesichtsausdruck.

»Natürlich, natürlich. Aber vergessen Sie bitte nicht, mir den Schlüssel zurückzubringen. Es ist schon mein Reserveschlüssel, denn Stett brachte den zweiten nicht zurück. Bungalow Fünf ist der letzte auf der anderen Seite.« Er hatte zum Schlüsselbrett gegriffen und Shephard den Schlüssel übergeben. »Ich nehme an, Sie wollen mich nicht informieren, was eigentlich los ist?«

»Nur Routineermittlungen, Jimmy.«

»Dachte mir, daß Sie das sagen würden. Bitte, mir ist es recht. In dem Geschäft hier lernt man, daß man besser keine Fragen stellt. Die meisten Antworten sind auch nicht besonders lustig.«

Shephard stapfte durch den Kies des Hofes hinüber auf die andere Seite zu den dortigen Bungalows und klopfte kräftig an die Tür von Nummer Fünf. Er wartete kurz, dann schob er den Schlüssel ins Schloß und drückte die Tür auf, die so dünn und hohl war, daß sie beim Schließen richtig hallte.

Seine Augen nahmen die Tatsachen wahr, aber seine Nase erfaßte die Stimmung: altes Holz, altes Bettzeug, altes Leben. Desinfektionsmittel, Stockflecken, Staub, ein leichter Waschmittelhauch, der gerade noch die Oberhand über den Modergeruch behielt. Der grüne Teppich war stark abgetreten. Die Wände waren bis zur halben Höhe fichtenholzverkleidet, und darüber klebten grüngelbe Tapeten, von denen sogar das meiste noch vorhanden war. In einer Ecke war ein Gaskocher mit verbogener Brenndüse; als wäre sie ein ausgekugelter Finger. Das Bett stand direkt an der Wand, war aber sauber gemacht. Nur in der Mitte hatte es eine Liegemulde, genau wie das Kissen.

Der andere Raum diente als Küche. Der Linoleumboden war altersbrüchig. Der Ausguß war schon gelb und abgeblättert. Die Plastikvorhänge waren zugezogen. Sie flatterten hin und her und schlugen gegen die Fensterrahmen. Shephard zog sie auseinander und sah, daß das Fenster offen war. Es hatte kein Gitter.

Im Schrank waren keine Kleidungsstücke, im Bad keine persönlichen Sachen. Ein kleines Arzneischränkchen über dem

Ausguß enthielt nichts als drei rostige Borde und eine Schabe, die sich eilends in eine Spalte verflüchtigte. Die Dusche war trocken. Lediglich der Ausguß zeigte Anzeichen eines kürzlichen Gebrauchs. Es waren Wasserspritzer im Becken, und die Seife war noch feucht. Shephard zog den Abflußstöpsel heraus und legte seinen Finger unter ihn. Der Wassertropfen, der davon auf seinem Finger blieb, war blaßrot.

Er ging in den Hauptraum zurück und setzte sich. Hodges war ordentlich, überlegte er. Stett auch. Und vermutlich haben sie nichts mit Tim Algernon zu tun. Er stand müde auf und zog ohne besondere Absicht noch eine Schublade des Nachttischs auf. Und spürte, wie sein Herzschlag schneller wurde.

In einer Ecke, ordentlich hingelegt, befand sich eine Brieftasche. Ziemlich abgewetztes Leder, vom vielen Gebrauch aufgebogen. Und daneben eine Dose Terpentin. Einsnull für Law and Order, dachte er, und sein Herz lachte.

Er nahm die Brieftasche behutsam heraus und legte sie auf den Nachttisch, faltete sie vorsichtig nur mit den Fingerspitzen auseinander und schüttelte so den Inhalt heraus. Drei Dollarscheine. Ein Führerschein. Ein Ticketheftchen. Shephard las den Führerschein: Edward Steinhelper, geboren 1921, Haare grau, Augen blau, Größe fünf Fuß neun, Gewicht 165 Pfund. Adresse: 8798 Fallbrook Street, Sacramento. So, so. Also, unser Mann hat Hylkama verscheißert, dachte er. Wer hätte das nicht? Der Mann, den das Foto zeigte, sah durchschnittlich und grimmig aus. Zurückgekämmtes Haar, hohe Stirn, langer, breiter Bart. Shephard starrte auf das Bild und spürte, wie sich sein Denken im Kopf in zwei berufliche Bahnen spaltete. Die eine veranlaßte ihn, das Bild, so wie es war, zu studieren und zu überlegen, was es aussagte. Die andere führte tiefer und weniger logisch in die Erinnerung zu dem Versuch, dieses Gesicht mit den vielen zu vergleichen, die er irgendwann in der Vergangenheit schon einmal gesehen hatte. Es kam nichts heraus dabei. Er wandte seine Aufmerksamkeit dem Ticketheft zu. Es trug das Datum 4. August und galt von Sacramento nach Laguna Beach. Greyhound Buslinie 52, $ 16. Abfahrt 06.30 Uhr.

Die untere Nachttischschublade war leer. Shephard nahm den Führerschein an sich und legte die Brieftasche wieder an ihren Platz zurück. Er rüttelte an der Schublade, um zu hören, ob die Terpentindose gefüllt war; sie war es.

Hylkama stand diesmal selbst am Bügelbrett, als er zurückkam. Dafür saß seine Dorothy bequem auf dem Sofa und rauchte. Shephard hatte an die Gittertür geklopft, und Dorothy ließ ihn ein. »Was gefunden?« fragte sie.

»Vielleicht. Ist das da Hodges?«

Mr. und Mrs. Hylkama besahen sich den Führerschein genau, wobei sich Dot über Jimmys Schulter beugte. Hylkama zögerte. Aber Dorothy sagte entschieden: »Ist er nicht.« Nun stimmte auch ihr James zu: »Ganz sicher nicht.«

»Und was ist mit Stett? Beschreiben Sie ihn mir, bitte.«

»Sehr großer Bursche. Sportlicher Typ, Muskeln und so. Wirklich gut angezogen. Dunkle Haare, dunkle Augen, um die Fünfundvierzig, würde ich sagen. Wie gesagt, schon komisch, daß einer wie Hodges, der ja auch eher Unterklasse ist, so einen zum Freund hat.«

»Ich werde noch einen anderen Polizisten schicken, der sich das Zimmer anschauen soll«, sagte Shephard. »Der wird Ihnen dann auch den Schlüssel zurückgeben. Besten Dank dann für Ihre Hilfe, Mr. Hylkama.«

»Nichts zu danken.« Jimmy sah etwas enttäuscht aus. »Kann ich Ihnen sonst noch Auskünfte geben? Ich helfe Ihnen wirklich gern, wenn ich kann, wie Sie sehen.«

»Nicht jetzt. Aber Sie haben mir schon mächtig geholfen, Jimbo. Mächtig.«

»Ist doch klar.« Hylkama wandte sich seiner Ehefrau zu. »Ich mach' hier schon weiter, Dot. Nein, laß nur...«, und er ging zum Bügelbrett, während Shephard sich entfernte.

In der Mitte des Hofes hielt er an und rekonstruierte Jimmy Hylkamas direkten unverstellten Blick auf Bungalow Fünf. Er war doch genau der Typ, dem auch nicht einer an einer Bungalowtür entging, rein oder raus, dachte er. Das gitterlose Fenster kam ihm in den Sinn. Er ging noch einmal zu den Bungalows und um die Ecke herum zur Rückseite.

Die rückwärtigen Fenster der ersten vier Bungalows hatten alle Gitter und Vorhänge. Ein unwirsches Gesicht sah ihn an, als er sich durch Mülleimer, Müll, ausrangierte Möbel, alte Reifen und alte Zeitungen arbeitete. Vor dem letzten Bungalow lag das Fenstergitter auf der Erde.

Geradezu hervorragend erhalten hatten sich in dem feuchten Boden hier die Abdrücke von Stiefeln. Sie begannen direkt unter dem Fenster und führten um den Bungalow herum. Der dreieckige Knick im rechten Absatz war unverkennbar. Shephard folgte der Spur, bis sie an der Treppe hinunter zur Küstenstraße verschwand. Hat sich vermutlich durch dieses Hinterfenster aus dem Staub gemacht, als er Stett kommen sah, dachte er. Wirklich gute Freunde.

Er ging die Treppe bis zum Bürgersteig hinunter und nach Norden bis zur nächsten Telefonzelle am Bus-Bahnhof. Er wählte Michael Stetts Nummer.

»Nullfünf-fünfnull«, meldete sich eine kurz angebundene Frauenstimme.

»Ist dort der Tidy Didy Windelservice?« fragte Shephard mit nasalem Tonfall.

»Falsch verbunden«, schnappte die Frau und hängte auf. Shephard wartete eine Minute und wählte die gleiche Nummer noch einmal. Die gleiche Frau war dran.

»Tidy Didy Windelservice?«

»Ich sagte Ihnen doch, Sir, falsch verbunden. Hier ist die South Coast Auskunftei.«

Er entschuldigte sich, rief sein Revier an und ließ nachsehen, was über Edward Steinhelper bekannt war, Fallbrook Street, Sacramento. Carl Pavlik bat er, so bald wie möglich zum Hotel Sebastian zu fahren. Pavlik war entzückt. Ein paar Minuten später wählte Shephard die Nummer der South Coast Auskunftei.

»Nullfünf-fünfnull«, sagte die Frau wieder.

»Michael Stett, bitte.«

»Worum handelt es sich?«

»Eine Erbschaftssache.«

»Mr. Stett ist nicht da. Hier ist nur die Zentrale. Wer hat sie empfohlen?«

»Man sagte mir eigentlich, daß Vertraulichkeit...«

»Wir werden dafür bezahlt, über alle Anrufe genau Buch zu führen. Wir brauchen Ihren Namen und eine Nummer, unter der Sie erreichbar sind.«

»Randy Coax«, sagte Shephard und gab die nächste Zahl an, die der Apparat hatte, von dem aus er telefonierte.

»Ich werde Mr. Stett hinterlassen, Sie gleich nach seiner Rückkehr anzurufen.«

»Sehr freundlich«, antwortete Shephard. Aber sie hatte schon aufgehängt.

Pavlik kam zehn Minuten danach an. Er stand in der Tür des Bungalows Fünf, gebeugt von seinem Instrumentenkoffer. Mit seinem ungebügelten und schlechtsitzenden Anzug kam er Shephard wie ein versprengter Vertreter vor, der die letzte Klinke des Tages putzte.

»Carlos, Freund und Partner, lieber Freund«, begrüßte er ihn. Er fühlte eine nervöse Hochspannung in sich. »Da sind eine Brieftasche und eine Dose Terpentin in der Nachttischschublade. Vielleicht hast du mit dem Küchenfenster Glück. Und nimm eine Probe vom Wasser unter dem Abflußstöpsel; sieht aus wie Blut. Sieh zu, ob du auf dem Kissen Haare findest. Und versuche, ob es Erdspuren auf dem Boden vor dem Bett gibt. Wer es auch war, der hier einzog: er hat sich die Hände gewaschen und sich einen Augenblick hingelegt. Wenn du fertig bist, gib dem Manager den Schlüssel zurück. Bereite eine Überwachung für die nächsten vierundzwanzig Stunden vor. Mach schnell und hinterlaß keine Spuren. Lege alles wieder hin, wie es war. Und dann buche Hylkama und seine Frau für eine Stunde beim Künstler, bei Slobin. Ich will wissen, wie der Kerl aussah.« Shephard hielt inne und ging im Geist seine Liste noch einmal durch. Er schob den Führerschein sorgfältig in die Brieftasche zurück. »Und ruf beim Atomkraftwerk Onofre an, ob sie dort einen Ed Steinhelper haben.«

»Du hast es aber eilig, Shephard. Was ist denn so aufregend?«

»Nichts, ich möchte das nur alles rasch hinter mir haben.«

»Alles was?«

»Ich will wieder klar bei Verstand werden. Und das jetzt amtlich: Wenn Steinhelper kommen sollte, verhaftest du ihn augenblicklich wegen Mordes. Und fotografier mir die Stiefelabdrücke. Ich glaube, es sind die gleichen wie draußen beim Reitstall.« Er warf Pavlik im Gehen den Schlüssel zu.

»Ohne einen Durchsuchungsbefehl nützt uns das alles doch nichts, Tom.«

»Carl, lieber Freund: es hat schon genützt!«

4

Cal, Shephards Hund, begrüßte ihn bei der Heimkehr interesselos und mit einem Ausdruck von Schuldgefühl. Shephard knipste das Küchenlicht an und entdeckte, daß einer seiner Schuhe völlig zerbissen und zernagt war. Cal glotzte ihn träge und ohne Reue an und trollte sich dann in den Hof, um dort auf sein Futter zu warten. Shephard zahlte es ihm heim, indem er ihm eine Schachtel trockenen Hundekuchens hinaustrug, Cal »Platz« befahl und ihm dann eine Bananenschale aus dem Müll in seinen begierigen Rachen warf. Voller Abscheu ließ Cal sie wieder fallen, wandte sich dann aber doch dankbar seinem eigentlichen Futter zu. Shephard gab ihm voll eigenen Schuldgefühls eine extra große Portion.

Sein Plan für den Abend war, das Dutzend Pakete und Kartons, das sich im Wohnzimmer noch immer stapelte, endlich auszupacken. Aber das war schon seit fast zwei Monaten sein Plan für die Abende. Soviel zum Thema »Die heilenden Wasser der Aktivität«, dachte er. Er öffnete einen der obersten Kartons. Es war ausgerechnet der, in dem obenauf ein gerahmtes Foto von ihm und Louise lag. Sie trugen Kleider im Stil der goldenen zwanziger Jahre. Das war auf einer Halloween-Party gewesen.

Der Anblick nahm ihm wieder alle Lust, etwas zu tun. Er legte das Foto mit der Bildseite nach unten wieder zurück und schenkte sich noch einen Drink ein.

Mit einem Mal war dieser glitzernde Kobaltfleck unter Ken Robbins' Mikroskop wieder in seinem Kopf, so blendend, als wollte er absichtlich seine Gedankenspiele überlagern. Shephard schloß die Augen. Das Kobalt rotierte in ihm ganz nach eigenem Belieben, zeigte alle möglichen Facetten und fragte eindringlich: Was hatte ich in des Mörders Haar zu suchen? Dann blendete es sich aus, und statt seiner blendete das Kamelhaar sich ein. Es benahm sich ganz ähnlich wie das Kobalt und endete ebenfalls bei bohrenden Fragen. Stammte es vielleicht vom Kragen eines Mantels? Oder von einem Hut? Aber schließlich wäscht kein Mensch Mäntel oder Hüte in Haarfestiger. Das Bild verblaßte. Er öffnete die Augen wieder.

Er ordnete, was da in seinem Gehirn abgelaufen war, als »Doktor-Spiel« ein, wie sein Vater das nannte. Er war vierzehn gewesen, als er ihn gefragt hatte, was einen guten Detektiv ausmache. Und Wade, der am Küchentisch saß und fast eine halbe Flasche Bourbon geleert hatte, hatte gesagt: »Ein guter Detektiv arbeitet hauptsächlich hinter den Augen. Wenn du an einem Fall arbeitest, denk nicht drüber nach. Schau ihn dir an, den Fall. Über ihn nachdenken kannst du später. Mach die Augen zu und laß alles noch einmal an dir vorbeiziehen. Danach kannst du es ruhen lassen, solange du willst, und deinem Hirn Gelegenheit geben, dazu aufzuschließen. Das gilt besonders für Menschen. Erste Eindrücke sind normalerweise immer falsch. Dein Unbewußtes weiß immer mehr über das, was du siehst, als es zunächst herausläßt. Du mußt dich also in den Stand setzen, die Dinge immer wieder zu rekapitulieren. Manche nennen das Phantasie. Die Theorieheinis von der Universität nennen es Meditation oder Rekognition. Und ich« – er hatte leicht betrunken gelächelt –, »ich nenne es das Doktor-Spiel.«

Er war alt genug gewesen, um das Wortspiel zu verstehen, und war leicht rot geworden, hatte dann aber laut gelacht, um seine Verlegenheit zu verbergen. Wade war kurze Zeit danach mit der

Flasche in der Hand in sein Zimmer gegangen. Als sich die Tür hinter ihm geschlossen hatte, hatte er selbst sein erstes »Doktor-Spiel« veranstaltet – über seinen Vater. Er hatte die Augen geschlossen und nicht Wade gesehen, sondern einen bourbon-farbigen Hengst, der durch die Wüste galoppiert und einen leblosen Körper hinter sich herschleift.

Er zündete sich eine Zigarette an, stieg über Cal hinweg und ging ins Wohnzimmer. Dort fischte er sich aus einem Karton mit Büchern ein Wörterbuch heraus.

Kobalt, *n (von dtsch. Kobold, Berggeist; davon abgeleiteter Name, den die Bergleute dem Element in Unkenntnis seines Wertes gaben, oder auch weil es schädliche Wirkungen zeigte), stahlgraues, magnetisches, leitendes Schwermetall; chemisches Element; kommt in mehreren Erzen vor; findet als Legierungsbestandteil Verwendung; ebenso bei der Herstellung von Tuschen, Farben und Lacken; chem. Zeichen Co.*

Kobaltblau, *n., 1. ein dunkelblaues Pigment, das aus Kobalt gewonnen wird, 2. dunkelblauer Farbstoff.*

Als das Telefon läutete, hob Cal schläfrig kurz den Kopf. Shephard las den Kobalt-Artikel im Wörterbuch noch einmal durch, während er abhob.

»Hallo Tom, hier ist Carl«, meldete sich Pavlik. Er klang ganz außer Atem. »Die Abdrücke auf der Terpentindose sind vermutlich die gleichen wie auf dem Glas in Algernons Haus. Wer immer das war, der mit ihm gestern nacht trank: es war derselbe, der diese Dose im Sebastian hinterließ. Ich habe Erdspuren vom Schlafzimmerboden abgenommen. Und es war eisenhaltige Erde. Die gleiche, die auch draußen um die Ställe herum zu finden ist. Das Wasser unter dem Abflußstöpsel enthielt Blut, Gruppe 0, also identisch mit der Blutgruppe Algernons. Ich habe Yee angerufen. Robbins hat zwei Haare untersucht, die ich auf dem Kissen fand, und er sagt mir, daß sich aus den Materialspuren von der Leiche nichts ergibt, was wir nicht auch schon mittags wußten. Das Kobalt ist nicht radioaktiv, jedenfalls nicht in irgendeinem relevanten Maße, aber es ist eines von der Sorte, das an jemandem haften bleiben könnte, der mit Metall-Legierungen arbeitet. Irgendwas mit Leichtindustrie, was weiß ich. Oder, natürlich, wenn er selbst das Zeug aus einer Mine buddelt. Robbins wiederholt immer wieder, daß das hier für Laguna ziemlich ungewöhnliches Zeug ist.«

Pavlik hielt inne, um tief durchzuatmen, ehe er fortfuhr. »Und jetzt paß auf: Aus Sacramento teilen sie mit, daß dieser Edward Steinhelper ein entlassener Sträfling ist. Er saß wegen Einbruch, Überfall und Unterschlagung. Drei Jahre lang hat er nichts angestellt, aber von seiner Frau habe ich erfahren, daß er vor zwei Tagen abends mit dem Wagen abgehauen ist. Er ist immer noch verschwunden. Bis letzten Monat hat er in einem Geschäft in Sacramento gearbeitet. Und zwar als Möbellackierer. Na? – Mr. und Mrs. Hylkama sagen ja nun, daß es sich nicht um den Burschen handelt, dessen Foto auf dem Führerschein ist. Aber sie können sich ja täuschen. Jedenfalls, dieser Steinhelper stinkt.«

Shephard dachte über das Kobalt nach und über seine Verwendung in Lacken. »Hast du aus der Küche Abdrücke? In der Nähe des Fensters?«

»Da waren keine. Aber den Stiefelabdruck habe ich fotografiert. Sieht verdammt aus wie der von heute morgen, sag' ich dir. Bis hin zu dem Knick im Absatz. Shephard, du hast den Mistkerl gefunden.«

»Wer ist auf Beobachtung?« fragte Shephard.

»Grimes. Er sagte, er braucht ein paar Überstunden.«

»Die ganze Nacht?«

»Kein Problem, sagte er. Morgen um neun geht Slobin zu den Hylkamas wegen der Phantomzeichnung.«

»Tadellos, Carl, Kumpel.«

»Gleichfalls. Ich bin kaputt. Bis morgen.«

Daß Grimes die Überwachung übernommen hatte, irritierte Shephard. Er goß sich noch einen Scotch ein und starrte wieder auf die noch immer nicht ausgepackten Schachteln, die der Grundstock seines neuen Lebens waren. Er rauchte und ging auf und ab, trat hinaus in den Hof, um unten die Lichter der Stadt zu betrachten, und lief wieder eine Weile hin und her. Schließlich ging er hinunter zur Garage. Es war kurz nach Mitternacht.

Er steuerte den Mustang verhalten zur Thalia Street und fuhr sie entlang bis hinunter nach Glenneyre. Die Nachtbrise kühlte sein Gesicht. Es war fast Vollmond. Die baumgesäumten Alleen von Laguna kamen ihm fremd vor – nach zehn Jahren Arbeit unter der hellen Straßenbeleuchtung von Los Angeles. Gab es irgendein Fleckchen in ganz Los Angeles, fragte er sich, das nachts so dunkel war wie das hier? Als er sich der Serra Street näherte, umfing ihn der zunehmende Eukalyptusgeruch, und zum tausendsten Male erinnerte Shephard sich, was es genau war, das damals um die Jahrhundertwende alle die Maler nach Laguna zog: Frieden und Ruhe und ein Ort, wo man arbeiten konnte. Sogar jetzt noch, fand er, gab es trotz der vielen Touristen, die hier jeden Sommer einfielen, keinen besseren Ort, wohin man sich zurückziehen, sich besinnen, neu anfangen konnte. Dann bog er in den Hof des Hotels Sebastian ein.

Er schaltete die Scheinwerfer aus und drehte vor einem weißen Wagen um, der direkt schräg gegenüber von Bungalow Fünf parkte. Er rollte ganz langsam vorbei und fuhr wieder aus dem Hof hinaus, um draußen auf der Straße zu parken. Dann ging er zu Fuß zurück, und als er sich dem weißen Auto näherte, fand er seine schlimmsten Befürchtungen bestätigt. Natürlich schnarchte Grimes hinter dem Steuer. Man hörte es durch die geschlossenen Scheiben. Der Rückspiegel war zwar so eingestellt, daß er einen direkten Blick auf die Tür des Bungalows bot, aber Grimes' Bullenschädel lag friedlich zwischen Fenster und Kopfstütze. Shephard blieb vor dem Fenster stehen und musterte das Bulldoggengesicht, das jetzt im Schlaf babyfriedlich war. Eine seltsame Art, sich Überstundengeld zu verdienen, dachte er. In Bungalow Fünf brannte kein Licht, und man hörte auch nichts, abgesehen vom gelegentlichen Vorbeizischen der Autos unten auf der Küstenstraße. Steinhelper hätte jederzeit in Ruhe zurückkommen können, dachte er. Er konnte längst im Bett sein und schlafen, womöglich schon seit Stunden.

Er ging vorsichtig über den Kies zur Rückseite der Bungalows auf der anderen Seite. Als er beim ersten um die Ecke ging, blieb er abrupt stehen. Die Umrisse eines Mannes direkt hinter dem Rückfenster von Bungalow Fünf zeichneten sich im Mondlicht ab. Vor dem Mann leuchtete ein Lichtstrahl auf und wanderte aufwärts zum Fenster. Der Mann trat noch einen Schritt näher nach vorn und drückte sein Gesicht an die wehenden Vorhänge. Der Lichtstrahl erlosch.

Shephard ging darauf zu. Unter seinen Schuhen knackten Eukalyptuszweige. Er rief hinüber: »Heda! Machen wir einen Mitternachtsspaziergang, ja? Stehenbleiben, wenn ich bitten darf!«

In dem klaren Mondlicht sah er, wie der Mann sich vom Fenster zurückbeugte und unbeweglich stehenblieb. Shephard erkannte gekräuseltes Haar rund um den ganzen Kopf. Der Mann sah groß aus. Dann drehte er sich plötzlich um und rannte über den Hinterhof bis zum Abhang auf der anderen Seite.

»Bleiben Sie stehen, Mann!« schrie Shephard. »Laguna Polizei! Bleib stehen, Scheißkerl!!« Er rannte los, am Bungalow Fünf vorbei und zum Abhang hinüber.

Der Hügel war mit Eiskraut bewachsen. Shephard stolperte, fiel aufs Knie, stand wieder auf, lief weiter, stolperte wieder. Zum zweitenmal am Boden, sah er, daß der Mann vor ihm ebenfalls gestürzt war.

Er rappelte sich wieder hoch und trampelte in dem tiefen Eiskrautgestrüpp, in dem man kaum Grund fand, herum. Irgendwie gewann er Vorsprung. Shephard war knapp zwanzig Meter hinter ihm. Vor ihm ging es weiter hügelan. Aber so angestrengt er auch lauschte, es war nichts mehr zu hören in dem dichten Dunkel der Bäume. Sein Atem ging schnell und heftig, die Sicht unter den dunklen Schatten der Eukalyptusbäume war schlecht. Im Dunkel vor ihm rührte sich etwas, dann knackte ein Zweig. »He, Sie da! Bleiben Sie jetzt endlich stehen, verdammt!« Aber sein Versuch zu schreien gelang ihm wegen seiner Atemlosigkeit nur schwach. Er rannte wieder los. Der Mann vor ihm flog förmlich in eine Lichtung hinein. Shephard erkannte, daß er den Kopf wandte, um sich umzusehen. Dann machte er einen Satz nach vorn und war unter den Bäumen wieder verschwunden.

Auf der Lichtung hielt Shephard an und lauschte. Seine Beine waren schwer. Stille. Nichts. Er wartete, beobachtete die dünnen Eukalyptusstämme, von denen jeder immerhin dick genug war, daß sich ein Junge dahinter verstecken konnte. Dann ging er weiter, das Gelände vor sich aufmerksam im Auge behaltend und darauf wartend, daß sein Wild ausbreche. Das beste Versteck hier, dachte er. Die Baumkronen standen so eng zusammen, daß das Mondlicht nicht mehr durchdrang. Immer noch hörte er nichts außer seinem eigenen schweren Atem. Dann gab es ein rasches Geräusch hinter ihm in Kopfhöhe. Nein, dachte er, nein, und war noch im Begriff, sich zu ducken, aber da krachte das Eisen schon auf seinen Hinterkopf. Er ging zu Boden. Mach mal Pause, du Hurenbock – später erinnerte sich Shephard ganz genau, daß der Mann dies sagte –, mach mal Pause. Du brauchst sie. Darauf folgte ein schneller und atemnehmender Tritt in den Magen. Und dann wußte er nur noch, wie sich sein Gesicht in das Eiskraut grub. Das letzte, an das er sich zu erinnern vermochte, war, daß er dachte: Dieses Eiskraut riecht wie Blut.

5

Als Shephard die Augen öffnete, sah er eine hellerleuchtete Geräuschwand vor sich. Die Löcher tanzten und bewegten sich, die Quadrate dehnten sich zu Rechtecken und schrumpften wieder zu Quadraten. Aus irgendeinem Lautsprecher irgendwo drang ein Beatles-Song. Er hob den Arm und las den Namen auf dem Plastikschild, das dort an einem Kettchen hing. Falsch geschrieben. Als er versuchte, den Kopf zu heben, explodierte er fast vor Schmerz. Er wurde wieder ohnmächtig.

Es verlangsamte sich zu Träumen: graue Formen, die zu ungeheurer Größe anschwollen. Pferde in Zeitlupe mit geweiteten wiehernden Nüstern. Stumme Frauen mit makellosen Körpern.

Feuer, Stimmen, Wolken. Und später, als die Wirkung der Beruhigungsmittel nachließ, sah er sich selbst in diesen Träumen, als Zuschauer in einer Schattenwelt von Gemurmel und Unbehagen – so wie ein Baby, das noch gar kein richtiger Mensch ist, die Vorgänge um sich herum wahrnimmt: es versucht sie zu verstehen, versteht aber nichts.

Als er endlich wieder zu sich kam, standen sein Vater und ein Mann, den er nicht erkannte, vor ihm. Wade sah besorgt aus. Shephard stöhnte, und versuchte, sich, auf seine Schmerzen achtend, auf die Ellenbogen aufzurichten. »Hallo, Paps«, lallte er.

Sein Vater trug Tenniskleidung. Enge kurze weiße Shorts, enges, kurzes weißes Hemd. Der andere Mann bei ihm war genauso angezogen. »Vorsicht, Junge, Vorsicht, daß dir die Nähte nicht platzen.«

»Mein Aufschlag. Null-fünfzig. Todschicke weiße Schuhe, Paps. Nikes?« Die Worte kamen völlig gedankenlos aus seinem Mund. »Gib mir doch einen Scotch«, hörte er sich sagen.

»So ist es richtig«, sagte Wades Begleiter.

»Erinnerst du dich an Joe Datilla, Tommy? Surfside?«

Datilla trat einen Schritt vor und lächelte. Er sah grau, gut und fit aus. Diese Art Segelbräune und Kurort-Figur, dachte Shephard. »Lange nicht gesehen, Tom«, sagte Datilla. »Ich war gerade mit Ihrem Vater zusammen, als wir es erfuhren, da sagte er mir, geh doch gleich mit. Ich vergebe Ihnen auch, daß Sie unser Tennismatch unterbrochen haben.«

Shephard versuchte sein Bestes, um etwas zu erkennen. Natürlich, Joe. »Ja, ich erinnere mich. Guter alter Joe. Und der Kurort. Der Surfside Club.«

»Na ja«, lächelte Datilla nachsichtig.

»Also, Tommy, was ist passiert?« fragte Wade.

Shephard gab einen unzusammenhängenden Bericht, der abrupt endete, als er die Erschöpfung wieder wie eine warme Decke über sich fallen fühlte. »... Tja, das war mein Abend. Hast du auch was Amüsantes erlebt?«

»Hast du ihn zu sehen gekriegt?« fragte Datilla.

»Wie alt war er wohl?« fragte Wade.

»Einer nach dem anderen, Jungs.« Shephard schloß die Augen wegen eines plötzlichen heftigen Schmerzes. »Ja, und etwa vierzig. Plus minus fünf meinetwegen. Verdammt dunkel da draußen. Bring mir doch mal das Telefon, ja?«

Wade streckte die Hand zum Telefon aus und schob es außer Reichweite seines Sohnes. »Ein Junge hat dich da draußen in den Hügeln gefunden«, sagte er. »Als sie dich brachten, haben sie gleich bei deinem Revier angerufen. Dein Boß weiß, daß du hier bist, also mach dir jetzt deshalb keine Gedanken. Achte lieber darauf, daß meine Gebete etwas helfen. Bitte.«

Wade, der Prediger, dachte Shephard, und denkt immer noch wie Wade, der Polizist.

Die Ärzte befanden, er habe eine leichte Gehirnerschütterung, entließen ihn aber am Nachmittag. Pavlik holte ihn ab. Der Spurensicherer fuhr ihn zum Hotel Sebastian, damit er dort seinen Wagen abholen konnte. Er fuhr vorsichtig. Shephard vergrub sich im Sitz und ließ draußen Laguna Beach an sich vorbeiziehen. Pavliks Stimme ging ihm irgendwie zum einen Ohr rein und zum anderen raus. Er nahm nichts wahr und schnappte nur einige Fetzen auf. Da hat sich Grimes wieder die richtige Zeit zum Pennen ausgesucht... ich habe jetzt Hardy hingesetzt... ich habe selbst eine Stunde lang das Hotel beobachtet... ich habe den Schlüssel... es war nichts verändert, immer noch gleich schäbig... brauche etwas Schlaf... habe mich für heute abend selbst zur Beobachtung eingeteilt...

Es kam ihm endlos vor, ehe er oben in seiner Wohnung war. Die Treppen schienen sich pausenlos zu vervielfachen. Er blieb auf halber Höhe stehen, als er die Stimme seines Nachbarn aus der Tür unten hörte. »Hallo, Shephard. Wollen Sie mitfuttern?«

»Hab' grade gegessen, Sal.«

»Was, zum Teufel, haben Sie denn da am Kopf, Mensch?«

»Nur 'ne kleine Beule.«

»Sie meinen, sie hat die Beine zu schnell geschlossen?« Sal belferte los vor Vergnügen über seinen eigenen Witz.

Shephard grinste schwach, aber sofort schoß der Schmerz wieder durch seinen Kopf. »Gehen Sie heut abend zu den Felsen angeln?« brachte er gerade noch heraus.

»Das ist mir zu spät, wissen Sie. Ich werde nach dem Essen völlig erledigt sein.« Sal rief eine freundliche Beleidigung hinter einer Frau her, die auf dem Bürgersteig vorbeiging, und Shephard machte sich an den mühseligen zweiten Teil seines Treppenaufstiegs.

Ehe er noch auf der Veranda ankam, hörte er von drinnen Cals leises Winseln. Er blieb vor der Tür stehen und horchte... ein langes Wimmern folgte dem andern. Dazwischen war nur das Atemholen des Hundes. Dann begann es wieder. Unterdrücktes atemringendes Keuchen, dann nichts mehr. Er schob mit einer Hand den Schlüssel ins Schloß, während er mit der anderen den Python-Colt aus dem Halfter zog, und stolperte zur Tür hinein.

In der Mitte des Wohnzimmers lag Cal – zuckend, gefesselt und mit Klebeband geknebelt. Er trat hinter den Hund, den Colt im Anschlag, und ging vorsichtig weiter ins Schlafzimmer. Die Bettdecke war der Länge nach aufgeschlitzt. Er ging ins Bad und dann zurück hinaus ins Wohnzimmer zu seinem Hund.

Die Stereolautsprecher waren zertrümmert, der Plattenspieler-Tonarm auf groteske Weise nach oben verdreht. Die Pflanzen waren alle umgeworfen und aus den Töpfen gerissen, alles lag auf dem Teppich verstreut. Die Schachteln und Kartons waren umgeworfen und ausgeleert, das Sofa lag mit den Beinen nach oben, ein Fotoalbum war durchstöbert und dann achtlos auf das geworfen worden, was einmal eine blühende Dieffenbachia gewesen war. Shephard zitterte am ganzen Körper.

Er löste Cals Fesselung. Das Tier flüchtete sich, sobald es die Beine frei hatte, ins Schlafzimmer.

Das Telefon klingelte. Shephard kämpfte sich durch das Chaos seiner Wohnung zu ihm vor und nahm den Hörer ab, ohne etwas zu sagen. Ein Wunder, daß es überhaupt noch funktioniert, dachte er.

»Shephard?« sagte eine unterdrückte leise Stimme. Er wartete, und es wurde ihm klar, warum das Telefon unangetastet geblieben war. »Na, Sie sind's doch, Shephard, oder? Ich habe das Telefon nicht angerührt, damit ich Sie auch anrufen und fragen konnte, ob Sie die Lage begriffen haben. Kapiert?« Shephard schwieg. »Natürlich haben Sie kapiert. Tun Sie sich einen Gefallen und ziehen Sie sich für eine Weile selbst aus dem Verkehr. Sie machen mich damit sehr glücklich. Wie geht's dem Hund? Taugt nicht viel, wenn man ihn brauchen würde, ehrlich gesagt.« Der Mann hängte auf.

Shephard ging wieder hinaus in die Küche, goß sich einen Scotch ein und stieg die Treppen hinunter. Er fand Sal auf sein Sofa gelümmelt, Aschenbecher auf der Brust, während er an einem Joint nuckelte: »Hauen Sie mich nicht, Shephard! Ich bin ein ganz braver Junge.«

»Waren Sie lange auf?«

»So lange wie Sie. Hatten Sie eine Frau bei sich oben gestern?«

»Nein, wieso?«

»Weil der Scheißstereoapparat eine Stunde lang auf Hochtouren lief. Ich dachte, Sie wollten vielleicht der Nachbarschaft nicht eine Stunde lang Seufzer und Gestöhn bieten.«

»Wann war denn das?« fragte Shephard. Das Seufzen und Gestöhne, dachte er, waren in Wirklichkeit die Mißhandlung Cals und die Verwüstung seiner Wohnung. Deshalb hatte der Bastard die Musik so laut aufgedreht.

»Kurz nach eins. Sie müßten das doch…« Dann verstand Sal endlich. Er rappelte sich von seinem Sofa hoch, setzte den Aschenbecher ab, schaltete den Fernseher aus und schloß die Tür. »Was ist passiert?«

»Ich hatte lieben Besuch. Haben Sie ihn gesehen?«

Sal schien kleiner zu werden und sehr viel wachsamer, geradezu eifrig. »Ja, ich hab' ihn gesehen«, sagte er ruhig. »Ich sagte Ihnen doch, daß meine Tür auf war. Wer auch immer in diesem Ghetto hier raus- oder reingeht, ich sehe ihn. Groß und kräftig, gut gebaut. Da nahm ich natürlich an, daß er ein Polizist sei. Er ging hier so um eins vorbei. Dann plärrte die Stereoanlage los. Halbe Stunde später ging er wieder. Der Kerl fuhr doch glatt einen Carrera. Ich fragte mich noch, woher hat ein einfacher Bulle so viel Kies für einen solchen Schlitten. Mitternachtsblau. Hatte ihn direkt unter der Straßenlaterne da draußen stehen. Ist bei Ihnen oben alles okay?«

Dunkelblau und Michael-Stett-glänzend, dachte Shephard. »Nein«, sagte er.

Sal musterte ihn aufmerksam. »Ach Scheiße, Shephard. Ich hätte es ja gleich gesagt, aber ich fragte mich, ob ihr zwei nicht vielleicht... na ja, verdammt, Sie kennen doch Laguna.« Sals Hand machte eine tuntige Handbewegung an seiner Hüfte.

»Er war also allein?«

»Sicher, und überhaupt nicht in Eile, so, wie er ging. Ich hielt ihn die ganze Zeit für einen Bullen. Tut mir leid, Nachbar.«

Nachdem Shephard mit seinem Hund vom Tierarzt nach Hause gekommen war, rief er Louise an. Ein Mann mit höflicher Stimme war am Apparat und fragte, was er bestellen solle, wer dran sei.

»Ihr Ehemaliger, Scheißer. Holen Sie sie an den Apparat.«

»Aber gern.«

Louise. Er sah sie vor sich: die anmutige, gelangweilte, flatterhafte Louise. »Hallo Tom«, sagte sie. Ihr neues Leben, ihre sorglose Selbstsicherheit waren aus dem Klang ihrer Stimme herauszuhören. »Robert hier sieht mich recht fragend an. Hast du ihm was getan?«

»Überhaupt nichts. Pfadfinderehrenwort. Ich rufe dich nur schnell an, um dir zu sagen, daß ich ein ganz neues Leben begonnen habe. Ein absolut großartiges. Du hast dich ja meinetwegen ein wenig schuldig gefühlt, aber das mußt du nicht mehr. Ich spreche dich von allem los.«

»Du trinkst wieder, ja?«

»Ich bin seit einem Monat jeden Abend stocknüchtern. Hast du schon irgendwelche Filmrollen gekriegt?«

Sie zögerte. Er hörte ihren Atem. »Soweit bin ich noch nicht, weißt du, Tom. Werbespots für Shampoo vielleicht.«

»Mach Robbie ein bißchen Feuer unter dem Hintern. Er ist doch eine große Nummer.«

Sie überhörte das. Führ dich nicht auf wie ein Idiot, Shephard, dachte er. Was soll der Quatsch.

»Und bei dir?« fragte sie. »Kennst du wen?«

Shephard spürte die Wirkung des Scotchs. Blöde Vertraulichkeit. »Selbstverständlich, Lou. Sie heißt Karen. Macht auch so Schauspielerzeug wie du. Karen Smythe... im letzten Reynolds-Film hat sie gespielt. Burt Reynolds, meine ich. Aber ich hab' den Titel vergessen.«

»Schön zu hören, Tom. Das freut mich wirklich für dich.«

»Brauchst du nicht. Ist ja alles nur gelogen.«

»Ja, weiß ich doch.«

»Ich bin nach Laguna zurückgegangen.«

»Da fühlst du dich bestimmt am besten.«

»Ich würde dich gern mal sehen, Lou, gelegentlich. Ich denke an dich.«

»Vielleicht, Tom.«

Um zwei schlief er endlich, und dann verfolgte ihn wieder der unausbleibliche Alptraum, in welchem Morris Mumford vornüber ins Gras sackte, während ein Bulle verzweifelt versuchte, nicht seine gesamten Gedärme auf das Trottoir auszukotzen. In diesen Träumen stand Shephard jedesmal da und machte sich in die Hosen, wie es auch in der Wirklichkeit geschehen war, während es in seinen Ohren dröhnte und die Pistole in seiner Hand immer größer wurde. So groß, daß er sie nicht mehr halten konnte.

6

Früh am nächsten Morgen fuhr Shephard zu Jane Algernon. Ihr Haus lag an der Laguna Canyon Road, eine halbe Meile westlich des Reitstalls ihres Vaters. Es duckte sich unter eine massive Weide, deren Schatten die ganze Vorderfront bedeckte. Er roch den strengen Geruch von Fisch und hörte beim Näherkommen quakende Geräusche. Vor dem Haus war ein abgezäuntes Gehege mit einem betonierten Bassin, irgendeinem glitschigen Tier und einer jungen Frau mit hüfthohen Gummistiefeln über den

Hosen. Sie beugte sich nach vorne zu dem Tier und gab ihm einen Bissen. Fisch, vermutete Shephard. Das Tier glitt ins Wasser, und die Frau wandte sich um. Sie war großgewachsen und hübsch. Sie hatte ihr dunkles Haar aus dem Gesicht gebunden.

»Seehund?« fragte er.

Sie sah ihn mit einem Blick an, der ihr Desinteresse verriet. »Seelöwe«, korrigierte sie. »Sie müssen von der Polizei sein.«

»Detective Shephard.« Der Seelöwe tauchte auf. Sie warf einen Fisch in die Luft, und der Seelöwe bemühte sich, ihn aufzufangen. »Können wir uns mal unterhalten?«

»Bitte.«

Shephard spürte einen Kälteschauer, und den verursachte nicht allein der Schatten der Weide. »Es tut mir sehr leid. Nehmen Sie bitte mein Beileid entgegen. Lebte Ihr Vater allein?«

»Meine Mutter starb vor sechsundzwanzig Jahren an Krebs. Er lebte allein.«

»Was war er für ein Mensch?«

Sie warf dem Seelöwen wieder einen Fisch zu und lächelte, als er ihn wieder mitten im Flug erwischte. Aber das Lächeln gefror, als sie sich Shephard wieder zuwandte. »Ich weiß das nicht. Er ignorierte mich, und ich ignorierte ihn. Dabei liebte ich ihn ebenso, wie jede Tochter ihren Vater liebt. Bei uns klappte das lediglich besser aus einiger Distanz, das ist alles.«

Shephard steckte sich eine Zigarette an. »Gefrierfisch?«

»Tiefgefroren.«

»Natürlich. Also, Sie meinen, Sie können mir nicht sagen, was Ihr Vater für ein Mensch war?«

Jane Algernon seufzte und stützte die Hände in die Hüften. »Ein Spieler und Trinker. Das kann ich Ihnen sagen. Das ist doch auch die Art Information, die Sie haben wollen, oder?«

»O ja, sicher.« Shephard zog einen Notizblock und einen Kugelschreiber aus der Tasche. Aber er kritzelte nichts auf die Seiten. Was neutrale Befragungen anging, hatte er gelernt, war es immer gut, mit Vorurteilen zu arbeiten. Alles schön eingeteilt. Straßengeplauder mit Leuten von der Straße, harte Gespräche mit Leuten, die zu viel Fernsehen anschauen, vertrauliche Gespräche mit solchen, die sich für bekannt halten, tröstende Worte für die paar Bedürftigen, die sich an die Polizei wenden, weil sie Mitleid brauchen und eine Schulter, an der sie sich ausweinen können. Leute wie Jane Algernon waren allerdings am schwierigsten: ihre Überlegenheit erforderte Unterwerfung. »Da er einen Reitstall unterhielt, nehme ich an, daß er auf Pferde wettete?«

Sie beobachtete ihn. »Pferde, Football, Boxkämpfe. Immer und ewig. Wenn Sie Laguna kennen, brauchen Sie mich nicht zu fragen, wo er wettete.«

»Ach, Sie meinen wohl Martys Sport-Bar.«

»Grüßen Sie ihn von mir. Wird allmählich Zeit, daß er ein bißchen Druck bekommt.«

»Sie scheinen sich nicht übermäßig viel aus Marty zu machen.«

»Ich mache mir überhaupt nichts aus Leuten, die andere ruinieren. Oder aus solchen, die hinterher rumschnüffeln.«

»Das geht auf mich, ja?« Sie wandte ihm den Rücken zu und drehte sich auch nicht um. Er bemerkte, daß ihr Haar mit zwei Haarklammern aufgesteckt war. Das Licht, das gedämpft durch die Weide drang, spielte auf ihrem Haar. Sie ist schön, dachte er.

»Es ist nicht persönlich gemeint«, sagte sie.

»Hatte er Feinde? Könnte ihm irgendwer nach dem Leben getrachtet haben?«

»Wenn ich das angenommen hätte, wäre ich ja wohl meinerseits zuerst zu Ihnen gekommen, oder nicht?«

Shephard sah ein, daß dies zu nichts führte. Er machte Notizen und tat wichtig, blätterte vor und zurück, schrieb wieder etwas und spielte sich auf.

»Was schreiben Sie denn da, wenn ich Ihnen gar nichts gesagt habe?«

Er blickte auf und direkt in ihre blauen, zornigen Augen, die ihn zu durchbohren schienen. »Nur meine Beobachtungen«, sagte er und beendete seine Eintragung mit einem Schnörkel.

»Und was genau beobachten Sie? Außer einem hungrigen Seelöwen, der gerne seine Mahlzeit beenden würde?«

»Das will ich Ihnen sagen, Miss Algernon. Erstens sehe ich Ihren Vater. Nachdem Sie sagten, sie kannten ihn nicht, möchten

Sie ihn vielleicht sehen, wie er gestern morgen aussah?« Er rief sich selbst das Bild in Tim Algernons Schlafzimmer ins Gedächtnis zurück. »Er war ein großer Mann mit einer Leidenschaft für Pferde. Er liebte es, auf ihnen zu reiten, sie zu füttern, mit ihnen zu reden. Vielleicht liebte er sie noch mehr, nachdem Ihre Mutter tot war. Oft wenden Menschen ihre ganze Liebe Tieren zu, vor allem dann, wenn sie einsam sind. Das ist eine Liebe ohne Risiko, weil Tiere nicht viel von einem verlangen. Aber es ist jedenfalls Liebe. Ich sehe ihn vor mir, wie er wettet und *Jack Daniels* trinkt, wahrscheinlich zu viel. Ich sehe ihn vor mir, wie er alles satt hat und ein Dutzend Pferde, die er liebte und ungern verlor, verkaufte. Ich sehe ihn vor mir, wie er sein letztes verbliebenes Pferd sattelt, eine Stute, wie hieß sie noch gleich...«

»Rebecca«, antwortete sie, mit einer Stimme voll verhaltenen Zorns.

»Rebecca. Aber er nannte sie Becky. Jedenfalls, so ritten sie durch den Canyon. Den Canyon hier. Und dann sehe ich natürlich vor mir, was ihm widerfuhr. Ich sehe ihn vor mir, wie er im Kies vor seinem Haus liegt, in dem er vierzig Jahre lang lebte, einen Steinbrocken von der Größe einer Faust in der Stirn, mehr als tausend Dollar in Banknoten in ihn hineingestopft, und von oben bis unten versengt.« Von seinem Standort aus konnte er erkennen, wie Janes Gesicht zornrot geworden war. »Und dann sehe ich Sie, seine Tochter, vor mir, die nur einen kurzen Fußmarsch von seinem Reitstall entfernt lebt. Ich sehe vor mir, wie er betrunken ist und Dinge zu Ihnen sagt, die Sie gar nicht gern hören. Und Sie sehen, wie er beim Wetten Geld verliert. Seelöwen füttern mag ein prima Beruf sein, aber er gleicht dem meinen zumindest darin, daß man mit ihm nicht viel Geld verdienen kann. Es paßte Ihnen nicht, daß das Geld auf die Rennbahn wanderte statt ein wenig auch zu Ihnen hier herunter. Beachten Sie, Miss Algernon, daß dies natürlich nur Vermutungen sind. Ich glaube, Sie vermuteten, daß er Ihre Mutter früh ins Grab trank. Es ist offensichtlich, daß Sie ihm das nie verziehen haben. Und schließlich sehe ich noch etwas vor mir. Damit sollte ich Sie zwar vielleicht nicht behelligen, aber Sie haben mich danach gefragt. Ich sehe eine Tochter mit zu vielen Schuldgefühlen, als daß sie zugeben würde, sie liebe ihren Vater, und mit zuviel Groll auf ihn, um einzugestehen, daß sie sich betrogen fühlt. Sie schämt sich vor sich selbst zu sehr, nichts getan zu haben, um ihm zu helfen – wie hätte sie das auch tun sollen? – und es wenigstens noch zu versuchen. Jetzt, wo sie die Gelegenheit dazu hat.

Und natürlich muß ich aber auch mich selbst sehen. Nachdem ich schon mal hier bin. Ich sehe einen Polizisten mit einem Pflaster auf seinem Hinterkopf, der nun genau zu dieser Frau gehen und ihr eine Menge Fragen stellen muß, die sie nicht hören will. Er selbst möchte sie freilich noch viel weniger hören. Aber er glaubt nun einmal an ein paar fundamentale Dinge. Wie zum Beispiel, daß Mörder nicht ungeschoren davonkommen sollten. Also stellt er seine Fragen. Er kriegt allerdings keine Antworten. Offen gesagt, kommt er sich deshalb etwas dumm vor. Wenn eine schöne Frau einen Mann sich klein fühlen läßt, dann fühlt er sich auch wirklich klein. Aber unser Mann ist nun zufällig ein Profi. Er will Antworten haben, und er braucht Hilfe. Er kritzelt einen Haufen Quatsch in sein Notizbuch, weil er hofft, sie glaubt, er sei so blöd, wie er sich stellt, und ihn am Schluß fragen wird, was er denn da schreibe. Und Sie haben es gefragt, Miss Algernon.«

Shephard hielt seinen Blick angelegentlich auf seinen Notizblock gerichtet und steckte ihn schließlich wieder in seine Tasche. Sie starrte ihn noch immer an. Ihre Augen funkeln kobaltblau, dachte er. Berggeist.

»Und was genau möchten Sie also hören?« fragte sie endlich beherrscht. Es klang wie Zischen.

»Ich hätte gerne ein neueres Foto von Ihrem Vater. Ich benötige ein Muster seiner Handschrift. Ich brauche die Namen seiner Freunde, regelmäßiger Kunden, Wettbrüder, Saufkumpane. Ich würde gerne einen Blick in seine Geschäftsbücher werfen. Ich muß mich zusammen mit Ihnen eine Stunde lang in seinem Haus umsehen, während Sie mir etwas über ihn erzählen – wobei es ganz bei Ihnen liegt, was Sie mir erzählen wollen. Denn was ich vielleicht brauchen kann, das könnte sich auch zwischen den

Zeilen finden. Alles kann eine Spur sein. Sie sagen mir nur, was Sie mir sagen wollen. Wer ihn auch umgebracht hat, hat es genau geplant. Um Geld ging es nicht. Irgendwo in diesem Haus dort oder irgendwo in Ihrem Kopf hier gibt es den Grund.«

»Ist das alles?«

Irgendwie ist ihre Stimme aufgetaut, dachte er. Er sagte: »Ja.«

»Schön. Dann verlassen Sie jetzt mein Grundstück und gehen Sie mir aus den Augen. Guten Tag. Übrigens, Detective, das hat gar nichts mit Ihrer Dienstmarke zu tun. Die ist ohnehin noch das Interessanteste an Ihnen.« Sie wandte sich brüsk ab und holte einen neuen Fisch aus ihrem Eimer, den sie am Schwanz dem Seelöwen zuwarf. »Wie heißen Sie noch?«

»Shephard.«

»Könnte sein, daß ich mich daran erinnern möchte, wenn ich das nächste Mal mit Ihrem Boß rede. Er wohnt hier in der Nachbarschaft, wissen Sie.«

»Selbstverständlich. Hier ist meine Karte.« Er bosselte eine Visitenkarte in eine der Zaunmaschen. »Tut mir leid, Miss Algernon. Meine Mutter wurde umgebracht, als ich noch sehr klein war. Ich kann Sie also verstehen. Man kommt nicht wirklich darüber weg. Man lernt nur, es wegzustecken. In Ihrem Innern können Sie sich ihn ja makellos bewahren.« Und sich nicht beunruhigen lassen, dachte er dazu. Wie von Colleen. »Kennen Sie Ed Steinhelper?«

»Raus jetzt!« zischte sie und funkelte ihn an, als er sich vom Zaun abwandte und zu seinem Wagen zurückging.

Shephard fand Marty Odettes schwarzen 280Z vor der Sport-Bar am Küsten-Highway geparkt. Das Kennzeichenschild lautete auf MARTYZ, und der Wagen glitzerte wie Feuerstein in der morgendlichen Sonne. Der Touristenverkehr wurde bereits recht dicht. Der Geruch von Meerwasser und Sonnenöl wehte vom Badestrand herüber. Shephard erinnerte sich an die Sport-Bar aus seiner Knabenzeit: ein lautes, düsteres Lokal, wo die Männer hingingen, um auf einer großen Leinwand die Sportübertragungen zu verfolgen, und wo gerüchteweise auch illegal gewettet wurde. Einige Jahre später hatte er erfahren, daß Marty Odette tatsächlich wegen Buchmacherei im Knast gewesen war. Aber er hielt sich in Laguna sehr zurück. Die Polizei ließ ihn in Ruhe, weil sie seine Bar selbst ganz gern mochte. Marty Odette war früher gut mit Wade Shephard befreundet gewesen, ehe dieser seinen Weg zu Gott angetreten hatte. Aber seit vielen Jahren hatte Shephard nun schon seinen Vater Martys Namen nicht mehr erwähnen gehört. Auf dem Weg zu der Bar wurde er Jane Algernon in seinen Gedanken nicht los.

Die Vormittagstrinker in der Sport-Bar waren die gleichen Typen wie die Vormittagstrinker überall: ruhig, freundlich, selbstsicher. Ein zwei Meter hoher Flugzeugpropeller hing noch immer hinter dem Tresen an der Wand. Das bevorzugte Getränk hier schien Bier zu sein. Shephard bestellte einen Kaffee. Die Frau neben ihm sah wie siebzig aus und lächelte ihm zu. Er nickte und ließ sich auf den Hocker nieder.

»Kenne ich Sie nicht?« fragte der Mann hinter dem Tresen.

»Tom Shephard.«

»Tommy Shephard, verdammich!« Er streckte die Hand herüber und schüttelte die Hand Shephards kräftig.

»Wie geht's, Marty?«

»Schauen Sie sich doch um«, entgegnete Odette und breitete die Arme aus wie ein Pastor vor seiner Gemeinde. »Mir geht's prächtig. Das Geschäft läuft. Und Sie? Wie geht's Wade? Ich hab' ihn neulich am Sonntagabend im Fernsehen gesehen. Wirklich gute Predigt. Ich fühlte mich so als Sünder dabei, ich mußte abschalten. Aber toll, wie er das macht. Macht da so ein Mordshospital auf in Mexiko unten, nicht?«

»In Yukatan, ja. Bei Cozumel.«

»Macht das, nach allem, was er durchgemacht hat. Toller Kerl, wirklich. Aus dem ist ein richtiger Wundermann geworden.« Odette war ein untersetzter, grauhaariger Mann mit breitem Gesicht und einem unsteten, oberflächlichen Lächeln. Er goß Shephard Kaffee ein und dann auch sich selbst.

»Ist schon jemand von Ihrem Personal da, Marty?«

»Na sicher.«

»Dann übergeben Sie die Bar hier doch jemandem.«

Odette unterdrückte einen Fluch, während er sich die Schürze abband. »Aber gern, Tommy.« Er verschwand in einem Hinterzimmer und kam mit einem jungen Mann zurück. »Gehen wir nach hinten.«

Das Büro war recht geräumig, aber ohne Fenster. Ein Schreibtisch, zwei Stühle, drei Telefone. Sie setzten sich, und Odette goß zwei Scotch ein, eine Durchschnittsmarke.

»Sie haben sicher von Tim gehört«, begann Shephard. »Ich wüßte gern, ob er Ihnen viel Geschäft brachte.«

Odette nippte an seinem Drink. Das Telefon klingelte, und er sagte, sie sollten später noch mal anrufen. »Ein Biertrinker«, erzählte er. »Und schwer in Ordnung. Er kam immer am Freitagabend rein. Auf ein paar Bierchen. Montags zum Football. Ein ziemlicher Biertrinker, Tom.« Wieder klingelte das Telefon, und wieder sagte Marty, sie sollten später noch einmal anrufen. Dann haute er auf die Taste der Sprechanlage und trug irgend jemandem, der dran war, auf, sich gefälligst um die verdammten Anrufe zu kümmern. Er ließ die Taste los und lächelte. »Man hat den ganzen Tag zu tun, sich die Vertreter vom Leibe zu halten.«

»Ich rede nicht vom Bier-Geschäft«, sagte Shephard. »Ich rede vom Wettgeschäft.«

Marty schüttelte ganz entschieden den Kopf. »Nein, nein, Tom, da geht nichts mehr bei mir. Da bin ich endgültig raus. Deswegen trinken wir hier ja auch diesen –« er hob sein Glas hoch, »– statt *Glenlivet.*«

Shephard hörte, wie das Telefon nun draußen irgendwo klingelte. »Wann haben Sie ihn zuletzt gesehen?«

»Freitagabend.«

»War irgendwas Ungewöhnliches?«

»Ja, tatsächlich. Er hatte eine zerfledderte Bibel mitgebracht und vor sich auf der Bar liegen. Ich fragte ihn, ob er etwa neugeboren sei, und er brummte, ich sollte den Mund halten. Ist ja auch nicht grade üblich, daß einer in eine Bar eine Bibel mitbringt. Aber bei mir sind ja auch eine ganze Menge Männer wie zu Hause.« Odette sah auffällig unauffällig auf seine Uhr.

»Ja, Marty, ich hab's ebenfalls eilig. Ich muß herausfinden, wer Tim Algernon ermordet hat. Ihre Anrufer da wollen alle Ihre Quoten für die Vollblüter im Hollywood Park heute abend wissen. Erzählen Sie mir bloß nicht, sie wollten wissen, welche Gin-Marke bei Ihnen ausgeschenkt wird. Ich würde das für eine Beleidigung meiner Intelligenz halten, wissen Sie. Und das würde mich ziemlich sauer machen. Also. Ich brauche lediglich drei Antworten von Ihnen, und dann haben Sie mich los und können weiter Ihren Geschäften nachgehen. Erstens: hat Algernon letzte Woche groß gewonnen?«

»Zweitausend. Auf ein Pferd namens Blue Moon. Fünftes Rennen im Park letzten Donnerstag.«

»Wie haben Sie ihn ausbezahlt? Was für Scheine, meine ich.«

»Hunderter, Fünfziger, Zwanziger. Wieviel von jeder Sorte, weiß ich nicht mehr. Die Scheine waren nicht alt und nicht neu. Halt einfach Scheine.« Marty stürzte seinen Scotch hinunter und goß sich noch einen ein. Shephard hatte den seinen noch nicht angerührt.

»Wer macht bei Ihnen das Grobe?«

Odette stand auf und lehnte sich über den Schreibtisch. »Aber Tom. Nein, nein. Das mach' ich doch nicht. Habe ich auch nie. Meine Leute hier, die bei mir spielen, kennen sich doch alle untereinander seit langem. Da gibt's keine Schlägereien oder so was. Mein Gott, das wissen Sie doch, hier in Laguna hat jedermann zwei Dinge: Geld und eine braune Haut von der Sonne. Mit so Sachen habe ich überhaupt keine Probleme. Bei mir geht es doch nur um kleine Fische.« Er setzte sich wieder und lehnte sich zurück. »Aber weil wir gerade von Muskeln reden, da fällt mir ein, was Ihnen vielleicht helfen könnte. Tim hat mich, als er das letzte Mal da war, nach Little Theodores Telefonnummer gefragt. Ich hab' sie ihm gegeben. Sie kennen Little Theodore doch?«

»Na sicher.«

»Vielleicht kann er Ihnen helfen, Tommy.« Shephard stand auf und verleibte sich seinen Scotch ein. Odette blieb sitzen, und sein Gesicht verfinsterte sich. »Sie sperren mir doch den Laden hier nicht zu, oder?«

»Ich bin die Mordkommission, Marty. Wenn Sie keinen umgebracht haben...«

Odette grinste. »Kommen Sie wieder, wann immer Sie wollen, Shephard. Sie haben was gut bei mir. Ich habe gerade eben meine Jet-Lizenz bekommen. Ich nehm' Sie mal auf einen Rundflug mit, okay?«

»Noch etwas, Marty. Was hat Jim getrunken, wenn er nicht gerade Bier trank?«

»*Jack Daniels.* Ausschließlich.«

»War hier jemand, der erfahren hat, daß Tim am Donnerstag die große Glückssträhne hatte?«

»Na klar doch. Das wußte jeder. Dafür hat er schon selbst gesorgt. Aber ich sagte Ihnen ja, meine Gäste sind alle miteinander alte Bekannte und in Ordnung. Schräge Typen schaffe ich sofort raus. Ehrlich.«

»Schönen Gruß von Jane Algernon.«

Marty schüttelte betrübt den Kopf. »Super-Klasse«, sagte er, als wäre ihm noch jemand abhanden gekommen, »aber auch ein Klasse-Miststück. Trotzdem, sie tut mir leid, unter den Umständen. Grüßen Sie sie wieder, Shephard. Was ist übrigens mit Ihrem Kopf passiert?«

Er hielt an einer Telefonzelle an und rief bei der South Coast Auskunftei an. Diesmal kam er direkt zum Büro durch. Die Frau, die sich meldete, war höflich, und sie notierte einen Termin für Randy Cox bei Michael Stett in einer Erbschaftssache. Shephard erzählte etwas von einem reichen toten Onkel Larry und einer streitsüchtigen Schwester, die alles für sich wollte. Sie war sicher, daß Mr. Stett da helfen konnte. »Also heute um eins«, schloß sie. »Cheerio.«

Auf seinem Schreibtisch erwartete ihn ein Stapel Notizzettel von Pavlik. Die Handschrift war, wie Pavlik selbst, nicht sehr ansehnlich, aber was er mitteilte, hatte Hand und Fuß und war präzise.

Robbins hat die Haare verglichen. Mann vom Stall und im Hotel identisch. Nichts Neues nach den ersten Proben.

Im Bungalow 5 ist die ganze Nacht niemand aufgetaucht. Boß hat angeordnet, Beobachtung soll heute Mitternacht beendet werden. Macht's dramatisch wie immer. Wie geht's dem Kopf?«

Der letzte Zettel war abends um zwanzig Uhr geschrieben, als Pavlik nach vierundzwanzig Stunden Dienst heimging:

Steinhelpers Frau noch mal angerufen. Er ist gestern abend spät heimgekommen. Sagte, er sei versumpft und habe ein paar Tage mit Freunden verbracht. Sie sagte, er sah auch danach aus. Er hat am 23. in Sacramento mit einem Burschen namens O'Malley gesoffen, sagt er. Hat ihm angeboten, ihn nach Hause zu fahren, ist aber von ihm ausgeraubt worden. Hat ihn vermutlich zusammengeschlagen. Polizei prüft nach, aber scheint alles zu stimmen. Hylkama scheint tatsächlich recht zu haben. Steinhelper ist nicht unser Mann. Slobin hat die Phantomzeichnung gemacht. Liegt bei.

Shephard räumte die Notizzettel beiseite, suchte die Phantomzeichnung heraus und legte sie ordentlich vor sich auf die Tischplatte. Das Gesicht war straff und schlank, die Augen standen breit auseinander und blickten scharf, der volle Mund mit den hochgezogenen Mundwinkeln gab ihm einen lässigen, trägen Ausdruck der Überlegenheit. Der Bart war zurückgestutzt und rahmte das harte Gesicht ein. Das Haar war glatt und fiel in einem Mittelschopf nach vorn. Alles in allem, ein hochmütiges, aber gutaussehendes Gesicht.

Dieses Phantombild ist wie alle, dachte Shephard, während seine Gedanken suchend umherwanderten: es konnte jeder sein und niemand. Keiner sieht wie ein Mörder aus. Oder sehen alle so aus?

7

Die South Coast Auskunftei-Büros befanden sich im Newport Center, einem ausgedehnten Geschäftszentrum, dessen Gebäude einen repräsentativen Eindruck machten. Das Mädchen an der Rezeption war Engländerin, blond und sommersprossig und begrüßte Shephard, alias Cox, mit einem warmen professionellen Lächeln. Sie hieß Marla Collins und erzählte gleich, daß sie nur aushilfsweise da sei, bis zum Herbst, bis die Schule wieder anfing. Shephard nahm auf einem schwarzen Ledersofa Platz und wartete auf Michael Stett.

Nach einer halben Stunde wurde er in ein geräumiges Büro gebeten. Der Mann, der ihm zuerst vom Schreibtisch aus entgegenblickte und sich dann erhob, um ihm die Hand zu geben, war groß und muskulös und entsprach genau Hylkamas Beschreibung: ein athletischer Typ mit dunklem, gekräuseltem Haar und braunen Augen. Sein Gesicht war tiefbronze gebräunt und schon ziemlich durchfurcht. Das Namensschild auf seinem Schreibtisch lautete auf BRUCE HARMON. Er gab ein hochmütiges »Hallo« von sich. »Nehmen Sie Platz, Mr. Cox«, sagte er kurz angebunden. »Erbschaftssache?«

»Ich wollte eigentlich zu Mr. Stett«, protestierte Shephard scheinbar kleinlaut.

»Hat keine Zeit. Aber der Laden hier gehört mir. Ich kann Ihnen also gewiß ebenso helfen.«

»Mr. Stett ist mir sehr empfohlen worden.«

»Er ist leider nicht mehr bei uns. Also, wenn ich recht verstehe, dann hat Ihnen ein Onkel Lawrence oder so mit etwas Vermögen eine Erbschaft hinterlassen, die Ihre Schwester jedoch für sich reklamiert. Lassen Sie mich zunächst auf ein paar grundsätzliche Dinge hinweisen, Mr. Cox. Die South Coast Auskunftei ist eine lizenzierte und überprüfte Firma, und wir arbeiten prinzipiell mit dreißig Prozent Provision auf alle Regelungen, die wir für unsere Kunden erzielen. Mit Größenordnungen unter zehntausend Dollar befassen wir uns nicht; allerdings stehen wir für die Ermittlung der Höhe einer Hinterlassenschaft zur Verfügung. Das kann sehr zeitraubend und kostspielig sein. Viele Leute sind nicht immer ganz, sagen wir, offen. Wären Sie mit diesen Bedingungen einverstanden?«

»Ja, scheint mir alles akzeptabel.«

Harmon war schon die richtige Hausnummer, dachte Shephard. Er hatte diese Attitüde von Leuten, die über Leichen gehen. Jede Wette, daß er irgendwo ein Paket mit Michael-Stett-Visitenkarten hatte.

»Um welche Größenordnung handelt es sich denn, grob gerechnet?« Harmon legte die Ellenbogen auf den Schreibtisch und stützte sich auf den Knöcheln auf. Seine Unterarme waren dick, sein Genick massig, und das enge Polohemd, in das er sich gezwängt hatte, verstärkte diesen Eindruck noch.

»Ach, eigentlich keine«, sagte Shephard.

Harmons Augenbrauen zogen sich ärgerlich zusammen, ehe er noch dazu kam, seine professionelle Geschäftssmiene wieder aufzusetzen. Er lächelte. »Keine?«

»Wissen Sie, es gibt gar keinen Onkel Lawrence. Und wenn ich eine Schwester hätte, könnte sie alles von mir haben. Was ich allerdings habe, ist ein Interesse an dem Tim-Algernon-Mord.«

Harmon lehnte sich zurück und zog sich eine Zigarette aus einem auf dem Tisch liegenden Päckchen. »Da sind Sie also dann vermutlich auch nicht Randy Cox, wie?«

»Shephard. Polizei von Laguna Beach.« Er zeigte seine Marke her. Harmon verschwendete keinen Blick darauf.

»Ach, Mann, Shephard, warum sagen Sie das denn nicht gleich? Ich bin auch nicht Jesse James, sondern ein Privatdetektiv. Ich stehe euch Burschen doch jederzeit zur Verfügung, wenn ich nur helfen kann. Wozu das Versteckspiel?« Harmon lächelte.

»Nun ja, unsereins kommt immer ganz unten auf die Terminliste von Geschäftsleuten. Speziell in Ihrer Branche. Hab' mir gedacht, mit einem kleinen Köder ging's vielleicht schneller.«

Harmon lachte herzlich. Seine Augen sagten allerdings: Dir würde ich gerne das Genick brechen. »Hat Sie einer reingelegt?«

»Vor dem Hotel Sebastian hat mich einer reingelegt.«

»Ah ja? Was kann ich für Sie tun? Ich sage Ihnen gleich im voraus, ich habe keine blasse Ahnung von der ganzen Algernon-Geschichte. Ich weiß nur, was in den Zeitungen stand.«

»Algernon ist am Montag gegen sechs Uhr früh umgebracht worden. Der Täter hat den Tatort zu Fuß verlassen und ist um sieben im Hotel Sebastian aufgetaucht. Keine zwei Stunden später ist er von dort wieder weg. In der Zeit hat er dort aber zwei Besucher gehabt. Der eine war ich, und der andere waren Sie. Nun wüßte ich gern, warum Sie bei ihm waren.«

Harmon rutschte unbehaglich hin und her. »Woher wissen Sie denn das alles?«

»Hylkama hat mir erzählt, daß ein Freund seines neuen Gastes eine halbe Stunde vor mir da war. Er hatte Visitenkarten auf den Namen Michael Stett – und Ihr Gesicht.«

Harmon griff in eine Schublade seines Schreibtisches und brachte ein Bandgerät zum Vorschein. Er schaltete es ein, testete das Mikrophon und stellte es auf die gegenüberliegende Seite des Schreibtisches direkt vor Shephard hin. »Sie haben doch nichts dagegen, oder?«

»Überhaupt nicht.«

»Also gut. Sie sagen also, ich war am Montagmorgen im Hotel Sebastian bei Ihrem – Verdächtigen, wie ich annehme. Können Sie das beweisen?«

»Könnte ich; wenn ich Hylkama herschaffen würde. Aber darauf kommt es mir nicht an. Schauen Sie, Sie würden sich eine Menge überflüssigen Ärger machen, wenn Sie mir weismachen wollten, daß dies nicht Ihre Karte sei.« Er legte die Michael-Stett-Visitenkarte auf den Schreibtisch. Harmon warf einen Blick darauf und nickte.

»Ich gebrauche natürlich ein Alias, wenn es sich anbietet. Sicher, das ist meine Karte, und einen Michael Stett gibt es nicht.«

»Na also. Was ist also auf der Pfanne, lieber Freund?« Shephard steckte die Karte wieder in seine Tasche und zündete sich eine Zigarette an.

Harmon stützte sich wieder auf seine massigen Arme und beugte sich vor. »Worum es geht, geht mich nichts an, lieber

Freund. Ich bin lediglich von einem Anwalt angeheuert worden, um einen Ed Steinhelper ausfindig zu machen. Da er mein Kunde ist, hat er Anspruch auf meine durch das Gesetz geschützte Verschwiegenheit. Folglich brauche ich Ihnen einen Dreck über ihn zu sagen, und er braucht Ihnen einen Dreck über mich zu sagen. Und als Mandatnehmer seines Kunden können wir, wie dieser selbst, alle drei zusammen das gleiche Recht auf Verschwiegenheit in Anspruch nehmen. Kurz gesagt, mein lieber Shephard, und ich erwähne diesen ganzen Formalitätenkram auch nur der Ordnung halber, ich weiß nicht, warum ich angeheuert wurde, und ich will's auch gar nicht wissen. Und was Sie angeht, würde ich Ihnen ja gerne helfen, aber da gibt's nicht viel zu helfen. Ich habe den Mann nicht gefunden, falls Ihnen das eine Hilfe ist.«

»Was haben Sie überhaupt gefunden?«

»Genausoviel wie Sie. Nichts.«

»Der Gedanke, daß Sie fanden, was Sie suchten, und daß Sie es in dem Tresor da drüben eingeschlossen haben, würde mir gar nicht gefallen«, entgegnete Shephard.

Harmon blickte auf den Tresor, dann wieder Shephard an. »Und mir ist völlig klar, daß Sie natürlich einen Durchsuchungsbefehl erwirken und ihn öffnen lassen können. Ich werde Ihnen die Mühe aber ersparen, indem ich Ihnen versichere, daß da drin nichts ist.«

»Falls aber etwas drin wäre, hätten Sie es natürlich herausgeholt und weggeschafft, ehe ich mit meinem Papier zurück wäre.«

Harmon lächelte und nickte. »Na, würden Sie's vielleicht anders machen?«

Shephard wußte, daß es praktisch unmöglich war, einen solchen Durchsuchungsbefehl zu bekommen. Er sah auch, daß sein Gegenüber sich juristisch mindestens ebensosehr wie er selbst auskannte. Vermutlich ein ehemaliger Kollege, dachte er. Von Harmon würde er nichts bekommen. Aber es gab immer noch die Möglichkeit, herauszufinden zu versuchen, *was* er nicht bekommen würde.

»Woher wußten Sie denn, daß es sich bei dem Mann um Steinhelper handelte, wenn er sich doch als Hodges eintrug?« fragte

Shephard und beobachtete Harmon scharf.

Es gibt Situationen, in denen das Auge eines Gegenübers zögert und sich verrät, während das Gehirn noch, Millisekunden lang, eine Antwort zu formulieren versucht. Der Kopf ist völlig auf die Aufgabe konzentriert, die zu bewältigen ist. Harmons Auge geriet in Panik, fand aber sofort mit neugewonnener und verdoppelter Sicherheit zu Shephard zurück. »Hodges ist ein ziemlich üblicher Deckname«, sagte er langsam. »Für Steinhelper, meine ich.«

Gar nicht schlecht, dachte Shephard lächelnd. Harmon schaltete ganz nebenbei das Bandgerät aus.

»Sie sind also hinter ihm her?« Shephard beugte sich seinerseits im Stuhl vor.

»Natürlich. Dazu bin ich engagiert worden.«

»Ich hab' ihn«, sagte Shephard und hielt Harmons Blick gefangen.

Eine leichte Röte huschte über Harmons Gesicht. Seine Falten schienen sich zu vertiefen. Harmon brachte ein etwas verunglücktes Lächeln zustande. »Ach ja?«

»Ja.« Shephard wartete. »Ich hab' ihn an der gleichen Stelle erwischt wie Sie auch. Nämlich in der Brieftasche in dem bewußten Bungalow Fünf.«

»Sehen Sie zu, daß Sie rauskommen, Shephard!« sagte Harmon. »Ihre Scheißspielchen da hängen mir zum Hals raus.«

»Sie kriegen's gratis, Bruce. Ich sag' Ihnen, wo er ist. Weil ich Sie für einen so netten Burschen halte. Kommen Sie, los, schalten Sie Ihr Dings da wieder an und nehmen Sie's auf. Er wohnt in der Falbrook Street in Sacramento mit seiner lieben Gattin, und genau dort befindet er sich jetzt. Er ist unter die Räuber gefallen und hat dabei seine Brieftasche verloren.«

Harmon stand auf, und zum erstenmal seit jenem Abend, als ihn Morris Mumford mit einem Jagdmesser bedroht hatte, in jener Nieselregennacht in Los Angeles, fürchtete sich Shephard wieder. Harmons Gesicht war gelb vor Ärger, seine Augen waren tief eingesunken. Einen Augenblick lang schien der ganze Raum sich angesichts seiner Schrankgestalt zu verkleinern.

»Raus, Shephard. Ehe ich Ihnen alle Knochen im Leib breche.«

Shephard stand mit einem theatralischen Seufzer auf. »Tut mir leid, daß ich Ihnen nicht behilflich sein konnte, lieber Freund Bruce. Allerliebster. Man hat Ihnen, scheint's, mindestens einen Tausender für diesen Steinhelper versprochen. Ich verstehe ja, wie das ist. Sie wollen mir nicht sagen, wo er ist, weil man Sie gar nicht dafür bezahlt, daß Sie das rausfinden. Sie sind ein ziemlich schlechter Lügner, mein Lieber. Und ein ziemlich schlechter Schnüffler obendrein. Immerhin sind Sie ganz gut als Reserverechtsanwalt. Mögen Sie Hunde?«

Er öffnete die Tür. Harmon stand noch immer hinter dem Schreibtisch. »Und noch was, Harmon. Der Mann, den Sie suchen, ist ein Mörder. Wenn Sie ihn vor mir finden und ich das nicht umgehend erfahre, buchte ich Sie ein. Wegen Verweigerung von Hilfeleistung. Das schwör' ich Ihnen.«

Er knallte die Tür hinter sich zu und begab sich langsamen Schrittes zu Marla Collins hinter ihrem Empfangsschalter. Als er vor ihr stand, lächelte er und schüttelte den Kopf.

»Ist alles zu Ihrer Zufriedenheit erledigt?« fragte sie freundlich.

»Ich versteh's nicht«, sagte er.

»Was verstehen Sie nicht, Mr. Cox?«

»Wie ein Mädchen wie Sie für einen Kerl wie den arbeiten kann, Marla. Vielleicht erklären Sie mir's mal, wenn ich Sie mal wieder anrufe.«

»Ich weiß nicht recht...«

»Geben Sie mir doch bitte Ihre Nummer, Marla.«

»Collins. Corona del Mar«, sagte sie, leicht irritiert.

»Behalten Sie das für sich«, bat er mit einer Kopfbewegung zum Büro hinüber.

»Gewiß.«

Er ging hinaus in die blendende Sonne und hatte bereits den ersten Treppenabsatz zur Tiefgarage hinter sich, als ihm dies erst bewußt wurde. Zuerst war nur der Schatten hier drin nach der stechenden Morgensonne angenehm. Aber dann merkte er, daß er nach etwas suchte, während er die Garagenboxen entlangging. An allen revervierten Boxen befanden sich Namensschilder an der Wand: ADAMSON & LIEFSCHULTZ, RECHTSANWÄLTE, THE FAIRCHILD GROUP, GOOD LIFE MAGAZINE, LYTTLE/PUBLIC RELATIONS, MAGNON ASSOCIATES, ORLANDO HAARSALON, DR. MED. DENT. STANLEY PEAVEY. South Coast Auskunftei hatte zwei Stellplätze; einen für Kunden, einen für Mr. Harmon. Der Kundenparkplatz war leer, aber auf Mr. Harmons Platz stand in all seiner Pracht glitzernd im Neonlicht ein mitternachtsblauer Porsche Carrera.

Shephard ging ganz nahe heran, um durch die getönten Scheiben zu blicken. Das Armaturenbrett zierten ein CD-Funkgerät, ein Telefon und ein Radardetektor. Auf dem Rücksitz befand sich allerdings nichts weiter als Tennissachen. Der Anblick allein verursachte ihm Kopfschmerzen; an jedem der zehn Stiche, wo man ihn genäht hatte, einzeln. Er besah sich das Kennzeichen und widerstand nur mühsam der drängenden Versuchung, gegen die Tür zu treten. Er wandte sich ab und ging wieder hinaus in die Sonne.

Auf dem Revier holte er sich alles zusammen, was über Bruce Harmon vorlag. Das meiste bekam er von Chief Hannover, der ihn gut kannte. Früherer Polizeibeamter in Newport Beach, mit Auszeichnung. Vor zehn Jahren aus dem Polizeidienst ausgeschieden, um sich als Privatdetektiv selbständig zu machen. Gesellschaftlich aktiv in Newport Beach, »ein respektierter und darüber hinaus gerngesehener Mann«, den Äußerungen des Chiefs nach. »Hat allerdings eine leichte Neigung zur Brutalität«, fügte dieser vertraulich hinzu.

Den Nachmittag verbrachte Shephard mit Routinearbeiten, was ihm zwangsläufig Kopfschmerzen verursachte. Er rief sämtliche Hotels und Pensionen noch einmal an, aber nirgends war irgendwer abgestiegen, auf den die Beschreibung von Hodges auch nur annähernd paßte. Robbins und Yee hatten auch nichts Neues gefunden. Marty Odette hatte angerufen und eine Nummer hinterlassen, unter der man Little Theodore erreichen könne. Shephard versuchte dies den ganzen Nachmittag vergeblich. Wade hatte zweimal angerufen. Acht Zeitungen und Agenturen hatten angerufen, von UPI bis zum Lokalblatt *Tides and Times*. Shephard wischte alle diese Nummern zusammen und warf sie in den Papierkorb. Joe Datilla hatte ihm eine Flasche Scotch Extra geschickt, zusammen mit einer Karte mit Genesungswünschen.

Es war schon fast vier, als er endlich Little Theodore erreichte. Dessen Stimme war guttural, hart und rüde wie immer, und Shephard fand sie seltsam wohltuend. Als er wieder auflegte, verweilte er in Gedanken noch etwas bei seiner Vorstellung von Little Theodore: seinen ganzen einsneunzig und hundertzwanzig Kilo, wie er ihn einst eines Sonntags in der ersten Bank in Wades neueröffneter *Kirche zum Neuen Leben* sitzen gesehen hatte, schwitzend, aber gleichwohl aufmerksam Wades Predigt lauschend. Little Theodore war so etwas wie ein Freund. Sie hatten ausgemacht, sich um acht im Norton Hotel im Zentrum von Santa Ana zu treffen. Shephard ging um sechs aus dem Revier, um seine *Jota* noch ein bißchen aufzupolieren.

Er deckte die Maschine ab und schob sie in die Mitte seiner Garage. Sie blitzte in Chrom und Schwarz im Licht der einzigen nackten Glühbirne an der Decke wie ein Schlachtroß in voller Aufmachung. Die Lenkergriffe waren kurz und ziemlich weit nach vorne gebogen, der Sattel schmal als Einsitzer. Der Benzintank lag tief unter dem Sitz. Ein kleiner Flachmann von Tank, an den die Knie sich gut anpressen konnten, um die Vibrationen zu meistern, wenn man den Motor vor dem Schalten in den nächsten Gang hochjagte. Der Lenker, der Sattel und zwei winzige Fußstützen direkt oberhalb der Hinterachse waren die einzigen Verbindungen zwischen dem Fahrer und der 150-PS-Maschine, die einen bei voller Pulle taub und halbblind werden ließ vor Geschwindigkeit und Lärm. Shephard hatte schon mehrere Motorräder besessen und noch mehr gefahren, ehe er sich diese *La-Verda Jota* angeschafft hatte. Er war nicht der Typ, der sich sehr oft etwas vom Besten zulegte, aber diese Jota war für ihn eine Notwendigkeit gewesen, die mehr zählte als der Preis. Die deutschen Maschinen waren ihm zu schwerfällig und zahm geworden, die japanischen, fand er, hatten keinen rechten Charakter, und die amerikanischen waren mehr etwas fürs Nostalgische als funktionell. Aber diese Jota – auf italienisch bedeutete das eine Art frenetischen Tanzes – war die Perfektion selbst. Mehr als Perfektion, dachte er, während er die Benzinleitung öffnete und den Tankstand prüfte. Und noch mehr als Perfektion war sie Freiheit und Entspannung. Auf der Jota verspürte er immer Freiheit und Entspannung.

In der nächsten Minute schon flog die Laguna Canyon Road unter seinen Scheinwerfern dahin. Er nahm die Kurven in großen Schwüngen, lehnte sich in sie hinein und kam gasgebend wieder aus ihnen heraus, sich und die Maschine wieder aufrichtend und sich selbst fast waagerecht legend, wenn er im fünften Gang war und auf der unter ihm wegziehenden Straße ein Auto ums andere stehen ließ, so daß sie im Handumdrehen hinter ihm kleine Punkte wurden. Das tiefe, hohle Gebrumm des Motors dröhnte unter ihm. Die Telefonmasten vor ihm rückten näher und näher zusammen. Hügel sausten vor dem fahlen Nachthimmel vorbei wie auf Zeitrafferfilm. Etwa auf halber Strecke hatte er seinen Rhythmus gefunden und kurvte links und rechts der Leitlinie in langgezogenen Wellenlinien hin und her. Es war der pure Geschwindigkeitsrausch.

Als er zu dem langen Bogen kam, der die Laguna Canyon Road mit der Interstate 5 verbindet, schaltete er in den vierten Gang zurück und nahm die Auffahrt zur Autobahn mit bescheidenen neunzig Meilen. Nachdem er eine Weile gezwungen war, hinter einem langsamen Lastwagen herzubummeln, schoß er über drei Fahrspuren hinweg hinter diesem hervor, daß ihn sein eigenes Gewicht wie in einer Rakete auf den Sitz preßte. Er stemmte sich in die Fußrasten für den letzten Donnerer hinein nach Santa Ana. Vor ihm blinkten die Flughafenlichter und waren schon wieder vorbei. Die Sterne glitzerten, als sich Irvin in Tustin und Tustin in Santa Ana verwandelten. Und als sich dann noch schier der ganze Kontinent unter ihm auszubreiten schien, wie ein Bett unter einem Liebhaber, flitzten die Lichter der First

Street vorbei. Und das bedeutete, daß er nur noch eine Meile hatte, um von seinem Tempo herunterzukommen. Einen Moment lang, ehe er die Autobahn verließ, verglich er das hier mit einem Liebesakt – oder was ihm davon in Erinnerung geblieben war.

Vor dem Norton Hotel erkannte er Little Theodores mitgenommene Harley Davidson. Er hatte sie quer über zwei Parkplätze abgestellt. Es war eine warme Nacht, und nebenan in einem Café spielten einige Mariachis. Er sah ihnen durch ein Fenster eine Weile zu; kleine, untersetzte, schwarzgekleidete Männer. Aber ihre Musik war fröhlich. Wenn auch nicht sehr gekonnt. Die Gitarre hinkte immer einen Lidschlag hinter dem Takt her.

Die Hotelhalle lag im Dunkeln. Es roch nach Bier. Little Theodore füllte eine Ecknische fast allein aus. Er trug wie immer ein schwarzes T-Shirt, aus dem seine mächtigen Arme herausragten, eine verspiegelte Sonnenbrille und einen breitkrempigen schwarzen Hut. Shephard bemerkte, daß noch etwas dazugekommen war: ein Kranz Silberdollars rundherum auf dem Hutband. Little Theodores Bart war immer noch rot, struppig und gewaltig. Vor ihm auf dem Tisch standen zwei Gläser und eine volle Flasche Tequila. Sein Gesicht zeigte das vertraute Grinsen, als er Shephard erblickte. »Hallo, alte Flasche«, rief er. »Komm her, hier bin ich!«

Shephard setzte sich, und Theodore füllte die Gläser. Der *Cuervo Gold* verursachte Shephard ein Schütteln, als er die Kehle hinunterrann. Bei Little Theodore zu sitzen, dachte er, während dieser die Gläser gleich wieder füllte, ist, wie bei seiner eigenen Vergangenheit zu sitzen. In den ganzen zehn Jahren hat er sich kein bißchen verändert – seit Wade ihn damals als persönlichen Leibwächter anheuerte.

»Hat dir einer die Hirnschatulle massiert?« wollte er wissen.

»Die ist zu hart, die kriegt keiner kaputt. Nur ein kleiner Kratzer.«

»Mensch, ich hab' mich den ganzen Abend darauf gefreut, dich wiederzusehen, alte Flasche! Der Mensch soll nicht alleine saufen.« Theodore kippte den Tequila hinunter und knallte sein Glas auf den Tisch. Das dicke Glas sah in seiner Hand wie ein Fingerhut aus. Er drehte Shephards Kopf zur Seite. »Wer war's denn?«

»Einer, der nicht will, daß ich den Fall Algernon aufkläre. Du hast sicher davon gehört.« Shephard trank sein zweites Glas.

»Davon gehört? Du bist gut. Keine Zeitung, die nicht voll davon ist. Hab' mir schon gedacht, daß du dich bald melden würdest.«

»Der Kerl, der mir das verpaßt hat, ist ein Privatschnüffler namens Harmon. War früher Sergeant bei der Polizei in Newport. Er übertölpelte mich draußen beim Hotel Sebastian. Und während ich im Krankenhaus noch die Englein singen hörte, zerlegte er mir auch noch die Wohnung in ihre Einzelteile.«

Theodore füllte die Gläser wieder nach und beugte sich vor. »Du hast was von Job gesagt am Telefon. Soll ich ihm die Arme verrenken?«

»Nein. Ich brauche ihn weiter voll funktionierend, damit ich an seinen Boss rankomme. Aber ich brauche dich in der Tat für etwas. Tim Algernon hat von Marty am Freitag vor seinem Tod deine Nummer bekommen. Hat er dich angerufen?«

Little Theodore schüttelte sich eine Zigarette aus einem Päckchen, das auf dem Tisch lag. »Ja. Am Freitagabend gegen neun.«

»Und?«

»Langsam, langsam. Wir müssen trinken, wir müssen fahren, und wir müssen quatschen. Es ist Zeit für alles nacheinander.«

»Ja, aber ich muß zuerst quatschen. Ich habe ein Dutzend Spuren, aber nicht einen einzigen vernünftigen Grund, warum irgend jemand Tim Algernon umbringen sollte. Dabei bin ich sicher: er wußte ganz genau, daß ihm das passieren würde.«

Theodore gab einen Seufzer von sich und goß sich seinen nächsten Tequila hinein. Shephard tat es ihm gleich.

»Er hatte Angst, ja«, sagte Theodore. »Er sagte es nicht direkt graderaus, aber er ließ es so nebenbei merken. So: Istjanichtsowichtig. So andeutungsweise.«

»Was wollte er?«

»Na, er fing an zu fragen, was ich denn derzeit so machte. Dann fragte er, wie sich denn mein Buch verkaufe. Ehrlich gesagt, ich hab' mich an den Typen kaum noch erinnert. Ich hab' ja nur früher mal gelegentlich mit ihm auf Pferde gewettet, das war alles. Hat 'ne halbe Stunde gedauert, bis er endlich da war, wo er hinwollte. Daß er sich Sorgen macht, weil so ein paar Punker wissen, daß er zur Zeit einen Packen Geld im Hause hat. Und ob ich nicht zu ihm ziehen will für eine Weile, als quasi Abschrekkung für die Unterkunft und Verpflegung, und fünfhundert die Woche. So, wie ich bekanntlich esse und trinke, wäre ihm das gut und gern auf tausend pro Woche zu stehen gekommen.«

Shephard bedachte diese Geschichte. »Warum genau war er besorgt? Hat er irgendwas Konkretes gesagt?«

»Nein, nur besorgt. So hat er sich ausgedrückt. Er macht ja immer alles dramatisch, wenn er mal groß gewinnt oder säuft. Da hab' ich natürlich angenommen, daß er auch diesmal wieder nur groß rumgetönt und ihm also deswegen irgendeiner ein bißchen Angst eingejagt hat. Jedenfalls hab' ich nein gesagt. Ich habe doch eine neue Alte, und die hat jede Menge Magnetwirkung, mich alten Fettsack jeden Abend ins Bett zu kriegen. Ich hab' meine Bude, das Buch verkauft sich ganz gut, ich und Ray sind schon bei einem neuen. Warum, zum Teufel, sollte ich da in irgendeinen alten Heuschober ziehen?« Theodore zuckte mit den Schultern. »Und jetzt das«, sagte er lapidar und wandte seine Aufmerksamkeit wieder dem Tequila zu. »Jetzt ist er plötzlich ein toter Mann. Nicht daß du meinst, ich wollte dir das alles vorenthalten. Ich wollte dich sowieso anrufen, falls du dich nicht ohnehin zuerst melden würdest. Trink aus, Shephard. Wir sterben ohnehin alle viel zu früh.«

Shephard trank und fühlte, wie der Tequila seine Selbstkontrolle aufzuweichen begann. Na und, dachte er. Er steckte sich eine Zigarette an. Sie machte ihn wieder etwas ruhiger.

»Wer es auch war, der ihn umbrachte, er tat es nicht wegen Geld. Wir fanden ihn am Morgen mit Geldscheinen im Wert von mehr als tausend Dollar, die man ihm in den Rachen gestopft hatte, buchstäblich. Du sagst, er hat um den heißen Brei herumgeredet. Um welchen?«

»Was ich dir gesagt habe. Alles und nichts. Das Buch, die Arbeit, der ganze Käse.« Theodore lehnte sich zurück, und die Nische erzitterte.

»Wann solltest du bei ihm anfangen?«

»Gleich am nächsten Morgen.«

»Ging er im Preis rauf? Oder bot er gleich von Anfang an fünfhundert?« Wie verzweifelt war Algernon tatsächlich gewesen?«

Nach Little Theodores Bericht hatte Algernon mit einem Angebot von dreihundert begonnen und war dann auf fünfhundert gegangen. Danach, und er habe einigermaßen betrunken geklungen, sei er »weinerlich« geworden, als Theodore definitiv abgelehnt hatte. Dann hängte er auf, und das war dann auch das Letzte gewesen, was Little Theodore von ihm gehört hatte, bis ihm seine Frau den Bericht in der Zeitung von gestern vorlas. Shephard hatte vergessen, daß Theodore weder lesen noch schreiben konnte. Ich kann lediglich zehn Wörter buchstabieren, pflegte er anzugeben, und die sind alle unanständig.

»Sein Mörder, wer immer das war, hat ihm zuerst mit einem Steinbrocken den Schädel eingeschlagen und ihn dann angezündet. Sein Mörder, wer immer das war, hat ihm auch zuvor eine Bibel mit einer kleinen Haßbotschaft darin geschickt. Sein Mörder, wer immer das war, hat auch noch jemanden anderen im Visier, wenn ich das recht sehe. Ich habe ihn im *Sebastian* um zwei Stunden verfehlt. Er ist in der Stadt, das weiß ich.«

Little Theodore schenkte zwei weitere Gläser ein und goß sich das seine augenblicklich hinter die Binde. Shephard schloß sich anstandshalber an, aber sobald er getrunken hatte, fand er sein Glas gleich wieder nachgefüllt. Sie tranken auch diese Runde. Die Musik waberte durch sein Gehirn, und der Geruch der Kakteen zog ihm in die Nase. Theodore verschloß die Flasche und lachte.

»Komm, fahren wir zu deinem Pappa seiner Kirche und trinken dort die Flasche leer«, schlug er vor. »Ich fühle mich viel zu groß für diese kleine Bude hier. Und es ist auch gar nicht gut für mein Ansehen, mit einem Schnüffelbullen in öffentlichen Lokalen herumzusitzen. Und außerdem ist ein wenig Bewegung nur gut für die Gedächtnisauffrischung.« Er schob den Tisch weg und stemmte seine Pfunde hoch; und ganz gerade ging er nicht, als er sich den Weg zur Tür hinaus bahnte. Shephard wechselte einen kurzen Blick mit dem Bartender. Der schüttelte den Kopf.

Sie fuhren noch weiter nach Santa Ana hinein, durch die Altstadt mit ihren stillen, niedrigen Häusern und graffitibemalten Wänden, an den schmucken Vorstadtblocks vorbei, in denen die Lichter schon um zehn ausgingen, und über die Gleise und den Rangierbahnhof bis zum Gelände der *Kirche zum Neuen Leben*. Die Nacht war warm, und die Luft roch gut. Sie rumpelten auf den Parkplatz, der einmal ein Autokino gewesen war. Die *Kirche zum Neuen Leben* war keineswegs die einzige in Südkalifornien, die in einem ausrangierten Autokino ihren Anfang genommen hatte. Seine ersten Predigten hatte Wade noch an Gläubige gerichtet, die in ihren Autos saßen und ihn über die in die Seitenfenster gehängten Lautsprecher hörten. Die alte Kinoleinwand stand auch noch immer da. Nur war sie inzwischen in eine Plakatwand umfunktioniert worden, auf der allerlei biblische Szenen dargestellt waren, die je nach Jahreszeit wechselten. Theodore stellte die Maschine seines Motorrads ab und reichte ihm die Flasche.

»Dieser Scheißdreck bringt mich noch um den Verstand«, begann Theodore. »Mir fällt da noch allerlei ein, was Algernon noch gesagt hat. Er sagte, daß ein paar Punker von seinem Geld wüßten. Dann verbesserte er sich, und es klang, als sei eher nur von einem einzigen Punker die Rede, und so redete er dies und redete das. Ich glaube, er war auch völlig blau. Er sagte was, daß der Kerl es schon lange auf ihn abgesehen hätte. Ich habe Gründe für die Annahme, daß er zurückkommt und mit mir abrechnen will, sagte er. Wenn ich so drüber nachdenke, klang es weniger wie eine Geschichte wegen Geld, sondern wegen irgendwas Angetanem oder so. Er sagte, wenn er so einen Schrank wie mich um sich herum hätte, wäre er bestimmt sicherer. Er sagte, er würde für all das schon büßen, wenn er mal tot sei, aber vorläufig eile es ihm damit noch nicht. Na ja, und so Zeug redete er eben die ganze Zeit.« Theodore wollte die Flasche wiederhaben und nahm einen Schluck. »Und dann sagte er noch, es sei ja nicht nur wegen ihm selbst allein, daß er sich Sorgen mache, sondern auch wegen anderer Leute.«

»Nämlich welchen?«

»Er sagte nur: Ich glaube, nicht nur ich allein bin in Gefahr. Auch eine liebe alte Dame, die ebenfalls in der Stadt wohnt, könnte bedroht sein. Ich hoffe nur, daß es Greeley ist, sagte er. Herrgott noch mal, sagte ich, dann ruf halt die Polizei, Tim. Aber er meinte, das sei keine Sache, mit der die Polizei was anfangen könnte. Damit hat er wohl recht gehabt, oder, Shephard?«

Theodore grunzte. Shephard, der die deprimierende Wirkung des Tequila spürte, nahm diese Feststellung persönlich und fühlte Scham. Das Gefühl kannte er aus seiner Rekrutenzeit gut, auch noch aus seinen ersten Polizeijahren. Mit der Zeit hatte er sich allerdings das nötige dicke Fell zugelegt, das man bei der Polizei braucht, wenn man bei der Polizei bleiben will. Wade hatte den Nerv dafür verloren. Kein Wunder. Irgendwo muß sich das alles ja ablagern, dachte er, als ihm Theodore die Flasche wieder zurückgab. Irgendwo in einem drin sammelt sich alles an, was man verdrängt und runtergeschluckt hat. Er wußte, daß dies stimmte. Wenn er getrunken hatte, dann konnte er sie spüren: in seinem Innern, diese runtergeschluckten Brocken. Und sie rumorten. Einige waren dick und traurig, so wie die, die er jetzt gerade spürte. Es gab auch andere, die scharfe Kanten hatten und weh taten, wie ein Strom aus Glasscherben, die herauswollen. Sein Vater hatte ihm einmal gesagt, die Polizisten seien in Wirklichkeit die eigentlichen Müllmänner der Gesellschaft: Die Polizisten sind es, die die Millionen Partikel von Häßlichkeit, welche jedermann schnell aus seinem Leben abzuschieben versucht, sehen, schlucken und lagern – alle die Selbstmorde, die Morde, die langsamen Vergiftungen, die »Unfälle«, bei denen ein nüchterner junger Mann seinen neuen Wagen mit bescheidenen und exakten vierzig Meilen pro Stunde genau an einen Lichtmast fährt. Wir sehen das alles, hatte Wade gesagt, was die anderen nur in der

Zeitung lesen.

»Wie geht's dem alten Herrn?« fragte Theodore.

»Bestens. Der ist glücklich und zufrieden. Überhaupt nicht mehr der Mann, den ich aus meiner Kindheit kenne.«

Theodore schien darüber nachzusinnen. Er rieb sich den Bart und spuckte. »Was meinst du, war der Grund dafür, daß er dieses Gott-Business anfing, statt ein Cop zu bleiben?«

Shephard hatte selbst schon oft darüber nachgedacht. »Einmal sagte er: Die Schmerzen eines Verlustes sind die Bausteine von Wundern. Das ist, glaube ich, die Erklärung.« Shephard wußte ganz genau, daß er mit seinem tequiladurchtränkten Kopf nicht mehr klar bei Sinnen war. Er dachte an Jane Algernon und überlegte, was sie wohl jetzt gerade mache.

»Das ist gut. Das würde ich gern in einem meiner Bücher verwenden, wenn es im Leben eines fetten Leibwächters, wie ich einer bin, Wunder gäbe. Schmeiß mir die Flasche rüber, alte Flasche!«

»Ich frage mich, ob es sich lohnt«, sagte Shephard.

»Lohnt was?«

»Na die Schmerzen. Nur wegen eines Wunders?«

Theodore antwortete erst nach einer langen Pause des Schweigens. »Jeder hat an was zu schlucken. Damit man daraus was Anständiges macht, muß man aber schon von der speziellen Sorte sein wie dein alter Herr. Wunder laufen einer Menge Leute übern Weg, sie finden nur nicht in jedermanns Brieftasche. Die meisten von uns schaffen doch gar keine Wunder, selbst wenn wir sie probieren. Unsereins verschimmelt nur und stirbt. Aber natürlich hat jeder an was zu schlucken. Dein alter Herr auch. Tequila, Shephard junior?«

Shephard nahm die Flasche, die ihm auf einmal schwer erschien, und trank. Seine Gedanken rumorten. »Als ich noch ein Kind war, ging er abends immer mit einem Eimer und der Angel weg. Ich geh' angeln, sagte er. Aber er brachte nie was heim. Das passierte so jeden Monat einmal, oder alle paar Wochen. Da bin ich ihm einmal nachgeschlichen. Ich hatte damals schon ein kleines Motorrad. Da fuhr ich ohne Licht, und er hatte keine Ahnung, daß ich hinter ihm war. Den ganzen Weg zum Pier raus, im Süden der Stadt. Er ließ seinen Eimer im Auto und ging zu Fuß bis zum Pier. Ich immer hinterher, aber so, daß er mich in der Dunkelheit nicht erkennen konnte. Er ging direkt mitten rein, ohne links oder rechts zu schauen, ging mit gebeugtem Kopf immer schneller. Ich mußte mich anstrengen, um ihm folgen zu können. Und als er am Ende vom Pier war, ging er trotzdem immer noch weiter, über den Damm hinaus und ins Wasser. Mir hatte er hundertmal gesagt, nicht ins Wasser zu springen, weil die Flut einmal im Monat so niedrig ist. Aber er schaute sich die Flut nicht einmal an. Er wollte es gar nicht wissen. Er ging einfach über den Damm hinaus und schwamm dann zum Strand zurück. Ich stand nur da und versuchte mindestens eine Stunde lang herauszufinden, warum er das tat. Ich fand keine Erklärung. Bis heute nicht. Da sind nur Felsen unter dem Pier bei Ebbe. Hinterher trocknete er seine Kleider in einer Automatenwäscherei in der Trockentrommel, damit ich nichts merkte.«

»Na ja, nachdem sie deine Mamma totgeschossen hatten, da war das vielleicht ja ganz verständlich. Ich bin wirklich kein Genie, weißt du, aber ich kann mit gut vorstellen, daß du eine ganze Menge Wunderziegel kriegst, wenn sie dir deine Alte vor deinen Augen abmurksen.« Theodore hielt die Flasche hoch und ließ den Mond sich an ihrem Hals reflektieren. »Vielleicht sind sie ihm zu schwer geworden.«

»Ich bin prinzipiell nicht zu Kompromissen bereit, was Verluste betrifft«, erklärte Shephard, dem seine Worte nun davonliefen, ehe er sie bedenken konnte. »Ich meine, es gibt zu viele, als daß man sich überhaupt darum kümmern darf. Du gehst schlafen, und du stehst auf. Morris Mumford zum Beispiel ist für mich ein Mordsverlust. Mordsverlust. Aber ich sag' dir was, Theodore, wenn ich noch einmal in der gleichen Situation vor ihm stehen würde, ich würde ihn trotzdem wieder erschießen. Das ist vielleicht nur der Kopf, der das sagt. Vielleicht ist es auch einfach nur Geschwätz. Vielleicht ist es auch einfach nur ein Wunderziegel, den Morris bezahlt hat und den nie irgendwer aufheben wird.«

»Du bist doch kein Pfarrer, Shephard. Du bist doch nur ein Schnüfflerpolizist mit zuviel Tequila im Bauch, Mann. Gib den Tequila her, du Flasche.«

Shephard verspürte ein überwältigendes Verlangen, etwas zu tun, aber es ging schnell vorbei.

»Und was ist eigentlich mit dem Hurensohn passiert, der deine Mamma totgeschossen hat? Der ist tot, oder?«

»Ja. Der ist schon vor einiger Zeit gestorben. Im Gefängnis.«

»Na, nun mach dir aber wegen dem kein schweres Herz«, brabbelte Theodore. »Für Anständigkeit kriegst du doch in dieser Welt überhaupt nichts. Schau es dir doch an. Irgend so ein Blödmann von Jugendlichem rennt einem Cop ein Messer rein, weil er sonst niemanden weiß, den er hassen könnte. Du schießt deinen Jugendlichen nieder, damit er es dir nicht ebenso machen kann. Die Zeitungen verkaufen es als Skandalgeschichte, und die Rechtsanwälte verdienen sich einen Haufen Geld daran. Und noch ein paar offizielle Leute gründen ein Komitee, das den Fall untersucht. Und kein Schwein interessiert in Wirklichkeit dieser Morris, um den es geht. Außer dir vielleicht. Du bist wahrscheinlich der einzige, der sich in zwanzig Jahren noch an ihn erinnert.«

Shephard wog dieses Argument gegen einen weiteren Schluck Tequila ab und fand, es komme mit dem nicht mit.

»Er hat ein Mädchen gehabt«, sagte er. »Ich hab' sie gesehen.«

»Die kommt leichter drüber weg. Also bring dich nicht vor Kummer um. Die einzigen Menschen auf der Welt, die Gutes tun, mein Lieber, sind Huren und Bartender. Lauf du nicht ständig mit deinem Kummer rum. Steht dir nicht.«

»Jetzt sind wir aber vom Thema abgekommen.«

»Wir haben überhaupt kein Scheißthema gehabt, verstehst du? Und der Hund reitet auf dem Floh. Wenn ich dem Kerl also die Knochen brechen soll, sag mir Bescheid und aus.«

Mit einemmal knatterte Little Theodores Harley durch die Stille der Nacht, und das Geräusch brach sich an hundert Ecken, von denen alles auf Shephard zurückknallte, so laut, daß ihm die Zähne klapperten. Da trat er ebenfalls die LaVerda an und machte seinerseits Aufruhr mit ihr. Das heisere, leise Fauchen schraubte sich singend hoch, als er Gas gab. Theodore schleuderte die leere Flasche in die Dunkelheit und fuhr voran. Sie rollten langsam über den Parkplatz, nebeneinanderher, Seite an Seite an der Plakatwand mit Jesus und den Kindern vorbei, bis sie auf die Straße kamen und in verschiedenen Richtungen davonjagten.

Shephard kam erst am frühen Morgen in seiner ausgeräumten Wohnung an. Aufs Allernötigste reduziert, wie sie war, suggerierte sie entweder Anfang oder Ende. Nur keine Gegenwart. Und was ist Gegenwart schon außer der Ausgang aus der Vergangenheit und ein Wartezimmer für die Zukunft, dachte er trübsinnig vor sich hin, als er sich übers Klo beugte und den Tequila von sich gab. Auf dem Weg durchs Bad sah er sein Spiegelbild, schemenhaft und unwirklich. Es betrachtete sich ihn selbst aus dem Spiegel. »Ich fang' ganz von vorne an«, murmelte er.

Er rief seinen Vater an. »War's es wert, Papa?«

»Tommy? Es ist –«

»Dreiviertel drei. War's es?«

»War was? Hast du getrunken?«

»Ein kleiner Junge. Ich muß das wissen. War das Wunder den Schmerz wert?«

Pause. »Tommy, geh schlafen! Wir reden, wenn du nüchtern bist.«

»Und außerdem...« Shephard versuchte seine Gedanken zu sammeln, aber sie schienen wie zerschnittene Schnüre in seinem Kopf zu hängen. »Der Pier. Wieso einmal pro Monat den Pier runter mit nichts als Felsen? Ich rede von Aufklärung.«

»Tommy? Hör zu, ich sag' dir was. Schau nicht immer nur nach dem Schlechten. Spiel nicht immer nur auf den schwarzen Tasten, mein Sohn, solange sie nicht das einzige sind, was dir geblieben ist. Vergib, was du nicht ändern kannst. Verstehst du das? Geh jetzt schlafen. Wir sehen uns Freitag zum Mittagessen, einverstanden?«

»Aufklärung.«

Wade hängte auf.

Ein paar Minuten später war Shephard eingeschlafen, und seine Träume waren wieder einmal bei dem Jungen mit dem Messer.

8

Er fuhr den Mustang von der Laguna Canyon Road herunter und parkte unter der Weide. Der Kaffee aus seiner Thermosflasche war heiß, und die Morgenzeitung war voll von Geldmarktanzeigen und Stadtratstrivialitäten. Drüben, jenseits des Hofes, konnte er sehen, daß seine Visitenkarte aus dem Maschendraht entfernt war. Der Seelöwe lag faul und lang an die Mauer seines Geheges hingestreckt wie eine Riesenschnecke. Shephards Kopf rächte sich nachdrücklich für den Tequila. Katerhämmerung. Aber sonst war er klar und ohne Durcheinander. Er schluckte vier Aspirin hinunter und wartete auf Jane Algernon.

Nach einer halben Stunde hörte er, wie eine Tür zugeschlagen wurde, und sie erschien auf der Veranda. Sie warf einen Blick voller Verachtung in seine Richtung und ging dann über den Hof direkt vor ihm, wo sie die Gummistiefel von der Wäscheleine nahm. Sie hatte ein Sweatshirt und Shorts an, und Shephard hatte ein Gefühl, daß es nicht recht schicklich sei, ihr zuzusehen, wie sie in die Stiefel schlüpfte, aber er tat es dann doch. Er trank einen Schluck heißen Kaffees und stieg aus.

»Hallo, Miss Algernon, welch ein Vergnügen, Sie wiederzusehen«, rief er aufgekratzt. Sie warf ihm einen langen Blick zu.

»Oh«, sagte sie mit einem Lächeln. Er hatte so ein Lächeln noch nie gesehen: vernichtend und schön zugleich. Er fühlte sich davon wie aufgespießt. »Der Detective wieder. Eigentlich freute ich mich wie jeden Morgen auf diese Minuten mit mir allein, aber damit war es vorbei, als er auf mich zumarschiert kam. Was kann ich für Sie tun, kleiner Mann?«

»Ich fragte mich, ob Sie Ihre Meinung zu dem Punkt, mir zu

helfen, vielleicht geändert hätten. Sie wissen, die Handschriftproben, um die ich Sie bat. Das Bild Ihres Vaters. Die Geschäftsbücher. Und daß ich Sie gerne von ihm erzählen hören würde. Ich dachte mir, daß Sie vielleicht –«

»Habe ich aber nicht. Werde ich auch nicht. Und so komisch das klingen mag, wenn Sie noch einmal in meiner Einfahrt parken oder mein Grundstück ohne Erlaubnis betreten, dann hole ich die Polizei.« Sie warf wieder einen Fisch, den der Seelöwe mitten in der Luft und mitten in einem Quaker fing, um sich dann mit sichtbarer Selbstzufriedenheit ins Bassin gleiten zu lassen und darin ohne sichtliche Anstrengung ein paar schnelle Runden zu drehen. Dann schluppte er wieder heraus und saß wieder zu ihren Füßen. Auf der ganzen Welt das gleiche Spiel, dachte er.

»Miss Algernon, ich habe Grund zu glauben, daß –«

»Er hat Grund zu glauben«, erklärte sie dem Tier. »Zuerst hatte er keinen Grund zu glauben, aber jetzt hat er einen. Der Detective hat womöglich heute nacht Gott gefunden.« Sie griff nach einem Fisch, und Shephard betrachtete dabei ihren wohlgeformten Körper mit den runden, hübschen Schenkeln.

»Grund zu glauben«, fuhr er mit einer Spur Heftigkeit fort, »daß auch noch anderen Leuten Gefahr droht, nämlich von dem gleichen Mann, der Ihren Vater umgebracht hat.«

Sie schüttelte den Kopf und schoß ihm wieder dieses seltsame Lächeln entgegen. Er sah es und fühlte sich angewidert und übellaunig. Sie beobachtete ihn, und ihm war, als dauere dies eine Stunde lang. Dann schien sie zu einer Art Schlußfolgerung gekommen zu sein. Sie wandte sich wieder dem Seelöwen zu. Sie hatte noch immer den letzten Fisch in der Hand.

»Jetzt versucht der Kriminalmensch die Zeugin zu bluffen«, sagte sie. »Aber das ist in Ordnung, denn in Wirklichkeit ist er ja gar nicht da.« Sie warf den Fisch ins Bassin. Shephard wartete eine ganze Weile, bis sie endlich ihre Aufmerksamkeit wieder ihm zuwandte, und fragte sich, ob er nicht tatsächlich in Wirklichkeit gar nicht hier sei. Jeder Katerhämmerer in seinem Kopf verringerte seine Geduld. Scheißspiel, dachte er.

»Nicht da? Ja, ja, ich bin überhaupt nicht da. Ihr Vater, liebe

Dame, hat die letzten Tage seines Lebens in Angst und Schrecken verbracht, wie ich herausgefunden habe. Er wußte genau, was ihm bevorstand, und es geschah auch. Wenn er Ihnen kein Sterbenswörtchen davon gesagt hat, dann kann ich das sogar verstehen. Wundervolles Leben weiterhin, Miss Algernon.«

Als er wieder in seinem Mustang saß, war er froh, daß der Kaffee immer noch warm war.

Dann war da plötzlich ein heftiges Klopfen neben seinem Gesicht. Durch die geschlossene Scheibe klang ihre Stimme gedämpft, aber klar und deutlich. Wie durchs Telefon etwa.

»Bastard! Machen Sie die Tür auf, Sie Bastard!« Ein schwarzer Gummistiefel klatschte gegen das Fenster. Danach trommelten ihre Fäuste dagegen, nur Zentimeter von seinem Kopf entfernt. Ihre Augen waren weit aufgerissen, ihr nasses Haar klebte ihr im Gesicht, und ihre Stimme war schrill und außer sich. »Machen Sie die Tür auf, Sie Bastard!« Ihre Fäuste trommelten noch immer wild an das Fenster. Wie große Hagelkörner. Shephard starrte sie durch das Glas an und deutete schließlich auf den Türverschlußhebel, der offen stand. Sie riß die Tür auf und brach über ihn herein. Fingernägel, Zähne, Fäuste. Ein wilder Überfall. Er hörte, wie sie auf das Armaturenbrett schlug, auf die Ledersitze, sogar einmal auf die Hupe, die einen kurzen Quaker von sich gab und den Seelöwen zu augenblicklichem Antwortquaken veranlaßte. Dann war ein Moment Pause, ehe die Sonne von einem schwarzen Gummistiefel verdeckt wurde, der im nächsten Moment mit dem Klang eines Mops, der auf den Boden klatscht, gegen seinen Kopf schlug. Er nahm wahr, daß sein Hemd zerriß und ein heißer Druck gegen seine Rippen wirkte, und er hörte, wie sie ein ums andere Mal schrie: »Ich hasse dich, ich hasse dich, du kleiner Bastard!«

Sie fielen zusammen hinaus auf den Rasen, wo Jane, noch immer mit ihrem Gummistiefel als Waffe, noch mehr im Vorteil war. Shephard schützte sich mit Ellbogen und Händen. Der Stiefel klatschte abwechselnd gegen seine Rippen und an seinen Kopf, immer begleitet von Stöhnen und Satzfetzen: »Du... Bastard... werd' dich... verdammter...« Shephard hörte den Seelöwen mit seinen Flossen klatschen und keckern. Er schien es zu genießen, endlich einmal selbst der Zuschauer zu sein.

Die Schläge begannen allmählich zu erlahmen, und die Satzfetzen verloren ihre atemlose Wut. Ihre Stimme verlor sich in erschöpftes Keuchen. Dann kam nur noch ein letztes Stöhnen, mit dem sie noch einmal den Stiefel in seine Rippen stieß. Dann ließ sie von ihm ab. Er hielt sich noch immer bedeckt, als er sie in einigen Schritten Abstand weinen hörte, zuckend und mit hoher Stimme, als sei sie am Ersticken. Er senkte einen Arm und riskierte einen Blick.

Sie wandte ihm den Rücken zu und hatte das Gesicht in den Händen verborgen. Ihre Schultern zuckten. Der lärmende Seelöwe drehte wieder aufgeregte Runden in seinem Bassin. »Sei ruhig, Buster«, sagte sie. »Sei ruhig, verdammt.«

Shephard schleppte sich zu seinem Wagen zurück und goß etwas Kaffee in den Plastikbecher. Sein Hinterkopf blutete, und sein Hemd wies am Ellbogen Blutflecken auf. Aus sicherer Distanz bot er Jane Algernon den Kaffee an. Sie sah ihn durch eine Strähne braunen Haars hindurch an. Es war ein Ausdruck nicht von Sieg oder Kapitulation, sondern eher von Erleichterung. Sie strich sich das Haar aus dem Gesicht und schüttelte den Kopf. Shephard zog sich zurück und zündete sich eine Zigarette an.

»Okay«, sagte sie beherrscht, obwohl ihre Stimme zitterte. »Wir wollen uns über einige Grundregeln verständigen. Ich helfe Ihnen, wenn ich kann. Ich bin jetzt zu kaputt, um mir darüber Gedanken zu machen, wer meinen Vater umgebracht hat, aber wenn noch wer anderer gefährdet ist, dann... muß ich ja wohl helfen. Sie kriegen die Schriftproben, die Mappe mit den Geschäftspapieren und ein paar Fotos. Und ich werde Ihnen erzählen, was ich weiß. Vorausgesetzt, Sie lassen Ihr blödes, gottverdammtes Psychologiekurs-Geschwätz aus dem Spiel. Ich brauche Sie nicht als Analytiker, ich brauche auch Ihre Schuldgefühle nicht, und ich brauche Sie nicht.«

In Jane Algernons kleinem Häuschen war es eng, aber sehr ordentlich. Im Gegensatz zu dem primitiven Durcheinander draußen war das Wohnzimmer hier voll von modernen, hochtechnischen Gegenständen: ein gläserner Kaffeetisch in der Mitte, rundherum Chromstahlsessel mit grünen Samtpolstern und eine dazu passende Couch mit gläsernem Abstelltisch am Ende. Von einer Wand des Zimmers weg schwang sich der lange Stahlbogen einer Chromlampe direkt bis zum Tisch. An der gegenüberliegenden Wand befand sich ein verspiegeltes Regal mit den Elementen einer Stereoanlage und einem kleinen Fernseher inmitten von Pflanzen. Eine Frühstücksecke im Anschluß an das Wohnzimmer enthielt weiteres Chrom und Glas sowie eine Zimmerpalme in einem Chromtopf. Die Wände waren in heller Lachsfarbe gehalten, der Auslegeteppich war blaugrau. Shephard setzte sich an den Kaffeetisch. Sie ging quer durchs Zimmer und verschwand im Schlafzimmer. Kurz darauf war sie mit einem feuchten Waschlappen wieder da, den sie ihm zuwarf. Sie hatte außerdem ein Fotoalbum in der Hand. Dieses legte sie auf ihre Knie, nachdem sie sich auf die Couch gesetzt hatte, und schlug es auf.

»Hübsch hier«, sagte er, während er an seinem Verband hantierte. Die Dame selbst ist weniger nett, dachte er. Sie sah ihn kurz an und reichte ihm dann eines der Fotos.

»Mein Vater und Rebecca, voriges Jahr. Für sein Alter war er gut in Form. Groß und stark.« Shephard betrachtete das Bild im hellen Licht des Wohnzimmers. Tim Algernon saß auf einem Koppelpfahl, Rebecca stand neben ihm und drückte ihre Schnauze in seine offene Hand. Jane verlangte das Foto zurück und steckte es wieder ins Album. Dann zeigte sie ein anderes, diesmal eines von sich selbst und ihrem Vater; in einer Scheune, wie es aussah. »Das ist vor fünf Jahren aufgenommen. Ein neueres von uns beiden gibt es nicht. Wie ich schon sagte, waren wir in den letzten paar Jahren nicht mehr sehr eng miteinander.«

»Wie oft haben Sie ihn in letzter Zeit überhaupt noch gesehen?«

Sie steckte auch dieses Foto zurück. Shephard holte sein Notizbuch hervor, das von der Auseinandersetzung ziemlich mitgenommen war.

»Gesehen? Einmal im Monat vielleicht. Hallo und wie geht's, das war alles. Man lebt sich auseinander.«

»Ja. Darf ich?« Shephard streckte die Hand aus, und Jane reichte ihm das Fotoalbum. Dann schlug sie die Beine übereinander und lehnte sich zurück.

»Wann haben Sie ihn zum letzten Mal gesehen?« Er blätterte das Album durch. Tim Algernon reitet auf Rebecca. Jane sitzt auf einem anderen Pferd. Jane und Buster, der Seelöwe, in seinem Gehege. Jane und ein junger Mann, die Arme umeinander geschlungen. Großaufnahme von Buster. Ein Schnappschuß von einem friedlichen Sonnenstrahl auf einer Blumenvase. Er blickte auf.

»Vor zwei Wochen, ungefähr.«

»Was sagte er? Kam er zu Ihnen, oder besuchten Sie ihn?«

»Er kam zu mir. Er saß da, wo Sie jetzt sitzen, und wir sprachen ein paar Minuten miteinander. Aber nichts Besonderes.« Sie wandte ihr Gesicht dem Sonnenlicht zu, das durch die Fenster fiel. Shephard begutachtete ihr Profil: gerade und schmale Nase, volle Lippen, ein goldener Widerschein der Sonnenstrahlen an ihren Wimpern.

»War er beunruhigt, besorgt?« Er setzte sein Studium der »Dame in der Sonne« fort. Er fand die Kombination der beiden unübertrefflich.

»Mein Vater war ein sehr ruhiger Mensch.« Sie blickte noch immer in die Sonne. »Das rührte daher, daß er schon in seiner Jugend Pferde gezähmt hatte.« Sie sah Shephard an. Er senkte seinen Blick wieder in das Fotoalbum.

»Und die – Finanzen? War da alles in Ordnung?«

»Er verdiente genug, um trinken und alles verspielen zu können«, erwiderte sie scharf. »Er war ein miserabler Spieler und ein ausgezeichneter Trinker.«

Shephard entging die Bitterkeit in ihrer Stimme nicht. »Gehört Ihnen dies Haus, Miss Algernon?«

»Geht Sie das was an? Ich dachte, Sie meinen, ich sei verbittert, weil er mir nicht mit Geld half?«

Sie wischte sich eine Haarsträhne aus dem Gesicht und blickte dann erneut zum Fenster hinüber.

»Das war, um Sie ein bißchen aus der Fassung zu bringen.« Er betrachtete ihre Beine und fühlte sich im Augenblick ganz außergewöhnlich glücklich.

»Na gut, also der Punkt geht an Sie, Detective. Ich habe es gemietet. Vater hatte nie ein Interesse daran, auf diese Weise behilflich zu sein. Trinken und Pferde gingen ihm immer vor.«

»Es ist nicht leicht für junge Leute in Ihrem Alter – wie alt sind Sie, Miss Algernon ...?«

»Neunundzwanzig.«

»... sich selbst ein Haus zu finanzieren. Ich hätte mir selbst gewünscht, daß mein eigener Vater etwas mehr imstande gewesen wäre, mir zu helfen, als ich die Absicht hatte, ein Haus zu kaufen. Ich war auch etwas verbittert.«

Sie wandte sich ihm mit einem trägen Blick zu. »Ihre Verbitterungen interessieren mich überhaupt nicht, Detective.«

»Aber dann fand ich, Liebe und ein freundlicher Umgang miteinander seien auch etwas wert. Es gibt eine Menge Leute, die nicht einmal das kriegen.«

»Ich bin für jede Aufklärung dankbar«, sagte sie spitz. »Ich fand nur immer, daß uns Armut alle ein wenig lächerlich aussehen läßt.«

Shephard bemerkte, wie in Jane Algernons Stimme wieder Bitterkeit und Zorn mitschwangen. Sein Kopf begann wieder zu schmerzen, wie als Warnung. »Ich würde mir jetzt gerne sein Haus ansehen.«

»Nein.« Die Antwort war kurz und entschieden. Sie stand auf, ging zum Fenster der Frühstücksecke und drehte sich dann zu ihm um. »Tut mir leid, aber ich glaube nicht... ich glaube nicht, daß ich den Anblick jetzt ertragen könnte. Ich fühle mich dazu jetzt einfach nicht imstande. Verstehen Sie das?«

»Ja. Und genau deswegen müssen wir es jetzt tun. Ich brauche Sie in der Stimmung, in der Sie reden. Ohne Filter und ohne kaschierte Gefühle. Verstehen *Sie* das?«

Er stand ebenfalls auf und legte das Fotoalbum auf den Kaffeetisch. Sein Herzschlag war unerklärlich schnell. Er fragte sich, ob das der Kaffee war. Er beobachtete sie, wie sie um den Küchentisch herumging, wieder zum Fenster hinaussah, und dann in einem Raum dort hinten verschwand. Sie kam gleich darauf zurück, eine Handtasche über die Schulter gehängt und mit Pumps an den Füßen. »Nach Ihnen, Detective.« Sie ging zur Tür. »Und wenn Sie noch lange auf meine Beine starren, werden sie bestimmt noch krumm.«

Sie standen zu beiden Seiten von Tim Algernons Bett in seiner Schlafkammer.

»Die schönen Zeiten hier draußen in den Ställen sind meine schönsten Jugenderinnerungen«, sagte Jane. »Aber Dad pflegte immer nur über diesen Club zu reden. Wie toll er war.« Sie gab ihm die Trophäe, die sie in der Hand gehalten hatte. Sie war graviert: TIM UND MARGARET ALGERNON – DRITTER PREIS MIXED DOPPEL – SURFSIDE CLUB TURNIER – 1947.

»Das ist der Newport Beach Club. Mam und Dad waren dort Mitglieder bis in die frühen Fünfziger hinein. Bis sie eben krank wurde, nehme ich an. Er redete ständig über die tollen Zeiten im Surfside, wie sie da beide Tennis spielten und segelten. Möglich, daß er das ziemlich idealisiert hat.« Das Haus hatte Erinnerungen in ihr wachgerufen, genau wie er es gehofft hatte. Er folgte ihr, wie sie umherging und sich erinnerte. Im Wohnzimmer blieb sie vor dem großen Kamin stehen und starrte in die Asche. »Als ich noch ein kleines Mädchen war, hatten wir eine sehr enge Bindung. Auch noch, als ich schon erwachsen wurde, war er mir eine Art Mutter und Vater zugleich. Ich glaube, ich war so um achtzehn, als ich wahrnahm, wie das Trinken nicht ohne Auswirkungen auf ihn blieb. Seine Stimmungsschwankungen wurden immer häufiger. Es war Sucht. Einmal hoch oben wie ein fliegender Drachen, und dann wieder so deprimiert, daß er nicht aufstehen wollte. Er wurde dann auch gewalttätig. Allerdings nie gegen mich. Einmal sah ich, wie er eine der Stuten brutal schlug, weil sie ihn gebissen hatte. Er war ja ein kräftiger Mann.« Sie lächelte schwach, aber in ihren Augenwinkeln standen Tränen. »Ja, sicher hätte ich ihn für Mams Tod verantwortlich machen können. Obwohl ich mich an sie ja überhaupt nicht erinnern kann. Statt dessen nahm ich ihm übel, daß er sein ganzes Geld auf der Rennbahn ließ, daß er trank und seine Räusche dann draußen in den Stalltrögen ausschlief.«

Jane wandte ihm ihr tränenfeuchtes Gesicht zu, fuhr sich mit der Hand über die Augen. Eine Strähne dunklen Haars fiel über ihr Gesicht und verdeckte es.

»Er machte es einem leicht, böse auf ihn zu sein«, sagte sie schließlich. »Und ich habe das ausgenützt. Zu der Zeit, als ich aufs College kam, schämte ich mich bereits wirklich für ihn – wie er sich in der Stadt aufführte. Ständig erzählte man mir irgendwelche Geschichten über ihn. Wo er wieder mal gelandet war. Wie er sich geprügelt hatte. Wie ihm übel war. Der Dorfidiot. Der Clown. Und ständig das Geld verspielend. Ich hätte etwas Hilfe brauchen können. Das könnten wir ja wohl alle. Na, jedenfalls war da eine gewisse Kälte in mir, und ich wußte, daß er sie spürte.«

Shephard konnte ihre Stimme zittern hören, und wie sie versuchte, sie unter Kontrolle zu behalten.

»Also habe ich ihn in diese Kälte hineingeworfen und ihm gegeben, was er zu verdienen schien. Ich verletzte ihn. Ich weiß, daß ich ihn verletzte. Aber in gewisser Weise bestärkte mich das nur in meiner Überzeugung, richtig zu handeln.«

Als sie sich Shephard erneut zuwandte, war ihr Gesicht gerötet, und sie begann zu schluchzen. Er setzte sich auf die Couch, legte ein *Turfblatt* auf seine Knie und begann darin zu blättern. »Wir machen uns alle Vorwürfe, wenn jemand von unseren Eltern stirbt«, sagte er. »Meine Mutter wurde ermordet, als ich vier Monate alt war, und als ich groß genug war, um zu verstehen, daß ich keine Mutter hatte, machte ich mir selbst deswegen Vorwürfe. Man wächst da hinein, wie in ein Hemd. Aber trauern Sie ruhig weiter, wenn es Ihnen hilft, lassen Sie sich nicht stören.« Aus den Augenwinkeln sah er, wie sich ihr Kopf abrupt emporreckte, in seine Richtung.

»Shephard, ich kann weinen, solange ich Lust habe, merken

Sie sich das.«

»Solange Sie begreifen, daß Sie über sich selbst weinen. Es gibt zwei Arten von Tränen, Miss Algernon. Man kann um jemanden anderen weinen und es hinausschluchzen. Man weint, bis man keine Tränen mehr hat und nichts mehr aus einem herauskommt. Wenn man aber über sich selbst weint, klingt es lang und traurig, wie Musik. Genauso, wie jetzt bei Ihnen. Sie haben bis jetzt noch nicht über ihn geweint. Sie haben noch immer mit sich selbst zu tun. Warum?«

Es war einfacher, als er geglaubt hatte. Als sie ihn anblickte, sah er, daß es vorüber war. Ihre Augen waren groß und trocken, und sie sprach schnell, als spucke sie etwas Giftiges aus, das sie lange zurückgehalten hatte.

»Es war nicht erst vor zwei Wochen, daß ich ihn zuletzt sah«, stieß sie hervor. »Es war am Freitagnachmittag. Er war zu mir gekommen und stank nach Whisky, und es stieß mich ab. Ich schrie ihn an. Und er sagte, er habe Angst und wollte wissen, ob... ob...«

»Ob er bei Ihnen bleiben könnte?«

»Ein paar Tage lang, meinte er. Irgend jemand wolle ihm etwas antun, und er habe Angst. Aber er hat doch ständig so verrücktes Zeug geredet, wenn er getrunken hatte. Ich erklärte ihm, das seien doch nur Hirngespinste. Lieber Gott, ich sagte zu ihm, daß er einfach nur besoffen und dumm sei. Und dann schickte ich ihn einfach fort. Um Gottes willen, ich schickte ihn einfach weg.«

»Wer würde ihm was antun, Jane?«

»Jemand. Er sagte, jemand würde zu ihm kommen. Aber wer, sagte er nicht. Und warum. Und weshalb. Aber ich hatte doch schon früher oft verrücktes Zeug von ihm gehört. Ich dachte, wahrscheinlich fühlt er sich nur einsam und hat es satt, allein zu leben.«

Ihre letzten Worte waren kaum mehr als ein Flüstern, das tränenlose verebbende Ende des Sturms in ihr. Sie hatte das Gesicht in ihre Arme sinken lassen, Kaskaden von Haar fielen darüber, bis über ihre Knie, und hingen frei und zitternd in der Luft, als sie den Kopf verzweifelt schüttelte.

»Weiter, Jane.«

»Er sagte, es könnten auch andere in Gefahr sein. Daß es nicht nur um ihn ginge.«

»Wer denn?« Shephard konnte sie kaum noch hören.

»Er sagte es nicht. Die ganze Welt, womöglich. Jedenfalls sagte er es nicht.«

Jane kroch hinüber auf die Kissen, zog die Knie an und vergrub das Gesicht in einem der Kissen. Shephard sah, wie ihre Schultern zu zucken und einen neuen Sturm anzukündigen begannen. Wird diesmal noch schlimmer werden, dachte er. Es ist für ihren Vater. Er breitete eine Decke über ihren zuckenden Körper und ging hinaus in die Küche.

In einer Schublade neben dem Telefon fand er ein kleines Adreßbuch, das er schnell durchblätterte und dann einsteckte. Es stand kein Greeley darin. Er erinnerte sich an Theodores Worte. Warum nahm Algernon an, daß Greeley Probleme hatte? Tim Algernon war in Buchführung bekannt schlampig. Ein Blick in das Adreßbuch zeigte, daß es nicht Algernon war, der den Spruch in die Bibel geschrieben hatte. Also wer dann? Der Mörder selbst? Nach der Tat? Als triumphierende Abschiedsbotschaft? Oder war die Bibel vielleicht schon zuvor in Algernons Hände gelangt, so wie die Drohungen, die Tim veranlaßt hatten, Jane aufzusuchen und Little Theodore um Beistand zu bitten? Und wenn ja, wie war sie zu ihm gelangt? Durch Boten oder mit der Post?

Shephard ging nach draußen. Inmitten des Abfalls durchsuchte er systematisch den Inhalt der Mülltonne vor dem Haus. Er war etwa zur Hälfte durch, als er einen braunen, verklebten Umschlag fand, bibelgroß und aufgerissen. Er zog ihn heraus, legte ihn auf den Boden und versuchte, ihn in seine ursprüngliche Form zurückzubringen.

Tim Algernons Name und Anschrift standen darauf. Mit derselben Tinte und in der gleichen Handschrift wie der Drohspruch in der Bibel. Der Poststempel war vom Mittwoch, 20. August, aus Sacramento. Also drei Tage, ehe Ed Steinhelper ausgenommen wurde. Vier Tage, bevor der, der ihm seine Brieftasche abgenommen hatte, mit dem Greyhound-Bus der Linie 52 in Laguna angekommen war. Also, stellte er fest, heute vor acht Tagen. Fünf Tage, bevor Algernon starb.

Drinnen fand er Jane auf ihres Vaters Couch, tief atmend, noch immer mit der Decke zugedeckt. Er blickte auf sie hinunter und spürte in sich ein Flattern, möglicherweise von Schwingen, als sei ein Schwarm Wachteln kurz vor dem Auffliegen. Dann war da wieder der gleiche verzweifelte Versuch, etwas zu tun. Wie vergangene Nacht. Dieser drängende, aber unbestimmte Wunsch, irgend etwas zu tun. Die gegensätzlichsten Gefühle stritten in seinem Innern. Da war das väterliche Gefühl; er konnte das Kissen unter ihrem Kopf richten und die Decke noch einmal sorgfältig hochziehen. Und dann war da das sinnliche Gefühl; das ließ ihn sie einfach nur anstarren. Und das professionelle Gefühl; das verlangte, sie aufzuwecken. Er fühlte sich wie gelähmt. Oder war es, dachte er, einfach nur Sprachlosigkeit? Er lächelte töricht vor sich hin. Sein Weg zu handeln wurde klar. Er ging leise aus dem Zimmer und schloß die Tür hinter sich. Er war sicher, das Richtige getan zu haben. Auf dem Weg durch die helle Nachmittagshitze wurde ihm bewußt, wie lange es her war, daß so wenig so viel bedeutet hatte. Er fühlte sich verändert, als habe sein Organismus eine Transfusion erhalten. Von etwas Neuem.

9

Ein Ausdruck der Telefongesellschaft verzeichnete alle Gespräche, die Tim Algernon in der Woche vor seinem Tod geführt hatte. Shephard bekam diese Information von einem sehr zögernden Manager, der ihn daran erinnerte, daß die Herausgabe solcher Daten illegal war, ihn dann aber schließlich doch in ein kleines Büro geführt hatte. Die Geduld des Managers schien bereits kurz vor dem Punkt der Erschöpfung zu sein, als Shephard auch noch ein Verzeichnis nach Nummern verlangte. Der Manager gab es ihm, nachdem er ihn demonstrativ lange hatte warten lassen, seufzte und schloß die Tür hinter sich.

Mit Hilfe des Telefonverzeichnisses und Algernons Adreßbuch übersetzte sich Shephard die Nummern in Namen und legte sich in seinem Notizbuch eine genaue Liste aller Anrufe an: Wer, wann, Dauer des Gesprächs. Nach einer Stunde Arbeit sah es so aus, als sei Tim Algernons »liebe alte Dame, die ebenfalls hier in der Stadt lebt«, eine gewisse Hope Creeley. Theodore hat da also einiges durcheinandergebracht, dachte er. Mit »ich hoffe, es war Greeley«. Aber auch nicht schlecht für einen, der weder lesen noch schreiben kann. Als ihre Adresse war 9487 Waveside, Laguna Beach, eingetragen, und Algernon hatte sie nicht weniger als insgesamt vierundzwanzigmal angerufen. Und zwar zwischen Samstag, 23. August, 17.00 Uhr, und Sonntag, 24. August. Vierundzwanzig Anrufe, und jeder eine Minute lang, der letzte vom Sonntag, 23.54 Uhr, sechs Stunden, bevor Algernon seinen letzten Whisky trank – in Gesellschaft des Mannes, der ihn dann tötete. Was kann ein Mann in Todesangst in vierundzwanzig minutenlangen Telefongesprächen sagen, was er nicht in einem einzigen vierundzwanzig Minuten langen Gespräch auch sagen könnte? fragte sich Shephard. Er wählte von der Zelle draußen Hope Creeleys Nummer. Niemand meldete sich. Er wählte noch einmal.

Als er wieder in seinem Mustang saß, fuhr er Richtung Waveside Drive am nördlichen Stadtrand.

Das Haus war eine saubere zweistöckige Villa im spanischen Stil mit Ziegeldach und einem großzügigen Säuleneingang, in dessen Schatten es für Shephard nach Zitrus roch. Er drückte auf die Türklingel, die nach einer kurzen Pause drinnen ein entferntes und gedämpftes Glockensignal gab. Gleich rechts neben der Holztür steckten in einem Briefkasten drei Umschläge. Er nahm sie heraus, warf einen Blick auf den ersten und sah, daß er erst heute ausgetragen worden war. Er klingelte noch einmal. Niemand antwortete.

Ein kunstschmiedeeisernes Tor öffnete sich zu einem Weg, der rechts um das Haus herum führte. Shephard drückte es auf, und seine Nackenhaare sträubten sich, als es quietschte wie Fingernägel auf einer Wandtafel. Der Weg war schmal und lag im Schatten des Holzzaunes des benachbarten Hauses. Er führte schließlich zu einem großzügigen Hinterhof, der trotz seiner Größe immer noch durch die Nachbargrundstücke abgeschieden schien; von drei Avocado-Bäumen zum Beispiel, die in einem Halbkreis vor dem äußeren Zaun wuchsen. Zwischen diesen dunkelgrünen Avocados standen Zitronenbäume, deren runde, symmetrische Formen mit Früchten übersät waren. Die betonierte Terrasse vor ihm sah aus wie eine Insel im Gras, und es standen Stühle, Tische, Liegestühle und ein Grill darauf.

Er sah, daß die Glasschiebetür links von ihm halb offen stand. Das Ende eines weißen Stores wehte in der Brise unten heraus. Der Haushund, eine etwas kleinere Rasse, nach dem ersten Blick zu urteilen, schlief im Haus. Nur sein Kopf schaute über die Laufschienen der Terrassentür heraus. Nicht eben ein Wachhund, dachte Shephard angesichts der offenen Tür. Er pfiff leise, aber der Hund rührte sich nicht. Der leichte Luftzug ließ eine Windglocke leicht und melodisch tönen.

Shephard pfiff noch einmal und ging über die Terrasse zu dem Hund hinüber. Als er schließlich direkt über ihm stand, sah er, daß das Tier zweifellos tot war.

Er schob den Store zurück und trat ins Haus. Er stand da und lauschte einen Moment, aber es war nichts zu hören. Das Wohnzimmer war in Schatten getaucht, und es gab kein Anzeichen dafür, daß hier noch vor kurzem irgend etwas geschehen wäre. Die Polsterstühle standen um einen niedrigen Kaffeetisch, ein Klavier mit heruntergeklapptem Deckel blinkte in der Dunkelheit der entgegengesetzten Ecke, nur sehr spärliches Licht fand seinen Weg hier herein durch die dicken Vorhänge und verlor sich nahezu unmerklich in dem hellgrünen Teppich. Shephard zog seinen Colt aus dem Schulterhalfter, aber er sah in seiner Hand fehl am Platze aus. Auf dem Weg in das Eßzimmer steckte er ihn wieder ein.

»Mrs. Creeley?« Das Echo seiner Stimme kam sehr rasch zurück. Er zog sich wieder bis zu dem toten Hund zurück und bemerkte, daß seine Fähigkeiten, menschliche Affären aufzuklären, in der Welt der Hunde wenig bedeuteten. Als er wieder auf dem hellgrünen Teppich stand, fiel ihm erst die Treppe auf, die von der gegenüberliegenden Seite des Wohnzimmers ausging.

Er stieg in den ersten Stock hinauf und bemerkte jetzt erstmals, daß das Haus trotz der geöffneten Terrassentür modrig roch. Jedes der drei Schlafzimmer in diesem Stockwerk war stilecht im amerikanischen Kolonialstil eingerichtet: Hartholzböden mit roten Teppichen, weiß-blaue Bettdecken mit dem Muster riesiger Adlerköpfe, massive, schwere, bodenständige Kommoden aus Ahorn. Es sah aus wie ein Museum, dachte er. Mehr zum Anschauen, als um darin zu leben. Nirgends ein Anzeichen, daß hier eine Familie leben würde.

Der Läufer auf der Treppe wechselte seine Farbe von Grün zu Weiß, wo es zum zweiten Stock hinaufging. Shephard empfand einen Hauch von Leichenhaus-Atmosphäre, als er dort oben war. Das makellose Weiß überall war ihm einfach zu viel. Er rief noch einmal.

Die ganze Etage war ebenso geräumig wie farblos. Der weiße Teppich führte in einen großen Vorraum, dessen Wände, Möbel und selbst der Kamin alle fleckenlos weiß waren. Im Gegensatz zum Dämmerlicht im Parterre unten war dieser Vorraum durchflutet vom Licht der Sonne, das durch zwei Westfenster ungehindert einfiel, weil es keine Vorhänge gab. Auf dem Fußboden bildeten sich Rautenmuster aus Sonnenlicht auf dem Teppich. Shephard bemerkte wieder, wie seinerzeit oft als Kind, wie im direkten Sonnenschein in einem Zimmer Staubpartikelchen nach oben fliegen statt nach unten, wie man logischerweise erwarten würde. Er ging über den Teppich hinüber zu einer weißen Doppeltür am anderen Ende des Raumes. Er drückte sie auf und sah sich vor weiteren Teppichflächen, die sich bis hinein in den großen Schlafraum fortsetzten.

Shephard fand, dies sei das hellste Zimmer, das er in seinem ganzen Leben gesehen hätte. Ein cremefarbenes Kanapee stand an der linken Wand. Darüber hing ein weißgerahmter Spiegel, der seinerseits noch mehr Weiß in den ganzen Raum spiegelte. In der Mitte stand ein überbreites Bett. Der Mangel an Farbe schien es noch mehr zu vergrößern. Shephard unterlag für einen Moment der Vorstellung, sich in einem einzigen Gips-Kabinett zu befinden. Als er seine Hand auf das Bett drückte, fühlte sich der weiche Stoff an, als passe er nicht zu alledem.

Er stand in der Tür zum Bad und blickte in sein eigenes lebensgroßes Spiegelbild. An einer verspiegelten Trennwand vorbei ging es nach rechts zu einer Toiletten-Ecke mit zwei großen Waschbecken – Armaturen aus weißem Porzellan! –, einem wandbreiten Spiegel davor, einem weißen Holzwandschrank neben dem WC und einem blitzenden Bidet. Er wandte sich zurück zur Tür, ging wieder an dem großen Eingangsspiegel vorbei und gelangte in einen ähnlichen Raum: weiße Wände, weiße Fliesen. Aber statt WC und Bidet war hier die ganze Breitwand entlang eine Badewanne, und Shephards erste Reaktion bei ihrem Anblick war: Jesus, Maria, wenigstens etwas, das nicht weiß ist.

Denn es lag etwas in der Badewanne, das unverkennbar nicht weiß war.

Er blieb an der Tür stehen und lehnte sich an die Wand und spürte, wie Schweiß in wahren Bächen aus seinen Poren schoß. Er ging hinaus ins Schlafzimmer. Dort stand er eine Weile und atmete heftig. Und dann lief sein Hirn erst einmal eine ganze Menge Umwege. In Form von Fragen. Wann war Jane Algernon wohl erwacht? Hatte Cal sein Futter gestern abend gefressen? Warum fliegt Staub aufwärts? Wen interessiert das? Und dann war da das Problem mit seiner Pistole. Er zog sie, steckte sie wieder ein, zog sie wieder: Irgendwie fühlte er sich besser, wenn sie in seiner Hand lag, als er zurück ins Bad ging und sich der Wanne näherte.

Der Gegenpol zu all dem Weiß hier ringsum war eine nackte Frau. Sie war von Feuer so schlimm geschwärzt, daß sie zusammengeschrumpft aussah wie eine vogelähnliche Kreatur. Ein Flugsaurier vielleicht, mit Klauen an den Enden der schwachen Flugarme, mit aufgedunsenem Hinterleib, verkürzten Hinterbeinen, die unanständig gespreizt waren und so aussahen, als könnten sie sich höchstens an einem Zweig festhalten oder sich im Flug eng an den Körper anlegen. Er erblickte ein schmales Gesicht, in dem nur noch die Augenhöhlen und der Mund erkennbar waren. Eine der winzigen Hand-Klauen war ins Ende der Zugstange eines Duschvorhangs verkrallt, die ebenfalls bis zur Mitte verkohlt war. Der Duschvorhang selbst lag zerknüllt in einem weißen Korb-Abfallbehälter.

Wer Entdeckungen solcher Art macht, ist sich immer zuerst einmal seiner eigenen Nutzlosigkeit bewußt. Und so wie er vor kurzem auf das schlafende Geheimnis der Jane Algernon hinuntergesehen und nicht gewußt hatte, was er tun sollte, blickte er jetzt auf diese tote Frau hinunter und überlegte, was er wohl tun solle. Sein erster Impuls war, sie zu bedecken. Er spürte, daß er vielleicht beten sollte. Er wußte, daß er seine Kollegen rufen mußte, damit sie sich des Falles annahmen: Pavlik, um die Spuren zu sichern, Pincus für die Pressearbeit, Grimes, um die Menschen vorne am Eingang, die sich rasch ansammeln und verschreckt Fragen nach der Art der Tragödie stellen würden, im Zaum zu halten. Und schließlich Chief Hannover, der dem Bürgermeister berichten mußte, und Lydia Worth und noch ein paar Beamte, damit diese ergebnislos die Umgebung absuchten, und Robbins, der die Leiche abtransportieren, und Yee, der sie mit seinen leidenschaftslosen Händen sezieren mußte. Und er selbst, der Detective, hatte aus den Spuren, die die anderen ermittelten, das Wesentliche herauszuschälen, die Stücke zusammenzusetzen, alles auszusondern, was nicht paßte, und höchstpersönlich den Mörder zu fangen.

Lieber Herr Jesus, dachte er. Was er wirklich wollte, war schlafen. Seine Beine trugen ihn kaum, als er sich an die Wand lehnte und sich an ihr zu Boden gleiten ließ.

Zweiter Teil

10

Es dauerte bis zum späten Abend, ehe Shephard fand, wonach er in der zweistöckigen Villa von Hope Creeley gesucht hatte. Und als er es gefunden hatte, dauerte es noch geraume Zeit, bis er wußte, daß es dies war, was er gesucht hatte.

Nachdem wieder Stehvermögen in seine Beine zurückgekehrt war, hatte er sich aufgerappelt und Pavlik angerufen. Danach stand er in der Küche und wartete, geistesabwesend wie in einem Wachtraum. Auch noch, als der Spurensicherer angekommen war, war Shephard kaum imstande, sich aus der dunklen Trance, die ihn eingehüllt hatte, zu lösen. Die Ankunft von Pavlik spielte sich mit der Vertrautheit des *déjà vu* ab. Shephard sah ihm durch das Vorderfenster zu, wie er seinen Ausrüstungskasten die Einfahrt heraufschleppte, wobei er nicht nur einmal, sondern zweimal stehenblieb, um die Adresse auf dem Zettel in seiner freien Hand noch einmal zu lesen. Er begrüßte Shephard mit einem angestrengten Zweiuhrmorgenslächeln, obwohl es tatsächlich zwei Uhr nachmittags war, und folgte ihm nach oben in das weiße weite Schlafzimmer.

Als er wieder auf den verkrümmten Körper in der Badewanne hinunterblickte, gab Shephard einige platte Erklärungen ab wie »wieder eine Leiche« und »nun mal ran an die Arbeit«, als hoffe er, dadurch Pavlik von der leblosen Realität der Szenerie ablenken zu können. Aber er verschwendete seine Worte nur. Pavlik flüchtete genauso rückwärts aus dem Bad hinaus wie zuvor er selbst und stand im gleißenden Sonnenlicht des Schlafzimmers. In seinem Kopf, dachte Shephard, gehen jetzt die gleichen Dinge vor sich wie vorhin bei mir. Zusammen gingen sie zur Badewanne zurück, wie Mannschaftskameraden bei einem Durchbruch, wortlos einer den anderen durch seine bloße Anwesenheit ermutigend, sich intensiv auf ihre Aufgabe konzentrierend, um allein schon dadurch keinen Raum mehr zu lassen für Furcht oder Ekel. Sie arbeiteten rasch, und ihr Tempo nahm sogar noch weiter zu. Pavliks Tütchen und Schälchen schienen auf dem Fußboden des Bades plötzlich zu blühen. Sie sammelten Partikel von Fleisch und Asche von der Leiche und aus der Wanne, Haare vom Fußboden und neben dem Körper, auch welche aus dem Abfallkorb, nachdem sie den zerknüllten Duschvorhang auf Pavliks Verlangen mit Hilfe einer Küchenzange entfernt hatten. Sie arbeiteten auf diese Weise problemlos weiter am Zusammentragen von Spuren, bis die Frage der Augen der Frau aktuell wurde.

»Sieht aus, als beobachte sie uns, Tom«, sagte Pavlik. Shephard ignorierte das, bis er bemerkte, daß Pavlik zu arbeiten aufgehört hatte und bewegungslos dasaß. Er starrte in das Gesicht der Frau. »Bitte, mach du ihr die Augen zu, Tom.« Sein Gesicht war grau zerfallen, und in seiner Stimme war ein nervöses Drängen. Shephard versuchte, die Augenlider der Frau zu schließen, aber es ging nicht recht, weder links noch rechts. Pavlik beugte sich vor und versuchte es ebenfalls, aber mit dem gleichen Mißerfolg. Er murmelte etwas über den Blick ihrer Augen und daß sie ohnehin keine verdammten Augenlider habe. Er fuhr mit der Hand an dem toten Körper entlang, seine Stimme wurde immer höher, als er ihren Kopf nach beiden Seiten drehte und sich weiter vorbeugte und schwor, er werde diese Lider finden. Shephard blieb stumm und betrachtete seinen völlig geschockten Mitarbeiter wortlos.

Mit zitternder Hand brachte Pavlik schließlich von der entgegengesetzten Seite des Körpers zwei fleischige Fetzen zum Vorschein. Jeder zeigte an einer Seite Schnittspuren und sprossende

Haare auf der anderen. Er übergab sie Shephard vorsichtig, so sorgfältig, als handle es sich um Kunstwerke, und redete dabei sinnloses Zeug: warum er zur Polizei gegangen sei, und wie er am Bend in Oregon mit seinem Bruder fischte, und auch etwas über Sex. Und dann kippte er einfach um, fiel mit verdrehten Beinen zu Boden, und Shephard sah seinen verschreckten, verstörten Blick auf sich gerichtet. Nach einer langen und wortlosen Pause kam er wieder zu sich, räumte, als sei nichts gewesen, seine Schälchen und Tüten zusammen und breitete dafür seine Utensilien zum Abnehmen der Fingerabdrücke auf dem Fußboden aus.

»Tut mir leid«, sagte er.

Die Ermittlungen in Hope Creeleys Haus zogen sich mit gleichmäßiger Monotonie den ganzen Nachmittag über hin. Als sie endlich alles für die Leichenbeschau fertig hatten und Ken Robbins' Bestattungsinstitut anrufen konnten, war Shephard total erschöpft. Er stand am Fenster von Hope Creeleys Schlafzimmer, blickte hinaus, und war sich klar darüber, daß diese Erschöpfung nicht nur von der körperlichen Anstrengung des dreistündigen Bückens, Kratzens, Einstaubens, Sprayens, Hebens und Fotografierens herrührte. Noch größer als die körperliche Müdigkeit und Frustration über diese Arbeit war die seelische Erschöpfung. Sie war in dem Wissen begründet, daß alle diese Arbeit am Ende zu nichts führte. Es war die Erschöpfung über die Erkenntnis – und diese hatte er schon gehabt, als Pavlik die Einfahrt heraufgekommen war und die Adresse überprüft hatte –, daß er nicht etwa seine Arbeit nicht richtig tat. Sondern daß er nicht die richtige Arbeit tat.

Dieser Gedanke traf ihn sehr unvermittelt.

An diesem Abend saß er unter der einzigen Lampe, die ihm in seiner verwüsteten Wohnung verblieben war, und stellte eine Liste über die Feststellungen zusammen, die Robbins und Yee vermutlich treffen würden. Er sah voraus, daß der Brennstoff wieder Terpentin sein würde. Daß zumindest eines der Haare, die sie gesammelt hatten, identisch mit denen sein würde, die sich in Tim Algernons zusammengepreßter Faust befunden hatten. Daß sich der Mörder irgendwann zwischen dem frühen Morgen und dem Abend durch die unverschlossene Terrassentür eingeschlichen hatte. Daß des Hundes Genick gebrochen oder daß er erdrosselt worden war. Kurz gesagt: eine glatte Wiederholung all der verstreuten, bruchstückhaften, nebensächlichen und vorläufig noch ungeklärten Informationen, die er bisher schon besaß. Er trank einen Scotch und rauchte. Später machte er mit Cal einen Spaziergang durch die Stadt, und das Bild der geschundenen Hope Creeley begleitete ihn dabei unaufhörlich. Er ging dahin, eine große Gestalt in einer zerknitterten Jacke, sein Blick fast pausenlos nur auf die dunklen Gehwege geheftet, den hageren Körper von der Hüfte an vorgebeugt, und seine langen Beine trugen ihn mühelos mit trügerischer Schnelligkeit voran.

Zum ersten Mal, seit er auf das verstümmelte Etwas geblickt hatte, das einmal Hope Creeley gewesen war, löste sich die schützende Starre in seinem Kopf. Er war sich jetzt, auf dem Weg an den wohlbekannten und längst geschlossenen Läden der Forest Avenue entlang, klar darüber, daß der Mord an Hope Creeley den ganzen Fall aus der normalen Routine üblicher Mordfälle herausgehoben hatte – wenn es denn so etwas gab wie übliche Mordfälle. Das befand sich jetzt alles auf einer anderen, dunkleren, drohenderen Ebene. Eine Ebene, auf der sehr wohl Logik und klare Absicht regierten, wenn diese auch noch immer verborgen waren. Tatsächlich so sehr verborgen, daß es ihm nicht einmal drei Tage intensivster Arbeit ermöglicht hatten, eine Antwort auf die grundlegende Frage überhaupt auch nur zu versuchen: Warum? Wade hatte ihm oft gesagt, die Aufklärung eines Mordes sei im Grunde nichts anderes als die Lektüre einer Geschichte. Um einen Mord zu verstehen, muß man nur die Geschichte darum herum verstehen, hatte er gesagt. Verbrechen aus Leidenschaft und Verbrechen um eines Profits willen liegen in ihrem Aufbau und Ablauf auch für den inkompetentesten Aufklärer offen da. Weil man einfach nur die Geschichte lesen mußte, wie es jedes Kind tut. Sein Vater hatte sich so ausgedrückt: Jedes Motiv ist ein Anfang. Und das Motiv realisiert sich durch Aktion.

Aber ein Mord ohne Motiv erschien ihm wie eine Geschichte

ohne Worte, oder eine, die in einer unverständlichen Sprache geschrieben ist. So wie Hell und Dunkel im Widerschein der Straßenlampen auf seinem kantigen Gesicht wechselten, bedachte er seinen Vergleich zwischen den Extremen. Irgendwie schien er zu stimmen. Ein Buch, ja. Geschrieben von jemandem mit einem Geist, der nicht einfach zu erfassen ist. Beispielsweise entweder ein Verrückter. Oder ein Genie. Auf seinem Weg über den Coast Highway hinüber und hinunter in die kühle Brise, die am Großen Strand vom Meer herwehte, wurde er das ungute Gefühl nicht los, daß alle die Fingerabdrücke, Phantomzeichnungen, Haarproben, Blutproben und Kobaltpartikel sich zwar auf seinem Schreibtisch bis zum Himmel stapeln könnten – und dennoch nichts bedeuten würden als eine unentzifferbare Sprache. Ja, ganz recht: Ein Buch ohne verständliche Worte.

Kurz vor Mitternacht stand er vor dem Haus Hope Creeleys. Er fingerte den Schlüssel aus der Tasche, den er in der Küche gefunden hatte. Er ermahnte Cal sanft, ruhig zu bleiben. Dann schloß er auf, und sie gingen hinein.

Cal folgte sofort seiner Nase und suchte in der Vorhalle nach Spuren. Überraschend und ohne Grund blieb er witternd stehen, hielt plötzlich inne, als hätte irgend etwas in der Luft ihn dazu aufgefordert. Shephard bewegte sich auf ähnliche Weise ins Haus hinein, sich da und dorthin wendend, suchend, herumschauend, ohne freilich zu wissen, wonach. Der eine oder andere Gegenstand fand den Weg in seine Manteltasche: Hope Creeleys Adreßbuch zum Beispiel, in welchem Tim Algernons Adresse ebenso stand wie die seines Vaters; eine ungeöffnete Telefonrechnung; ein paar Streichholzheftchen, die dekorativ in einem Kognakschwenker plaziert waren; eine Einkaufsliste in zittriger, nervöser Handschrift.

Dunkel erinnerte Shephard sich an eine Schlafzimmerwand voller eingerahmter Erinnerungen und Fotos. Er fand sie im ersten Stock, im hintersten der drei Schlafzimmer.

Shephard betrachtete die eingerahmte Vergangenheit intensiv. Cal hatte sich aufmerksam zu seinen Füßen niedergelassen.

Hope Creeley bei ihrer High-School-Abschlußfeier. Auf einer Zeitungsfotografie als Rotkreuzhelferin. Als Porträt einer jungen Dame, im Hochzeitskleid, zusammen mit dem Bräutigam, sie schoben einander Kuchen in den Mund. Eine gutaussehende, zarte Frau mit gewöhnlichem, aber sympathischem Gesicht, das von leichten Löckchen eingerahmt war. Da ist etwas in sich Gekehrtes in ihr, dachte Shephard. Selbst auf dem Hochzeitsbild entdeckte er etwas Abwesendes und Beherrschtes in ihren Zügen. Ihr Lächeln drückte eher Zustimmung und Bekräftigung aus als Heiterkeit und Überschwang. Das gleiche Lächeln fand er auch in ihrem Gesicht auf einem Foto an Bord einer Motorjacht, wo sie zusammen mit zwei anderen Paaren auf dem Deck stand.

Die Fotos waren vom Alter alle schon etwas verschossen. Er erkannte das Paar zur Linken Creeleys: Mr. und Mrs. Wade Shephard. Und der dritte Mann kam ihm auch bekannt vor. Er schloß die Augen und versuchte den Namen dieses Mannes aus seiner Erinnerung zu holen. Ein gutaussehender, sportlicher Typ. Jemand, mit dem das Leben es gut gemeint hatte. Das Gesicht blieb beherrschend, aber anonym.

Unter dem Jachtfoto war eines von Hope Creeley zusammen mit ihrem Mann, wie sie an einem Tennisnetz standen. Sie hatten die Rackets in den Händen und einen Pokal zu ihren Füßen. Im Passepartout war in schönen Goldlettern etwas eingeprägt:

SURFSIDE-MITGLIEDER–TURNIER 1947
BURTON UND HOPE CREELEY

Das gleiche Turnier, an dem auch Tim und Margaret Algernon teilgenommen hatten, dachte er. Er nahm das Bild von der Wand, betrachtete es im hellen Licht in der Mitte des Zimmers noch einmal genauer und hängte es wieder zurück. Cal gähnte und trottete davon. Die letzten Fotos schienen aus der Zeit um 1950 zu stammen. Als habe zu dieser Zeit alles Erinnernswerte im Leben dieser Frau geendet. Er schaltete das Licht aus und begab sich in den zweiten Stock hinauf. Dabei sinnierte er nach, warum das heuer so ein schlechtes Jahr für Surfside-Tennisspieler sei.

Er durchschritt die riesige Weiße des Vorraums und stand neben dem Nachttisch im Schlafzimmer, als er etwas erstmals bemerkte. Kein Wunder, daß wir es übersehen haben, dachte er. Nachdem es ebenso weiß war wie alles andere hier, paßte es sich chamäleonartig der Umgebung an. Aber nur ein Blick darauf, und man wußte, warum Tim Algernon statt einmal vierundzwanzigmal angerufen hatte.

Wie Millionen frustrierter Anrufer rund um den Erdball hatte er statt des gewünschten Partners immer nur den Anrufbeantworter bekommen.

Shephard setzte sich auf das Bett, drückte den Rücklaufschalter und wartete, bis das Band stoppte. Es dauerte nicht lange, sehr weit mußte es nicht zurücklaufen. Er drückte die Wiedergabetaste, legte sich auf dem harten Bett zurück und starrte an die Decke.

Die Stimme eines Mannes, ruhig und gelassen: »Hier ist Reggie, Hope. Wollte nur Hallo sagen. Hast du die gelbe Rose an der Hecke heute morgen gesehen?«

Eine Frauenstimme, älter, betulich, eifrig: »Hier ist noch einmal Dorothy, Hope. Allerbesten Dank für Ihren Beitrag für die Gesellschaft. Ich bin schon sehr gespannt, es zu lesen, und die Fotos sind bestimmt auch sehr hübsch, da bin ich ganz sicher. Besuchen Sie uns doch bitte bald wieder einmal. Wiederhören.«

Dann eine tiefe Stimme, langsam und bedächtig: »Hope, hier ist Tim. Tut mir leid, daß ich dich verpaßt habe. Wir müssen uns zusammensetzen und reden, bitte. Meine Nummer ist 494-1318. Auf Wiederhören.«

Dieselbe Stimme: »Nochmal Tim Algernon. Ich hoffe, du bist nicht in Urlaub. Bitte ruf mich an, sobald du da bist, es ist sehr wichtig.«

Der nächste Anrufer hörte der Ansage zu, wartete, und sagte nichts. Es dauerte fünf Sekunden, bis er aufhängte. Shephard hielt das Band an, spulte es zurück, und hörte sich die stummen fünf Sekunden noch einmal an. Da war das Geräusch von Autos auf einer Schnellstraße im Hintergrund, auch eine Hupe war zu hören.

Tim Algernon rief ein weiteres Mal an: »Tim Algernon, Hope. Ruf mich an, sobald du das gehört hast. Versprochen?«

Der erste Anrufer, noch immer ruhig und gelassen: »Ich hoffe, daß bei dir alles in Ordnung ist, liebste Hope. Vielleicht frühstücken wir wieder mal zusammen? Toodles.« Er hängte auf.

Danach eine lange Wartezeit, wieder Verkehrsgeräusch im Hintergrund, und ganz entfernt Glockengeläut. Die Stimme kam schnell und eilig: »Hast du mein kleines Paket erhalten, Hope? Ich wette, es hat dir Gänsehaut verursacht, hab' ich recht? Du brauchst mich nicht anzurufen. Ich rufe dich an. Ganz egal, was du machst.«

Es folgte eine Pause, aber im undeutlichen Hintergrund setzten sich das Verkehrsgeräusch und das Glockenläuten fort. Dann sprach die Stimme weiter: »Schau auf Gott, Hope, schau auf den Himmel, und schau in die Hölle. Es ist wirklich schön, wieder in Laguna Beach zu sein. Guten Tag, guten Tag...« Der Anrufer hängte auf.

Shephard erhob sich vom Bett, spulte den letzten Anruf zurück und hörte ihn sich noch einmal an. Wieder die lange Pause, die Autos, die Glocken. Die drängende, ernste Stimme, die sprach, als müsse sie diesen Anruf rasch hinter sich bringen, um sich danach wieder ihren Geschäften zuwenden zu können.

Und dann wieder Tim Algernon: »Entschuldige, daß ich dauernd anrufe, Hope. Aber ich muß dich unbedingt sehen, es ist dringend. Bitte ruf zurück. Wenn ich es in dreißig Sekunden erklären könnte, würde ich es ja tun. Tim Algernon, wie gesagt, 494-1318.«

Und noch einmal Algernon: »Hope, ruf mich umgehend zurück. Ich glaube, du bist vielleicht in Gefahr, und ich weiß, daß ich es selbst auch bin. Bitte ruf Tim an. Schnell.«

Dann eine neue Stimme, oder genau gesagt zwei Stimmen. Zuerst ein kurzes »Oh«, als sei man leicht überrascht, dann eine Pause, und dann eine andere Stimme, die Shephard sofort erkannte: »Hallo, Mrs. Creeley. Wir melden uns wegen Ihres vertraulichen Anrufs gestern abend. Bitte rufen Sie uns an, jederzeit.«

Marla Collins und Bruce Harmon, dachte er: Vertraulich, wie?

Dann wieder die eilige Stimme, diesmal verursachte sie Shephard einen Schauer über den Rücken: »Armer Timmy, armer Tim. Haben Sie's nicht gehört?« Und dann wieder Verkehrslärm im Hintergrund, ehe er aufhängte. Es war der letzte Anruf auf dem Band.

Shephard spulte wieder bis zu dem Drohanruf zurück. Er hörte ihn sich zweimal an, um sich den genauen Wortlaut in sein Notizbuch einzutragen, und dann noch einmal, um die Zahl der läutenden Glocken in der Entfernung festzustellen.

Es waren sieben.

»Die gute alte Cäcilienkirche«, murmelte er zu Cal, als er vom Bett aufstand. »Sagt uns immer zuverlässig die Zeit, nicht wahr, Cal? Selbst bei all dem Verkehr auf dem Küsten-Highway.«

Shephard entnahm dem Anrufbeantworter das Band, für den Fall, daß sich jemand anderer – Bruce Harmon, beispielsweise – dafür interessieren sollte. Er stand mit dem Gefühl auf, er habe endlich die ersten Partikelchen von Glück gehabt. Cal schlief bereits auf dem Fußboden.

Kleines Paket, dachte er. Kleines Paket. War dieses kleine Paket vielleicht so groß wie ein Buch?

Die Partikelchen von Glück erwiesen sich als wahr. Nicht, daß eine größere Menge davon nötig gewesen wäre, um die Schublade des Nachttisches aufzuziehen. Aber da war sie: eine Bibel, in eine Ecke geschoben neben ein Fläschchen Nagellack und eine ungeöffnete Packung Gesichtswatte. Die Innenseite des Rückumschlags wies einen Stempel auf. Er war deutlicher und informativer als der in Algernons Buch. Eine verschnörkelte, fröhliche Filigrandekoration: *Forest-Avenue-Buchhandlung, Spaß am Lesen*. Das Buch war nicht neu. Aber vermutlich würde ein handschriftlicher Eintrag vorne neu sein? In der Tat: Die Tinte war rot, und die bekannte Handschrift war ordentlich und gewandt:

Denn der Herr, Dein Gott, ist ein
verzehrendes Feuer,
ein zürnender Gott,
Er wird kommen, sein Elend zu dem
deinen zu machen.

Shephard fügte die Bibel zu der Kollektion, die er schon hatte – zu den Streichhölzern, Notizbüchern, eigenen Notizen –, nur steckte er sie in die andere Manteltasche. Draußen entdeckte er in der Dunkelheit der Hecke die kleine gelbe Rose, nach der sich Reggie erkundigt hatte. Er fragte sich, ob sie sie noch gesehen hatte oder nicht.

Er legte den meilenweiten Weg nach Hause schnell und leichtfüßig zurück, weit vor Cal, der im Gegensatz zu ihm unmotiviert hinterhertrabte.

11

Die Inhaberin der Forest-Avenue-Buchhandlung begrüßte Shephard mit jenem übermäßig dankbaren Lächeln, das so kennzeichnend ist für die Besitzer nur mühsam florierender Läden. Sie war alt, keck und hatte ein Ledergesicht. Sie studierte Shephard mit der Intensität eines über einem guten Feld kreisenden Habichts. Er stellte sich vor und brachte Hope Creeleys Bibel aus seiner Tasche zum Vorschein.

»Ich wüßte gerne, ob Sie dieses Buch kürzlich verkauft haben«, sagte er.

Die Frau stellte sich ihrerseits als Sally Megroz vor. Als sie das Buch in die Hand nahm, senkte sich ihre dürre Hand unter dem Gewicht. Sie schlug die erste Seite auf und hielt sie sich nahe vor die Augen. Sie nickte.

»Die ist von mir«, bestätigte sie. »Hab' ich Anfang der Woche verkauft. Ich kann ja nachsehen, wann genau.«

Sie bahnte sich einen Weg zu ihrer Kassentheke und kramte dort eine staubige, abgegriffene Kartei hervor. Sie feuchtete sich den Finger an, um sich durch den Stoß roter Quittungen zu arbeiten. Drei davon hielt sie sich wieder nahe vor die Augen, nickte wieder und sah auf.

»Montag, den fünfundzwanzigsten. Drei Dollar, weil es ein gebrauchtes Exemplar war. Das ist das einzige Buch, das ich auch gebraucht verkaufe.« Sie reichte Shephard den Kassenzettel und trat zurück. »Sie wissen das von Hope Creeley, nehme ich an.« In ihrer Stimme war plötzlich Anklage.

»Ja«, antwortete er. »Kannten Sie sie?«

»Ob ich sie kannte? Natürlich kannte ich sie. Sie war eine alte Kundin von mir. Ich verstehe nicht, warum es immer genug Polizisten gibt, die Strafzettel für falsches Parken an meine Kunden verteilen, aber nie genug, um so etwas zu verhindern.« Sie blickte Shephard kampflustig an und reckte ihr Kinn demonstrativ hoch.

»Wir tun, was wir können, Mrs. Megroz. Wie sah der Käufer dieser Bibel aus?«

»Es war ein sehr netter älterer Herr. Er kam so gegen zwei. Schon bei seinem Eintritt tippte ich auf Religion oder Selbsthilfe oder so etwas. Ich versuche immer zu erraten, welcher Abteilung sich ein Kunde zuwenden wird. Ich hatte recht.«

Selbsthilfe oder Religion, dachte er. Lieber Gott... Er legte den Kassenzettel wieder in die brüchige Karteibox.

»Wie sah er aus?«

»Kleiner als Sie, aber größer als ich. Mittelgroß also. Ein älterer Herr, wie gesagt, schon graumeliert und sehr nett. Er hatte einen Bart. Seine Kleider waren allerdings alt und schäbig. Deshalb dachte ich zuerst, daß er wieder ein neuer Pennbruder in der Stadt sei. Sie fallen hier bei uns immer im Sommer aus den weniger günstigen Klimazonen ein, wissen Sie.«

Kommt im Sommer nach Sacramento in den Süden! dachte Shephard. Über Fresno.

»Haben Sie mit ihm gesprochen?«

»Ja. Er hat das Bild dort gelobt.« Sie wandte sich um und zeigte auf ein wildes Seestück an der Wand hinter ihr. Ein Schiff wurde gegen eine gnadenlose Küste auf die Klippen geworfen, und die Mannschaft stürzte sich von Bord. Er dachte an seinen ruinierten Druck von Hoppers *Nachteulen*.

»Es hat ihm gefallen?«

»Überaus«, sagte Mrs. Megroz nachdrücklich, als ob Shephards Urteile über Kunst nicht sehr kompetent, oder jedenfalls überholt seien. »Er sagte, daß der Strich sehr sicher und die Farbenwahl glänzend sei. Ich ergänzte, daß mir der Gefühlsausdruck besonders gefällt. Nicht, daß alle Gemälde so extrem sein müßten. Aber daß ich sozusagen die ganze Idee daran bewundere. Er sagte, dieses Gemälde sei offensichtlich mehr mit Herzblut als mit dem Kopf gemalt worden.«

»War sonst noch etwas? Irgendwas?«

»An mehr kann ich mich nicht erinnern.«

»Und er bezahlte bar?«

»Sicher.«

»Sagen Sie«, Shephard zog seine Phantomzeichnung aus der Tasche, »haben Sie diesen Mann jemals gesehen?«

Sally Megroz hielt sich die Zeichnung wieder dicht vor die Augen, und es dauerte eine ganze Weile, bis sie sie sinken ließ. Zu diesem Zeitpunkt war ihr Gesicht bleich. »Montag. Das ist er«, sagte sie gefaßt. »Warum wird ein so netter Mann wie er gesucht?«

»Er hat Hope Creeley umgebracht, Mrs. Megroz.« Shephard ließ diese Feststellung erst einmal wirken, ehe er fortfuhr. »Und alles, was Sie mir sagen können, kann uns helfen, ihn zu finden. Es sei denn, es wäre Ihnen lieber, daß ich Parkstrafzettel ausschreibe.« Er sah durch die Glastür hinaus auf die vollgeparkten Plätze der Forest Avenue.

»Er hatte einen«, sagte sie.

»Einen was?«

»Einen Parkstrafzettel!« Die Stimme von Sally Megroz wurde eine ganze Oktave höher. Ihre Augen wurden eng, als sei sie auf dem Weg zu einer längst überfälligen Revanche. Sie erzählte, wie er bezahlt hatte, zur Tür ging, sich besonnen hatte und noch einmal zurückgekommen war. Er habe gesagt, die Polizei habe ihm ohnehin einen Strafzettel ausgestellt, da könne er auch ebensogut noch ein Weilchen hierbleiben und sich umsehen. »Verdammte Polizei, immer macht sie meinen Kunden Scherereien«, fügte sie hinzu. »Aber das nehme ich natürlich jetzt zurück, Sir. Sie können sich ja denken, wie glücklich ich jetzt darüber bin!«

Ihr Kinn flatterte, und in ihre Augen schossen die Tränen. »Sie haben Ihre Sache wirklich gut gemacht, Mrs. Megroz«, sagte er. Innerlich konnte er ein Lächeln über sein Glück und über die blanke Ironie der Tatsache, daß ein Mörder einen Strafzettel bekommt, nicht unterdrücken. »Können Sie mir noch etwas über Mrs. Creeley erzählen? Wie war sie?«

Das Gesicht von Sally Megroz wurde wieder entschlossener in dem Bemühen um Loyalität, um Willfährigkeit, um Bereitschaft zu helfen. Sie beschrieb Hope Creeley als eine sehr zurückgezogen lebende und sehr nette Dame. Eine begeisterte Leserin von Biographien und Geschichtswerken. Kürzlich habe sie der Historischen Gesellschaft eine Sammlung von Bildern und ein Tagebuch übergeben, eine Stiftung, die sowohl sie selbst als auch die Präsidentin der Gesellschaft als höchst interessant eingestuft hätten.

Shephard Gedächtnis spulte sofort wieder die zweite Anruferin auf Creeleys Anrufbeantworter ab.

»Dorothea?«

»Dorothea Schilling. Wir waren sehr froh darüber, daß wir dieses Material bekamen. Hope war sich sehr der historischen Veränderungen in unserer Stadt bewußt.«

Shephard steckte die Bibel wieder in seine Tasche. Sally Megroz trat einen Schritt vor und sagte vertraulich: »Wenn Sie mehr über sie wissen wollen, gehen Sie doch zu Dorothea und lassen Sie sich die Fotos und das Tagebuch zeigen. Ich meine, sie war für mich natürlich mehr nur eine Bekannte als eine Freundin. Sie lebte ja wirklich sehr zurückgezogen.«

So wie Tim Algernon in seiner Zurückgezogenheit, dachte Shephard. Und wie er, war auch sie ein früheres Mitglied des vornehmen *Surfside Sail and Tennis Club* von Newport Beach gewesen…

»Haben Sie sein Auto gesehen?« fragte er mit einiger Hoffnung.

Sie wandte ihm ihre fahlen Augen zu und schüttelte langsam den Kopf. »Ach wissen Sie, in meinem Alter, mit meinen Augen… Gut, ich sah Tammy, die Politesse, wie sie draußen einen Zettel ausschrieb, und das Auto war rot. Aber mehr kann ich Ihnen leider nicht sagen.«

»Sie waren mir eine große Hilfe.« Shephard gab ihr seine Karte und schüttelte eine kühle, schlaffe Hand. »Wenn Ihnen noch irgend etwas einfällt, was mir helfen könnte, rufen Sie mich bitte an. Und falls Sie den Mann noch einmal sehen, sofort.«

Er stoppte an einer Telefonzelle, um Pavlik die Geschichte mit dem Strafzettel mitzuteilen. Der Spurensicherer hatte sich von dem Schock bei Hope Creeley mittlerweile wieder etwas erholt. Robbins und Yee, berichtete er, hatten gleich morgens mit der Autopsie der Leiche begonnen. Robbins hatte ausdrücklich zu Rapport gegeben, daß auch hier Terpentin in großzügiger Menge über die Leiche gegossen worden war. Yees Labor hatte bereits einen vorläufigen Bericht über die Todesursache formuliert, ohne die anderen Beweismittel weiter einzubeziehen: Tod durch Verbrennen. Pavlik stürzte sich auf die Ermittlung des Parkstrafzettels wie ein Raubvogel und beendete das Gespräch hastig. »Ruf mich in einer Stunde zurück. Den Hundesohn nageln wir jetzt fest.«

Dorothea Schilling von der Historischen Gesellschaft von Laguna Beach sah selbst sehr historisch aus, so empfand Shephard, als er sich ihr vorstellte. Sie war in einen rosa Pullover eingepackt, obwohl es an diesem Tag schon über fünfundzwanzig Grad warm war, und die muffigen Räume der Gesellschaft waren ungelüftet und stickig.

Nachdem Shephard darum gebeten hatte, in das Material der vor kurzem übergebenen Stiftung Hope Creeleys Einblick nehmen zu dürfen, geleitete ihn Dorothea nach hinten in einen zweiten Raum, wo sie auf eine abgewetzte Couch deutete. »Wenn Sie hier Platz nehmen wollen«, sagte sie. Er wartete. Nach einiger Zeit kam Dorothea zurück. Sie schob einen alten Wagen vor sich her. Sie lächelte und reichte ihm eine flache, breite Schachtel, die an den Seiten ausgebeult war. »Ich dachte mir, Sie hätten dabei gerne etwas Ruhe und Stille.«

Er warf einen Blick auf die Schachtel. »Und wie ist es mit dem Tagebuch, Dorothea? Könnte ich das vielleicht ebenfalls sehen?«

Sie schüttelte ernsthaft den Kopf. »Das tut mir leid, aber es war Hopes Wunsch, daß das Tagebuch fünf Jahre lang nach ihrem Tod versiegelt bleibt. Das ist eine Sache von –«

Shephard zückte seine Dienstmarke. »Ich habe wohl vergessen zu erwähnen, Dorothea, daß es sich um Polizeiermittlungen handelt.«

Sie nickte und zog sich zurück. Kurz darauf war sie mit einem schweren, ledergebundenen Buch wieder zurück.

Shephard bedankte sich überschwenglich und lächelte ihr nach, als sie zurück in den vorderen Raum schlurfte, wobei sie sich den hellen Pullover eng um den Hals zog.

Die Schachtel enthielt Zeitungsausschnitte, die mit Klebestreifen auf Notizbuchblätter geheftet waren. Sie waren schon ziemlich vergilbt und brüchig vom Alter, und rund um die Klebestreifen hatten sich Staubränder angesetzt. Aber jedes einzelne Blatt war in der rechten oberen Ecke säuberlich datiert und numeriert, und alles war chronologisch geordnet. Shephard legte den Stapel neben sich auf die Couch.

Hope Augustine war 1943 zum ersten Mal in der Presse aufgetaucht, als ein Bild von ihr in den *Laguna Week News* erschien; als eine von mehreren Frauen aus der Stadt, die für ihre Rotkreuzarbeit geehrt worden waren. Sie war auf dem Gruppenbild die dritte von links. Auf ihrem Gesicht lag ein verträumtes Lächeln. Ihr Haar wurde von einer Klammer streng zurückgehalten. Im Begleitartikel stand, sie sei erst vor kurzem vom Einsatz in Übersee zurückgekehrt. Später, im gleichen Jahr, war sie noch einmal in den *Laguna Week News* abgebildet. Diesmal hatte sie eine freiwillige Hilfsgruppe für das South Laguna Hospital organisiert. Die Gruppe nannte sich *Die Angelitos* – Kleine Engel –, und die anderen Frauen waren Hope Augustine zum Verwechseln ähnlich: alle jung und hübsch. Sie hatten sich für Spendensammlungen zur Verfügung gestellt. Hope war das Haupt der Gruppe. Sie wurde auch kurz wörtlich zitiert: »Ich glaube, daß in diesen Kriegszeiten eine Arbeit wie diese das mindeste ist, was wir tun können.«

Ein Jahr später tauchte ein Bild von ihr auf der Gesellschaftsseite der gleichen Zeitung im Zusammenhang mit ihrer Verlobung auf. Ihr Verlobter war Burton Creeley, ein Buchhalter und Teilhaber des neugegründeten *Surfside Sail and Tennis Club* in Newport Beach.

Kein Wunder, daß sie da Mitglied wurde, dachte Shephard. Hatte sie Tim Algernon vielleicht damals schon gekannt?

Nunmehr Hope Creeley, war sie nach Newport Beach gezogen, fünf Meilen nördlich Laguna Beach, an der gleichen noch unberührten Küste gelegen. Gegen Ende 1944 setzte die *Newport Ensign* ihre Geschichte mit einem Bild fort, das sie als die Braut von Geschäftsmann Creeley vorstellte. Es war das Hochzeitsbild, er neben ihr, ein hagerer Mann, fünf Jahre älter als sie. Das Ehepaar tauchte in der Folgezeit, während der Jahre 1944 und 1945, regelmäßig in der Zeitung auf als beliebtes Ziel von Party-Fotografen. Man sah sie auf Jachten, bei Grundsteinlegungen von Erweiterungen des *Surfside Club*, in Tenniskleidung bei Parties nach Turnieren. Ein Foto glich dem, das er in Hopes Haus gesehen hatte: Hope und Burton auf dem Surfside-Tennisplatz mit einem Pokal zu ihren Füßen. Und so setzte sich das öffentliche Leben des glücklichen Paares durch die restlichen vierziger Jahre fort, immer inmitten der Nachkriegsfröhlichkeit und des wachsenden Wohlstandes des *Surfside Club*.

Dann war Burton Creeley plötzlich tot. Ein Artikel mit dem Datum vom 26. September 1951 berichtete, daß Fischer seine an den Felsen der Mole von Newport zerschmetterte Leiche gefunden hatten. Am nächsten Tag stand im *Santa Ana's Register*, es sei allgemein bekannt, daß Creeley jeden Abend im Meer zu schwimmen pflegte, manchmal im Kanal in Newport, manchmal auch unten in Laguna Beach, wo bekanntlich trügerische Strömungen herrschen. Burton Creeley wurde am 29. September von der Polizei von Newport Beach offiziell zum Opfer eines Badeunfalls erklärt.

Aber schon am nächsten Tag enthielt der *Register* einen Artikel mit einer großen Schlagzeile, in welchem stand, daß Creeley kurz vor der Unfallzeit von zwei Freunden in Laguna gesehen worden sei. Ein folgender Bericht teilte dann mit, die beiden »Freunde« seien mittlerweile als zwei Tankwarte identifiziert worden, die »glaubten«, Creeley nach einem Zeitungsfoto erkannt zu haben. Ein Captain von der Newport-Polizei fragte andeutungsweise, wie denn eine Leiche in weniger als einer Nacht sechs Meilen nach Norden, um einen Pier herum und bis in den *Newport Channel* treiben könne.

Die Presse verlor dann das Interesse an der Sache, und Hope Creeley verschwand für die nächsten vierundzwanzig Jahre aus der öffentlichen Aufmerksamkeit.

Shephard empfand eine lebhafte Traurigkeit, als er auf das nächste Foto blickte. Es datierte vom November 1975 und zeigte Hope Creeley, wie sie, schmal geworden und unbestreitbar nicht glücklich, in die Kamera starrte. Sie hatte neuerlich eine Hilfsgruppe für das South Laguna Hospital gegründet, die sich wieder *Die Angelitos* nannte.

Hope Creeleys gezwungenes Lächeln war das letzte Dokument ihres öffentlichen Lebens.

Shephard legte den letzten Ausschnitt auf den Stapel zu den anderen und steckte sich eine Zigarette an. Ein trauriges Leben und ein noch traurigerer Tod, dachte er. Aber warum sollte ein zürnender Gott ausgerechnet sie heraussuchen, um sein Elend zu dem ihren zu machen? Hatte sie nicht genug durchgemacht?

Die Zigarette schmeckte strohig und schlecht. Er warf sie in den Aschenbecher. Hinter sich im Hauptraum der Historischen Gesellschaft hörte er Dorothy Schilling niesen, eine Schublade öffnen und sich schneuzen. Sie weiß es noch nicht einmal, dachte er.

Er legte sich das ledergebundene Tagebuch auf den Schoß. Er blätterte es erst einmal nur durch und bemerkte, wie sich im

Laufe der Zeit die Handschrift verändert hatte: anmutig und zielstrebig zuerst, dann mehr pragmatische Kürze und schließlich am Ende wildes Gekritzel bei den allerletzten Eintragungen.

Die erste Eintragung stammte vom Januar 1952. Vier Monate nach dem Tod ihres Mannes, dachte Shephard. Er konnte ihren Schmerz nachempfinden, als er las:

Mit dem Führen dieses Tagebuches erfülle ich die erste Hälfte meiner Neujahrsvorsätze. Die andere Hälfte wird darin bestehen, daß ich wieder zu den Angelitos gehe. Die Wahrheit ist allerdings, daß ich dieser Hilfsgruppe schrecklich überdrüssig bin, obwohl mir Mama und alle anderen pausenlos raten, doch hinzugehen und teilzunehmen. Aber sobald ich überhaupt irgendwelche Energie dafür aufbringe, sehe ich mich alsbald in die Zeit zurückversetzt, da mir dies noch wirklich etwas bedeutete. Jetzt bedeutet die Tatsache, einer Gruppe anzugehören, nicht mehr, als wenn man welke Blumen nähme und sie in die Vase stellte, in welche ich Burts Rosen zu stellen pflegte. Eben diese Vase habe ich heute übrigens auf den Küchentisch gestellt und beobachtet, wie das durch sie scheinende Sonnenlicht einen kleinen Regenbogen ergab. Es war wunderhübsch, aber ich mußte weinen. Ich spüre ihn noch überall. Mutter meint, ich sollte diese Dinge allmählich aus meinem Leben entfernen und nur die guten Erinnerungen bewahren. Das scheint wirklich ein guter Rat zu sein: Nur gute Dinge zu bewahren. Aber ich bin mir nicht sicher, was ich mit der Vase machen soll. Können gute Dinge auch weh tun?

Shephard bedachte diese Frage respektvoll, als er sich der zweiten Tagebucheintragung zuwandte. Sie datierte zwei Monate später, vom 21. März 1952:

Immer noch sind diese Verkrampfung und das Zittern in mir. Wenn ich an meine Liebe zu Burt denke, werden sie noch schlimmer. Es ist, als wollte mein Kopf zwar vergessen, mein Körper sich aber erinnern. Manchmal wache ich so hungrig nach ihm auf, daß mein Gesicht tränennaß ist, und anderes ist auch naß... Es ist nicht so leicht für eine Frau, allein zu sein, nachdem sie von ihrem Mann so sehr geliebt worden ist. Ich weiß, daß er neben mir andere Frauen hatte, aber ich weiß auch, daß er keine von ihnen so liebte wie mich. Sie ist ein Flittchen, aber ich bin nicht verbittert. Ich habe ganz einfach keinen Platz in mir für Bitterkeit. Mein Herz scheint gegenwärtig von etwas eingeschnürt zu sein, das manchmal sehr drückt. Ich war heute wieder aus Gewohnheit für zwei einkaufen, aber als ich zu den Cereals kam, fühlte ich mich nicht gut und mußte die Sonnenbrille aufsetzen. Ich war noch immer nicht bei den Mädchen im Hospital. Dabei sind die Briefe, die einige der Patienten schrieben, so rührend. Vielleicht, wenn ich wieder etwas zugenommen habe. Wenn man von den hundert, die man ohnehin nur hatte, auch noch zehn Pfund verliert, sehen alle Kleider an einem komisch aus. Habe immer noch keinen Appetit. Es ist so ein seltsames Gefühl, wenn einen jetzt Männer ansehen.

Die nächste Eintragung, vom 26. März 1952, regte ihn auf:

Armer Wade Shephard und arme Colleen. Nur weil uns böse Dinge widerfahren, ist das kein Grund, zu vergessen, daß auch andere schlimme Dinge zu ertragen haben. Wade und ich waren letzte Woche einmal zusammen essen, aber wir fanden nicht viel, worüber wir reden konnten. Es war nicht gut. Er betrank sich am Ende, und ich mich auch, aber es war auch kein fröhliches Besäufnis, sondern ziemlich trist, und es ging auch sehr schnell. Und ich hätte auch lieber Umgang mit Leuten, die nicht so schicksalsgeschlagen sind. Ich bin sicher, daß er genau das gleiche von mir dachte. Joe war wie immer sehr nett, daß er es arrangiert hatte. Er war so aufmerksam und kümmerte sich um alles, selbst darum, daß der Apotheker meine Rezepte erledigte, und sogar kostenlos. Diese Tabletten geben mir ein Gefühl von Nichtwissen, von Wärme und von Vergessen. Ich glaube, geteiltes Leid wird doppeltes Leid. Wade hat ebenfalls Gewicht verloren. Wir müssen für die anderen im Club ein seltsames Paar gewesen sein: beide Gewicht und Partner verloren. Zumindest Burt war ja immerhin ein Unfall. Dagegen habe ich keinen Zweifel, daß Azul Colleen umgebracht hat. Er war doch so ein gewalttätiger und rücksichtsloser Mensch. Ich werde nie begreifen, was so viele Frauen an ihm fanden. Joe war mir auch eine große Hilfe bei der Vorbereitung meiner Aussage. Mein Gott, wie klein sind meine Probleme, verglichen mit denen von Colleen! Oder Wade. Wenn ich nur normal schlafen könnte. Schlaf – das nenne ich eine starke Droge.

Shephard versuchte sich dann seinen Vater und Hope Creeley beim gemeinsamen Abendessen in einer dunklen Ecke des Surfside Restaurants vorzustellen: mit verkrampfter Unterhaltung und heftigem Trinken als Ersatz. Aber Hope Creeleys Verkrampfungen und Zittern schienen sich in seinen eigenen Magen fortzusetzen. Diese Passage über Wade und Colleen war verletzend. Er fühlte sich unbehaglich, ja zornig – genauso wie damals als Kind, als jede Erwähnung des Todes seiner Mutter Fäusteballen, Beißen und ungezügelte, heftige Zerstörungswünsche ausgelöst hatten, alles doch eigentlich nur mit dem Ziel, das Andenken an seine Mutter unverletzt zu erhalten. Shephard zündete sich eine neue Zigarette an und ließ das beruhigende Nikotin auf sein Gehirn einwirken. Die Erinnerung an seine Mutter war keine wirkliche, dachte er, sondern nur das Selbsterschaffen einer solchen. Er hatte sie doch nie gekannt. Dennoch hatte er sich ständig vorzustellen versucht, was er denn wissen könnte. Und alle die Dr. Zaharas und Creeleys dieser Welt waren nur Eindringlinge und Erinnerungszerstörer. Wer könnte denn wohl meine eigene Vergangenheit besser beurteilen und richtiger sehen als ich?

Er spürte Schweiß seinen Rücken hinunterrinnen, während er sich mit einem Ärmel die Stirn abwischte. Unprofessionell, aufdringlich, destruktiv. Er blätterte hastig weiter. Die nächste Tagebuchnotiz datierte ein Jahr nach Burtons Tod, vom 26. September 1952:

Heute ist es genau ein Jahr her, seit Burt ertrank. Es war heute ein herrlicher Tag, aber ich mußte immer daran denken, weil uns die Jahreszeiten stets dazu zwingen. Auch wenn es keine Lichter gäbe und keinen Schmuck, würde man trotzdem immer an Weihnachten denken, wenn es Dezember ist. Es liegt uns im Blut, nehme ich an. Der ganze Monat war sehr bewegt, mit dem Umzug nach Laguna. Der Surfside war einfach nur noch ein Spuk für mich – immer wieder die Umgebung zu sehen, wo man einmal glücklich war; aber auch die anderen Dinge, die einen weniger glücklich machten, wie Helen. Und die Leute, die hinter meinem Rücken über Burt und sie reden. Zu mir sagt kein Mensch ein Wort. Sie tut mir leid. Aber Laguna ist klein und schön, und hier kennen mich nicht so viele Leute, also schaut mich auch nicht jeder mit diesen gottverdammten Mitleidsaugen an. Es wächst alles furchtbar schnell, und die vielen neuen Leute. In mir verändert sich etwas. Ich spüre die Schmerzen und Krämpfe nicht mehr so oft, und auch meine Knochen sind nicht mehr so schwer wie aus Eisen. Ich bin heute früh aufgestanden. Mein Bett gefällt mir auch nicht mehr so sehr. Nicht, daß ich Verlangen nach einem anderen Mann hätte. Ich denke noch immer ständig an Burton. Letzte Woche hatte ich meine erste Periode nach einem ganzen Jahr. Ich glaube, die letzte war bei seinem Tod. Meine neuen Nachbarn sind sehr nett. Die links sind die Ottens und die rechts heißen

Lara. Das kleine Mädchen der Laras ist sehr süß, kugelrund und über und über voller Sommersprossen. Was mir Burt auch alles hinterlassen hat, ein Kind wäre mir am liebsten gewesen.

Er blätterte nun fast zehn Jahre weiter, bis zum 5. Mai 1962:

Heute war großes Rennen vom Surfside nach Ensenada. Ich schreibe dies auf Joe Datillas Boot. Es heißt Priceless. Das Boot ist der Grund, warum meine Schrift so krakelig ist. Vielleicht auch der Gin. Es war ein tolles Rennen, und ich glaube, wir sind irgendwie vorne. Joe haßt es, zu verlieren und nimmt alles so ernst. Ich bin zwar eigentlich jetzt an der Reihe zu schlafen, aber ich habe zu viel Kaffee getrunken, und außerdem bin ich viel zu aufgeregt, glaube ich. Reggie Otten sagte gestern, er würde meinetwegen seine Frau verlassen. Ich sagte, er solle nicht so dummes Zeug reden. Er ist so ein netter kleiner Mann, und ein guter Nachbar.

7. Dezember 1963:

Jedesmal, wenn ich dieses Datum höre, wird mein Blut wie Eisen, und etwas klingt mir in den Ohren. Ich kann mich bis auf diesen Tag erinnern, was ich damals zur Zeit des Angriffs tat. Ich spielte zusammen mit Skeeter im Vorgarten, als Papa die Nachrichten über Pearl Harbor hörte. Er schrie und brüllte Mama an, und sie weinte und lief sofort ans Telefon, um mit Freunden zu reden. Ich sah unaufhörlich zum Himmel und wartete, ob nicht endlich eine Zero auftauchte, aber der dumme Skeeter bellte nur. Das ist ein schlimmer Winter. Ich höre noch immer die Trommeln und sehe die schwarze Prozession von John Kennedys Begräbnis, und diese Fotos von Jackie mit dem Blut auf ihren Beinen und wie alle sagten, sie sei feige gewesen, weil sie versucht hatte, aus dem Wagen zu klettern. Die arme, arme Frau. An dem Tag, als sie ihn begruben, wehte den ganzen Tag ein starker Wind, und es war überhaupt ein böser Tag. Ich bin so down, ich schreibe ein anderes Mal weiter.

Shephard blätterte zwanzig Jahre weiter, bis zu den letzten Eintragungen in dem Buch. Hope Creeleys Schrift war inzwischen eine mühsame und fehlerhafte Krakelei geworden: manchmal liefen die Zeilen aufwärts, manchmal abwärts. Er konnte schier den Druck ihrer Hand spüren, mit der sie sich bemüht hatte, die Feder ruhig zu führen. 25. August, der Tag, an dem Tim Algernon ermordet wurde:

In meinem ganzen Leben habe ich noch kein solches Gefühl von Vorahnungen gehabt. Ich stand heute auf und ging hinaus in den Garten. Jemand hatte meine zwei schönsten Rosen in der Nacht abgepflückt. Gestern verfolgte mich Reggie pausenlos die Hecke rauf und runter, und bei den Immergrünen versuchte er sogar, mich zu küssen. Er will eine Antwort, wegen der Filme, ich weiß. Er fühlt sich schrecklich einsam seit dem Tod seiner Frau. Dann kam die Nachmittagszeitung. Tim Algernon tot. Ich ging ins Bad, weil mir so schlecht wurde, aber es kam nichts heraus. Selbst Skeeter scheint heute ruhiger zu sein. Der erste Skeeter war ein besserer Hund, aber den überfuhren die Müllmänner. Der neue Skeeter ist kein schlechter Hund. Ich mag besonders sein Schwanzwedeln und Ohrenspitzen. Und daß er nicht bellt. Ein Hund, der nicht bellt, ist nahezu perfekt. Tim hatte die ganze Zeit angerufen, aber ich rief ihn nicht zurück. Ich weiß nicht, ob ich das der Polizei sagen soll. Ich will in Ruhe gelassen werden. Ich will nichts von Tim noch sonstwem wissen. Ich selbst und Skeeter, das ist genug, und er bellt nicht einmal. Armer Tim allerdings. Einer aus der alten Surfside-Clique und so ein netter großer Mann. Seit damals ist so vielen von uns so viel Schlim-

mes widerfahren. Das Pech hängt in der Luft wie die Pyramiden von Gizeh. Die Welt ist so groß, aber so leer. Und speziell der Wind. Wie an dem Tag, an dem sie den Präsidenten begraben haben. Und er weht und weht wie der Sturm aus Gottes Hand. Manchmal überlege ich, ob etwas von Burton nicht auch manchmal irgendwo da oben in der Luft in diesem Sturm herumfliegt. Jetzt, im Rückblick, weiß ich, daß ich mich zu lange an die Erinnerung an ihn geklammert habe, nachdem er tot war, genauso wie ich mich zu sehr an ihn klammerte, als ich ihn noch hatte. Es scheint mir unmöglich, daß man etwas so Einfaches wie Lieben falsch machen könnte. Ich bin ganz sicher, daß Burton irgendwo da draußen im Wind ist. Er wollte immer schon Flugstunden nehmen.

Und dann die letzte Eintragung, zwei Tage, bevor Shephard ihre Leiche gefunden hatte. 26. August:

Bin nun volle zwei Tage nicht aus dem Haus gegangen. Ich werde kein Telefon mehr beantworten, und ich will auch keine Post mehr bekommen. Was ist los? Habe diese sehr hübsche Bibel mit der Post erhalten, am Donnerstag, aber mit einer sehr bösen Notiz auf der ersten Umschlagseite. Ich habe zweimal die Polizei angerufen und dann doch gleich wieder eingehängt. Joe Datilla sagte, ich sollte mir keine Gedanken machen, weil es bestimmt nur ein schlechter Scherz ist, oder vielleicht auch die falsche Adresse. Aber mein Name stand richtig auf dem Umschlag. Den ganzen Tag mußte ich mir aus irgendeinem Grund die Augen wischen. Heute Reverend Shephard angerufen. War aber nicht da. Ich kann mir nicht denken, wer mir so etwas schicken könnte. Joe meint, ich soll einfach zu Hause bleiben und auf mich aufpassen und etwas arbeiten und mit meinem Schreiben weitermachen oder sonst etwas, obwohl ich ihm sagte, daß ich von dem allem genug habe. Er war immer so re-

spektvoll seit Burton. Sie hatten ständig Meinungsverschiedenheiten, und doch waren sie gute Partner. Datilla und Creeley konnten einfach gut miteinander. Ich bin sicher, daß er sich für Burton verantwortlich fühlte, weil er ja der Schwächere war, und sie stritten immer, und überall wurde geklatscht, daß sie Feinde seien, stimmt aber überhaupt nicht. Der junge Shephard ist jetzt bei der Polizei und bearbeitet den Tim-Fall. Ich hätte ihn fast angerufen, habe aber wieder aufgehängt. Ich bin doch nur eine närrische alte Frau und dabei doch so alt auch nicht. Ich kenne ihn noch als Kind, immer Baseball und Radfahren für den kleinen Tom Shephard. In diesen ganzen Schlamassel hineingeboren, der da zuvor war. Am besten würden wir alle eine Million Meilen von dort wegziehen, wo wir her sind.
Die alten Fotos machen mich traurig. Werde das ganze Zeug zusammenpacken und sie Dorothea in die Historische bringen. Ich habe das Schreiben so satt, und wen interessieren die alten Zeiten überhaupt? Zeit für mich, das alles zu begraben und was Neues anzufangen. Vielleicht stricke ich mehr. Wer kann mir denn so was Böses wie diese Bibel schicken? Hier im Haus fühle ich mich sicher. Wie Joe sagte. Habe letzte Woche Wade Shephards Predigt im TV gesehen. War wirklich sehr gut. Es ist wirklich ein starker, guter Mensch aus ihm geworden, nach der ganzen schlimmen Geschichte, als Colleen starb. Skeeter fehlt sein Spaziergang. Fällt mir jetzt gerade ein, daß es schon drei Jahre her ist, seit ich zuletzt am Strand war, obwohl ich aus dem zweiten Stock ja ein Stückchen davon sehen kann. Und mit dem ganzen Weiß um mich herum und der Ruhe ist der Ozean nicht mehr so erschreckend, wie er mir lange erschien. Habe versucht, mein Leben so weiß zu machen, wie es nur ging. Das hört sich an wie große Wäsche. Denke immer, es müßten Teile von ihm noch immer im Meer schwimmen. Aber jetzt ist das alles vorbei. Aus irgendeinem

Grund scheint alles vorbei zu sein. Ich bin müde. Gute Nacht Burton.

Als handele es sich um eine offizielle Aussage, hatte Hope Creeley die letzte Seite unterschrieben. Shephard sah, daß diese Unterschrift im Gegensatz zum Gekritzel der letzten Eintragung klar, selbstsicher und auch anmutig war. Eine letzte Demonstration des Geistes gegen Niedergeschlagenheit, von Hoffnung gegen Verzweiflung. Auf eine sehr kleine Art, dachte er, hatte sie gesiegt.

Und er auch, auf bestimmte Weise. Da öffnete sich nun ein Pfad vor ihm, der direkt in den Surfside führte.

Hinter sich hörte Shephard die Tür aufgehen. Eine kleine Glocke schlug dabei an. Und Dorothea Schilling begrüßte mit ihrer brüchigen Stimme einen neuen Besucher der Gesellschaft. Die Stimme des Mannes, die ihr antwortete, war tief, klar und unverkennbar.

»Ich bin Toby Benson von der *Times*. Ich schreibe einen Artikel über Hope Creeley. Wie ich hörte, hat sie der Gesellschaft vor kurzem eine Schenkung gemacht. Könnte ich das sehen?«

Mrs. Schilling erläuterte, daß das der Öffentlichkeit zugängliche Material soeben bereits von einem an Geschichte Interessierten in Augenschein genommen werde und daß Mr. Benson sich ja zu ihm in den rückwärtigen Raum setzen könne. Gleich darauf stand Mr. Bensons große und gutgekleidete Gestalt über Shephard, und sein Gesicht wurde härter, als er auf ihn herabsah. Shephard stand auf und ließ das Tagebuch und die Zeitungsausschnitte auf der Couch liegen.

»Bruce Harmon, mein lieber, lieber Freund! Wie, zum Teufel, geht's Ihnen denn?«

Bruce Harmon errötete, und Shephard erkannte unschwer den Grund dafür: den nur mühsam unterdrückten Zorn, der den ganzen Körper dieses Schranks durchzitterte. In diesem engen Raum hier sah er noch größer aus als sonst. Und noch weniger ausrechenbar. »Es ist öffentliches Material«, sagte er. »Öffentlich, nachdem es die Historische Gesellschaft hat.« Dorothea

Schilling lugte mit verschreckten Augen hinter einer Ecke hervor.

»Sie haben es nicht, Bruce. Ich habe es. Wenn Sie einen Blick darauf werfen möchten, dann sagen Sie mir doch, in wessen Auftrag.«

Harmons suchende Augen fanden das Tagebuch und die Schachtel mit den Fotos, wie sie auf der Couch neben Shephard lagen. Sein Instinkt sagt ihm, einfach wegzuputzen, was ihm im Wege steht, überlegte Shephard. Aber sein Verstand warnt ihn, noch zu warten. Sein, Shephards, eigener Instinkt wiederum riet ihm, Harmon wegen Obstruktion zu verhaften und erst einmal achtundvierzig Stunden lang festzusetzen, auch wenn er nichts gegen ihn vorzubringen hatte. Der Bezirksstaatsanwalt würde ihm sein Material ohnehin um die Ohren hauen. Aber etwas, was über den Instinkt hinausging, sagte ihm, daß Bruce Harmon mehr nützen würde, wenn er ihn in Ruhe ließ. Denn nur die Freien haben die Freiheit, Fehler zu machen. Der Polizist und der Ex-Polizist lasen jeder ziemlich genau des anderen Gedanken mit gleicher Schnelligkeit und Exaktheit. Zur gleichen Zeit lächelten sie sich auf die gemächliche und berechnende Weise aller Polizeibeamten der ganzen Welt an, mit diesem völlig sterilen und staubtrockenen Lächeln, das nur dazu dienen soll, den anderen einzuschläfern, zu verwirren, zu entwaffnen.

Als er hinausging, rannte Harmon Dorothea Schilling, die gerade wieder mit einer Tasse ihres brühheißen Kaffees um die Ecke kam, beinahe um. Er brummte ihr etwas zu und knallte die Tür hinter sich zu. Sie starrte ihm in verschüchterter Verlegenheit nach.

»So viele verlieren gleich wieder das Interesse«, sagte sie in vertraulichem Ton. Und sie stimmte, wenn auch zögernd, zu, daß Detective Shephard das Creeley-Tagebuch an sich nahm, »für einen, aber höchstens zwei Tage«.

Von einer Telefonzelle am Highway rief Shephard Pavlik an und erfuhr, daß ein rotes 1964er Coupé de Ville vor der Forest-Avenue-Buchhandlung am Montag, 25. August, um 14.12 Uhr einen Strafzettel bekommen hatte. Es war ein Kabrio mit dem Kennzeichen 156 DSN, California. Und wegen des üblichen

Durcheinanders im Computer von Sacramento, klagte Pavlik, wisse er immer noch nicht, auf wen dieser Wagen zugelassen sei. Als gestohlen war er jedenfalls nicht gemeldet.

Ein vielbeschäftigter Mörder, dachte Shephard, als er den Hörer einhängte. Er ging zu seinem Mustang zurück und lehnte sich an die schwarze Karosserie, die von der Sonne des späten Morgens erwärmt wurde. Er blickte über die Küstenstraße hinüber zum Meer, das am Horizont silbrigblau glitzerte, und holte sein Notizbuch heraus, in das er sich eine Skizze von den Wegen des Mörders machte. Vor neun Tagen hatte dieser Mann aus Sacramento eine Bibel an Algernon geschickt. Am Samstag, drei Tage später, hatte er Steinhelper aus- und ihm seine Brieftasche abgenommen. Am Sonntag kam er mit der Greyhound-Linie 52 aus Sacramento in Laguna an. Um sechs Uhr früh am Montagmorgen hatte er Algernon von den Lebenden ins Reich der Toten befördert. Um sieben kam er ins Hotel Sebastian, wusch sich, zahlte für drei Tage im voraus und ließ seine Terpentindose und den gestohlenen Personalausweis in der Nachttischschublade zurück. Ein sehr beschäftigter Mann.

Shephard vergegenwärtigte sich, daß dieser gestohlene Personalausweis natürlich absichtlich hinterlassen worden war. Gut, dachte er. Unser Mann denkt an uns.

Um neun, rekapitulierte Shephard weiter, war der Verdächtige weggegangen – kurz nachdem Bruce Harmon, und kurz ehe er, Shephard, angekommen waren. Um zwei Uhr betrat er die Forest-Avenue-Buchhandlung, kaufte dort die antiquarische Bibel, saß womöglich eine Weile unter einem der Eukalyptusbäume, die der Stolz der Stadt waren, und schrieb dort die kurze, aber furchterregende Botschaft für Hope Creeley hinein, ging dann über die Straße zum Postamt und schickte das Buch ab. Es kam am nächsten Tag in Hope Creeleys Villa an.

Einen Tag später begab er sich dorthin und tat, was er angekündigt hatte. Und das Elend, das er zu dem ihren machte, war beträchtlich. Hatte er ihr die Augenlider abgeschnitten, damit sie zusehen mußte? Ein kalter Schauer überrann Shephard.

Irgendwann vor 14 Uhr am Montag hatte er einen Wagen gefunden.

Und irgendwann vor Dienstag hatte er auch einen sicheren Platz zum Schlafen gefunden.

Er arbeitete sich methodisch, exakt und schnell voran. Er arbeitete auf der Grundlage seiner Kenntnis der Stadt.

Shephard zog die schon zerknitterte Phantomzeichnung aus der Tasche und studierte sie im gleißenden Sonnenlicht noch einmal. Das schiefe, vertraute Gesicht studierte ihn seinerseits.

12

Sein Vater hatte darauf bestanden, daß sie früh aßen. Der Tisch in seinem Haus in Arch Bay Heights war für zwei gedeckt, und der Reverend Wade Shephard, sonnengebräunt und ehrwürdig, bot seinem Sohn ein Glas Weißwein an. Wade, der nach eigener Aussage ein Alkoholiker war, trank selbst nicht mehr. Aber Wein stand bei jedem Essen auf dem Tisch – für die Gäste und als Prüfung für ihn selbst. Die Flüssigkeit gluckerte mit angenehmem Geräusch ins Weinglas. Sein Vater lächelte. Es war das Lächeln des Reverends, nicht das des Polizisten, dachte Shephard, als er sich setzte. Als Junge war ihm seines Vaters Lächeln mit seiner geistigen Wachheit, seinem Mißtrauen und seiner herausfordernden Verschwiegenheit unwiderstehlich erschienen. Aber das Lächeln von Wade, dem Reverend, war nachsichtig, warm, offen.

»Entschuldige die frühe Stunde, aber ich habe heute nachmittag eine Hochzeit«, begann er. »Zwei junge Leute aus meiner Kongregation, sehr liebe Leute. Wie geht es deinem Kopf, mein Sohn?«

»Heilt.«

»Gut, gut. Könnte nicht schaden, den Alkohol zu lassen. Letzte Nacht klang dein Gerede ziemlich durcheinander. Schön, dich wieder mal zu sehen, Tommy. Hast du etwas von Louise gehört?«

»Nicht viel. Sie ist rechtzeitig zur Hochsaison zu ihrem

Freund gezogen. Nach Malibu.«

»Du scheinst verbittert zu sein, Junge. Eine Tür wird geschlossen, aber ein Fenster öffnet sich. Wenn du eine junge Frau findest, mit der du dich seelenverwandt fühlst, dann nimm sie zur Frau und liebe sie mit deinem ganzen Herzen.« Wades Stimmes klang genauso salbungsvoll und optimistisch wie bei seinem Fernsehauftritt.

Shephard nickte. »Das habe ich getan.«

»Nur ein Narr schließt sich selbst ein«, fuhr sein Vater ruhig fort.

»Du hast keinen Narren aufgezogen.«

»Nein, gewiß nicht.« Wade trank Kaffee, und als er den Kopf hob, bemerkte Shephard eine Veränderung seines Gesichtsausdrucks, die so subtil war, daß nur ein Sohn sie zu erkennen vermag. Einen Augenblick lang war in diesem Ausdruck wieder statt Wade, der *Reverend,* Wade, der Polizist, zu erkennen. Wie der Schatten eines Vogels über dem Wasser. Dann war es schon wieder vorüber, und Wade sah ihn an. »Weißt du, ich glaube, ich habe im Grunde alles, was ich in meinem Leben getan habe – von dem Tag an, als ich sie heiratete, bis heute, obwohl sie uns schon so lange verlassen hat – für sie getan. Sogar schon, bevor ich sie kennenlernte. Irgendwie handelte ich immer für sie, sogar schon im voraus. Und an manchem Standard gemessen, habe ich große Dinge zuwege gebracht. Die Macht des Herrn schenkte mir eine große Gemeinde, die fast aus dem Nichts erwuchs. Erinnerst du dich an die erste Predigt in dieser provisorischen Kapelle, die immer nach Popcorn roch? Und Little Theodore, wie er verschwitzt dasaß?« Er unterbrach sich, wie er es im Fernsehen tat, aus Effekthascherei. »Und dann eine riesige Kapelle für die Gottesdienste. Und der Beginn des Hospitals in Yucatan, wo wir die Gnade Gottes denen bringen können, die sie am nötigsten haben. Und eine Menge schöner Dinge sind mir ebenfalls zuteil geworden. Ein hübsches Haus in einer schönen Stadt, gute Freunde, Gesundheit. Aber weißt du was? Ich würde das alles hergeben, könnte ich sie zurückbekommen.«

Wade führte die Serviette an die Lippen, tupfte sie ab und

legte sie sorgfältig vor sich auf den Tisch. Shephard schenkte sich noch ein Glas Wein ein. Sein Vater lächelte.

»Ich glaube, Tommy, von allen Freuden auf Erden ist die Liebe, die Mann und Frau teilen, die geheiligtste. Und sie ist auch die menschenwürdigste. Als ich Colleen liebte, pflegte ich zu mir zu sagen, daß dies das Beste sei, was ich in meinem ganzen Leben je tun würde. Das war zu der Zeit, als ich so alt war wie du jetzt. Jetzt, dreißig Jahre später, denke ich darüber noch genauso. Alles würde ich hergeben, um sie wieder hier bei mir in diesem Haus zu haben. So etwas wirst du in keiner Sonntagspredigt hören, oder vielleicht doch, jedenfalls ist es so. Unsere gemeinsame Zeit, das Lachen… selbst das geteilte Leid…« Wade lächelte wieder, und das war nicht sein Öffentlichkeitslächeln, sondern eine private Erinnerung, eine Traumerinnerung an etwas Erhabenes.

Shephard fühlte sich wie jemand, der einen Werbespot für etwas sieht, das er sich nicht kaufen kann. Louises Bild kam in sein Gedächtnis, wie sie sich auf einer Sonnenterrasse in Malibu rekelte, und dann das von Jane Algernon in Gummistiefeln, wie sie ihr ebenso liebliches wie verletzendes Lächeln quer über den Hof auf ihn richtete.

»Das Hospital in Yucatan«, fragte er, »wird es groß werden?«

»Zweihundert Betten, Tommy. Und die Spenden fließen weiter. Wir sind schon fast soweit, daß wir anfangen können, und es wird ein schönes Hospital werden. Gestern abend habe ich beschlossen, daß es *Schwestern-der-Barmherzigkeit*-Hospital heißen soll. Aber das weiß noch niemand. Ich habe der Gemeinde noch nichts gesagt. Komm mit hinaus in die Kammer, ich zeige dir die Pläne.«

Wade führte ihn aus dem Eßzimmer durch das Wohnzimmer und durch den vertrauten Flur zur hinteren Kammer. Wieder in diesem alten Haus zu sein, in dem er seine Jugend verbracht hatte, ließ in Shephard eine Vielzahl alter Erinnerungen aufleben: wie er eben diesen Flur in seinen Baseballschuhen entlanggelaufen und deshalb von Wade ausgeschimpft worden war; noch einmal der gleiche Flur, in dem sein geliebter Hund Pudgy eine Million Mal hin- und her- und gegen die Wand gerannt war, weil er nie die scharfe Kurve in Shephards Zimmer schaffte; und dieses Zimmer selbst, das erste rechts, in das er sich zurückgezogen hatte, um mit seinen Weihnachtsgeschenken zu spielen; wo er seine ersten Liebeskummertränen vergossen hatte – mit zehn –, einen langen Fieberschlaf während der Windpocken durchmachte und sein erstes Motorrad aus Karton bastelte. Während des großen Unwetters von 1960, als drei Häuser an den Heights weggespült worden waren, hatte er durch das Fenster dieses Zimmers in den sintflutartigen Regen hinausgestarrt. Und bei John Kennedys Begräbnis hatte er wie betäubt vor dem kleinen Fernseher gesessen und die lange Motorradkavalkade betrachtet. Hope Creeley hatte recht: der Wind an jenem Tag war fremd und erbarmungslos gewesen.

Sogar alle die vertrauten Gerüche waren wieder da: seines Vaters Sonntagsfrühstück mit Pfannkuchen, Speck und Eiern; der feuchte Schwefelgeruch in der Wasserleitung; der stets vorhandene Salzwassergeruch, der im Sommer stärker wurde; der Geruch getrockneter Eukalyptusblätter, die Wade so mochte und die stets im ganzen Haus in Vasen herumstanden; und sogar – jedenfalls glaubte Shephard es zu riechen, als sie in die hintere Kammer eintraten – das durchdringende Aroma des Bourbons seines Vaters.

Als sie diese Kammer betraten, wurde ihm klar, daß es einfach das Gewohnte war, was dieses Haus hier so seltsam zeitlos machte. Wade hatte sich in den dreißig Jahren nicht verändert. Nie war renoviert worden, kein neuer Teppich, keine neuen Vorhänge, nicht ein Möbelstück war neu. Er fragte sich, warum ihm das bisher nie aufgefallen war. Weil es nichts gab, was einem hätte auffallen können? An der Wand der Kammer hingen die Blaupausen der Pläne für das *Schwestern-der-Barmherzigkeit*-Hospital. Sie waren mit Reißzwecken festgepinnt. Wade richtete den Strahl eines Spotlichts – doch etwas Neues hier, dachte Shephard – auf die Pläne und setzte seine Brille auf.

»Zwei Stockwerke und zweihundert Betten«, sagte er voll Stolz. »Hundert sind Einzelzimmer, die übrigen sind Vier-, Sechs- und Achtbettzimmer. Eine voll ausgebaute Entbindungs-

und Säuglingsstation. Die Geburtenrate in Mexiko ist nämlich phänomenal. Das Hospital selbst kommt auf die Isla Arenillas, das ist im Süden von Cozumel. Noch vor zehn Jahren gab es dort nichts als ein paar Hütten und eine Tankstelle. Jetzt sind es schon kleine Städte. In fünf Jahren werden es hübsche richtige Städte voller Touristen sein, die Geld und Geschäft bringen werden – an Orte, von denen vorher nie jemand etwas gehört hat. Yucatan wird die neue mexikanische Riviera werden, und die *Schwestern der Barmherzigkeit* werden da sein, um zu helfen.« Wade wandte sich mit einem zufriedenen, aber doch merkwürdig verzerrten Lächeln seinem Sohn zu. »Ich weiß eigentlich gar nicht wirklich, wie ich auf die Idee kam. Ich bin einfach eines Morgens aufgewacht und wußte, daß ich genau dies tun wollte. Ich denke doch, der Heilige Geist war bei dieser Entscheidung über mir. Ist doch seltsam. Ich war ja nicht einmal jemals in Mexiko.«

»Der Heilige Geist hat dich aber einen weiten Weg von zu Hause weggeführt, Paps.«

»In ein paar Jahren werde ich von hier weg sein und vier Wunder hinterlassen haben: eine Kirche und ein Hospital, eine Frau und einen Sohn. Ich bin stolz auf sie alle. Ich denke schon, daß es ehrenvoll ist, etwas von sich zu hinterlassen, wenn man geht.«

Wade warf einen Blick auf seine Uhr und schaltete das Spotlicht aus.

Sie kehrten ins Eßzimmer zurück, wo Shephard seinem Vater beim Abräumen half.

Wade ließ Wasser ins Spülbecken laufen und begann abzuspülen, und Shephard stellte sich nach der Gewohnheit vieler Jahre der Vergangenheit, als sie zusammen das Shephard-Haus makellos in Schuß gehalten hatten, automatisch links von seinem Vater auf, um abzutrocknen. Auch der Blick durch das Küchenfenster war altvertraut. Eine Wolkenbank schob sich vor die Sonne und verdunkelte das Tageslicht für eine Weile; auch das Blau des Meeres wurde dunkler. Kobaltblau, fiel Shephard ein. Wie die Ringe in Larry Robbins' Mikroskop. Er holte die Phantomzeichnung aus seiner Tasche und strich sie auf der Küchentheke neben seinem Vater glatt. Wade besah sie sich, schüttelte den

Kopf, sah noch einmal hin. »Nein.«

»Kanntest du Tim Algernon?« fragte Shephard.

Wade nickte, während er ihm einen Teller reichte. »Wie sollte man dreißig Jahre in dieser Stadt leben und Tim nicht kennen? Wir haben im *Surfside* ein bißchen Tennis zusammen gespielt, damals nach dem Krieg. Aber wir waren nie befreundet. Wir kannten uns nur.« Seines Vaters Stimme kratzte plötzlich etwas. »Es soll ja ziemlich schlimm gewesen sein?« Er betrachtete die Phantomzeichnung noch einmal und schob sie dann beiseite.

»Sein Gesicht war bis zur Unkenntlichkeit verbrannt. Wir mußten ihn anhand der Gebißprobe identifizieren.«

Shephard erzählte seinem Vater mit Absicht keine genaueren Einzelheiten. Dessen Art zu fragen würde seine eigene Art, einen Fall zu klären, in den Vordergrund schieben. Es entstand eine lange Pause.

»Geld?«

»Dachte ich auch als erstes. Bis ich mehr als tausend Dollar in seinen Hals gestopft fand. Und im Haus war noch mehr, und noch jede Menge Wertsachen.« Shephard wartete.

»Was also bleibt übrig?«

Shephard sah jetzt in das Gesicht des Polizisten Wade. »Ein alter Detective sagte mir einmal, daß Menschen aus vier Gründen umgebracht werden: Geld, Frauen, Schweigen und Rache. Eine Frau hatte Algernon nicht.«

Wade schien über diese Feststellung nachzudenken. Dann antwortete er: »Verstehst du jetzt, warum dieser alte Detective seine Welt verlassen hat, um in einer besseren weiterzuleben?«

»Ich glaube schon. Aber Schweigen und Rache muß es auch in deiner Welt geben.«

Sein Vater lachte breit. »Wir versuchen, sie so gering wie möglich zu halten.«

»Algernon wurde am frühen Montagmorgen ermordet. Am Mittwoch bekam Hope Creeley Besuch vom gleichen Mann wie er. Er drückte sie in der Badewanne unter Wasser und schnitt ihr die Augenlider ab, ehe er sie zur brennenden Fackel machte, und alles –«

»Schnitt ihr die Augenlider ab?«

»Ich kann mir nur denken, daß er sie dadurch zwingen wollte, alles mit anzusehen«, erklärte Shephard.

Sein Vater schüttelte den Kopf. »So würde ich es mir wohl ebenfalls erklären«, entgegnete er ruhig.

»Und es war derselbe Täter. Er schickte Algernon eine Bibel mit einer handgeschriebenen Drohung. Ebenso Creeley. Die Frau von der Forest-Avenue-Buchhandlung sagt, daß die Phantomzeichnung auf einen ihrer Kunden paßt. Sie ordnete ihn beim Betreten ihres Ladens sofort ins Fach Religion, Selbsthilfe ein.«

»Sehr komisch, würde ich sagen.«

»Die Verbindung zwischen Algernon und Creeley ist der Surfside Club. Sie waren dort zur gleichen Zeit Mitglieder, aber das ist lange her –«

»Eine Verbindung, vielleicht«, unterbrach ihn Wade. »Ich hoffe für dich, daß es mehr gibt als nur diese.«

»Nein, das ist alles, was ich in Händen habe. Vielleicht kann Joe Datilla einige Türen öffnen.«

Wades Gesichtsausdruck schien zu sagen, daß er zwischen seinen zwei Berufen hin- und hergerissen war. Sowohl der Jagdinstinkt des Kriminalbeamten wie auch die leichte Enttäuschung des Predigers spiegelten sich darin wider. »Joe wird für dich tun, was in seiner Macht steht«, sagte er und schien für einen Augenblick gedankenverloren. »Man kann sich keine gegensätzlicheren Typen vorstellen. Wie ich Algernon in Erinnerung habe, war er groß und kräftig, ein Athlet. Hope Creeley war mit Burton Creeley verheiratet, der Teilhaber des Clubs war. Sie war eine lebhafte, sehr gesellige Dame, solange er noch lebte. Danach schien sie irgendwie aus dem Leben zu verschwinden. Sicher überstieg es ihre Kräfte, noch weiter dort im *Surfside* zu verkehren.«

»Wußtest du von Helene?«

»Alle wußten von Helene Lang.«

»Was ist aus ihr geworden?«

Wade schaute auf seine Füße hinunter, die vor dem Geschirrschrank baumelten. »Genau wie Hope Creeley«, sagte er schließlich. »Sie schien irgendwie zu verschwinden. Ich glaube, sie verließ den Club nach einiger Zeit.«

»Wohin ging sie?«

»Das weiß ich doch nicht, Tom. Ich verkehrte dort ja auch nicht mehr, nachdem uns deine Mutter verlassen hatte, und es dauerte eine ganze Weile, bis ich wieder Lust verspürte, mit den alten Freunden Tennis zu spielen. Siehst du, damals nach dem Krieg kam ich vom Pazifik zurück und war froh, noch am Leben zu sein, und daß es wieder ein wenig Frieden in der Welt gab. Ein oder zwei Jahre danach lernte ich Colleen kennen, und du weißt ja, daß dies die glücklichste Zeit meines Lebens war. Die ganze Welt schien damals erleichtert aufzuatmen. Viele Leute zogen hierher nach Südkalifornien. Die Fabriken, die so lange Flugzeuge gebaut hatten, bauten jetzt wieder Autos, und alles schien wieder in Ordnung. Das ganze Land schien sich wieder wie Teenager zu fühlen. Und dann kam eine lange, sagen wir einmal, Pechsträhne. Es war schon ein seltsames Gefühl, in der Surfside Lounge zu sitzen, nachdem das mit Colleen und Burton passiert war. Der Traum mußte wohl enden. Mir war damals so – wie wenn man erwachsen wird, vielleicht. Es ernüchterte uns. Es ließ uns altern. Es schreckte uns jäh aus einem schönen Traum auf.« Wade griff nach unten und wischte noch einmal mit dem Tuch über die Anrichte. »Es ist immer noch schwer, darüber zu sprechen«, fügte er hinzu, während er sich von der Anrichte heruntergleiten ließ und auf die Uhr sah.

»Danke, Paps«, sagte Shephard.

»He.« Als er aufblickte, war sein Gesicht lebhaft und gerötet. Ganz der *Reverend* Wade Shephard. »Ich habe ja noch eine Hochzeit, ein junges verliebtes Paar. Wenn du soweit bist, übrigens, traue ich dich auch.« Er lachte breit. »Ohne Gebühren sogar.«

13

Shephard fuhr auf der Küstenstraße nach Norden in Richtung Surfside Club. Er fuhr schnell und benützte die freie Überholspur. Eine erfrischende Nachmittagsbrise wehte über die Küste. Erste Anzeichen für eine Wetteränderung von einem Tief zu einem Hoch. Bis zum Abend würde der Wind sicher bis sieben Knoten aufgefrischt haben, vermutete er. Auf dem Meer würde er Gischtkronen erzeugen und den ganzen Smog westwärts treiben, damit es einen Hochglanzsonnenuntergang geben konnte. Er stellte sich vor, daß er auf der Terrasse des *Laguna Hotels* säße, zusammen mit Jane Algernon, mit einem doppelten Scotch beschäftigt und den Sonnenuntergang hinten in Catalina Island betrachtend. Unrealistische Träumereien, dachte er. Aber während er sich wieder die schlafende Jane Algernon von neulich in sein Gedächtnis prägte, spürte er auch wieder dieses gleiche Vibrieren von neulich in sich. Der Wachtelschwarm kurz vor dem Auffliegen. Er gab sich dem Gefühl einen Augenblick hin, zwang sich dann aber, an andere Dinge zu denken.

Die Radiostation, deren Programm ausschließlich aus Nachrichten bestand, brachte ein Interview mit einem Universitätspsychologen, einem juristischen Experten, der die Feststellung traf, daß »nicht alle Polizisten die kaltblütigen Tötungsmaschinen sind, für die sie viele Leute halten«. Im Gegenteil, versicherte er dem Interviewer, erlitten viele von ihnen böse Traumata während und nach einem tödlichen Schußwaffengebrauch. Weiter war von ihren Alpträumen die Rede, von Scheidungen und sogar in einem Fall von einem Selbstmord, und das Fazit des Gesprächs war, daß die Leute etwas mehr Verständnis für die Belastungen der Polizisten aufbringen sollten.

Die Sendung trug Shephard zwangsläufig zurück in jene verhängnisvolle Regennacht vergangenen August. Er war einem Notruf eines bedrängten Kollegen gefolgt und in einer Wohnstraße beim Pico Boulevard angekommen, wo ein Polizist von einem Mann mit einem Messer als Geisel gehalten wurde. Die

Szene lief wieder automatisch in seinem Gedächtnis ab. Er hatte die Scheinwerfer seines nicht als Polizeifahrzeug gekennzeichneten Wagens abgeschaltet und sich vorsichtig den beiden Männern genähert, die im Scheinwerferlicht eines schwarzweißen Polizeiautos standen. Beim Näherkommen sah er, daß der Polizist die Arme mit den Handflächen nach oben ausgestreckt hielt. Er konnte auch jetzt noch das gedämpfte Gespräch vernehmen: was, zum Teufel, auch los sei, es sei doch nicht das Messer und womöglich Gefängnis wert. Und dann kam der Moment, als der Beamte seine Hände blitzschnell fallen und der Mann mit dem Messer dieses für eine Sekunde sinken ließ, ehe er es in einem gewaltigen Bogen nach oben riß, während der Beamte noch seine Pistole zog. Shephard hatte niemals klar rekonstruieren können, wer sich zuerst bewegt hatte. Er sah nur die Messerklinge im Scheinwerferlicht aufblitzen, und das nächste war der Rückstoßriß in seiner Schulter und das Mündungsfeuer seiner Python .357. Und das betäubende Dröhnen in seinen Ohren, als der Beamte zu Boden sank und der andere Mann hintenüber ins Gras stürzte. Und das alles in dem warmen Sprühregen, der über der gespenstischen Szene hing. Und dann war da schließlich dieser endlose Augenblick von Unentschlossenheit, als er es naß an seinem Hosenbein hinabrinnen spürte und nähertrat, um den Beamten am Boden knien zu sehen, nach vorne gebeugt und seine eigenen Eingeweide haltend. Und der junge Mann im Gras bewegte nur noch einen Fuß etwas, und seine Brust verfärbte sich dunkel im Regen. Als er auf ihn hinuntersah, erkannte er, daß er noch ein Junge war.

Shephard zündete sich eine Zigarette an, um sich aus dieser Erinnerung zu lösen, und suchte einen Sender mit Musik.

Der Verkehr wurde dichter, als er sich Corona del Mar näherte. Als er bei den ersten Verkehrsampeln ankam, war daraus eine aufgestaute Masse von Farben, blinkendem Chrom und Auspuffgasen geworden.

Die Ampel schaltete auf Grün, und die Autos schossen nach vorn. Bis zum Warten an der nächsten.

Nach zehn Minuten war er aus dem Stau von Corona del Mar

heraus, legte wieder etwas Tempo zu, am Newport Center mit seinen Büros der South-Coast-Auskunftei vorbei und dann, langsamer werdend, die lange Abfahrt des Highways hinunter zur Bai-Brücke. Links zog der Balboa-Bay-Club vorbei.

Die ersten Gebäude des Surfside Clubs tauchten im Westen auf. Unter den hohen Palmen, die sich in der Brise wiegten, wirkten sie winzig. Als er in die Einfahrt einbog und beim Pförtnerhaus anhielt, kamen ihm Hope Creeleys Worte wieder in den Sinn. Über dem Surfside hängt das Pech. Der Pförtner war ein straffer Mann von etwa sechzig Jahren, schätzte Shephard. Er kam mit griesgrämigem Gesicht aus seinem Häuschen heraus, ein Notizbrett in der Hand. Shephard lächelte ihn an und bemerkte, daß der Pförtner sein Waffenhalfter links trug, obwohl er seinen Schreibstift in der rechten Hand hielt.

»Ich möchte vielleicht ein Apartment und mich gerne etwas umsehen.« Der Pförtner beugte sich über den Wagen, um einen Blick hineinzuwerfen, und musterte Shephard dann. »Mein Name ist Tom Johnston.«

»Angemeldet, Mr. Johnston?«

»Das Vermietungsbüro war den ganzen Morgen nicht zu erreichen. Ich komme ohnehin direkt aus Los Angeles. Die Stadt treibt mich zum Wahnsinn.«

»So ist das in der Saison. Tragen Sie sich bitte hier ein.« Er reichte Shephard das Brett, und er schrieb sich mit einer fingierten Adresse und Telefonnummer aus Beverley Hills ein. Der Pförtner – sein Name, sah Shephard, war Arthur Mink – las es und zeigte zum Gästehaus hinten. »Der Gästebereich ist da herum und dort rechts. Angenehmen Aufenthalt, Mr. Johnston. Das Vermietungsbüro ist gleich bei der Lounge am Dock A.«

Shephard folgte der zweispurigen Straße hinter dem Pförtnerhaus vorbei und entlang der Seitenfront des Surfside-Kongreßsaals. Dort öffnete sich ein weiter, aber fast leerer Parkplatz. Die wenigen geparkten Autos standen neben den Tennisplätzen. Er stellte seinen Mustang zwischen einen Rolls-Royce *Corniche* und einen schwarzen *Seville,* und als er die Tür aufmachte und ausstieg, sah er, daß der Platz Nummer 7 von Joe Datilla allein besetzt war. Auf allen anderen Plätzen warteten jeweils mehrere geduldige Spieler, bis sie an die Reihe kamen, aber Datilla war auf seinem Platz ganz allein und spielte die gelben Bälle eimerweise über das Netz. Der Eimer mit den Bällen stand neben ihm. Seine Präzision war bewundernswert: Ball aus dem Eimer holen, ein Atemzug, der Rücken biegt sich beim Hochwerfen des Balles, weites Ausholen des Schlägers, Schlag. Durchschwingen, Gegenbewegung, zufriedenes Nicken, wenn der Ball übers Netz pfeift und auf dem Aufschlagfeld auftrifft.

Shephard blieb am Maschendrahtzaun stehen und verfolgte noch zwei weitere Aufschläge, ehe ihn Datilla, über die Schulter blickend, bemerkte.

»Tommy Shephard, ist nicht wahr!« Er kam mit dem Schläger in der Hand zum Gitter und öffnete das Tor. Sein Händedruck war kräftig und warm. Diese Art Händedruck: du gehörst zu uns. »Wie geht's dem Kopf? Sie waren noch ein bißchen voller Tabletten, als ich Sie das letzte Mal sah.«

»Bestens. Der Scotch machte es etwas schmackhafter.«

»War ja das mindeste, was ich tun konnte.« Datillas Augen musterten sein Gesicht einen Moment lang. Shephard bemerkte, daß er überhaupt nicht schwitzte. »Was führt Sie zum Surfside, Tommy? Ist alles okay?«

»Mir geht's gut, aber meine Stadt ist etwas nervös. Zwei Morde in einer Woche. Das hat alle Rekorde gebrochen.«

Datilla seufzte. »Ich kann nur sagen, ich bin froh, daß ich nicht Ihren Beruf habe. Schon heiße Spuren?«

»Können wir uns ein bißchen unterhalten, Joe?«

Datilla nahm seinen Schläger in die andere Hand und deutete auf eine Bank beim Zaun. »Aber sicher, Tom. Ich stehe selbstverständlich zur Verfügung.«

Sie setzten sich. Datilla zog sich einen kastanienbraunen Anorak über seinen sonnengebräunten Körper, und Shephard steckte sich eine Zigarette an. Datilla sieht wie ein Mann aus, der es sich gutgehen lassen kann, dachte Shephard, und dies auch tut.

»Die Opfer sind Tim Algernon und Hope Creeley«, begann er. »Und sie haben hier früher immer Tennis gespielt. Kannten

Sie die beiden?«

»Natürlich, sehr gut sogar. Hope war mit meinem Kompagnon verheiratet. Burton. Und Tim und seine Frau waren Stamm-Mitglieder. Wir haben hier kurz vor Kriegsende angefangen.«

»Kannten Sie sich untereinander?«

»Selbstverständlich. Wir waren am Anfang nur eine ganz kleine Gruppe. Auch Ihre Eltern waren ja dabei. War eine schöne Zeit.«

»Gab es da Beziehungen?«

Datilla fuhr sich mit einer Hand durch sein silbergraues Haar. Seine Augen waren blau und über die Frage etwas irritiert.

»Was für Beziehungen?« fragte er.

»Zueinander.«

Die Irritation wich einer Erleichterung. »Nein, nein.« Er lächelte. »Nicht die beiden. Tim war seiner Frau überaus treu. Er ging nie krumme Wege. Und Hope liebte Burton ebenfalls über alles. Sie hatten natürlich auch ihre Konflikte, aber Tim Algernon war sicherlich keiner der Gründe dafür.«

»Feinde, Eifersüchteleien, Rivalen? Irgendwer, der sie nicht mochte?«

Datilla lehnte sein Racket an die Bank und schüttelte langsam den Kopf. »Sehen Sie, Tom, damals nach dem Krieg kamen wir hier alle zusammen, sooft wir konnten. Es wurde flott gespielt und flott getrunken, und alles war ein einziges Vergnügen. Glauben Sie mir, wir hatten es uns verdient. Alle Rivalitäten, die es gab, fanden hier auf diesen Plätzen statt. Und das waren Rivalitäten, die alle unwesentlich waren. Keine ging unter die Haut. Und beim ersten Bier hinterher in der Lounge waren sie schon wieder vergessen. Nein, tut mir leid, da kann ich nicht dienen!«

Shephard wurde sich plötzlich bewußt, wie fadenscheinig seine Ermittlungen bisher noch waren. Zwei Tote, Mitglieder des gleichen Tennisclubs – vor dreißig Jahren. Datilla schien seine Gedanken zu lesen. Er hob seinen Tennisschläger wieder auf, wirbelte ihn in der Hand herum und wartete auf Shephards nächste Frage.

»Die Morde an Algernon und Creeley geschahen nicht wegen Geld. Der Mörder hat in beiden Häusern eine Menge Wertsachen unangetastet gelassen. Aber er hat ihnen beiden vorher ihr Schicksal angedroht, und er hat seine Drohungen wahrgemacht. Algernon war ein älterer Mann mit einem Reitstall und einer kleinen Leidenschaft für Pferdewetten. Hope Creeley war eine sehr bürgerliche alte Dame, die überhaupt nicht mehr aus dem Haus ging und nur noch einen Hund hatte, der obendrein nicht einmal bellen konnte. Algernon versuchte sie zu warnen. Er rief vierundzwanzigmal an, und jedesmal meldete sich nur der Anrufbeantworter. Ich komme da nicht klar. Warum kann irgend jemand einer alten Dame wie Hope Creeley so etwas antun?«

Datilla starrte zu Boden. Er zog den Reißverschluß seines Anoraks hoch, dann öffnete er ihn langsam wieder. Seine Hand tat es automatisch und wie in Ermangelung einer Antwort. »Diese Fragen habe ich mir selbst immer wieder gestellt, seit ich vom Mord an Tim erfuhr.« Datillas Augen waren feucht. »Ich kann mir keinen Grund vorstellen, Tommy. Je mehr ich mich darum bemühe, desto weniger kann ich glauben, daß es wirklich geschehen ist. Vielleicht hat sich der Mörder die beiden Menschen ausgesucht, die es am wenigsten verdienten. Könnte das eine Spur sein?« Er lächelte schwach und schüttelte den Kopf.

Shephard drückte seine Zigarette in einem Aschenbecher neben der Bank aus und fragte nebenbei, ob Datilla irgendeinen Zweifel daran habe, daß Burton Creeley damals wirklich ertrunken war.

»Nachdem ich ihn im Leichenschauhaus gesehen hatte, nicht mehr«, antwortete er.

»Durch Unfall, meine ich«, verbesserte sich Shephard. »Es gab da gewisse Spekulationen in der Presse, Joe. Daß es mehr als ein Unfall war.«

Joe Datillas Gesichtsausdruck verfinsterte sich. Aber seine blauen Augen blieben ganz kühl und beherrscht. »Drittklassige Theorien von viertklassigen Blättchen, Tom. Sie müßten doch wissen, wie so etwas zustande kommt, nach allem, was Sie letzten Sommer in dieser Beziehung selbst durchgemacht haben.«

Seine Stimme war etwas hitziger geworden. »Diese Bande druckt doch schlichtweg alles, um die Spalten zu füllen. Ich bin strikt gegen alle diese Mutmaßungen und Verdächtigungen von damals, und ich kann unserer im Grunde doch so großartigen freien Presse das jedenfalls niemals vergeben. Immerhin, ich habe daraus eine Menge gelernt. Zum Beispiel: Sag nichts. Damals, als Nixon zurücktrat, standen die Woche darauf ›Gerüchte‹ in den Zeitungen, daß er sich bei mir hier, auf meinem Schiff, der *Priceless,* aufhalte. Stimmt einfach nicht. Trotzdem habe ich keinen Pressemenschen hier reingelassen, um sich selbst zu überzeugen. Und da haben sie mir unterstellt, ich gehörte zu den Vertuschern. Aber das ist mein persönlicher Kummer.«

Shephard nickte. Dann fragte er überfallartig: »Burton hat doch seine Frau betrogen?«

Datilla sah ihn unbewegt an, sein Blick war fest und ruhig. »Burt Creeley war ein Mann mit schier unerschöpflicher Energie und voller Enthusiasmus«, antwortete er. »Und ein Teil dieser Energie schuf sich bedauerliche Entladungen. Wissen Sie, Tom, ich war immer der Meinung, daß er ein Narr war, das, was er an Hope hatte, aufs Spiel zu setzen, aber wer kann schon die Entscheidungen eines anderen kritisieren. Die Frau, mit der er ein Verhältnis hatte, war krank. Ein Flittchen. Eine Nymphomanin.«

Datilla erläuterte ihm, wie Helene Langs Aufnahmeantrag in den Club an ihm vorbeigelaufen sei. Üblicherweise habe er sich alle Bewerber selbst angesehen, ganz besonders die, die hier im Club selbst auch wohnen wollten. Irgendwie aber sei diese schöne und auf Männer versessene Helene sozusagen unter der Hand in den Club gekommen. Sie habe auch erst später ihr wahres Gesicht zu zeigen begonnen. Datilla sagte, nachdem er dies erst einmal erkannt hatte, habe er auch sein Bestes getan, sich von Helene Lang fernzuhalten.

»Ein Mann, der sich nicht unter Kontrolle hat, ist ein Narr und eine Gefahr für sich selbst«, fuhr Datilla fort. »Ich habe ein paar dieser Typen erlebt, die sich ihr eigenes Grab geschaufelt haben. Niemand ist vollkommen, Tom, aber Burt und diese Frau habe ich mir nie zusammen vorstellen können – einmal abgesehen davon, daß sie blendend aussah und es auch verstand, das zu zeigen. Aber Hope sah doch ebenfalls gut aus. Es gibt da einfach Grenzen, die man sich selbst setzen und klarmachen muß. Man muß wissen, ob, wenn man sich auf etwas einläßt, dies das Risiko wert ist zu verlieren, was man hat. Das Augenmaß, verstehen Sie. Man setzt keine hundert, um fünfzig zu gewinnen. Burton machte keine kleinen Fehler, wie wir alle. Da paßte er scharf auf. Er muß sich alles für einen Riesenfehler aufgespart haben. Und der war Helene Lang.«

»Und hat er ihn alles gekostet?«

»Muß es wohl. Aber seine Frau kostete es noch mehr, und das war das Traurige. Und sie stand das mit der Klasse durch, die sie selbst hatte. Tolle Frau.« Joe seufzte wieder und wirbelte seinen Tennisschläger in der Hand herum.

»Sie hielt ihrerseits auch von Ihnen viel. Sie hat sie vor ihrem Tod noch einige Male angerufen, nicht wahr?«

Datilla blickte auf, in seinem Blick war eine gezwungene Amüsiertheit. »Ach ja? Nun, natürlich, aber wie...«

Shephard erklärte ihm die Sache mit dem Tagebuch, und das glättete Datillas Miene wieder.

»Ach so, natürlich. Muß sehr interessant zu lesen sein.«

»Wo ist denn diese Helene abgeblieben, nachdem alles vorbei war?«

»Sie war in der Klinik. Nervenzusammenbruch. Danach kehrte sie in ihre Heimat zurück. Neu-England, glaube ich, war's.« Datilla betrachtete angelegentlich die Saiten seines Tennisschlägers, als könnte sich Helene Lang zwischen den leeren Rechtecken der Saiten materialisieren.

Das Schweigen wurde unbehaglich, aber Shephard ließ es andauern. Doch wieder empfand er seine Ermittlungen als einen Leerlauf. Es drehte sich alles im Kreis. Kreis. Wie Null. Datilla war ausgesprochen kooperativ, mehr konnte er sich gar nicht wünschen. Aber warum kam überhaupt nichts bei der ganzen Sache heraus? Drüben trat eine Frau auf die Penthouse-Terrasse eines zweistöckigen Hauses, schüttelte ein Strandtuch aus und verschwand wieder durch die Glasschiebetür.

»Das alles hat kein rechtes Augenmaß, Joe«, sagte Shephard resigniert, mehr zu sich selbst als zu Datilla. »Genau wie Sie sagen.«

»Was, der Club?« Datilla folgte Shephards Blick zu dem Penthouse.

»Nicht doch, nein. Die Morde. Sie sind – zu übertrieben. Sie liefen nicht ab, wie man erwarten könnte. Das ist wie mit der Pokerwette, von der Sie sprachen. Zu viel für zu wenig. Es sei denn, es gibt da Karten, die noch nicht auf dem Tisch sind.«

»Ja, sieht so aus, nicht wahr?«

»Was bringt Ihnen dieses Penthouse ein? Mit Meeresblick?«

»Zweitausend pro Monat, dazu Mitgliedsbeitrag und Nebenkosten. Das ist die Basis. Von da an können Sie dann machen, was Sie wollen. Aber anders geht es nicht.«

»Paar nette kleine Hektar haben Sie da, wie?«

»An die vierzig, alles in allem. Wo sonst in Newport Beach finden Sie noch einen Parkplatz, auf dem auch Platz ist?«

»Mit einer feinen Nase gekauft, dieser Club, wie?«

»Also gut, Tommy, ich werde Ihnen über diesen Club einiges erzählen. Aber während ich das tue, will ich Ihnen etwas zeigen, von dem ich annehme, es interessiert Sie. Kommen Sie, machen wir einen kleinen Spaziergang.«

Datilla führte ihn an den anderen Tennisplätzen vorbei, auf denen voller Betrieb herrschte, mit Geschrei und den hohlen Plops geschlagener Tennisbälle. Er winkte und nickte vielen Spielern zu, die auf sie aufmerksam wurden und sich ihnen mit beflissenen Mienen zuwandten.

»Mit feiner Nase gekauft, sagen Sie«, begann Datilla. »Aber in Wirklichkeit haben wir einfach nur Glück gehabt. Ich war grade zwanzig und aus Frankreich vom Krieg heimgekommen. Ich hatte zwei Leidenschaften – Tennis und Autos –, und ich träumte davon, so viel Geld zu verdienen, daß ich mir beides leisten könnte. Und ein Jahr später hatte ich diesen Club, und wir tauften ihn Surfside.« Datilla unterbrach sich, um einer hübschen Dunkelblonden im Tennisröckchen zuzulächeln. Sie lächelte ihn ebenfalls an und dann auch Shephard. Vielleicht geht es wirklich nur darum, dachte er, wen man kennt; ganz allgemein.

»Damals waren die Grundstücke hier noch billig. So billig, daß Sie lachen würden, was meine ersten sieben Hektar hier gekostet haben. Dabei war ich finanziell damals noch völlig blank. Wenn mir nicht ein paar Freunde einen Bankkredit verschafft hätten... Und meine Sicherheit war vermutlich allein mein Tennisschläger. Alles fing klein an. Ein Clubhaus und ein paar Plätze. Und als dann wirklich Mitglieder kamen, steckte ich jeden Cent, den ich erübrigen konnte, in weitere Landkäufe.«

Datilla zeigte im Gehen nach vorne. Shephard folgte seiner Hand zu den in der Ferne verstreuten Bungalows. »Das war alles einmal leerer Sandstrand«, erzählte er stolz. »Das habe ich alles nach und nach gekauft. 1948 war der Mitgliederandrang bereits so groß, daß gar nicht alle Bewerber aufgenommen werden konnten. Und dabei baute ich, so schnell es eben nur ging, um den Bedarf zu befriedigen. So habe ich mir mein Tennisparadies erworben. Feine Nase? Vielleicht. Aber sicher spielte Glück auch eine große Rolle. Und den Laden hier am Laufen zu halten, ist schwerer, als es war, ihn aufzubauen. Wenn alles größer wird, werden auch die Sorgen größer. Seit es diesen Club gibt, bin ich meinem Prinzip treu geblieben: keine Risiken eingehen. Meine Wetten und Unternehmungen sind konservativ. Es ist wichtiger, zu schützen, was man hat, als immer noch mehr anzustreben. Meinen Sie nicht auch?«

»Ganz genau«, sagte Shephard und fragte sich im stillen doch, ob es wirklich so viele Gemeinsamkeiten in ihrer beider Lebensauffassungen gab, daß er Joe Datillas Lebensphilosophie wirklich zustimmen könne. Er dachte an seine verwüstete Wohnung und verglich sie mit Datillas *Surfside*.

Das Tennisgelände endete bei einem großen Apartmenthausflügel links und einem großen offenen Innenhof rechts. In dessen Mitte befand sich ein Schwimmbad mit Olympiamaßen, in dem eine einzige einsame Schwimmerin – dem Aussehen nach eine ältere Frau – ausdauernd und gleichmäßig ihre Bahnen zog – hin und her, genau in der Mittelbahn. Sie folgten dem Gehweg vorbei am Schwimmbad, einem Tennisshop und einem Lokalgarten. Die Bar war von Nachmittagstrinkern bevölkert. Sie trugen Tenniskleidung und waren in lebhafte Unterhaltungen vertieft. Ein Anblick wie ein Werbespot für irgendwas, dachte Shephard – Bier vielleicht oder das gute Leben oder so etwas.

Dann folgten die Bäder für Männer und Frauen, ein flaches Gebäude mit dem unverwechselbaren Geruch nach Schweiß, Dampf und Desinfektionsmitteln. Am Ende der Männerumkleidekabinen bogen sie scharf nach rechts ab und gingen eine kurze Treppe hinunter, die vor einer blauen Doppeltür endete. Datilla suchte mit einer Hand in seiner Tasche nach dem Schlüssel, aber mit der prüfenden anderen Hand fand er die Tür offen. Er hielt sie für Shephard auf und ging voran.

Das erste, was in der dämmerigen Dunkelheit dort drinnen erkennbar wurde, war auf der gegenüberliegenden Seite ein kleiner, dürftig beleuchteter Stand. Unter der einzigen brennenden Lampe saß ein Wächter in blauer Uniform, der offenbar las. Hinter ihm fiel die Tür dumpf ins Schloß, und im gleichen Moment erstrahlte der ganze Kellerraum in hellem Licht. Er spürte Datillas Hand auf seinem Arm, die ihn auf die glitzernden Autos zuführte.

»Meine zweite Leidenschaft«, fuhr Datillas Stimme hinter ihm fort. »Die sind meine wirkliche Leidenschaft, Tom. Meine Frauen, meine Kinder, meine Geliebten. Die sind meine Babys. Es sind genau achtunddreißig an der Zahl, den Sportwagen eingerechnet, den ich auch wirklich fahre.«

»Ah, die Sammlung! Ich habe von ihr schon gehört.«

Sie blieben stehen. Shephard hätte Erklärungen gebraucht. Die meisten Wagen waren Ausländer, bizarre Vehikel, die er noch selten auf der Straße gesehen hatte, alle blitzblank poliert, Orgien in Farbe und Chrom. Er erkannte einen Ferrari Boxer, ein Mustang-Kabrio-Modell, das dem seinen ziemlich ähnlich sah, einen Alfa Romeo Veloce. Aber das war schon alles. Der Rest war ihm völlig ungeläufig.

»Über den Mondial dort drüben in der Ecke könnte ich Ihnen eine Geschichte erzählen«, sagte Datilla. »Oder von dem Maserati da, oder von dem Silver Shadow hier in der Mitte. Aber ich habe die Autos nicht wegen ihres Wertes, der interessiert mich nicht. Ich bin ein Autonarr. Mich faszinieren sie an sich, so wie sie sind, was sie darstellen. Irgendwo da draußen steht noch ein 70er Honda Mini-Car herum, wunderhübsches kleines Ding, das mit einer Gallone Benzin siebzig schnurrt und jede Kurve wie ein Go-Kart ungerührt nimmt. Ich hatte hier auch einen anheimelnden alten Rambler, weil – manchmal fühle ich mich selbst wie ein anheimelnder alter Mann. Dort drüben, das ist ein neuer RX-7. Ein Wagen, den eine Million Leute besitzen und der ein Klassiker ist, seit ihn die Japaner herausgebracht haben. Ein Auto für jede Stimmung, sage ich Ihnen, Tom. Und sie stehen hier alle, um keinen Menschen zu beeindrucken – außer mich selbst. Ich liebe sie auch alle gleich.«

Shephard ließ seinen Blick über alle die Autos schweifen.

»Ich habe einen eigenen Wächter nur für die Autos. Er ist damit voll beschäftigt. Allerdings offenbar doch nicht voll genug«, sagte Datilla. »Ob Sie es glauben oder nicht, am Montag ist mir einer abhanden gekommen. Irgendwer ist hier schlicht und einfach hereinmarschiert und damit weggefahren. Das hat mir schier das Herz gebrochen. Ein rotes Coupé-de-Ville-Cabrio, originell und ein Schlager, um an einem Sommerabend damit in der Stadt vorzufahren. Ich hoffe, sie finden ihn bald.«

»Welches Jahr?« fragte Shephard mit der Vorahnung, daß sich da eine Möglichkeit auftue.

»Vierundsechzig.«

»Montagmorgen, sagten Sie? Früh oder spät?«

»Muß spät gewesen sein. Ich habe den Wächter am nächsten Tag wie eine Zitrone ausgequetscht und ihm die Hölle heißgemacht. Er hat zugegeben, daß er eine Stunde lang weggegangen ist, weil er auf der Bank etwas zu erledigen hatte. Ich hätte den alten Mink besser rauswerfen sollen. Hat nicht einmal zugesperrt, verdammt nochmal, stellen Sie sich das mal vor!«

»Erinnern Sie sich an das Kennzeichen, Joe?«

»Ich hab' es am Mittwoch der Polizei in Newport durchgegeben. Augenblick.«

»Ich werde sogar einen ganz speziellen Augen-Blick darauf haben.«

Shephard sah Datilla in dem Meer von Autos verschwinden und sich seinen Weg zu einer kleinen Wächterbox auf der anderen Seite bahnen. Die Zeit stimmt, dachte er. Der Wagen am späten Montagmorgen hier gestohlen, genau zur richtigen Zeit, um anschließend bei der Forest-Avenue-Buchhandlung vorfahren zu können. Aber warum hatte der Wagen nicht auf der Liste der als gestohlen gemeldeten Autos von Sacramento gestanden? Datilla kam mit einem zerknitterten Blatt Papier zurück, das er Shephard reichte. Die Antwort war jetzt klar: 1 AEA 896. Andere Kennzeichen und ein anderes Auto. Nur: wieder ein Fingerzeig auf *Surfside*. Waren alle diese Spuren hierher wirklich der reine Zufall? Er steckte den Zettel trotzdem ein, für alle Fälle, und aus Gewohnheit. Datilla bedankte sich nachdrücklich für die ganz persönlichen Bemühungen. Shephard brachte seine Phantomzeichnung zum Vorschein. Datilla betrachtete sie lange, dann schüttelte er den Kopf.

»Tut mir leid, Tom. Sieht ein bißchen wie jedermann aus, nicht? Gut, ich habe Sie jetzt lange genug mit meiner Auto-Manie gelangweilt. Gehen wir wieder hinauf in die Sonne.«

Datilla verschloß die Tür hinter ihnen und prüfte gleich zweimal nach, ob sie auch wirklich zu war.

Das helle Sonnenlicht draußen blendete.

»Wollen wir noch eine Tour durch den ganzen Club machen, Tom? Sie haben eine Menge noch nicht gesehen.«

Shephard streckte ihm aber die Hand hin. »Joe, lieber Freund, Sie waren mir eine überaus große Hilfe. Wenn es Ihnen nichts ausmacht, strolche ich noch alleine ein wenig herum, ehe ich wieder fahre.«

Datilla sah leicht enttäuscht aus, zeigte sich aber einverstanden. »Fein, junger Mann. Grüßen Sie Ihren Vater von mir. Und seien Sie hier auf der Hut. Hier gibt es jede Menge junger Damen, die Ihnen Schwierigkeiten machen können. Sollte irgendeine von ihnen zum Ausdruck bringen, daß ihr Sinn eher nach eleganten älteren Herren steht, geben Sie ihr sofort meine Nummer!« Datilla schüttelte seine Hand, wandte sich um und ging in Richtung der Tennisplätze davon.

Shephard wartete einen Moment und machte sich dann ebenfalls auf den Weg zurück, auf dem Gehweg am Schwimmbad vorbei. Die Frau schwamm noch immer. Am Ende einer Bahn hielt sie einen Augenblick an, lächelte ihm zu und stieß sich wieder ab.

Der Gehweg endete am Dock A, wo blecherne Hawaiimusik aus der A-Dock-Lounge klang. Er stieg auf die hölzerne Rampe und spürte deren leichtes Schwingen. Er besah sich die riesigen Jachten, die sich in der Dünung über ihm leicht hoben und senkten. Das Sonnenlicht wurde hart von ihren weißen Rümpfen reflektiert. Er blinzelte und las ihre Namen:*Priceless,* Datillas Boot; *Intercepter, Marybeth, Comeback.* Über sich erblickte er einen Matrosen, der mit einem Besen den Rumpf der *Priceless* abschrubbte und einen unsichtbaren Makel wegwischte. Ein solches Schiff sauberzuhalten, dachte er, ist kein bloßer Job mehr, das ist schon ein Lebensberuf.

Dann wußte er auf einmal, daß genauso wie er das Schiff jemand ihn beobachtete. Das Gefühl war einfach da, verging wieder, kam erneut. Als er sich etwas umwandte und über die Schulter hinter sich blickte, sah ihn die Frau aus dem Schwimmbad an, noch tropfnaß, aber schon in der Dock-A-Lounge mit einem Highball in der Hand.

Er wandte sich wieder ab und bahnte sich einen Weg hinunter zu den kleineren und weniger ansehnlichen Schiffen des B-Docks.

Dann vernahm er Schritte auf dem Holz und eine barsche Frauenstimme hinter sich: »Wollen Sie eins kaufen?«

Shephard wandte sein Gesicht zwei blaßgrauen Augen zu, einem Gesicht mit tiefen Falten, strähnig fallendem schwarzem und grauem Haar, und zwei großen Brüsten. Das Eis in ihrem Highball klickerte, und eine Narbe auf ihrem Handgelenk war unübersehbar. »Nicht direkt«, sagte er.

»Ich bin Dorothy Edmond. Ich habe mal eine *Dithmar Donaldson 90* gehabt.«

»Ach ja? Sehr hübsch.«

»Ach, langweilen Sie mich doch nicht, junger Mann. Falsche Fünfziger langweilen mich immer.«

Sie ließ ihn ein rüdes, aber nicht unfreundliches Lächeln sehen. »Ich habe mehr von der Welt gesehen, als Sie sich träumen lassen können, und wenn ich nur die Zeit hätte, würde ich es alles wieder tun.« Er bemerkte, daß ihre Augen rotgerändert waren und daß ihr Atem mehr nach Alkohol roch als in einem einzigen Highball enthalten sein konnte. »Also, lassen Sie mich raten. Sie sind ein Käpt'n und suchen ein Schiff?«

»Nein.«

»Ein Matrose auf der Suche nach einem Käpt'n?«

»Wieder nein.«

»Ein Tennisspieler auf der Suche nach einem Partner?«

»Nein.«

»Oder heißest du etwa Rumpelstilzchen? Oder Tom Shephard, der sich fragt, warum zwei *Surfside*-Oldtimer verbrannt worden sind?«

Er musterte Dorothy Edmonds rotgeränderte graue Augen intensiv. Sie verrieten ihm aber nichts.

»O verdammt«, sagte sie dann plötzlich, hinter sich das Dock hinuntersehend. Joe Datilla näherte sich ihnen eilig, immer noch seinen Tennisschläger in der Hand und die Mannschaft der *Priceless* im Vorüberlaufen beschimpfend. »Vergessen Sie eine halbe Stunde lang, was ich gesagt habe. Und rufen Sie mich dann an.«

Datilla war in Schweiß gebadet. Müssen gleich ein paar Eimer voller Bälle gewesen sein, dachte Shephard. Er lächelte Shephard kurz zu und wandte sich dann mit sorgenvollem Gesicht an Dorothy. »Dot, es gibt Ärger mit der Newport Bank. Barnes und Kaufman sind auf dem Weg hierher, um schlechte Nachrichten über die Carlsbad-Sache zu bringen. Nimm sie in Empfang, wenn sie ankommen, und kümmere dich eine Stunde lang um sie, damit ich inzwischen einige Papiere durchgehen kann. Sie wollen um drei hier sein. Beeil dich, Schatz, bitte. Ich habe dir gestern von der Sache erzählt, Schätzchen.«

»Ach Joe! Sag ihnen, sie sollen wieder nach Haus fahren!« Sie war in Aufregung und schwenkte ihr Glas herum.

»Wir haben noch genau zehn Minuten«, drängte er. »Komm, Dorothy, mach! Ich brauche deine Überredungskünste!«

Sie setzte das Glas an die Lippen, aber es war nur noch das Eis drin. »Ausgerechnet jetzt, wo ich dachte, ich habe einen jungen Kerl, der an mir altem Gemüse interessiert ist. Das bezahlst du mir, Joe Datilla!«

Datilla grinste, als Dorothy sich auf den Weg machte und die Rampe zur Lounge hinaufstieg.

»Tut mir leid, Tom. Solche Sachen passieren eben mal. Kann ich Ihnen noch irgend etwas zeigen?«

»Tut mir leid, Joe, wenn ich im Weg bin. Ich muß ohnehin wieder los. Ich wollte auch nur noch einen Blick auf das sagenhafte Dock A werfen.«

Datilla begleitete ihn bis zum Pförtner. Sie meiste Zeit schwiegen sie.

»Ich hoffe, Dorothy hat sich nicht zu sehr über Sie lustig gemacht. Sie ist ein tolles Mädchen, aber gegen Mittag pflegt bei ihr der Alkohol die Oberhand zu gewinnen. Sie ist jederzeit imstande, alle möglichen unverantwortlichen Sachen zu sagen. Sie ist schon ewig lange für unsere gesellschaftlichen Belange zuständig.«

»Keine Probleme, wirklich.« Sie schüttelten sich noch einmal die Hand, ehe Datilla sich eilig zur A-Dock-Lounge zurückbegab.

Shephard wurde von einem rotberockten Bediensteten im Pförtnerhaus empfangen. Er beschrieb seinen Wagen und gab ihm die Schlüssel. Mink, bemerkte er, war noch immer im Dienst. Er saß allein auf einem Schemel. Shephard trat zu ihm und bot ihm eine Zigarette an. Mink nahm sie an.

»Was gefunden?« fragte der Wächter.

»Ich hatte eine lange Unterhaltung mit Joe. Es ist nichts frei, aber ich warte.« Shephard zündete sich auch selbst eine Zigarette an und entschloß sich, fischen zu gehen. »Übrigens, er hat mich gebeten, Ihnen zu sagen, daß Barnes und Kaufman abgesagt haben.«

Mink reagierte prächtig und griff auf der Stelle nach seinem Notizbrett. »Wer?«

»Barnes und Kaufman, Newport-Bank. Sie hatten einen Termin um drei Uhr.«

»Durch dieses Tor sind sie jedenfalls nicht gekommen.«

Also Joe Datilla wollte nicht, dachte Shephard, daß Tom Shephard und Dorothy Edmond miteinander reden. Und warum hatte er überhaupt Mink nicht entlassen?

»Na, dann vergessen Sie's, wahrscheinlich habe ich die Nachricht falsch verstanden. Joe sagte mir, am Montag sei ihm ein Cadillac gestohlen worden. Das ist schlecht, wenn heutzutage die Diebe einfach so in einen Club reinmarschieren können.«

Der Wächter schüttelte den Kopf und legte sein Notizbrett beiseite. »Es ist leicht stehlen, wenn niemand da ist, der aufpaßt«, sagte er knapp.

»Ich habe was davon gehört, daß der Wächter was auf der Bank zu tun hatte«, sagte Shephard aufgekratzt und bemühte sich um einen Ton, der niemanden beschuldigte.

»Bank zu tun, nichts Bank zu tun«, brauste Mink auf. »Joe hat mir gesagt, ich soll einen Tag freinehmen. Ich hatte eigentlich Dienst in der Garage. Einen Tag nicht da, und schon ist ein Wagen weg. Das nennt man Glück. Aber schließlich, was wollen Sie? Wenn mein Boß sagt, ich soll springen, kann ich doch höchstens fragen, wie hoch. Ich habe den freien Tag auch gebraucht. Wer braucht nicht mal einen? Verdammt, immerhin ist er es, der die Gehaltsschecks unterschreibt.«

Der Assistent kam mit Shephards Wagen. Er fuhr ihn auf die Ausfahrtspur vor dem Wächterhaus und hielt mit quietschenden Bremsen.

Shephard gab ihm ein großzügiges Trinkgeld, verloren in seine Gedanken. Er fuhr zur Küstenstraße, Richtung Süden, zurück nach Laguna, und hielt wieder an der ersten Telefonzelle, die am Weg war. Nach einer halben Stunde – Dorothy-Edmond-Zeit – wählte er ihre Nummer. Er war überrascht, daß sie im Telefonbuch stand. Die Whiskystimme am anderen Ende der Leitung war unverkennbar.

»Ja?«

»Dorothy Edmond? Tom Shephard.«

»Wer?«

»Tom Shephard. Wir haben gerade im Club miteinander gesprochen.«

»Tut mir leid, davon weiß ich nichts. Ich war den ganzen Tag hier in meiner Wohnung. Sind Sie einer von diesen Telefonbelästigern?«

Shephard wollte, er hätte eine Minute, um den Fall zu klären, aber wollte nicht, daß sie aufhängte.

»Nein, Liebling«, sagte er. »Sie?«

Jetzt hängte sie auf.

Er horchte einen Augenblick, ob irgend jemand sonst in der Leitung sei, hörte aber nichts.

Als er noch einmal anrief, war die Nummer besetzt, und als er das Amt um Prüfung bat, kam nur das Leersignal. Ausgehängt, sagte man ihm. Ob er es nicht später noch einmal versuchen wolle?

14

Chief Hannover war aus dem Häuschen. Seine Stimme über die Sprechanlage kam schrill, und als Shephard bei ihm eintrat, fand er ihn steif aufgerichtet, mit geweiteten Augen, und es war ihm bereits gelungen, das Ende eines gelben Bleistifts bis zum bloßen Holz durchzunagen. Er stieß Shephard mit dem Fuß einen Stuhl zu und lehnte sich unheildräuend in den seinigen zurück. Er trug wie üblich einen teuren Anzug, der aber an ihm billig aussah. Graue Seide. Mit Weste. Als Shephard Platz genommen hatte, haute Hannover auf die Taste der Sprechanlage und befahl der Polizeischülerin Annette, für »die nächste Viertelstunde« keine Telefongespräche zu ihm durchzustellen. Nach dieser Energieleistung lehnte er sich erneut zurück und fixierte Shephard scharf und durchdringend.

»Ich muß die Unterhaltung leider knapp halten«, begann er, »damit ich mit der größtmöglichen Kürze meinen Standpunkt klarmachen kann.« Er fummelte in der Zigarettendose auf seinem Schreibtisch herum. Shephard gab ihm Feuer und nahm selbst eine. Hannover machte sich wieder in seinem Sessel breit. »Jetzt stecken wir in der Scheiße. Die Bürgermeisterin Webb hat mich gestern abend angerufen, und wir hatten eine ziemlich lange Unterhaltung. Lieber Gott, hat die Frau ein Mundwerk. Um es kurz zu machen, Shephard, sie lebt in Angst und Schrekken, sowohl beruflich wie privat. Heute hat sie –«, er lehnte sich vor und unterbrach sich mitten im Satz, um von seinem Tisch einen Zettel zu nehmen und ihn Shephard wedelnd zu zeigen, »– zwischen sechs und neun sechsunddreißig Telefonanrufe erhalten. Alle von verängstigten Bürgern, die wissen wollen, was in ihrer friedlichen, ruhigen kleinen Stadt auf einmal los ist. Und genau diese Frage hat sie ihrerseits mir gestellt. Shephard, Sie kennen doch die Geschichte von den Boten schlechter Nachrichten bei den Inkas?«

»Man schlug ihnen den Kopf ab.«

»Und etwa so, wie diese Unglücklichen sich gefühlt haben müssen, habe ich mich heute gefühlt, sage ich Ihnen, als ich versuchte, ihr begreiflich zu machen, daß wir bisher noch nicht einmal ein klares Motiv eruieren konnten. Zum Glück leben wir in einer fortgeschrittenen Zivilisation, in der man nicht mehr geköpft wird. Statt dessen haben wir es heutzutage zu subtilen kleinen Verbesserungen gebracht. Die Überbringer unangenehmer Botschaften dürfen heute große Tempel der Wahrheit aufrichten. Oder sich einnebeln. Je nach Bedarf, ob sie sich gerade aufs Podest stellen wollen oder lieber aus dem Blickfeld verschwinden möchten. Wir verstehen uns doch wohl, nehme ich an, oder?«

»Sie wollen eine große Pressekonferenz.«

Hannover nahm einen tiefen Zug aus seiner Zigarette. »Und Sie machen das, Shephard. Zwei der drei großen Sender schicken ihre Kamerateams, und die *Times,* die *Register* und der *Pilot* und alle anderen Lokalblätter werden ebenfalls da sein. Scheint Ihnen nicht zu gefallen?«

»Ich mag Reporter nicht. Und sie mögen mich nicht.«

»Das kann ich verstehen. Aber das ist schließlich Ihr Fall, und Sie sind also der geeignetste Mann dafür.«

»Wieso nicht Pincus von der Öffentlichkeitsarbeit? Das ist sein Job.«

»Kein Mensch glaubt Pincus ein Wort«, erwiderte Hannover achselzuckend. Das Büro für Öffentlichkeitsarbeit war seine eigene Idee gewesen, »eine Verbindung zwischen der Polizei und der Gemeinde, der sie dient«. Aber der vor kurzem eingestellte Pincus hatte sich als ein fauler Kopf entpuppt, zwar ein fröhlicher Bursche, aber sehr wenig entscheidungsfreudig. Er pflegte alles dem Chef weiterzuleiten, statt sich selbst darum zu kümmern. »Die *Times* will mit ihm nicht einmal mehr reden. Also, Shephard, es bleibt so und so an Ihnen hängen. Ich weiß ja, daß die Presse mit Ihnen in Los Angeles nicht sanft umgesprungen ist, aber ich versichere Ihnen, daß die Presse hier in Orange County von anderem Schlag ist. Nicht solche... Fleischfresser«, sagte er und fand sichtlich Gefallen an seiner Wortwahl. Er lächelte Shephard knapp zu. »Ich möchte Ihnen jetzt die Skala andeuten, innerhalb derer Sie sich bewegen sollten.«

Während Hannover seine Skala erläuterte, wanderten Shephards Gedanken zurück zu dem Reporter Daniel Pedroza von der *Times,* der ihn nach der Schießerei so gnadenlos gejagt hatte. Er war wie ein Schatten gewesen. Er wartete auf Shephard am Revier, wenn er zum Dienst kam. Er trieb sich zur Zeit des Dienstschlusses auf dem Parkplatz herum. Er blockierte sein Telefon mit zahllosen Anrufen. Und er schrieb endlos Artikel. In diesen Artikeln wurde Shephards und seiner ganzen Dienststelle Integrität in Frage gestellt. Als Shephard schließlich auf alle die Telefonanrufe nicht mehr reagierte und jedes weitere Interview ablehnte, war Pedroza eines Abends doch tatsächlich sogar bei ihm zu Hause aufgetaucht. Es war ausgerechnet der Abend nach dem Tag, an dem ihm Louise eröffnet hatte, daß sie ihn verlassen würde, und Pedroza hatte gefragt, ob sie sich nicht über »mehr persönliche Aspekte« seines Todesschußtraumas unterhalten könnten. Shephard hatte wütend eine fast leere Weinflasche nach dem Reporter geworfen. Und am nächsten Tage hatte er natürlich dann Gelegenheit gehabt, von seinem »gewalttätig irrationalen« Benehmen zu lesen. Die Weinflasche hatte Pedroza natürlich nicht erwähnt.

Aber selbst dieser Daniel Pedroza war nichts gegen den Rechtsanwalt, der Shephard bei seinem Dienststrafverfahren hart in die Zange genommen hatte. Der Anwalt hatte argumentiert, die Ermordung seiner Mutter habe in Shephard einen tiefen und bösen Haß auf alle »vermuteten Kriminellen« erzeugt.

»Sind wir soweit also klar?« fragte Hannover. »Stellen Sie sich, Shephard. Es ist wichtig, daß wir zu diesem Zeitpunkt in diesem Fall gemeinsame Sache machen.«

»Betonen, daß es zwischen den Morden an Algernon und Creeley möglicherweise eine Verbindung gibt, oder auch nicht. Wir wollen keine weiteren Ängste aufrühren, wenn es nicht sein muß. Drohungen unerwähnt lassen. Auch nichts von den Augenlidern erwähnen, oder von der Stimme auf dem Band des Anrufbeantworters. Wir brauchen ja auch noch etwas in der Hinterhand, wenn wir erst einmal einen Verdächtigen haben. Auch unterstreichen, daß die Polizei ihre Einsatzkräfte verdoppelt hat und daß eine Sonderkommission rund um die Uhr arbeitet, um möglichst bald einen Tatverdächtigen verhaften zu können. Unter allen Umständen und bis zum Schluß ruhig, höflich und selbstsicher bleiben. Die Phantomzeichnung verteilen, falls irgendeine der Lokalzeitungen noch keine haben sollte. Und dafür sorgen, daß ich ein sorgfältiges Stirn-Make-up kriege. Weil ich in der Scheinwerferhitze bestimmt stark schwitzen werde.«

Hannover nickte während Shephards Litanei wohlgefällig und zustimmend, lächelte dann und lehnte sich wieder in seinen Sessel zurück.

»Das ist der Geist, junger Mann«, sagte er zum Schluß. »Eisenhart und zielstrebig. Und denken Sie daran, daß Sie als Vertreter der Stadt Laguna Beach, der Heimat des Festivals der Kunst, auftreten. Die Konferenz ist für vier Uhr angesetzt. Sie haben also noch rund fünf Minuten, um sich dafür schön zu machen. Sie werden ein TV-Star, Shephard! Wie Ihr Vater!«

Der Konferenzraum dampfte schon unter dem grellen Scheinwerferlicht des Fernsehens, als Shephard ihn betrat. Er setzte sich ans Ende des langen Tisches, lehnte Make-up ab und brach in Schweiß aus. Danny Pedroza saß direkt neben ihm.

»Sie, dachte ich, hätte ich in Los Angeles zurückgelassen«, sagte Shephard.

»Und ich dachte genau das gleiche, was Sie betrifft.« Pedroza musterte Shephards Kopf. »Hat Ihnen einer eine Weinflasche über den Scheitel gezogen?«

»Nur die Folgen eines Katers.«

»Drei Jahre lang habe ich versucht, hier in Orange County einen Job zu kriegen. Sie wissen schon: die Sonne und die Wellen und hübsche Mädchen an jeder Ecke. Und nichts von dieser Sorte Zeugs.«

Shephard blickte in Pedrozas glattes, junges Gesicht mit den kurzen schwarzen Haaren und dem breiten Grinsen. »Dachte ich auch. Unglücklicherweise hören die Leute nicht damit auf, einander umzubringen, und die Reporter, Fragen zu stellen. Das wird nie enden, fürchte ich.«

Eine der jungen Polizeischülerinnen kam in den Raum, wurde angestarrt und zog ein lastendes Schweigen hinter sich, als sie auf Shephard zukam und einen Stapel Kopien der Phantomzeichnung auf den Tisch vor ihn legte. Als sie wieder gegangen war, beugte sich Pedroza herüber. »Was ist das für eine Geschichte mit den abgeschnittenen Augenlidern?« fragte er flüsternd.

»Ist mir ganz neu«, sagte Shephard betont laut und sah starr geradeaus. Wo, zum Teufel, fragte er sich, kriegen sie solche Sachen immer her?

»Sie dementieren das?«

»Ich habe nie so etwas gesagt.«

»Ja, aber stimmt es?«

Shephard überlegte sich seine Antwort im Hinblick auf Hannovers »Skala«. Er sagte: »Und wenn?«

»Dann würde ich das gerne bringen.«

»Der Chief möchte das sicher nicht, Danny. Wir brauchen noch etwas, wenn wir Verdächtige festsetzen.«

»Darauf kann ich ja Rücksicht nehmen.«

»Das würden Sie?«

»Ich habe doch auf die Weinflasche auch Rücksicht genommen«, sagte Pedroza, machte eine Kunstpause und beugte sich wieder vor. »Alle beide weg?«

Der Regisseur von NBC gab Shephard Zeichen, aufzustehen und zu beginnen, indem er mit den Fingern schnippte und durch seinen Belichtungsmesser sah. Shephard nickte Pedroza zu, starrte, so gut er konnte, in die Scheinwerfer und erhob sich.

Bei seinem Blick in den Konferenzraum sah er freilich nur die Flut von Licht, die sich auf ihn richtete, heiß und erbarmungslos. Er hörte, wie Aufnahmegeräte eingeschaltet wurden und Schreibstifte und Notizblöcke kratzten und raschelten. Er begann mit seinem Referat, indem er zu der gesichtslosen Menge vor ihm sprach.

»Am Montag um sechs Uhr morgens entdeckte eine normale Streife der Laguna-Polizei die Leiche von Tim Algernon direkt vor seinem Haus an der Laguna Canyon Road«, hörte er sich selbst leiern. Gut, dachte er, gut, vielleicht schlafen sie ein. »Das Leichenschauamt von Orange County berichtete später am gleichen Tag, daß der Tod von Mr. Algernon die Folge einer schweren Schädel-Gehirnblutung war, und zwar infolge von Schockeinwirkung. Diese war durch einen Steinbrocken verursacht worden.« Shephard starrte ohne Unterbrechung in die Richtung der Kameras und zwang sich, entgegen ständiger Versuchung, sich nicht mit der Hand über die Stirn zu fahren. »Die Leiche wurde anschließend mit handelsüblichem Terpentin übergossen und in Brand gesteckt. Drei Tage danach, am Donnerstag gegen drei Uhr nachmittags, wurde in ihrem Haus in Laguna Beach die Leiche von Mrs. Hope Creeley entdeckt, dreiundsechzig Jahre alt. Mrs. Creeley wurde am frühen Morgen des folgenden Tages vom amtlichen Leichenbeschauer für tot erklärt in der Folge von schweren Verbrennungen. Gewisse Ähnlichkeiten, die sich in den beiden Fällen gezeigt haben, lassen die Möglichkeit zu, daß es sich bei beiden Morden um den gleichen Täter handeln könnte.« Irgendwo in seinem Hinterkopf saß Hannovers absurde »Skala« und echote alles zurück, was er sagte. »Es ist jedoch zum gegenwärtigen Zeitpunkt nicht der Fall, daß wir diese Möglichkeit für definitiv gegeben halten. Das bisherige Ermittlungsergebnis deutet darauf hin, daß es sich bei dem Tatverdächtigen um eine männliche Person handelt; weiß, Alter zirka sechzig, von mittlerer Größe und schlanker Figur. Er hat blaue Augen und graues Haar, das er eher lang trägt, und auch einen Bart. Er fährt vermutlich einen 1964er Cadillac Coupé de Ville, Kabrio, rot. Das Kennzeichen ist als eins-fünf-sechs DSN ermittelt worden. Zum gegenwärtigen Zeitpunkt besteht noch keine Klarheit über ein Tatmotiv. Irgendwelche Fragen?«

Ein Durcheinander von Stimmen brach über ihn herein.

»Glauben Sie, daß ein und dieselbe Person für beide Morde verantwortlich ist?«

»Wir sind dessen noch nicht sicher. Die Möglichkeit besteht.«

Dieselbe Stimme: »Wie groß ist diese Möglichkeit?«

»Es gibt Punkte, die dafür, und andere, die dagegen sprechen. Irgendwelche Spekulationen wären verfrüht.«

Dann kam eine Frauenstimme, hart und schnell: »Es ist also möglich, daß in dieser Stadt zwei Irre frei herumlaufen, die Leute zu Tode brennen?«

»Wir konnten diese Möglichkeit bisher noch nicht ausschließen«, entgegnete Shephard, und allein der Gedanke daran nahm ihm fast die Stimme.

Eine neue Stimme: »Ist Mrs. Creeley sexuell mißbraucht worden?«

»Nein.«

»Oder Mr. Algernon?« Unter den Reportern erhob sich Gemurmel.

»Nein.«

Die erste Stimme: »Sie haben erklärt, daß es noch kein festgestelltes Tatmotiv gibt. Können Sie uns sagen, welche Motive nicht in Frage kommen?«

»Raubüberfall. An beiden Tatorten sind Wertsachen in bedeutendem Umfang hinterlassen worden. Soweit feststellbar, ist nichts an Vermögenswerten abhanden gekommen.«

Erneut die Frau: »Könnte man dann, mangels offenbarer Motive, vielleicht von Tötung aus Lust sprechen?«

»Die Möglichkeit besteht, ja.«

Die Stimme eines jungen Mannes: »Mr. Shephard, gibt es für einen oder beide Morde Tatzeugen?«

»Nein.«

»Woher stammen Ihre Beschreibungen des Tatverdächtigen und seines Wagens?«

»Ich bedaure, darüber zum gegenwärtigen Zeitpunkt nichts sagen zu können.« Shephard spürte, wie ihm ein dicker Schweißtropfen von der Stirn auf die Nase zu rinnen begann. Ich hätte doch das Make-up machen lassen sollen, dachte er. Die Scheinwerfer vor ihm brannten ihm in den Augen. Kein Wunder, daß sie bei Verhören auch Scheinwerfer verwenden.

»War das Auto gestohlen?« Gute Frage, dachte Shephard.

»Das nehmen wir an.« Aber warum gab es dann keine Anzeige in Sacramento?

»Wurde der Steinbrocken, der Algernon tötete, geworfen oder in seinen Kopf mit der Hand geschlagen?«

»Mit der Hand geschlagen.«

Dann die erste Stimme: »Kannten Mr. Algernon und Mrs. Creeley einander?«

»Ja.« Das löste eine weitere Welle von Fragen aus, von denen am Ende wieder eine übrigblieb. Seine Augen brannten.

»Haben Sie Anhaltspunkte, daß die Opfer in irgendwelche illegalen Dinge verwickelt waren?«

»Nein, keine.«

Die harte Frauenstimme wieder: »Und Liebe? Gab es Liebesbeziehungen zwischen den beiden?«

»Nein. Sie waren eine Zeitlang befreundet.«

»Zu welcher Zeit?«

»Noch immer, meine ich. Sie waren seit sehr langer Zeit befreundet.«

»Glauben Sie, daß dies das Werk von mehr als einem Mann war?«

»Wir vermuten, daß der Verdächtige allein handelte. Es ist aber möglich, daß er einen Helfer hatte.«

Die junge Stimme: »Welche Art Hilfe?«

»Darüber haben wir keine Hinweise. Es ist einfach zum gegenwärtigen Zeitpunkt nicht auszuschließen.«

»Halten Sie es für ein besonderes Indiz, daß beide Opfer allein lebten?«

»Es ist schwieriger, zwei Personen zu töten als eine, falls Sie das meinen.«

»Nicht eigentlich.«

Dann eine Frauenstimme, scharf und schnell, von ganz hinten: »Detective Shephard, trifft es zu, daß Sie im vergangenen Jahr aus dem Polizeidienst in Los Angeles ausgeschieden sind, nachdem Sie Morris Mumford erschossen haben?«

Shephard starrte in die Richtung der Stimme: »Ja, das trifft zu.«

Wieder ihre Stimme: »Ich würde gerne wissen, ob das darauffolgende Trauma dieses Schußwaffengebrauchs und Ihres Ausscheidens in irgendeiner Weise die Art und Weise beeinflußt, wie Sie diesen Fall bearbeiten?«

Der Raum war jetzt so still, daß Shephard das Laufgeräusch des Bandes in der Kamera hören konnte. Oder war es sein eigenes Blut in seinem Kopf? Im stillen verwünschte er diese Frau, das Licht, und sich selbst. Das Schweigen dauerte zu lang.

»Natürlich nicht.«

Sehr schnell kam ihre Stimme wieder: »Und wie ist es mit dem Streß? Mich interessiert, ob Streß vielleicht in irgendeiner Weise Ihre Ermittlungen beeinträchtigt hat – Ermittlungen nach einem Täter, der offensichtlich ein Einzelgänger ist und sehr zielstrebig vorgeht.« Lieber Gott, dachte er, wer ist die denn?

»Streß? Nein, das glaube ich nicht.«

Aber sie ließ nicht locker. »Detective, wir schätzen alle, wie sehr Sie sich auf reine Fakten konzentrieren. Aber dennoch würden mich Ihre persönlichen Gefühle interessieren. Wir leben hier in einer kleinen Stadt, deren Mordrate sich in einer einzigen Woche vervierfacht hat. Die Ermittlungen führt ein sehr junger Detective, der erst vor kurzem gezwungen war, aus den Diensten einer sehr viel größeren und stärkeren Polizeidienststelle auszuscheiden. Welche Gefühle bewegen Sie in dieser Hinsicht? Wie steht es mit Ihren Ängsten und Zweifeln, Detective Shephard? Haben Sie welche?«

Der Schweißtropfen war endlich auf der Nase angelangt. Er wischte ihn, so unauffällig ihm das gelang, weg und starrte dann wieder in die Richtung der Stimme hinter den Scheinwerfern. Er hörte, wie die Tür aufging und wieder geschlossen wurde. Und sofort begannen die Gedanken in seinem Kopf wieder abzuschweifen: Wie ging es Cals geschwollenem Auge? Wieviel Urlaubsanspruch hatte er jetzt, nach zwei Monaten? War der Tisch, hinter dem er stand, aus echtem Holz, oder sah er nur aus wie aus Holz? Er dachte an Jane. Dann hörte er sich selbst sprechen, langsam, in ruhigem Ton, wie mit einem Freund am Telefon.

»Ängste und Zweifel? Aber natürlich. Ich habe dieselben Ängste und Zweifel, die Sie auch hätten, wenn Sie in ein Bad gingen und dort einen toten Menschen in der Wanne liegen sähen. So etwas schockt. Es bewirkt, daß man sich verflucht und unsauber fühlt. Man hat das Bedürfnis nach einer Dusche oder weit ins Meer hinaus zu schwimmen. Und man weiß einfach nicht, ob der gleiche Mann in der nächsten Nacht im nächsten Haus das gleiche tun könnte. Das alles verursacht einem genug Ängste und Zweifel, daß man sein ganzes Leben daran zu schlucken hat. Und was den Punkt angeht, warum ich diese Ermittlungen führe: weil dies mein Job ist. Ich arbeite hier. Punkt.«

Shephard nickte einmal in die Kameras, setzte sich dann und wischte sich mit dem Ärmel die Stirn ab. Pedroza flüsterte »Das Luder!« in sein Ohr, stand auf und verschwand. Shephards Augen waren von dem vielen Licht überanstrengt. Er sah größer und kleiner werdende blaue Flecke. Sie waren so plastisch und hell, daß man meinen konnte, man brauche nur die Hand auszustrecken, um sie greifen zu können. Er holte sich umständlich eine Zigarette aus der Tasche, und irgendwer gab ihm Feuer. Einige Reporter versammelten sich um ihn, nahmen sich Kopien der Phantomzeichnung, respektvoll wortlos. Und dann stand eine ansehnliche Blondine vor ihm, die ein Notizbuch in ihre Handtasche steckte und auf ihn herunterblickte.

»Tina Trautwein«, sagte sie. »*Daily Pilot*. Ich hoffe, ich bin nicht zu persönlich geworden. Bei unserer Zeitung gilt die Devise, tiefer zu gehen als nur bis zu den Schlagzeilen.« Dann wandte sie sich schwungvoll ab, und das Licht tanzte im Strahlenkranz um sie, und sie bahnte sich energisch ihren Weg durch die anderen Reporter zur Tür.

Die Techniker bauten die Lichtstative ab, während ihr Regisseur ihnen bereits auftrug, sich zu Algernons Reitställen zu begeben, weil er dort einige »authentische Szenen vor Ort« drehen wollte. Der Regisseur zündete sich eine Zigarette an und lehnte sich an die Wand, während sein Team hin und her wuselte. »Harter Job, was, Junge?«

»Kommt gleich nach Wagenwaschen«, sagte Shephard ohne Hintergedanken.

Er holte sich eine der Phantomzeichnungen und vergrub sich in ihr Studium. Die letzten Reporter gingen. Das Gesicht schien mit dem Ablauf der Pressekonferenz ganz zufrieden zu sein. Es sah ihn mit einem undurchsichtigen Lächeln an, das zu sagen schien: »Nun, Shephard, sehr erfreut, von Ihren Ängsten und Zweifeln gehört zu haben. Wüßten Sie nicht gerne, was als nächstes passiert?«

Als nächstes, dachte er. Verdammt.

Die Tür schloß sich, und es herrschte Ruhe. Frieden und Ruhe. Dann wurde ihm bewußt, daß da noch jemand da war. Ganz hinten am anderen Tischende, gerade noch am Rande seines Gesichtsfeldes. Er sah sie an, dann seitlich an ihr vorbei, so wie man nachts nach einem noch entfernten Wegweiserschild Ausschau hält. Es war eine junge Frau in einer hellen Bluse, mit sonnengebräunten Armen und dunklem Haar. Shephard rieb sich die Augen und seufzte, denn er war weder auf den Zorn noch auf die eisige Schönheit Jane Algernons vorbereitet.

»Ich wollte Sie sprechen«, sagte sie. Nach den drängenden

Fragen der Reporter klang ihr Ton gedämpft, vernünftig, ja sogar angenehm.

»Um mich zu verklagen?«

»Um Ihnen zu danken. Weil... Sie mir geholfen haben. Den Durchbruch zu schaffen. Ich habe nicht viele Leute, mit denen ich regelmäßig reden kann. Deshalb habe ich eine Menge Gedanken in mich vergraben, wo sie sich ins Böse verändert haben. Sie haben es ja erlebt. Und auch dafür danke ich Ihnen.«

Vom anderen Tischende her sahen ihre Augen hellblau aus. Und es waren keine Lichtflecken mehr, die er sah.

»Sie hätten selbst eine Pressekonferenz abhalten sollen«, sagte er, der Sache überdrüssig. »Die hätten es auch erlebt.«

Jane Algernon lächelte nicht und sagte auch nichts. Sie stellte ihre Handtasche auf den Tisch und holte einen Umschlag heraus, dann eine kleine Schachtel, die sie ihm über den Tisch zuschob.

In dem Umschlag fand er Tim Algernons Bankauszüge, ein weiteres Foto von ihm und einen Brief an eine gewisse Rita.

»Ich habe mich selbst zu Ihrer Konferenz hier eingeladen. Aber als diese Frau da mit ihren Fragen begann, wäre es mir lieber gewesen, ich hätte es nicht getan. Sie sind recht gut mit ihr fertig geworden. Sie sagten, als Sie Hope Creeley sahen, hätten Sie den Wunsch gehabt, weit ins Meer hinauszuschwimmen. Ich weiß genau, was Sie meinten. Denn ich mache das jeden Abend. Ich schwimme ins Meer hinaus.« Sie stand auf und ging zur Tür. Sie wechselte ihre Handtasche von der einen Schulter zur anderen und dann wieder zurück. »Ich könnte hier wahrscheinlich den ganzen Tag stehen und das blöde Ding hin- und herwechseln, oder? Ich meine, ich schwimme im Taucherwinkel, jeden Abend um neun, und wenn Sie heute abend vielleicht mitschwimmen möchten, dann wäre ich... Ihre Gesellschaft würde mir nichts ausmachen.«

Shephard bedachte ihre Schönheit, ihre Wildheit, ihre Stärke, ihr Leid, ihre Einladung. Wie er sie so ansah, wurde seine Liste länger und länger.

»Ich wäre gern Ihre Gesellschaft«, sagte er. Und dann war sie fort.

Irgendwie hatte die California DMV in Sacramento während Shephards Pressekonferenz ihren Computer wieder in Ordnung gekriegt. Pavlik hatte ihm einen Zettel auf dem Schreibtisch hinterlassen – in seiner unnachahmlich krakeligen, widerspenstigen Handschrift. Als Halter des Wagens mit dem Kennzeichen 156 DSN war ein gewisser Dick Moon, 4887 S. Coast Highway, Laguna Beach, registriert.

Shephard steckte den Zettel ein und verließ das Polizeirevier durch den Hintereingang, wobei er – es schien mittlerweile schon Gewohnheit zu sein – aufpaßte, ob ihn nicht Daniel Pedroza an seinem Mustang abzupassen suchte. Aber am Auto war niemand, was ihn sehr erleichterte. Er rangierte es unter dem Schatten eines Olivenbaumes heraus in die stechende Sonne von Laguna Beach.

Zehn Minuten später bog er auf den Parkplatz von *Moon Chevrolet* ein und parkte neben einem neuen Camaro. Der Besitzer dieses Gebrauchtwagenhandels war ein stämmiger Mann. Er trug ein gepunktetes Hemd, dessen Kragen so weit war, daß er fast wie Flügel aussah. Er stellte sich als Dick Moon vor.

»Die meisten Leute denken immer, wir hätten das Geschäft nach dem Mond benannt«, sagte er mit breitem Lächeln. »Aber es ist tatsächlich mein Name. Also, junger Mann, was für einen möchten Sie ausprobieren?«

Moons Freundlichkeit schwand, als Shephard sein Interesse an einem älteren Cadillac mit dem Kennzeichen 156 DSN äußerte. Er watschelte voraus und führte ihn in sein Büro, wo er in seinen Büchern nachsah. Er fuhr mit seinem fetten Finger die Spalten auf und ab. Dann schüttelte er den Kopf.

»So ein Fahrzeug habe ich nicht auf meinem Platz. Was wir haben, ist ein 69er Valiant mit diesem Kennzeichen. Aber keinen Caddy.«

»Würde ich gern sehen«, bat Shephard.

Moon biß das Ende von einer Zigarre ab und deutete mit dieser hinter sich. »Steht da hinten. Wirklich hübsches kleines Wägelchen.«

»Da hinten« fand Shephard das wirklich hübsche kleine Wägelchen, achtlos und allein neben einem Abfallcontainer für Einzelteile abgestellt. Die Farbe blätterte schon von ihm ab, als habe es einen kräftigen Sonnenbrand, und die Scheiben waren blind vom Staub. Ein Reifen hatte einen Platten, und der ganze Wagen hatte eine kräftige Schlagseite nach Backbord. Moon kam hinter ihm heran, das Aroma seiner Zigarre kündigte ihn an.

»Auch nicht mehr der Jüngste«, bekannte er.

Aber trotzdem hochinteressant, dachte Shephard. Joes Cadillac könnte also immer noch benutzt werden. »Wo sind die Kennzeichen?« fragte er, als er das leere Kennzeichenfeld vorne inspiziert hatte.

»Gestohlen wahrscheinlich«, meinte Moon. »Wäre nicht das erste Mal.«

Shephard umrundete das Auto und sah, daß das hintere Kennzeichen ebenfalls fehlte. Datillas Caddy geklaut und die Kennzeichen ausgewechselt. Sauber.

»Seit wann steht der hier?«

»Paar Monate. Hab' ihn in Kommission genommen. Gott weiß warum.« Moon paffte nachdenklich an seiner Zigarre. »He, GM nimmt alte Karren zurück, damit sie ihren neuen Camaro puschen. Wagen des Jahres. Ich gebe Ihnen einen für ein Butterbrot und nehm' Ihnen den Ford zu einem dicken Preis in Zahlung. Wieviel können Sie monatlich zahlen?«

Shephard hatte sich vorne am Valiant hingekniet, um sich die Kennzeichenhalterung genau anzuschauen. »Oh, vielen Dank, Dick, nein. Ich will mich nur umsehen.«

»Na gut, tun Sie das. Und kommen Sie wieder, wenn Sie was gefunden haben, das Ihnen gut steht.«

Moon watschelte davon und zog eine Zigarrenrauchfahne hinter sich her. Shephard probierte die Türen aus, aber sie waren zugesperrt. Kein Wunder, dachte er, daß der Cadillac nicht auf der Liste der gestohlenen Fahrzeuge aufgetaucht war.

Als er sich auf den Weg zurück zu seinem Mustang machte, läuteten die Glocken der Cäcilienkirche eben melodisch ihr Sechs-Uhr-Geläut. Ihre Türme waren nur einen Block entfernt zu sehen. Er blieb stehen und lauschte und hörte darüber die

Stimme des Telefonanrufers, der Hope Creeley über ihren Anrufbeantworter bedrohte. Zwei Punkte für den 4800er Block am South Coast Highway, dachte er, und er empfand einen Moment lang die kühle Neugier und Spannung, die man an einem Ort empfindet, an den man nicht hingehört.

Vom Gehsteig vor *Moon Chevrolet* aus konnte er zwei Telefonzellen sehen, eine neben der Schwulenbar namens Valentine's, die andere vor einem Alkoholladen auf der anderen Straßenseite.

Als erstes rief er Pavlik an, um ihm zu sagen, daß er die Sache mit den gestohlenen Kennzeichen nach Sacramento melden solle. Dann telefonierte er wieder mit Dorothy Edmond. Nachdem es ein halbes dutzendmal geklingelt hatte, meldete sich ihre Whisky-Stimme endlich mit einem heiseren Hallo. Sie sprach ruhig und ernsthaft, entschuldigte sich, daß sie ihn neulich abgewimmelt hatte, und erklärte, daß da bestimmte Leute vom Surfside-Personal vermutlich aus der Zentrale mitgehört hätten.

Sie bestand darauf, daß sie sich am nächsten Morgen um elf träfen – irgendwo, wo anständige Bloody Marys serviert würden. Sie einigten sich auf *Kano's,* ein sehr gutes Lokal in Newport Beach, das an den Samstagen früh für Brunch öffnete und auch eine gute Bar besaß.

15

Der Taucherwinkel lag um neun Uhr abends schon völlig im Dunkel. Shephard suchte sich seinen Weg über die betonierte Treppe am Strand, der bei Flut ziemlich schmal wurde. Er zündete sich eine Zigarette an und ging über den Sand bis zur nächstgelegenen Seite des Winkels. Dort setzte er sich auf den Rumpf eines auf den Strand gezogenen Katamarans. Eine leichte Abendbrise klatschte das Fallreep gegen den Mast über ihm. Das ergab eine hübsche Melodie, die über eine kurze Distanz trug und dann verschluckt wurde. Die Felsen des Winkels schnitten eine scharfe Silhouette in den Himmel, und der Ozean sammelte das Licht der Häuser ringsherum und zerstreute es dann in alle Richtungen. Seit er ihn zum letzten Mal wahrgenommen hatte, war der Mond größer geworden – neulich, als er über Little Theodores emporgereckter Tequilaflasche aufgestiegen war. Jetzt stand er weit landeinwärts und streute Fäden wabernden Lichts in das Wasser unten.

Er fühlte sich unruhig und nervös. Wie lange war es her, daß er diese Art erwartungsvoller Spannung gespürt hatte? In seinem Innern flatterte es und beruhigte sich wieder. Er sah wieder Jane Algernon vor sich, wie sie auf ihres Vaters Couch schlief, die Beine unter der Decke angezogen. Sie hatte nichts von Badesachen gesagt, aber er hatte für alle Fälle eine Badehose in seine Jakkentasche gesteckt. Was, wenn sie nackt schwamm und von ihm das gleiche erwartete? In seinem Magen zog sich etwas zusammen, als die Szenen in sein Gedächtnis kamen, die er zuletzt mit einer Frau erlebt hatte: die verlegenen Entschuldigungen, die angestrengten erneuten Bemühungen mit der Kapitulation am Ende, und danach die gewaltigen Dosen von Schuld und Whisky. Und am schlimmsten dabei war, daß das Begehren ja da war. Aber nicht funktionierte, im Mißerfolg endete. Kurzschluß.

Das hohle Klappern von Holzsandalen auf Beton näherte sich hinter ihm. Shephard wandte sich um. Eine weiße Figur kam die Treppen herunter. Das nächste Geräusch war das von Schuhen auf Sand. Er sah sie stampfen, die Schuhe aus dem Sand ziehen und dann ihren Weg über den Strand fortsetzen, auf ihn zu. Die Strandbrise wehte ihr Kleid etwas hoch. Es war ein Kleid, das konnte er nun erkennen, weiß und weit. An ihrer Schulter hatte sie eine große Sporttasche hängen. Kurz vor ihm blieb sie stehen, eine Silhouette vor dem Licht der Häuser dort hinten. Das Mondlicht fiel auf die eine Hälfte ihres Gesichts. Shephard war aufgestanden.

»Ich habe hier draußen zwei Regeln«, sagte sie ruhig ohne weitere Begrüßung. »Die eine: nicht reden, die andere: sich um nichts kümmern. Sagen sie Ihnen zu?« Hinter ihr gingen in einem Haus die Lichter aus.

»Klingt einfach.«

»Da«, sagte sie und nahm seine Hand. »Hier lang.«

Sie gingen am Strand entlang, Richtung Norden. Shephard blieb stehen, um seine Schuhe und Socken auszuziehen und sich die Hose hochzukrempeln. Das Wasser platschte warm um seine Knöchel, während sie an der Wasserlinie entlang weitergingen. Vor sich konnte er hoch aufgetürmte Felsen erkennen, gar nicht weit entfernt. Als sie näher kamen, flog ein dunkler Vogel mit schwerem Flügelschlag auf. Die Wellen waren klein und wie Rollen und klatschten hart an die Flutküste. Shephard dachte über ihre »Regeln« nach. Sie schienen sehr gut zu passen. Jedesmal, wenn die Brandung über seine Füße und wieder zurückrann, fühlte er eine meßbare Menge von Wörtern und Sorgen von sich abfallen und vom Meer mitgenommen werden. Als sie an den Felsen ankamen, schien er leichter zu sein, und was ihn fesselte, schien hinter ihm zu liegen. Sein Herz schlug nervös.

Die Felsen bildeten einen Toreingang. Shephards Magen zuckte, als sie sich bückten und in ein dunkles Gewölbe schlüpften, das auf drei Seiten geschlossen und oben zum Himmel hin offen war. Hier drinnen war es stiller und wärmer. Er konnte den Abendwind von draußen durch die Ritzen pfeifen hören, überdeckt vom Anbranden der Wellen.

Ein breiter Lichtstrahl durchbrach die Dunkelheit rundum. Jane hatte eine Taschenlampe angeknipst und in den Sand gesteckt. Sie stellte ihre Tasche daneben. Ohne ihn anzusehen, wandte sie sich ab und begann ihr Kleid aufzuknöpfen.

Shephard betrachtete sie, verblüfft und hingerissen, als das Kleid von ihren Schultern glitt und Jane Algernons breite und leicht muskulöse Schultern sichtbar wurden. Der Rücken einer Schwimmerin, dachte er, durchgeformt und geschmeidig, sich abwärts bis zur schmalen Hüfte verjüngend. Als das Kleid dann über ihre Knie und zu Boden fiel und sie sich vorbeugte, um herauszusteigen, betrachtete er ihre kräftigen Schenkel, die makellos geformt waren. Ihre Beine waren lang und ohne Fehler. Keine Badesachen, dachte er, als sie ein großes Badetuch um sich schlang und sich ihm zuwandte.

Einen kurzen Augenblick lang spürte er dieses seltene Gefühl, das das Gegenteil des *déjà vu* ist: nicht, daß man das alles schon einmal erlebt und gesehen hat, sondern daß man etwas wie dies nie wieder erleben und sehen wird.

War es Lust, Einladung, was auf ihrem Gesicht stand, als sie seinen unverwandten Blick im schwachen Licht erwiderte? Angst? Er war sich der Kostbarkeit, Unverletzlichkeit, Einmaligkeit des Augenblicks bewußt. Es war ein eigenartiges Gefühl, so nüchtern zu sein, so stark gegenwärtig. Der Ozean, der an die Felsen brandete, war unwichtig und weit weg. Sie schien sein ganzes Bewußtsein wie ein Krake an sich gezogen, in sich aufgesogen zu haben und es, wortlos und bewegungslos, völlig zu absorbieren.

Shephard drehte sich um und entkleidete sich. Er spürte ihren Blick auf sich, genauso wie sie den seinen gespürt hatte. Das Licht erlosch, und sie fand wieder seine Hand und führte ihn hinaus in die Dunkelheit. Sie wateten vorsichtig durch die Ebbepriele, bis sie auf Sand kamen, und als sie hüfttief im Wasser standen, schlüpfte Jane unter eine Welle. Shephard folgte ihr. Das warme Wasser verursachte einen stechenden Schmerz an seiner Kopfwunde, sein Leib berührte den weichen Grundsand. Er strampelte und streckte seine Hand nach vorne aus, spürte eine neue Welle über seinen Kopf hingehen und gegen seine Füße schlagen, als er umfiel. Seit wann war er nicht mehr im Wasser gewesen? Er begann die Jahre zu zählen, verlor aber dann das Interesse. Wieder oben, sah er den schwachen Lichtschimmer des Mondes auf dem Wasser, glitzernd weiß und blau. Jane vor ihm begann zu kraulen. Ihre Fußbewegungen erzeugten eine Kiellinie hinter ihr her, aber sie schwamm sehr ruhig und bewegte sich scheinbar mühelos und mit fast trägem Rhythmus durchs Wasser.

Er tat sich schwer, ihr zu folgen und mußte sich anstrengen, um nicht abzufallen, achtete aber darauf, ihr höchstens auf einige Meter nahe zu kommen. Hinter den Brandungswellen merkte er, wie der Grund abfiel, aber er wußte, daß der Ozean nur ein paar

Meter vom Strand praktisch genauso war wie viele Meilen draußen: stark, unauslotbar, unerbittlich gegen alles, was nicht Teil von ihm ist. Und so, wie vorhin die kleinen Wellenausläufer am Strand schon nach und nach kleine Teile von ihm weggespült hatten, fühlte er nun auch größere Stücke von sich abfallen. Er wußte, daß er einmal verheiratet gewesen war, aber er erinnerte sich nicht mehr genau, mit wem. Er erinnerte sich, daß er irgendwo dort hinter ihnen in der Stadt eine Wohnung gemietet hatte, aber er hätte jetzt die Adresse nicht sagen können. Er wußte, daß er bei der Polizei war und eine Mordsache aufzuklären hatte, aber er konnte sich an keine Einzelheiten erinnern. Er überlegte, warum er eigentlich aufgehört hatte zu surfen. Das Bedauern darüber aber schwand rasch wieder dahin. Er wußte nicht warum und wollte es auch nicht wissen. Könnte man hier einfach bis Hawaii weiterschwimmen, oder vielleicht bis zu einer unbewohnten tropischen Insel, wo er und Jane von Fischen und Früchten leben konnten, sich ungezügelt fortpflanzen, eine neue Rasse gründen? Es war durchaus vorstellbar.

Janes Gesicht erschien vor ihm aus der Dunkelheit, lächelnd. »Haben Sie Angst? Die Felsen sind unter uns, nicht weit«, sagte sie. Shephard spürte das Wasser, das durch ihre Tretbewegungen verdrängt wurde. Ihr Haar klebte zurückgestrichen am Kopf, und ihre Wangenknochen waren vom Mondlicht stark betont.

»Nein. Sie?«

»Ich mache das jeden Abend.« Ihre Stimme war fast zu einem Flüstern gedämpft, erregt und verschwörerisch. »Hier ist man so weit von sich entfernt, wie es nur möglich ist, und kommt doch immer wieder zurück. Verstehen Sie, was ich meine?«

»Ich spür's. Ich hätte es nicht so ausdrücken können.«

»Alles wird einfach. Ich bin Jane Algernon, und Sie sind Tom Shephard. Mehr muß ich im Augenblick nicht wissen, denn verglichen mit diesem Ozean ist alles andere unwichtig. Ich weiß, daß auf dem Heimweg alles wieder seinen Sinn hat. Einen anderen, aber trotzdem einen Sinn.« Sie nahm den Mund voll Wasser und spritzte es dann in die Luft. »Schauen Sie. Das ist unsere große Mutter. Unser großer Organisator.«

»Sie haben Ihre Regeln gebrochen«, sagte er und kam näher.

»Hier gelten sie nicht. Hier gilt nichts außer dem, was man im Augenblick ist. Was sind Sie?« Ihr Atem roch, als käme er von etwas Reichem und Reinem.

»Mit Worten oder ohne Worte?«

»Wie immer es sein muß, Detective.«

Und die Monate ohne Kraft verwandelten sich in Monate des Hungers, als er nun die Hand ausstreckte und Jane Algernons Gesicht berührte. Er konnte ihre Arme und Beine sich spannen fühlen, als er sie zu sich heranzog, nahe genug, um die Wärme ihres Atems zu spüren. Seine Beine traten das Wasser. Tief in sich fühlte er einen Aufstand der Gefühle losbrechen, aufflatternde, elektrisierte, unruhige, nervöse Vögel. Ihr Mund war warm und das Wasser, das ihn benetzte, kühl und salzig. Er küßte ihn und dann ihre Wangen und ihren Nacken, und sie sagte etwas, aber er hörte es nicht. Und er legte seine Hände auf ihre Hüften und hob sie leicht an, bis er ihre Brustwarzen zwischen seine Lippen nehmen konnte, so sanft, als wären sie Wassertropfen. Und sie preßte sich an ihn, während ihre Beine noch immer das Wasser traten, und ihre Arme sanken bis zu seinen Hinterbacken und tasteten sich um sie herum. Und Shephard fühlte eine große Stärke in sich, als sie ihn anfaßte und ihre Hand schloß, zart, als habe sie etwas Kostbares zu beschützen. Und ihre Beine schlangen sich ineinander, waren verbunden, ließen sich wieder los. Er schloß die Augen und fand ihren Mund wieder. Er schoß auf einer langen Reise durchs All. Seine Hand fiel auf ihre Beine, und sie öffnete sie sanft, und seine Finger fanden Wärme und feuchten Überfluß. Stummes Einverständnis einer Frau, dem nicht einmal der große Ozean etwas anhaben könnte. Shephard spürte es, spürte ihn, spürte sie rund um seine Finger, seine Handfläche, als flösse alles und ergösse sich in Sturzbächen. Und während er in sie eindrang, rollte sie über ihn, die Arme um seinen Nacken geschlungen, die Schenkel um seine Rippen. Und ihre Wärme floß aus seiner Hand in seinen Leib, der heiß war, wo das kühle Wasser gewesen war. Er trat stärker, um sie beide über Wasser zu halten, führte sie mit den Händen und bewegte sich in ihr, und es war eine Bewegung wie eine einzige, und sie begann zögernd und wurde heftiger, als sie ihn auf den Mund küßte, auf die Nase, auf die Augen, auf die Ohren. Sie stöhnte leicht bei jedem Stoß seiner Beine, und er hoffte, daß er stark genug bliebe. Er bewegte sich noch ein Stück vorwärts und erreichte einen Felsen und stemmte die Füße gegen dessen scharfe Kanten.

Sie lehnte sich nach hinten und ließ die Arme ins Wasser hängen. Ihr Rumpf leuchtete fahl und feucht im Mondlicht, und Shephard konnte ihr Haar wie einen Kranz um ihren Kopf im Wasser treiben sehen. Er zog sie noch fester an sich.

Sie stieß einen Schrei aus, als sie der erste Stromstoß durchzuckte. Und so spürte er es auch: wie Strom, schnell und intensiv. Dann noch einer, und sie stöhnte und zog sich an ihm hoch, die Arme um seinen Nacken geschlungen, während in ihr eine weitere Welle brach. Shephard wurde langsamer und kam zur Ruhe, während sie niedersanken, um sich dann von dem Felsen von einer Woge abzustoßen und hochtragen zu lassen. Sie klammerte sich noch immer mit den Beinen an seinen Hüften fest. Und sie spannten sich gemeinsam, bis Janes Beine sich um ihn versteiften und verkrampften. Er hörte ihren Aufschrei und seinen eigenen jagenden Atem und merkte, wie seine Beine schwach wurden. Doch die ersten Wellen seines eigenen Ergusses entfalteten ihre eigene Energie, und während Jane mit verebbender Energie an ihn geklammert blieb, bot er seine letzte Kraft auf, wurde langsamer und spürte, wie sich sein ganzes Inneres in sie ergoß. Die unruhigen Vögel erhoben sich in die Lüfte. Shephard wandte sein Gesicht dem Himmel zu, als wolle er ihnen nachsehen, während ihn eine gewaltige Erschütterung durchlief und er sich verströmte. Und es schien Stunden zu dauern, während sie sich schloß und es aus ihm zog, und heraus, und immer noch weiter zog, so daß, als es zu Ende war, Shephard glaubte, es flösse noch immer aus ihm und ende niemals.

Schweben. Gesicht den Sternen zugewandt. Auf dem Bett des Ozeans. Neben ihm das Haar einer Frau, kaum unterscheidbar von seinem eigenen. Ihre Arme durchpflügten das Wasser langsam, ihr Atem war immer noch schnell, wurde aber allmählich langsamer. Shephard hörte seinen eigenen Herzschlag, den das Wasser verstärkte. Ein schnelles Klopfen, ein präziser Mechanismus. Seltsam, wie sich die Sterne vervielfachen, je länger man sie anstarrt, dachte er. Ein Dutzend, zwei Dutzend, und dann gleich tausend kleine Löcher im Tuch der Nacht. Dann fragte Jane, ob er den Großen Bären sehe – ja –, und dann waren da noch tausend andere Sternbilder, die noch niemand benannt hatte. Und während ihr Atem weiter langsamer und ruhiger wurde, bat sie ihn, mit ihr noch weitere hundert Meter oder so zu schwimmen – bis zum *Inside Indicator*, einem Felsen, der in Nächten wie dieser immer ihr Ziel sei.

Sie schwammen langsam zum *Indicator*, dessen Flanke sich unter Shephards Fingern kalt und scharf anfühlte, als er sie anfaßte, um sich festzuhalten. »Die wirklichen Liebespaare schwimmen bis zum *Outside Indicator*«, sagte sie. »Vielleicht schwimmen wir eines Nachts auch einmal hin.« Sie setzten sich auf den Felsen und küßten sich wieder, aber diesmal lang und langsam. Dann glitt sie nach unten weg und verschwand unter Wasser, bis sie ein Stück entfernt wieder auftauchte, näher zum Ufer hin, und gleichmäßig auf den Winkel zuschwamm.

Er folgte ihr erschöpft.

Wieder in der Höhle, trockneten sie sich gegenseitig ab – sie hatte zwei Badetücher mitgebracht – und blieben einander beim Ankleiden zugewandt. Sie holte aus ihrer Tasche eine kleine Thermosflasche und zwei Becher hervor, füllte sie, und der Kaffee dampfte noch immer. Zuletzt packte sie die Taschenlampe ein, und dann gingen sie gemächlich zurück, am Strand entlang und die Betontreppen hinauf bis zum Gehweg.

»Zurück in die reale Welt«, sagte er. Aber es klang übertrieben. Hyperreal. Über ihm in der Straßenlampe war das Flattern einer Motte zu hören. Ein sich näherndes Auto sandte Lichtblitze durch die Nacht. Er wandte sich Jane zu. Ihr Gesicht war schön und ruhig. »Wollen wir ins Hotel gehen? Wir trinken etwas. Wir haben den Sonnenuntergang verpaßt, aber wir könnten den Sonnenaufgang zusammen sehen.«

»Nein, Tom. Aber ich danke dir. Sei mein Freund. Ich brauche Zeit. Bitte.«

Shephard dachte über diese Worte nach, auch über ihr Gesicht und die Schönheit ihres Körpers. Und es schien ihm, daß sie wenig für das verlangte, was sie gegeben hatte.

Sie näherte sich ihm, legte die Arme um seinen Hals und bot ihm ihre Lippen zu einem Kuß. Dann legte sie ihren Kopf an seine Brust und verharrte so lange Zeit. Als sie ihm das Gesicht wieder zuwandte, sah er, daß sie weinte.

Und dann ging sie den Gehweg hinunter. Sie hinterließ den Klang ihrer Holzsandalen auf dem Beton. Über ihrem Kopf flog eine Motte, die vom Widerschein der Straßenlampe wie mit einem Heiligenschein umgeben war.

16

Shephard erfragte von der Auskunft die Telefonnummer von Marla Collins und rief an. Ihre Stimme hörte sich weniger geschäftlich an als bei der South Coast-Auskunftei, sie klang verzerrt und wurde von lauter Musik fast übertönt.

»Marla, hier ist Randy Cox. Wir sind uns geschäftlich begegnet…«

»Randy Cox. Sie sind ein genauso falscher Fuffziger wie ein aufgemotzter Christbaum«, sagte sie verdrossen.

»Auf aufgemotzte Bäume stehe ich auch nicht besonders. Ich nehme an, Bruce hat mein Inkognito gelüftet. Also gut, ich bin Tom Shephard von der Laguna-Polizei.«

»Wunderbar, und ich bin nur die gute alte Marla. Also, was wollen Sie?«

»Scheint Sie nicht sehr zu freuen.«

»Schauen Sie, es ist Freitagabend, und ich habe eine Party hier. Ich habe nur niemanden dazu eingeladen. Ich habe keinen Wein mehr, und die Platte hat 'n Sprung. Aber sonst freut mich alles wahnsinnig. Tom, Schätzchen, warten Sie nur einen Moment, bis ich mir einen Wodka eingegossen habe.« Der hingeworfene Hörer verursachte einen scharfen Knall. »Ich will ja nicht unfreundlich sein. Also, was wollen Sie nun von Marla Collins?«

»Ich will wissen, für wen Bruce Harmon arbeitet. Und zwar sämtliche Kunden der letzten zwei Monate.« Die Platte war zu Ende, und Shephard hörte Eis in einem Glas klinkern.

»Bruce war nicht besonders guter Laune, als Sie neulich gegangen waren.«

»Ich wäre auch nicht besonders guter Laune, wenn ich einen Mord vertuschen würde.«

»Ach Gott, was werdet ihr Bullen immer gleich melodramatisch.«

»Ein Mann namens Tim Algernon ist am Montagmorgen in Laguna zu Tode verbrannt worden. Das ist kein Melodrama. Der Kerl, der das getan hat, ging eine Stunde später in ein Hotel. Aber dort hatte er, noch bevor ich hinkam, einen Besucher. Und das war Ihr Mr. Harmon, Schätzchen. Aber er hat selbstredend nicht seinen wirklichen Namen angegeben. Und mir sagt er nichts weiter, weil er erklärt, er ist von einem Anwalt engagiert. Jeder Mensch, der Augen im Kopf hat, sieht, daß das nicht alles ist.«

Das Eis klickerte wieder, und Shephard hörte Marla schlukken.

»Ich weiß nicht, wie viele Augen ich im Kopf habe, aber was ich genau weiß, ist, daß ich einen Job habe. Und der ist nicht schlecht.«

»Ein bißchen was kann ich Ihnen zahlen.«

»Da haben Sie eine halbe Meile vorbeigezielt. Worum es sich dreht, ist doch, daß jeder Mensch das Recht hat, eine legale Arbeit zu verrichten, oder? Ich meine, was ist, wenn Bruce in der Oberhand ist?«

»Dann wird es da oben aus sein. Ich hatte gehofft, Sie könnten mir sagen, warum ich meine Zeit verschwende. Kann ja sein, daß er ein legitimes Interesse hat. Sagen Sie's mir. Sie helfen mir damit.«

Es entstand eine lange Pause am anderen Ende der Leitung.

Shephard hörte, wie ein Streichholz angezündet wurde.

»Wissen Sie, Shephard, und behalten Sie im Auge, daß ich hier eine Flasche Zinfandel habe und dies ein sehr hartes Wodkagespräch ist, ich muß sagen, daß ich von Ihrem Anruf ein wenig enttäuscht bin. Ich dachte, daß vielleicht dieser Randy Cox der Meinung war, die gute kleine Marla sei nicht ganz ohne Reiz.«

»War er ja vielleicht.«

Wieder eine lange Pause. »Tut mir leid. Wenn ich einen sitzen habe, sage ich immer Sachen, die ich besser nicht sagen sollte. Ich tu' sie auch.«

»Und bereuen sie?«

»Manchmal greif ich einfach zu. Heute würde ich auch. Haben Sie Zeit?«

»Nein, Marla. Aber ich weiß genau, daß Bruce Harmon an ein paar Orten gewesen ist, wo er absolut nichts zu suchen hat. Er scheint einen Riecher dafür zu haben, immer dort aufzutauchen, wo gerade jemand umgebracht worden ist. Sie könnten mir sagen, wer ihn dafür bezahlt, daß er das tut.«

Shephard konnte hören, wie sie an einer Zigarette zog.

»Er ist ein solcher Arsch«, sagte sie knapp. »An dem überrascht mich nichts mehr.« Er dachte, jetzt würde sie richtig zu reden anfangen. Aber sie sagte nur schnell *Cheerio* und hängte auf.

Um elf Uhr sah er sich die Wiederholung der Sonntagspredigt seines Vaters auf Wades eigenem TV-Kanal an. An den üblichen Gottesdienst-Gepflogenheiten der verschiedenen Glaubensbekenntnisse gemessen, war der Gottesdienst etwas unorthodox, aber das war das Markenzeichen der *Kirche zum Neuen Leben.* Zuerst trat eine Gospel-Rock-Gruppe namens *Das Wort* auf und begann mit einer *Country-und-Western*-Ballade über das Leben Jesu.

Nach drei Songs räumte die Band die Bühne, und sein Vater trat auf. Er hatte wie immer einen leichten Anzug mit weißem Hemd an, das er mit offenem Kragen trug. Sein Haar glänzte silbrig im Scheinwerferlicht, sein Gesicht war lebhaft gerötet, rosig, lebendig. Er nahm seinen Platz hinter einem bescheidenen

Predigtpult ein und hob die Hand, um den Applaus zu beenden. Als es still geworden war, lächelte er in die Kamera und studierte die Gesichter der Anwesenden.

»Wenn ich in eure Gesichter sehe, sehe ich die Macht Gottes am Werk«, begann er. »Gelobt sei der Herr!«

»Gelobt sei der Herr!« antwortete die Gemeinde.

Er lächelte wieder, beugte sich vor, und sprach jemanden in der ersten Reihe direkt an. »Nur ganz wenige von uns, die wir heute morgen hier versammelt sind, kennen einander wirklich«, begann er. »Ich sehe Ehemänner und Ehefrauen, Brüder und Schwestern, und gute Freunde. Aber wie viele von all den Leuten hier in diesem Tempel, die alle zur Ehre Gottes gekommen sind, kennen Sie wirklich?« Er wanderte mit seinem Blick über die ganze Gemeinde, als suche er selbst die Antwort auf diese Frage. »Ich nehme an, daß niemand, der heute hier ist, wirklich mehr als zwei oder drei andere von all denen, die hier im Haus Gottes weilen, kennt.« Und dann, ganz verhalten: »Mir geht es jedenfalls so.« Er lehnte sich zurück. »Neulich hat mir jemand einen Witz über jemanden aus Polen erzählt. Und am Tag davor einen über jemanden aus Mexiko. Und noch wieder ein anderer einen über einen Juden, und noch jemand einen über einen Handelsvertreter, und noch jemand einen über einen Schwarzen. Ihr habt alle diese Witze auch schon gehört. Man muß über sie lachen, nicht wahr? Haltet ihr sie für komisch? Ich muß bekennen, ich halte sie manchmal dafür – so lange, bis ich dann einen Moment inne halte, um darüber nachzudenken, warum. Wißt ihr, warum wir darüber lachen? Wir lachen darüber, weil uns Witze dieser Art die Gelegenheit geben, einen unserer verbreitetsten Charakterzüge miteinander zu teilen. Das ist ein Charakterzug, den viele von uns im Überfluß haben, aber wir alle zusammen haben ihn zumindest in geringem Maße. Er heißt Ignoranz. Wir erfreuen uns daran, unsere eigene Ignoranz mit anderen zu teilen.

Wenn wir über solche Witze lachen, dann lachen wir nicht eigentlich über den Polen, den Juden oder den Handelsreisenden. Die kennen wir ja nicht. Wir kennen die in dem Witz vorkommende Person überhaupt nicht. Und um uns von dieser eigentlichen Pflicht zu entbinden, lassen wir uns diese Art Witze erzählen und glauben, daß diese oder jene Rasse oder diese und jene Leute fauler, dümmer oder minderwertiger seien als andere. Dies, meine Freunde, ist es, was als lustig angesehen wird. Und eben dies, meine Freunde, ist Ignoranz.«

Wade lehnte sich wieder zurück, wandte sich dann um und hob seine Handflächen zu dem Kreuz hinter sich. Die Kameras folgten seiner Bewegung, verharrten eine Weile dort und kehrten dann zu ihm zurück.

»Jesus kannte diese Leute. Er predigte ihnen, sie zu lieben, wie sie sich selbst liebten. Jesus hätte über keinen gelacht. Jesus sah die Seelen. Und in dem Wissen, daß wir nicht so sein können wie Er, bot Er uns seinen einfachen Rat an: ›Richtet nicht, auf daß ihr nicht gerichtet werdet!‹«

Shephard beobachtete seinen Vater, wie er sich vorbeugte und die Gesichter vor sich studierte. Sein Lächeln war geschwunden, jetzt zeigte sein Gesicht den Ausdruck der Herausforderung.

Shephard holte sich ein Bier aus dem Kühlschrank und schaltete auf die Elf-Uhr-Nachrichten um, wo er sich selbst im harten Scheinwerferlicht des Konferenzraums stehen sah, wie er sich durch sein Eröffnungs-Statement leierte. Sein Gesicht war ungesund weiß, und der Schweiß glänzte auf seiner Stirn. In seiner Stimme war kein Leben. Sie hätte auch die künstliche eines Computers sein können.

Die Stimme des Stationssprechers legte sich über seine eigene: »Es ist nebenbei ganz interessant, daß der Fall von demselben Detective Tom Shephard bearbeitet wird, der vor kurzem aus den Diensten der Polizei in Los Angeles ausgeschieden ist, nachdem er letztes Jahr bei einem Schußwaffengebrauch einen jungen Farbigen getötet hatte. Dies war damals der zwölfte Fall im laufenden Jahr, in dem Beamte der Polizei von Los Angeles...«

Während er sprach, wurde das Bild von seiner Pressekonferenz ausgeblendet, und es erschienen körnige Archivaufnahmen jenes späten Nachtberichts von dem Mumford-Vorfall. Shephard sah, wie zwei Beamte den Toten zu einem wartenden Ambulanzwagen trugen. Im Hintergrund sah man das Haus, in dem

Mumford gewohnt hatte, und irgendwie hatten die Fernsehleute auch dessen Vater und Mutter aufgetrieben. Sie standen am Gehsteig, wo ihr Sohn gelegen hatte, und starrten in die Kamera, während ein Reporter ihnen sein Mikrophon hinhielt. Die Frau weinte hemmungslos, der Mann versuchte mit großen traurigen Augen zu erklären, daß Morris doch noch ein Kind gewesen sei.

»Detective Shephard, zweiunddreißig, hatte dies zu sagen, als er danach gefragt wurde, wie er mit dem Streß eines tödlichen Schußwaffengebrauchs im Dienst fertig werde«, fuhr der Sprecher fort, während das Bild wieder in den Konferenzraum in Laguna zurückkehrte, wo Shephard dümmlich in die Kamera starrte und gegenfragte: »Ängste und Zweifel? Aber natürlich. Ich habe dieselben –«

Er wechselte wieder auf den Kanal mit seines Vaters Predigt und öffnete sein Bier. Wade sprach über das innere Leben und warum jemand, dessen Außenseite schön ist, im Inneren sehr wohl »ein krankes Herz« tragen könne, während jemand mit einem hinfälligen Körper ein »Herz voll Wahrheit und Schönheit« zu besitzen imstande sei.

Shephard trank das Bier in großen Zügen und wandte Wades Theorie auf Wade an. Kannte er seinen Vater? Vielleicht. Verstand er ihn? Vielleicht nicht. Er dachte an den Mann zurück, mit dem er aufgewachsen war: der Polizist, der ein starker Trinker war und, wenn er abends nach Hause kam, dort voll Trauer hin- und herlief, als sei dies eine Stadt, die von der Pest heimgesucht ist. Irgendwie, so jung er auch war, hatte Shephard doch immer gedacht, er verstehe es. Sein Vater suchte ganz einfach nach jemandem, der nicht mehr da war. Genau wie er selbst. Auch er hatte sich manchmal vorzustellen versucht, was seine Mutter etwa für Haar gehabt habe. Oder den Klang ihrer Stimme.

Und er hatte den Mann verstanden, der gelegentlich zu langen Wochenenden zum Fischen in den Bergen verschwunden war, aber nie mit Fischen heimkam. Shephard verstand, daß es die Berge waren, die ihn dorthin zogen, nicht die Fische. Er hatte diesen Mann gekannt, der alles, was er in Angriff nahm, mit schrecklicher Intensität machte. Den Wade, der Linien an die

Garagenwand gemalt hatte, damit sein Sohn an ihnen das Baseballwerfen üben sollte, und dann mit einem Baseballschläger die ganze Garagentür zornig mit Löchern zerhaute, als die Linien krumm waren. Er hatte den Mann gekannt, der zielstrebig einmal pro Monat zu den Piers ging und, ohne auch nur einen Blick nach unten zu werfen, in die Dunkelheit hinuntertauchte. Irgendwie hatte er selbst dies verstanden: Wade versuchte schlicht, sich selbst zu verlieren. Shephard hatte sogar dieses seltsame Mitternachtsritual selbst nachgeahmt. Er dachte an diese Abende, an denen sein Vater weggegangen war – »zu einem Spaziergang« –, und er dann sein kleines Motorrad holte, um hinaus zur Laguna Canyon Road zu fahren, wobei er den entgegenkommenden Verkehr zwang, ihm im letzten Moment auszuweichen oder panisch quietschend auf die Bremsen zu treten.

Es ergab alles einen Sinn. Sich selbst verlieren. Geschah es letzten Endes dazu, um sich selbst zu finden?

Und er verstand auch den Wade Shephard, der ihn an jenem Abend, ehe er in die Polizeischule von Los Angeles eintrat, zum Essen ausgeführt hatte. Wade hatte zuviel getrunken und Tom aufgefordert, mitzumachen. Um zehn waren sie schon jenseits von Gut und Böse, und um Mitternacht, in einer Ecke eines lärmenden Saloons in Laguna Beach, hatte sein Vater diesen glasigen Blick eines Trinkers gehabt, der es einfach nicht schafft, sich selbst unter den Tisch zu saufen. Und dann genau um ein Uhr morgens – Shephard hatte aus irgendeinem Grund, kurz ehe es geschah, auf die Uhr gesehen – war Wades Gesicht puterrot geworden, seine Augen hatten sich geweitet, als hätte jemand eben Feuer unter seinen Füßen gelegt, und er war vornübergekippt, Tisch und Drinks und alles mitreißend.

Er hatte verstanden: darauf hatten sie den ganzen Abend zugesteuert.

Aber das Gesicht hier auf dem Bildschirm gehörte einem ganz anderen Lebewesen, dachte Shephard. Es war voller, und sein Lächeln war zu einem glücklichen, großzügigen Strahlen geworden. Seine Augen waren größer, und sie waren klar. Der Ausdruck auf des *Reverends* Wade Shephard Gesicht sagte: »Hier stehe ich, nehmt mich, ich kann euch eine Hilfe sein.«

Sogar seine Stimme hatte sich verändert.

Shephard suchte in diesem Gesicht nach Antworten. Hatten die dunklen Augen des Polizisten Wade wirklich nur gesucht, was der *Reverend* Wade gefunden hatte? War jener allmonatliche Sprung vom Pier nur die Vorbereitung auf den Sprung in den Glauben gewesen? War der Zorn der Weg zur Geduld gewesen?

Shephard rief sich das erste und einzige Mal ins Gedächtnis, da sein Vater ihm etwas vom Tod Colleens erzählt hatte. Es war Abend gewesen. Er war in seinem Zimmer und dachte an den nächsten Tag, seinen ersten Schultag. Er zählte Staubflecken in einem Strahl von Sonnenlicht, der durch das Fenster hereinfiel. Wade kam herein und setzte sich still auf sein Bett. Sein Gesicht war ernst und düster. Er hatte einen Zeitungsausschnitt in der Hand, den er eine ganze Weile anstarrte, ehe er zu sprechen begann. Dann erzählte er Tom, daß, wie er ja wußte, seine Mutter tot war, und daß sie von einem Mann mit einer Schußwaffe getötet worden war. Der Name dieses Mannes war Azul Mercante, und er war in ihr Haus eingedrungen, während Colleen allein war. Er hatte versucht, ihr etwas Böses anzutun – was Männer Frauen antun können. Aber sein Vater war nach Hause gekommen und hatte mit Azul gekämpft. Doch Azul konnte die Waffe gegen Colleen richten, ehe er ihn daran hindern konnte. Azul war ins Gefängnis gewandert, und er würde dort noch viele Jahre verbringen müssen. Wade hatte den Zeitungsausschnitt mit zitternden Fingern auseinandergefaltet und ihn seinem Sohn gezeigt. Shephard, noch zu jung zum Lesen, hatte sich nur die Bilder angesehen, eines von seiner Mutter und eines von seinem Vater. Wade erklärte ihm, daß Colleen im Himmel sicher und warm aufgehoben sei. Alle guten Menschen kämen dorthin. Wenn die anderen Kinder im Kindergarten über ihre Mütter sprachen, dann müßte Tom verstehen, daß er das nicht tun konnte und warum nicht. Dies war nichts, dessen er sich schämen müßte. Alles, was er wissen müsse, sei, daß Colleen ihn mehr als alles andere auf der Welt geliebt hatte, und dies auch immer tun würde. Shephard hatte genickt und verstanden; es war ja auch alles ganz einfach, nicht wahr? Sein Vater nahm ihn in die Arme und verbarg sein Gesicht, als er hinausging und die Tür hinter sich schloß.

Durch Zufall war er ein Jahr später wieder an den Zeitungsausschnitt und die Fotos geraten, hatte aber die Schublade, in der sie lagen, rasch wieder geschlossen, als er sah, was darin war. Seines Vaters Erklärungen waren ja genug gewesen. Sie war sicher und warm im Himmel, wo alle guten Menschen sind. Außerdem hatte er von Zeit zu Zeit an sie gedacht gehabt und sich mittlerweile ein Bild von ihr gemacht, und eine Stimme, und ein Gefühl. Manchmal wußte er, daß sie ganz in der Nähe war, vielleicht durch ein Fenster zu ihm hereinsah. Oder sie war unter dem Bett, um aufzupassen, daß auch alles bei ihm in Ordnung war. Aber so gefühlvoll und fürsorglich Wade auch war, wenn Shephard aus Schmerz oder Demütigung weinte, wie nur Kinder so verzweifelt fühlen können, dann war es immer Colleens Brust, an der er sich auszuweinen vorstellte. Sie war da, das wußte er. Sie war eben nur keine Mutter, die man auch sehen konnte.

Und jetzt, fünfundzwanzig Jahre später, wie er so im Wohnzimmer seiner nackten, leeren Wohnung saß, konnte er ihre Anwesenheit noch immer spüren. Das war eine Empfindung von der gleichen Art, wie man amputierte Glieder noch spürt, als Rest des Geistes, von denen sie ihr Leben hatten.

Er war fast eingenickt, als das Telefon klingelte. Es war Jane Algernon.

»Ich wollte eigentlich nicht so kurz angebunden sein«, sagte sie ruhig. »Ich habe es nicht so gemeint. Du hast mich mich selbst erkennen lassen. Durch dich fühle ich mich wieder als jemand. Danke, Tom Shephard. Und du sollst wissen, daß ich tun werde, was ich kann, um dir zu helfen. Ich bin es jedem, der der nächste sein könnte, schuldig. Vielleicht bin ich es sogar dir selbst schuldig.«

»Versuch es nicht zu heftig. Man kommt den Dingen manchmal leicht zu nahe.«

»Ich habe die meiste Zeit meines Lebens damit verbracht, möglichst weit weg zu bleiben.«

17

Er war an der nur schwach beleuchteten Nische bei *Kano's* fast schon vorüber, als ein Feuerzeug klickte, und der Schein der aufzuckenden Flamme Dorothy Edmonds Gesicht grell aus dem Schatten hervorholte. Shephard setzte sich und fand sich in einer Wolke von Rauch und Veilchenparfüm. Sie hatte ein kräftiges Make-up aufgelegt. Die tiefen Linien, die in der Sonne so deutlich zu sehen gewesen waren, hatte sie buchstäblich zugepudert. Ihre vollen Lippen waren mit einem unnatürlichen violetten Lippenstift geschminkt. Und das grauschwarze Haar, dessen Strähnen am Dock im Surfside Club fast bis auf ihre Schultern gefallen waren, wurde auf einer Seite mit einer Diamantspange festgehalten. Shephard rutschte in die luxuriöse Nische.

Eine Bedienung erschien. Dorothy tippte mit bleicher, juwelenbeladener Hand an ihr leeres Glas, und Shephard bestellte ein Bier. Als sie sich zur Seite wandte, um der sich entfernenden Bedienung nachzusehen, bewunderte Shephard das schöne Profil ihres zerfurchten Gesichtes. Schön, dachte er, und verderbt. Ihr schwarzes Kleid war tief ausgeschnitten, um einen welken, sonnengedörrten Busenansatz preiszugeben. Sie führte ihre Hand zum Mund und brachte ein rasselndes, phlegmatisches Husten hervor.

»Dieser Husten ist mein bester Freund, Detective. Wir gehen überall zusammen hin.« Sie sah ihn an, und Shephard fühlte sich taxiert wie ein Sklave von einem interessierten Käufer.

»Joe hat uns aber gar nicht gern zusammen reden gesehen«, sagte er schließlich.

»Joe hat überhaupt nichts gern, was er nicht kontrollieren kann«, antwortete sie.

»Sie haben ja vermutlich gesehen, daß er sogar Tennis ohne Partner spielt. Das bringt weniger Überraschungen, und außerdem nur einen Sieger.«

Dorothy Edmond setzte ihr Glas ab und schoß ihm einen unfreundlichen Blick zu. »Junger Mann, lassen Sie mich zwei Dinge klarstellen, ehe wir hier fortfahren. Erstens, ich erzähle Ihnen nichts, was nicht wahr ist. Zweitens, ich sage Ihnen nichts, was ich Ihnen nicht sagen will. Wir können uns darauf verständigen, daß wir einander helfen, so gut wir können. Sie können mir aber auch mit Ihrer Bürokratie drohen. Das wird aber nicht funktionieren. Mich kümmert die Hölle nicht. Ich war schon drin.«

Sie zog eine lange Zigarette aus einer silbernen Dose auf dem Tisch, und Shephard zündete sie ihr an. »Ich werde Ihnen jetzt eine kleine Geschichte erzählen, Detective. Wenn sie zu Ende ist, bin ich vielleicht bereit, die eine oder andere Frage dazu zu beantworten. So wie Sie gestern abend am Fernsehen. Bis dahin aber hören Sie einfach nur zu. Also. Es beginnt mit einem jungen Mann namens Joe, der ein gutaussehender Teufel und ein guter Tennisspieler war. Er diente seinem Land im Krieg und ließ sich dann an der Küste nieder wie eine Million andere auch, die den Kopf voller Hoffnungen hatten. Seine Familie hatte er in Georgia, und sie lebte auf einem ziemlich großen Besitz, der freilich nicht ihr eigener war. Sein Vater war der Hausmeister, seine Mutter das Hausmädchen. Der junge Joe lernte Tennis auf den Plätzen dieses Besitzes, fing was mit einer abgrundhäßlichen Tochter des Hauses an und machte ihr einen Heiratsantrag, wurde aber im hohen Bogen an die Luft gesetzt. Armer Kerl.« Sie trank einen gewaltigen Schluck von ihrem Gin.

»Und der junge Joe war auch noch ein Träumer. Er träumte von seinem eigenen Besitz und davon, daß der Name Datilla einmal in den Gesellschaftsspalten der Zeitungen erscheinen würde; von Geld, von Klasse, von Einfluß. Nun, das ist ein ziemlich verbreiteter Traum. Aber unser Joe wußte, daß Träume schlafen bedeutet. Und verschlafen war er ganz und gar nicht. Mit ein paar reichen Freunden fiel er in Newport Beach-Pasadena ein, wo die Reichen übersommern, in Orange County. Meistens Frauen. In Newport Beach gehört man zur Gesellschaft, wenn man so aussieht, als gehörte man zur Gesellschaft, und sich so benimmt. Das tat Joe, und ein paar Freunde ließen ihre Beziehungen spielen, damit er einen ordentlichen Kredit bekam, um einen Club aufzumachen. Einen Tennisclub, vornehm, teuer und exklusiv.

Sein mageres Kapital erforderte einen Partner. Den wollen wir Burt nennen. Und zusammen also kauften sie eine Ecke der kalifornischen Küste zu einem so lächerlichen Preis, daß Sie lachen würden, wenn ich Ihnen den Betrag nennen würde. Nach ein paar Monaten waren die ersten Plätze angelegt, und ein kleines Clubhaus und eine Lounge standen auch.

Alles funktionierte. Burton war ein ausgebildeter Buchhalter und wußte, wie man aus Geld Geld macht. Joe war ein Spieler und wußte, wie man reiche Leute sich reich fühlen läßt. Seine Jahre als Sohn eines Hausdieners zahlten sich königlich aus. Nach dem Krieg gab es einen Riesenansturm hier auf Orange County, und sie hatten sich eingekauft, kurz ehe es damit losging. Ein Ansturm und ein Baby-Boom, Detective. Und das brachte an unsere Ufer hier eine Million niedlicher Kinderlein, so wie Sie zum Beispiel. Und von jedem neuen Mitglied, das sich eintragen ließ und seinen stolzen Beitrag bezahlte, legten Joe und Burt ein bißchen was zur Seite und steckten es wieder in den Surfside Club. Und der wuchs und wuchs; wie alle die Babys. Und alles war stark und gesund und glücklich. Sie machten eine ordentliche Firma draus und hielten jeder dreißig Prozent, damit sie die Mehrheitskontrolle behielten.«

Dorothy trank wieder einen kräftigen Schluck von ihrem Gin und zündete sich eine weitere Zigarette an. Shephard hatte sein Bier kaum angerührt.

»Aber es war gar keine Schlange nötig, um auf den Apfel zu zeigen«, fuhr sie fort. »1950 hatte sich der Grundbesitzwert schon verdoppelt – Mitglieder und Geld schien es buchstäblich zu regnen. Apartments, Suiten, zwei Restaurants, ein Dock mit dem bescheidenen Namen A-Dock; so hatte es Burton getauft. Die Segelboote hatten sie zuerst überhaupt nicht im Auge gehabt oder auf sie gezählt. Aber Joe erkannte, daß sie geradezu naturnotwendig zum Surfside Club gehörten. Und das war der Punkt, wo Joe und Burt anfingen, nicht mehr einer Meinung zu sein. Sie hatten plötzlich ein Vermögen, an das keiner von beiden auch nur im Traum zu denken gewagt hätte, als sie anfingen. Warum zwei Leute alle Probleme der harten Zeiten glatt durchstehen und sich dann in die Wolle kriegen, wenn alles wie am Schnürchen läuft, ist etwas, das ich meiner Lebtage lang nicht verstehen werde. Aber schließlich passiert genau das mit jeder zweiten Ehe auch.

Joe also sah den Club als eine zwar große, aber exklusive Angelegenheit, ganz so wie den Ort, wo er aufgewachsen war. Er war schlicht und einfach eben ein *Moneymaker*. Aber Burt hatte auf einmal Ideen von einer eigenen Gemeinde. Er redete von einer florierenden kleinen Stadt an der Küste, in die sich die Leute zu vernünftigen Preisen einkaufen können sollten. Er sah vor sich ein geplantes Gemeinwesen mit eigenen Einkaufszentren, Privatstränden und einem fortschrittlichen Schulsystem. Er dachte, mit einem Wort, demokratisch. In dieser Art gab er Zeitungsinterviews und zog so einen Teil der Aufmerksamkeit, die bisher immer nur Joe gegolten hatte, auf sich. Alles, was Joe tun konnte, war, zu lächeln und mitzuspielen. Wie jeder gute Geschäftsmann kannte er den Wert gediegener Public Relations.

Sie schlafen mir doch nicht ein, oder, Detective? Die Geschichte fängt grade erst an, gut zu werden!« Sie trank wieder etwas von ihrem Gin.

»Burt war ein verheirateter Mann, aber er war auch verliebt, und zwar nicht in seine Frau. Nennen wir diese andere Frau mal Helene. Sie waren nicht so ganz diskret, Burton und seine Geliebte. Seine Frau, Hope, blieb in einem Zustand verachtenden Schocks zurück, verursachte aber keine Unruhe. Helene war eine wundervolle Geliebte, nehme ich an, und außerdem auch eine clevere Frau. Ich kann Ihnen nicht erklären, wie sie es fertigbrachte, daß ihr Burton dreißig Prozent seines ganzen Vermögens testamentarisch überschrieb, denn ich habe es selbst nie ganz verstanden. Nach meiner Ansicht war sie eine schlimme Person, aber sie bekam fast immer, was sie wollte.«

Dorothy hatte dieses Urteil über Helene kaum ausgesprochen, als sie wieder von einem Anfall ihres chronischen Hustens überfallen wurde. Für einen Moment fürchtete Shephard, sie würde gar nicht mehr zu Atem kommen. Aber kaum war es vorbei, holte sie eine neue Zigarette heraus und zündete sie am angebotenen Feuer Shephards an.

»Sie sehen gut aus«, sagte sie, so interesselos, als rede sie übers Wetter oder über ein Kleid. »In der Glotze gestern abend haben Sie wie ein wirklich sehr nervöser junger Mann ausgesehen. Ich habe zwischen den Programmen hin- und hergeschaltet, um Sie mit Wade zu vergleichen. Ich will mal so sagen: sollten Sie an einer Karriere beim Fernsehen interessiert sein, lassen Sie's lieber bleiben.« Sie sah ihn reichlich lasziv an, und Shephard fand das peinlich. Ihre schlaffen Brüste wurden unter dem dünnen Kleid noch flacher, als sie sich zu einem tiefen Zug aus der Zigarette zurücklehnte.

»Im Augenblick bin ich bloß ein einfacher Bulle.«

»Als Burton dann eines Nachts in der Bai ertrank«, fuhr sie fort, »hatte also der Surfside Club plötzlich eine neue Teilhaberin. Helene und Joe hielten nun die Mehrheit, und darüber waren sie natürlich sehr entzückt.«

Shephard wägte seine Worte ab. »Joe und Helene haben ihn also ertränkt?«

»Es ist immer wieder ein Genuß, mit jemandem zu reden, der alles versteht. Joe und Helene haben ihn ertränkt«, sagte sie, seine eigenen Worte wiederholend. Aus ihrem Mund schienen sie jedoch wieder etwas ganz anderes zu bedeuten. »Sehen Sie, Helene machte sich in Wirklichkeit nie auch nur soviel aus Burt. Es war einfach so, daß sie und Joe die Möglichkeit erkannten und beschlossen, es eben auszuprobieren. Sie sollte so tun, als wäre sie verrückt nach Burt, und Joe würde ihn dann, wenn die Ernte in der Scheuer war, umbringen. Es war wirklich nicht sehr einfallsreich, aber es funktionierte. Joe hatte schon immer eine Nase für das, was funktioniert. Das alles passierte 1951, wenn Sie mir noch folgen können. Und fast wäre es doch schiefgegangen. An diesem Teil der Geschichte werden Sie ganz besonders interessiert sein, lieber Tom Shephard. Und zwar sowohl als Mann wie als Student der Mordologie. Das sind Sie doch wohl, oder? Burton ging jeden Abend schwimmen. Manchmal im Kanal in Newport, und manchmal weiter südlich im Taucherwinkel in Laguna.«

Shephard spürte den *Inside Indicator* rauh an seiner Hand, und Janes warme Lippen, als sie ihn dort geküßt hatte.

»Ja, ich kenne die Stelle«, sagte er.

»Sehr schön zum Schwimmen. Der Plan bestand darin, für den schmutzigen Job einige von Joes nicht so ganz respektablen Freunden aus Los Angeles runterkommen zu lassen. Und es sollte in den Gewässern von Newport passieren, wo Joes Freunde bei der Polizei es nicht sehr eilig hätten, in der Geschichte mehr zu sehen als einen Unfall. Aber Joes liebe Freunde konnten den Newport Channel nicht von Minneapolis unterscheiden, und also folgten sie Burton an diesem Abend einfach bis nach Laguna und hielten ihn dort in der Grotte eine Weile unter Wasser. Als sie schon auf halbem Weg zurück nach Los Angeles waren und Joe ihre Bemühungen telefonisch mitteilten, trieb Burton schon in unfreundlichen Gewässern. Natürlich bedurfte es nur eines einzigen Anrufs von Joe, und ein weiterer seiner lieben Freunde zog los – ist es nicht hochinteressant, wie zahlreich manche Leute solche um sich zu versammeln imstande sind? –, damit der arme Burton aus der Tauchergrotte errettet und nach Norden in die Kanalfelsen gebracht wurde. Diese Felsen eigneten sich ja auch großartig dafür, alle Spuren eines Kampfes zu vertuschen. Burton war ja immerhin ein zäher kleiner Brocken. Es muß schon einen ganz ordentlichen Kampf gegeben haben.«

Sie hustete wieder, aber etwas gedämpfter. Shephard nippte an seinem Bier und entschied sich gegen eine Zigarette.

»Und da ist eine kleine Nebensächlichkeit, die Sie aber vielleicht, meine ich, doch interessieren wird«, fuhr sie fort. »Stand damals sogar in den Zeitungen. Ein paar Tankwarte nämlich haben ausgesagt, Burton sei an dem Abend, als er angeblich in Newport ertrank, bei ihnen zum Tanken vorgefahren. Doch die Polizisten in Newport haben den Fall abgeschlossen, und die in Laguna sahen keinen Anlaß, da weiter nachzustochern. Hätten Sie's getan?«

Zum ersten Mal hatte Shephard den Eindruck, daß sie hier ein Spiel mit ihm trieb.

»Könnte sein, daß Sie's hätten tun müssen«, sagte sie.

»Was ist aus Helene geworden? Ist sie zurück nach New England?«

»Ja. New England. Eine Gegend wie jede andere, oder?«

Hatte sie sich etwa selbst Hoffnungen auf Joe gemacht? War sie etwa selbst damals in Burt verliebt gewesen? War alles, was sie sagte, eine einzige Lüge? Der Alkohol war imstande, sie zu allem zu bringen, dachte er.

In Zeiten der Verwirrung zog sich Shephard immer auf das Offensichtliche zurück: »Tim Algernon und Hope Creeley wurden in meiner Stadt letzte Woche verbrannt. Was hat dies alles mit ihnen zu tun?«

»Gottachgott«, antwortete sie sofort, als habe er ihr eben einen Antrag gemacht, »wie's der junge Mann eilig hat! Ich wette, Sie sind so ein Tiger im Bett, der all den kleinen Mädchen vom Strand sagt, wo er's am liebsten hat.«

Shephard wurde sich nie klar darüber, ob er hätte verhindern können, was sich nun als nächstes ereignete, oder ob er es verursacht hatte, oder ob es einfach nur der letzte Akt des Stücks war, das sie selbst geschrieben hatte – eines, das er nicht verstand. Dorothy Edmond schnippte mit ihren Fingern in der Luft, und der Mann im schwarzen Anzug an der Bar schob auf der Stelle seinen Schemel zur Seite und kam auf sie zu. Mit der anderen Hand brachte sie einen großen weißen Umschlag aus ihrer Tasche zum Vorschein und reichte ihn Shephard. Er war steif und schwer.

»Ein kleines Geschenk aus dem persönlichen Safe Joe Datillas«, sagte sie. »Erinnern Sie sich an den alten Spruch von Plato: Erkenne dich selbst?«

Er nickte.

»Nehmen Sie's.«

Sie erhob sich aus der Nische in einer Wolke von Rauch und Veilchenparfüm und wedelte mit nervöser Hand dem Mann zu, der einen Fünfzigdollarschein auf den Tisch gelegt hatte und jetzt wartend dastand. »Holen Sie den Wagen, David«, sagte sie. »Ich bin imstande, ganz allein hinauszufinden.«

Und damit verschwand sie mit unsicherem Gang in die Lobby.

Im trüben Dämmerlicht der Kerze besah sich Shephard den Inhalt des Umschlags. Er enthielt zwei Gegenstände. Der eine war ein gültiges Autokennzeichen aus Kalifornien – 1 AEA 896 – und der andere ein Scheck über 20000 Dollar, ausgestellt von Joe Datilla für Wade Shephard. Er war als eingelöst abgehakt und trug das Datum 20. September 1951.

18

Ken Robbins saß inmitten des Durcheinanders seines Leichenbeschau-Labors und brummte etwas von seinem Stuhl herunter, als Shephard eintrat. Sein weißer Kittel hing unordentlich an ihm und war voller Flecken. Gebeugt und massiv, sah er aus wie ein Mann mit kaum genug Kraft, sich aufrecht zu halten, aber hinter den dicken Brillengläsern sah Shephard die Erregung in seinen Augen.

»Ich hätte Sie ja nicht hergerufen, am Samstag, aber da ist doch was, was man nicht am Telefon erklären kann.« Er schüttelte dramatisch seinen Kopf. »Diese Reporter neulich abends haben Sie ja tüchtig in die Mangel genommen. Obwohl, Sie haben sich ja gut gehalten. Wenn ich Ihnen trotzdem was raten kann: einfach zu reden aufhören, wenn sie einem so kommen.«

Er führte Shephard quer durch das Labor an einen langen Tisch an einer Fensterwand, die einen Blick hinaus über die dunstige Stadt bot. Im Osten erhob sich das neue Bundesgebäude, und dahinter die hohen und abweisenden Türme des Gefängnisses. Das Santa-Ana-Bürgerzentrum breitete sich hinter dem Gefängnis aus, und im milchigen Dunst, der über allem zu fließen schien, verflossen die Silhouetten der County-Gebäude mit denen der Vorstädte. Aber drüben im Westen sah Shephard die ausgeweideten Überreste am Ende der einstigen Fourth Street – hundert Jahre alte Ladenfronten, Hotels und Restaurants aus Ziegeln, deren Farbe längst ausgebleicht war. Ihre Fassaden waren mit Tafeln von Baufirmen bepflastert, die den Anfang vom Ende signalisierten. Die Zerstörung hatte am Nordende der Straße bereits begonnen. Schutthügel überall, zwischen denen Arbeiter herumliefen. An dieser Stelle hatte einst das Herz dieser Stadt geschlagen. Noch weiter die Straße hinunter waren die nächsten Läden erkennbar, die zum Abriß verurteilt waren. Ihre Fassaden waren bereits so leblos, daß es aussah, als seien sie schon seit langem verlassen. Pfandhäuser, Imbißstuben, Spielhallen, das Palace-Hotel, das Norton, in dem er Little Theodore getroffen hatte, Cafés, Bars. Ende eines Kapitels, dachte er, als er sich Robbins zuwandte.

Drei Mikroskope waren auf dem Tisch aufgebaut, jedes bereits mit Präparaten bestückt. Robbins blickte durchs erste und forderte Shephard anschließend auf, das gleiche zu tun. »Einige kennen Sie schon, andere noch nicht«, sagte er und trat zur Seite.

Shephard sah durch das Okular und auf den satten blauen Fleck unter dem Glas. Robbins Stimme fragte hinter ihm, geduldig, aber nachdrücklich.

»Erkennen Sie's?«

»Kobalt.«

»Richtig, oder fast richtig. Ich fand Kobalt bei dem Test neulich, als Sie hier waren, und es war so klar, daß es mir entging. Hätte nicht passieren dürfen. Was Sie da sehen, ist ein Klumpen Kobaltpartikel, die in Öl schwimmen. Sehen Sie sich das nächste Präparat mal an, Meister.«

Shephard wandte sich nach rechts. Die Farbe, die er durch dieses Okular sah, war ebenso satt wie die erste, aber heller. Er hatte ein so strahlendes Gelb nicht mehr gesehen, seit er als Junge einmal direkt in die Sonne gesehen und dann die Augen geschlossen hatte: und er hatte sie sogar noch durch die Haut der geschlossenen Lider gesehen.

»Was wir hier haben, ist das Element Cadmium. Ich fand es an einem Haar vom Hals des toten Hundes. War eigentlich nur reine Routine, aber dieses Gelb stach mir in die Augen, so wie Ihnen jetzt. Man findet Cadmium nicht sehr oft. Ungefähr so oft wie Kobalt. Oder wie eine schöne Frau, die nicht weiß, daß sie's ist. Also habe ich es ganz langsam durch den Scanner gezogen, und da zeigte sich dieselbe Ölspur wie bei dem Kobalt. Nicht, daß mir das ursprünglich auch nur die Bohne bedeutet hätte.«

Im letzten Mikroskop sah Shephard wieder den gleichen abgeschnittenen Baumstamm – das Kamelhaar –, den er schon vor einer Woche gesehen hatte. Er war vergrößert, um die Buckel des Tokopherolazetats zu zeigen.

»Das ist das dünne«, sagte Robbins, als Shephard an der Fokuseinstellung drehte, um das Haar noch genauer zu studieren. »Letzte Woche haben Sie mir eine Handvoll grauer Haare aus der Faust eines toten Mannes gebracht. Ich taufte es Mörderhaar. Und daran hängt ein Klümpchen Kobalt, das man heutzutage nicht grade pfundweise findet. Und dann ist da noch ein Stück von einem Haar eines Tiers, das überhaupt nicht auf diesem Kontinent lebt. Und ein paar Tage später kriege ich noch einmal Haar von demselben Burschen. Sowohl das Haar des Mannes wie das Kamelhaar sind mit demselben Zeugs behandelt. Und diesmal ist Cadmium im Haar des Hundes, den der Kerl erledigt hat.«

Robbins zog seinen Laborkittel aus und ging zur Tür. Shephard folgte ihm in eine kleine Nische, wo Kaffee- und Knabberzeugautomaten standen. Robbins blieb stumm, während sein Kaffee durchlief. Dann schlürfte er und musterte Shephard über die Tasse hinweg.

»Ich gehe also nach diesem Cadmiumtag heim und bin halb durch einen Martini – einen großen –, und meine Frau fragt mich, was ich gemacht habe. Was ich mache, ist nicht so leicht zu erklären. Aber ich fühlte mich gut, also habe ich ihr von dem Kobalt und dem Cadmium erzählt und von dem in der Mitte durchgeschnittenen Kamelhaar. Und alles von vorn bis hinten. Und sie lächelt und sagt, ›Robbins, manchmal bist du ein Schafskopf. Alles, was man haben muß, ist ein bißchen Wissen noch aus der Schule, und dann weiß man auch, daß Kobalt und Cadmium in Ölfarben verwendet werden und Kamelhaare für Malpinsel – die Dinger, mit denen man Farbe auf die Leinwand aufträgt, verstehst du?‹«

Robbins schlürfte wieder an seinem Kaffee und fuhr fort.

»Ich sagte, großartig, Carole, nur sprüht man keinen Haarfestiger auf Pinsel. ›Tut mir leid‹, sagt sie, ›aber eben genau dies machen ernsthafte Maler. Sie waschen ihre Pinsel in Shampoo und festigen sie dann wieder mit dem besten Zeugs, das sie sich leisten können. Das hält die einzelnen Borsten nämlich sauber und geschmeidig.‹ Und als ich mir dann dieses Kamelhaar wieder angeschaut habe, sah ich, daß wir es uns genau am falschen Ende angesehen haben, als wir sagten, von einer Haarbürste stammt es nicht. Das gerade Ende steckt in der Metall-Lasche am Holz, in die die Pinselhaare geklemmt werden. Deshalb ist es in der Mitte eingeritzt – von dem Metall. Und das alles erklärt auch das Öl darunter. Kobaltblau und Cadmiumgelb. Ich habe heute nachmittag noch einmal ein Malerbedarfsgeschäft angerufen. Die verkaufen das Zeug ständig.«

Robbins ging langsam zurück zum Labor, seinen Kopf über den Kaffee gebeugt. Drinnen schloß er die Tür und sah Shephard mit einem Lächeln an. »Ihr Mörder ist ein Maler. Ein Künstler. Und davon gibt es bekanntlich ja nur einen einzigen in Laguna, großer Meister. Scheißspiel.«

Eine Stunde später betrat Shephard den *Laguna Kunstmarkt* mit einem Stapel Phantomzeichnungen in der Hand. Der Verkäufer war ein lieber junger Mann. Er hieß Frank und hielt sich die Phantomzeichnung nahe vor seine Sonnenbrille mit Plastikrahmen.

»O Gott, nein«, sagte er schnell. »Ich bin ganz sicher, daß ich keine Winsor und Newtons verkauft habe.«

»Winsor und Newtons?«

»Farben«, sagte er kurz und selbstverständlich. »Wenn Sie Farben mit echtem Kobalt und Cadmium wollen, dann ist das einzige, was ich verkaufe, Winsor und Newtons. Das Beste. Fünf-fünfundneunzig die große Tube und drei-fünfundneunzig die kleine.« Shephard fragte sich, ob dieser Frank die Kommas aus seinem Vokabular gestrichen habe. »Gang eins«, sagte Frank hastig, warf seinen Kopf zurück und ging, um einem anderen jungen Mann zu helfen, der sich mit einem großen Bilderrahmen abmühte.

Shephard fand die Farben in einer verschlossenen Vitrine in Gang eins. Frank hatte die Preise tatsächlich genau im Kopf gehabt. Er stützte sich auf das Glas und fand sowohl Kobaltblau wie Cadmiumgelb unter den gleich aussehenden Tuben. Auf der anderen Seite des Ganges waren die Pinsel. Die Kamelhaarpinsel gab es zu bescheidenen Preisen in einer großen Auswahl an Formen, Größen und Längen.

Während er sich mit seiner Phantomzeichnung in der Hand, die er allen Angestellten zeigte, durch das gesamte Geschäft arbeitete, kam er zu der Ansicht, daß der *Kunstmarkt* hier der überhaupt größte Arbeitgeber in der ganzen Stadt sein mußte. Ein blondes Mädchen mit einem Pferdegebiß sagte, der Mann komme ihr wohl bekannt vor, aber sie hätte sich bestimmt an ihn erinnert, weil man die Vitrine aufschließen muß, wenn man an die Winsor und Newtons herankommen will, was sie aber, soweit sie sich erinnere, nicht getan habe. Eine üppige und ernsthafte Frau mit einem Kopf voller Locken erklärte ihm, sie habe letzte Woche eine solche Menge Winsor und Newtons verkauft, daß sie sich gar nicht an alle Käufer erinnern könne.

»Können Sie sich an irgend jemanden erinnern?« fragte Shephard nachdrücklich.

»Lieber Herr«, sagte sie, »schauen Sie, ich bin Künstlerin, keine Verkäuferin von Beruf. Ein Gesicht ist wie das andere.«

Ein rothaariger Junge mit hellgrünen Augen betrachtete die Phantomzeichnung intensiv und preßte dabei grimmig die Lippen zusammen, als überlege er sich, ob er nun darauf wetten solle oder nicht. Am Ende entschloß er sich für Nein und meinte, Shephard solle es doch mal in *Ella's Corner* versuchen, weil nämlich die besten Künstler in der Stadt sowieso nicht hier im *Kunstmarkt* einkauften.

Eine Stunde später mischte er sich auf der Küstenstraße in den langsam fließenden Touristenverkehr.

Ella's Corner war genau das gewesen: ein kleiner Winkel voller Malerbedarf. Die Besitzerin betrieb ihren Laden ganz allein.

Sie war eine stämmige Person und hieß tatsächlich Ella. Sie nahm sich viel Zeit zur Betrachtung der Phantomzeichnung und sah sie sich mit und ohne Brille an. Hinter ihr unter der Ladentheke kam ein Pudel mit einem gestrickten Überzug hervor, roch an Shephards Schuh und schlich desinteressiert wieder davon.

»Ich habe ihm die Farben nicht eigentlich verkauft«, sagte sie schließlich. »Es war so, er sagte, daß er kein Geld hätte, und da nahm ich halt eine seiner Arbeiten in Kommission. Das mach' ich sehr oft. Wahrscheinlich ist das der Grund dafür, daß ich immer noch Ella's Corner heiße und nicht Ella's Laden, Haus oder Schloß.« Sie lächelte sympathisch und beugte sich über die Ladentheke, um ihrem Pudel nachzusehen, wie er auf die Staffeleien zutrabte. Er wandte ihr seine treu ergebenen Augen zu, als sie ihn beim Namen rief. »Es hängt da drüben, das Bild«, sagte sie und zeigte hinter sich. Dann rief sie wieder ihren Hund.

Shephard bahnte sich mühsam einen Weg durch den vollgestellten Laden zu der hinteren Wand, an der Rahmen an Holzhaken hingen. Auf der obersten Reihe stand ein großes Gemälde. Es nahm sofort seine Aufmerksamkeit gefangen und ließ ihn ein Kribbeln den Rücken hinunter spüren.

Es war ganz in Rot und Schwarz gehalten, die Farbe dick aufgetragen, die ganze Leinwand sehr dicht bemalt, so erdverhaftet, wie er nie ein Bild gesehen hatte. Oben links blickte eine schwarze Figur aus so etwas wie einer rechteckigen Bank, und unter ihr sah ein Mann mit dem Rücken zum Betrachter zu ihr empor. Aus dem Zentrum der Szenerie herausragend und nach rechts hinaus verschwindend, war da eine Art schmaler Stall voller Tierfiguren, die Pferdeköpfe und Menschenleiber hatten. Shephard starrte die Zentralfigur lange an. Sie schien zuerst ein behelmter Mann zu sein, dann eine Art Dämon, dann möglicherweise eine Frau mit sehr dunklem Haar, und schließlich sogar ein großer Reptilienvogel. In hartem Schwarz gab es quer durch die fast silhouettenartige Figur eine Ausbuchtung. Ein Arm? Flügel? Umhang? Und tief in dem Dunkel der Augenhöhlen glühten trüb zwei rote Lampen.

»Unsigniert«, sagte er, als Ella neben ihm erschien.

»Sehr kraftvoll«, entgegnete sie und warf ihren Kopf zurück, wie Schauspieler es tun, die zur Galerie hinaufspielen. »Aber eine doch ziemlich dustere Geschichte. Es gefiel mir irgendwie nach den vielen Seestücken, die wir hier in der Stadt dauernd zu sehen kriegen. Das Bild hat etwas, da steckt Energie drin. Also, sagte ich mir, laß ich eben die fünfzig Dollar sausen, die die Farben, die Leinwand und die Pinsel wert waren; damit er noch eins malen kann. Ein faires Geschäft. Selbst wenn ich das Ding nicht verkaufen kann. Hier in Laguna setzt man keine Alpträume ab. Was nicht heißt, daß uns nicht immer wieder echte Alpträume in Bewegung halten, was, Detective?«

Shephard zuckte mit den Schultern und betrachtete wieder das Bild.

»Das war nicht böse gemeint«, sagte sie freundlich. »Ich hab' Sie nur in den Fernsehnachrichten gesehen und erkannt.«

Shephard ließ sich zu einer Tasse Kräutertee einladen und blieb mit Ella noch eine halbe Stunde sitzen. Er fragte sie alles, was ihm nur einfiel, über den Mann, der das Bild gemalt hatte. Aber trotzdem war das Ergebnis am Ende dünn. Er war eines frühen Nachmittags letzte Woche gekommen, war direkt zu den besten Farben und Materialien gegangen, packte alles, was er haben wollte, auf die Ladentheke und erklärte, er sei ein großer Künstler, wenn auch ohne Geld, er habe lediglich ein Gemälde, das er in Kommission geben wolle. Dann war er nach hinten hinaus und die Treppe hinuntergegangen – sie hatte ihn vom Fenster aus beobachtet – und war mit dem Bild zurückgekommen. Es war gerahmt. Er hatte es aus dem Kofferraum eines älteren roten Cadillac-Kabrios geholt, das er in der Bucht vorne geparkt hatte.

»Wie viele Blocks sind wir hier eigentlich von der Cäcilien-Kirche entfernt?« fragte Shephard.

»Nur drei«, antwortete sie und sprach dann wieder von dem seltsamen Bild, von der humorlosen Grimmigkeit des Mannes und von seiner beträchtlichen Ähnlichkeit mit der Phantomzeichnung, die sie dabei noch einmal nahm und betrachtete. Nach einer langen Pause holte sie sich den Pudel auf den Schoß und streichelte seinen Kopf. »Hat er denn die alten Leutchen hier aus der Stadt ermordet?« Ihre Augen waren voller Traurigkeit.

Shephard nickte und streichelte das Fell des Hundes. »Wieviel möchten Sie für das Bild haben?«

Das Bild paßte in den Kofferraum von Shephards Kabrio, das er in der Bucht gegenüber von Ella's Corner geparkt hatte.

Da es die Zeit des dichtesten Abendverkehrs war, ging Shephard lieber zu Fuß in die City. Er ging Richtung Norden, die Gehsteige waren überfüllt, bis in die Gegend der Cäcilien-Kirche.

Er schritt zügig aus. Zwei Blocks vor der Cäcilien-Kirche blieb er stehen und überlegte, was er vorhatte. Die Westseite des Highway war eine geschlossene Front von Läden, Galerien und Wohnhäusern. Im Osten säumten ihn zwei Hotels, eine Pension und weitere Galerien. In ihren Schaufensterscheiben spiegelte sich die Sonne und reflektierte das Licht. Er hatte wieder ein paar Phantomzeichnungen bei sich. Shephard drängte sich weiter durch die Menge und ging in die erste Galerie. Sie roch nach Räucherstäbchen und nannte sich *Raumvisionen*.

Das erste, was er sah, war eine große Leinwand, die von der gegenüberliegenden Wand herunterhing und den ganzen winzigen Raum mit ihren stahlblauen Farbtönen dominierte. Im Zentrum des Bildes war eine lebensgroße Darstellung von Jimi Hendrix, rechtshändig Gitarre spielend. Die Galeriemanagerin saß an einem Schreibtisch, eingehüllt in eine Wolke von Räucherstäbchenrauch aus einem Kupferkessel vor ihr. Sie musterte Shephard mißtrauisch durch den blauen Rauch und entschloß sich schließlich doch, aufzustehen und sich ihm zu nähern.

Er gab einige Komplimente über das Aroma von sich. Selbstgemacht, sagte sie. Und es heiße Hodgepodge. Sie zeigte flüchtiges Interesse an der Phantomzeichnung, befand aber, sie habe so einen Mann nicht gesehen. Sie versprach immerhin, anzurufen, falls er auftauche. Er hinterließ eine Karte und trat wieder hinaus auf die Straße, um erst einmal tief durchzuatmen und seinen Hodgepodge-benebelten Kopf vom scharfen Aroma des Ozeans durchpusten zu lassen.

Der nächste Laden in Richtung Norden hieß *Haitisches Erlebnis*. Die Fenster dieser Galerie standen voller kleiner, primitiver Arbeiten auf Leinwand und Holz. Die Besitzerin stellte sich als Beverly Doan vor und sprach mit einem zwitschernden britischen Akzent von »primitiv heidnischen Aspekten«, von »sinnlicher Unschuld« und von »magischen Visionen« der haitianischen Maler. Sie erläuterte, daß sich S. W. Bottex am besten verkaufe. Ein Haitianer, der wegen seines kindlichen Enthusiasmus und seiner unschuldsvollen Energie bekannt sei.

»Das alles finden Sie in dem da beisammen«, sagte sie und führte Shephard vor eine Wand, die vollständig von so einem Bottex bedeckt war. Dargestellt waren ein alter Mann und ein junges Mädchen vor einer Blockhütte. So schwermütig die Szene war, so sehr vibrierte die ganze Leinwand doch von heißem Rosa, hellem Gelb und sattem Zinnoberrot.

Als sie sein Zögern spürte, führte ihn Beverly Doan von dem Bottex weg und zu einer anderen Wand mit kleineren Bildern auf Holz.

Shephard lenkte Beverly Doans Aufmerksamkeit auf die nüchternen Zeichnungen in seiner Hand und bedauerte, ihren sympathischen Enthusiasmus unterbrechen zu müssen. Eine so wenig fröhliche und unspirituelle Angelegenheit wie die Fahndung nach einem Mörder paßte nicht so recht hierher zu den haitianischen Kunstwerken. Aber sie hatte die Zeichnung schon gesehen, in der *Tides and Times*. Das Gesicht sagte ihr jedoch nichts.

»Überlegen Sie es sich trotzdem noch einmal«, sagte sie zum Schluß. »So ein wenig Haiti kann Helligkeit in jedes Haus bringen.« Sie nahm seine Karte mit höflichem Lächeln und meinte, sie werde ihn in ihren Postverteiler für Mitteilungen aufnehmen.

Er machte weiter von Galerie zu Galerie, den ganzen Tag, bis die Sonne untergegangen war und die Stadt in dem kurzen Halbschatten vor dem Einbruch der Dunkelheit lag. Scheinwerfer wurden eingeschaltet, die Schaufenster leuchteten für die Nacht auf, der Verkehr begann abzuflauen, und der Herzschlag der

Stadt wurde ruhiger. Die Nacht war warm, und noch hatte sich keine Abendbrise erhoben. Er ging an der Cäcilien-Kirche vorbei und warf einen Blick in die polierte Stille im Innern mit dem dunklen Holzkreuz, das hinter dem Altar hing. Ein Pater in weißem Gewand mit dem Rücken zu ihm arrangierte Blumen. Die Kirchenstühle waren leer, aber sauber poliert. Einen Block hinter der Kirche fand er eine weitere Reihe von Galerien. Eine war auf Seestücke spezialisiert, eine andere auf die Arbeiten eines hier in Laguna prominenten Künstlers, und eine auf preisgünstige Poster.

Aber keiner der Inhaber hatte jemals den Mann auf Shephards Phantomzeichnungen gesehen.

Noch weiter nördlich ging er über die Straße auf die andere Seite und schlenderte ziellos dahin. Der Stapel der Zeichnungen in seiner Hand war mittlerweile dünn geworden. Aber nirgends war der Mann, den sie zeigten, gesehen worden. Jetzt taten ihm die Beine weh, und sein Magen begann zu knurren. Dennoch ging er auch noch in einen dunklen und staubigen Laden, der sich *Charles's* nannte und dessen Besitzer ihm aus einer Tasse mit Untertasse aus dem 19. Jahrhundert Kaffee anbot.

Shephard lehnte den Kaffee ab und beobachtete den Mann, während er die Phantomzeichnung betrachtete. Sein Gesicht wurde rot. Er fuhr sich mit der Hand durch die Haare – ein unwillkürlicher Drang, sich zu verbergen, dachte Shephard – und schüttelte dann langsam den Kopf.

»Nein. Nein, tut mir leid«, sagte er schließlich. Er blickte ihn mit einem etwas verlegenen Lächeln an. Shephard sah, daß seine Geschäftskarten, die in einer Porzellanschale auf der Ladentheke standen, auf Charles Mitchell lauteten. »Was hat er denn getan?«

»Zwei Leute dieser Stadt umgebracht, Mr. Mitchell. Sie waren ungefähr in Ihrem Alter. Anständige Leute.«

Charlie Mitchells Hand fuhr wieder in seine schon licht werdenden Haare. »Der Feuerkiller?«

»Er ist noch immer frei. Er ist Maler. Er versucht, seine Bilder in den Galerien zu verkaufen. Möglicherweise war er auch bei Ihnen schon.« Shephard beobachtete Charlie Mitchell, wie er seine Tasse mit zitternden Fingern hob. Er trank hastig, setzte die Tasse ab und seufzte. »Haben Sie ihn gesehen?« fragte Shephard noch einmal.

»Verdammt. Ich fürchte... könnte mir teuer...«

»Teuer was, Mr. Mitchell?«

»Das hängt von Ihnen ab.«

»Dann müssen Sie sich wohl auch auf mich verlassen, Mr. Mitchell.«

Der Mann seufzte wieder und wandte sich dann zu einem Schrank hinter der Ladentheke. Er brachte eine große Holzkiste zur Theke und hob den Deckel. Fünf Derringer lagen darin, und es war noch Platz für eine sechste. »Wenn ein Kunde vertrauenswürdig aussieht, verkaufe ich ihm auch mal eine Waffe ohne die üblichen Formalitäten. Ich denke mir, jemand, der für so etwas eine Menge Geld ausgibt, wird es doch nicht gegen jemand anderen verwenden.«

Shephard deutete auf die Phantomzeichnung, und Charlie Mitchell sah sehr angewidert über sich selbst aus. Sein ganzer Kopf war feuerrot; seine Ohren schienen geradezu zu bluten. »Also wann?«

»Gestern. Freitag. Ein alter 32er Colt. Lieber Gott. Er war ein alter Knabe und sehr höflich. Und er zahlte... ach verdammt... er zahlte bar.«

Um neun Uhr erreichte Shephard das Gay-Viertel der Stadt. Dessen Mittelpunkt war die Kreuzung von Crest Street und Highway. Es war noch ziemlich ruhig, obwohl sich die Straßen schon mit Männern zu füllen begann, die bis in die frühen Morgenstunden die Bars und Hotels und Strände und Läden hier zu bevölkern pflegten.

Bei *Valentine's*, Hotel und Bar, bekanntester Gay-Treffpunkt der Stadt, lief er peinlicherweise einem alten Schulfreund über den Weg, der gerade im Begriff war, zwei Männern ihr Zimmer zu zeigen. Er erblickte Shephard und lächelte ihm erfreut zu. Er gab Schlüssel und Hausordnung einem Pagen weiter, einem Jungen, der kaum älter aussah als fünfzehn, und schüttelte Shephard höflich die Hand. »Wir kennen uns doch aus der High School, oder?« sagte er. »Ich bin Ricky Hyams.«

»Ja, ich erinnere mich an dich. Tom Shephard.« Er bemerkte, das Hyams dauergewellte Haare hatte und dicker geworden war, seit er ihn zum letzten Mal gesehen hatte. Er war hochmodisch gekleidet – Slipper, rosa Golfhemd, Baumwollhose –, und Shephard entdeckte auch eine Andeutung von Lidstrich auf den Augen.

»Willst du ein Zimmer?« fragte er unbefangen.

»Nein, nein, danke«, antwortete Shephard und bemerkte die prüfend-interessierten Blicke zweier Herren, die sich in der Nähe des Zigarettenautomaten in der Halle aufhielten. »Ich suche nur nach – «

»Du bist doch bei der Polizei, nicht? Richtig, du bist doch nach Los Angeles gegangen, mit Louise Childress, gleich von der High School weg. Hast du sie geheiratet?«

»Ja, zwei Jahre später.«

»Und? Wie geht's ihr? Louise war immer sehr lustig.«

»Ganz gut. Nur mit uns ging's nicht ganz so gut.«

»Ah.« Hyams nickte verstehend und warf den beiden am Zigarettenautomaten einen schnellen Blick zu, dann wandte er sich wieder an Shephard. »Es ist eben schwer, miteinander auszukommen. Das wird sich nie ändern.«

Als der Page zurückkam, befahl ihn Hyams an die Rezeption und ging mit Shephard in die Valentine's-Bar. Dort war es duster und noch sehr ruhig. Die Disco-Musik war seltsam gedämpft und kam aus zwei großen Wandlautsprechern. Ein ganzes Netz kleiner Lämpchen überzog Decke und Wände und blinkte im Beat der Musik auf. Jedes dumpfe Dröhnen der Rhythmuspauke pulsierten sie mit.

»Wir haben oben und hinten zwei Dutzend Zimmer«, sagte Hyams nicht ohne Stolz. »Hier geht der Tanzbetrieb nicht vor zehn richtig los. Unsere Küche ist gut, und alles läuft bestens. Warst du schon mal hier?«

Aus Ricky Hyams' Tonfall glaubte Shephard entnehmen zu können, daß er als Konvertit betrachtet wurde. Er nickte abwesend und zeigte Hyams die Phantomzeichnung. Hyams besah sie sich kurz im Strahl einer kleinen Taschenlampe und blickte auf. Es war offensichtlich, daß sich seine Stimmung verändert hatte.

»Nie gesehen«, erklärte er bedauernd. »Tut mir leid. Er sähe besser aus ohne den Bart. Er könnte ja in einem der anderen Lokale gewesen sein. Im *Little Shrimps* vielleicht. Oder im *Boom-Boom-Room*, oder so.« Hyams gab Shephard die Zeichnung zurück und wischte seine Hände an seiner Hose ab. »Falls ich ihn sehe, rufe ich dich natürlich an. Okay? Hier kommen ja eine Menge Leute rein.«

»Nur der nicht?«

»Hab' ich dir doch schon gesagt.« Hyams schien etwas gekränkt. »Und ich ruf dich wirklich an. Versprochen. Gut. Sei mir nicht böse, Tom, aber heute wird viel Betrieb sein, ich muß los. Komm doch mal wieder vorbei, aber früher. Wir können uns an lustige Geschichten von damals in Laguna erinnern.«

Noch um zehn, als Shephard sich der letzten Reihe von Galerien im Süden der Schwulengegend näherte, war der Abend warm und lind. Überall das gleiche Bedauern. Überall die gleichen Versprechungen: sicher, man werde anrufen, sobald der Mann auftauchte.

In einer hellerleuchteten Galerie namens *Laguna Sunsets* fand er eine müde Frau bei der Tagesabrechnung. Sie lächelte schwach, als er eintrat. Sie zählte ein dünnes Geldscheinbündel und schob die Kasse halb zu. Immer noch die Scheine weiterzählend, warf sie einen Blick auf die Zeichnung, die Shephard vor sie auf die Ladentheke gelegt hatte, und nickte.

»Der war diese Woche da«, sagte sie. »Am Montag, glaube ich, oder Dienstag. Warum, wird er gesucht?«

»Mord.«

Sie sah auf das Geld in ihrer Hand nieder und fuhr fort, es zu zählen. Sie muß einen harten Tag gehabt haben, dachte Shephard. Nicht einmal Morde bringen eine Reaktion bei ihr zustande. »Hat er was gekauft? Oder verkauft? Oder was wollte er?«

»Verkäufer. Er hatte zwei Bilder bei sich und sagte, im Auto habe er noch weitere.« Sie packte das Geld in eine Tüte und diese in ihre Handtasche.

»Und?«

»War nichts für mich. Zu düster, zu schwarz. Ich verkaufe zwar Kunst, aber keinen Trübsinn. Warum sollte sich jemand etwas an die Wand hängen, das ihn nur an der Welt verzweifeln läßt?«

Die Frage erschien Shephard enttäuschend einfach, und die Antwort, die er selbst gab, enttäuschend umfassend: »Aus demselben Grund, aus dem es gemalt wird«, sagte er. »Weil manche Leute so sind.«

»Dann war der aber wirklich weltverzweifelt. Er kam nach ein paar Tagen wieder. Gestern, glaube ich. Steckte seinen Kopf zur Tür rein und blaffte, jetzt brauche er keine dämlichen Galeriebesitzer mehr. Ich habe einen neuen Wagen, sagte er, und die Tasche voller Geld. Er zog sogar ein Bündel Scheine raus und wedelte damit durch die Luft. Ist er auch ein Räuber?«

»Nein, ein Mörder.«

»Tja, auf jeden Fall weiß er, was er will.«

Die Müdigkeit der Frau schien noch größer zu sein als seine eigene. Er begleitete sie hinaus und sah ihr nach, wie sie den Gehsteig hinunter verschwand, langsam und mit steifem Gang. Sein Wagen stand noch immer oben am Highway, zwei Blocks entfernt.

Er fuhr die Laguna Road hinaus, bis er die Weide vor Janes Haus sah. Im Haus brannte Licht, und beim Parken glaubte er, sie hinter dem Fenster zu sehen. Er fuhr sich mit der Hand durch die Haare und atmete tief durch. Er läutete zweimal an der Tür, mit der Phantomzeichnung in der Hand, die sein förmlicher Grund war, hierherzukommen. Als er das dritte Mal läutete, wünschte er bereits halb, nicht gekommen zu sein. Warum war das so schwer? Ah, dachte er, Schritte von drinnen... Aber es war nur das Platschen von Buster, der auf den Zementplatten herangehoppelt kam. Er spürte, wie ein paar kleine Schweißperlen seinen Rücken hinunterrannen.

Er läutete noch einmal und ging schließlich. Er setzte sich in den Mustang und fuhr – er war sich nicht sicher, warum – hinauf zu Tim Algernons Ställen.

In Tims Haus brannte ebenfalls Licht. Ein schwacher Schimmer drang aus dem Wohnzimmer.

Sechs Tage, dachte er, und zwei Morde, kein Verdächtiger und kein Motiv. Er sah wieder Janes Vater vor sich, ausgestreckt im Staub, den Schädel von einem Steinbrocken gespalten, und über ihm die von allem unberührte Spottdrossel mit ihrem Gezwitscher. Als er ausstieg, roch er Rauch – endlich etwas Wirkliches, dachte er.

Die Verandabretter bogen sich und knarrten, als er sich dem Vorderfenster näherte. Drinnen brannte Feuer im Kamin und sandte einen orangefarbenen Schimmer durch den Raum. Sie saß auf dem Boden und starrte in die Flammen. Sie wandte ihm den Rücken zu. Neben ihr ein Stapel Aktenordner.

Er klopfte leise an die Tür und rief ihren Namen. Einen Augenblick später war sie da und öffnete, sah ihn durch die Fliegengittertür an und stieß auch diese weit auf. Er bemerkte ihre verschwollenen Augen und das Taschentuch in ihrer Hand.

»Hast du mich erschreckt«, sagte sie und schloß die Tür hinter ihm.

»Entschuldige. Ich sah das Licht.«

Sie warf sich ein Sofakissen vor den Kamin, klopfte es zurecht und setzte sich darauf. Shephard sah einen Stapel Papiere auf dem Boden verstreut, irgendwelche Dokumente und Rechnungen.

»Ist es nicht ein bißchen zu warm heute abend für ein Kaminfeuer?« fragte er.

»Mir war den ganzen Tag kalt. Ich friere mitten im heißen August in Laguna.« Sie hob einige der Papiere auf und warf sie wieder zu Boden. »Das muß man meinem Vater lassen: Ordnung hatte er. Er hat hier in diesen Akten buchstäblich alles aufgehoben. Sogar stornierte Schecks fürs Telefon von vor zehn Jahren. Rechnungen für Zeitungsabonnements, die ganzen Quittungen für Essen und Futter, von Weihnachtsgeschenken. Na ja, ich werde das trotzdem alles wegwerfen.«

Shephard betrachtete das Spiel der Schatten des Kaminfeuers auf Janes Gesicht. Er faltete die Phantomzeichnung auseinander und gab sie ihr. Sie starrte darauf, sah durch Shephard hindurch, faltete sie wieder zusammen und legte sie in einen der Aktenordner. »Da liegt sein ganzes geordnetes Herzblut«, sagte er.

»Seltsam, man wandert in die Vergangenheit und sieht wieder auf jemanden, der immer da war, und auf einmal ist alles anders. Ich habe das nie gewußt, aber Dad muß alles, was er hatte, ausgegeben haben, als Mutter starb. Es zog sich sehr lange hin, weißt du. Lippenkrebs, dann die Zunge, dann die ganze Kehle runter. Es muß schrecklich gewesen sein.« Jane klopfte auf einen kleinen Stapel Papiere. »Ich hab' das mal zusammengerechnet. Nur so, aus Neugier. Es waren fast vierzigtausend Dollar. Nur für den Versuch, diesen Krebs zu besiegen.«

»Auch eine Million hätte vermutlich nicht ausgereicht«, meinte er leise.

Jane zuckte mit den Schultern. »Man kann ja ein Leben nicht in Geld aufrechnen. Du hast gesagt, man hat ihm fast tausend Dollar in den Schlund gestopft, ehe er starb. Ich hab' darüber nachgedacht. Mir scheint, das war als Bezahlung gedacht gewesen. Er hat wahrscheinlich versucht, mit Geld sein Leben zu retten. Aber sein Mörder hat es nicht angenommen und ihn damit gequält und gedemütigt.« Eine Träne rann über Janes Wange. »Das ist etwas entsetzlich Grausames, so etwas zu tun.«

Shephard nickte und dachte an Hope Creeley. Sie hatte buchstäblich zusehen müssen, wie ihre eigenen Augenlider abgeschnitten wurden. »Und völlig unnötig.«

»Unnötig? So kann sich wohl nur ein Polizist ausdrücken, glaube ich.«

Jane zog die Knie an und stützte ihr Kinn darauf. Shephard rückte näher und legte seinen Arm um sie. »Ich habe an dich gedacht, was du machst, wie's dir geht. Du gehst mir wirklich – nicht mehr aus dem Kopf. Die Zeichnung war nur ein Vorwand, daß ich herkommen konnte. Auch wenn du das genau weißt. Es war wunderbar gestern abend, Jane.«

Sie stand plötzlich auf. Sie stand vor dem Kaminfeuer und

blickte auf ihn herunter. »Ja, das war es, Tom. Aber – nimm es nicht so wichtig, nicht so ernst. Okay? Es ging da draußen beim Indicator alles – zu schnell. Und ich mache mir Vorwürfe deswegen. Ich bedaure nicht, was wir taten, nur alles, was es nach sich zieht. Vermutlich habe ich manches ebenso gedacht wie du. Aber manchmal möchte ich auch lieber, daß alles viel langsamer geht, Tom.« Sie lächelte. »Auch wenn es dir schwerfällt, es zu glauben, aber du kannst nicht auf mich rechnen. Ich habe einiges erlebt, und zuweilen ist da eine echte Härte in mir, die ich umsetzen kann, wenn ich will. Ich erzähle dir bei Gelegenheit vielleicht einmal meine Erfahrungen mit Männern. Dann wird sich manches von selbst erklären, hoffe ich.«

Shephard nickte. Es gibt Feststellungen, denen nicht viel hinzuzufügen ist, dachte er. »Nun ja, in Ordnung. Wir müssen wohl die Dinge nehmen, wie sie kommen, denke ich.« Er stand auf und küßte sie auf die Wange.

»Schön, daß du da warst, Tommy.«

Er blieb an der Tür stehen und blickte sie lange an.

19

Früh am Sonntagmorgen fand Shephard Little Theodore auf dem Parkplatz der *Kirche zum Neuen Leben* an seinen Motorrad-Doppelsattel gelehnt. Der Morgen war klar und hell über der County aufgegangen. Eine frische Brise hatte den dicken Samstagssmog weggefegt. Der Wind war warm und versprach schon um sieben Uhr morgens, noch vor dem Ende des Vormittags wirklich heiß zu werden; ein trockener, durchblasender, pfeifender Wind, der in Shephards Gesicht stach, als er die LaVerde neben Theodore zum Stehen brachte. Der Schrank von einem Mann beschäftigte sich bereits mit einer halben Gallone Gatorade und bot sie nun auch Shephard an.

»Heißer wie die Huren am Zahltag«, sagte er und grinste

Shephard breit an. Shephard fiel auf, daß Theodore sich offenbar die Haare gewaschen hatte. Er nahm einen Schluck von dem angebotenen Zeug. Es war trinkbar. »Mein lieber Freund, neulich abends hast du mir einen schönen Kater verpaßt. Ich hab' mich am nächsten Tag wie ein getretener Frosch gefühlt.«

Shephard reichte Theodore die Phantomzeichnung und setzte sich dann auf seinem Sitz bequem zurecht. Die Fahrt nach Santa Ana hinein war schnell gewesen. Sein Herzschlag hatte sich immer noch nicht beruhigt. Aber das erregende Gefühl davon war nichts im Vergleich zu dem von gestern abend im Taucherwinkel, als ihn Jane Algernon in sich aufnahm und ihren Rücken den Sternen entgegenbog.

»Ich hab' ein Gedächtnis wie ein Elefant, doch der Bastard kommt darin nicht vor. Aber ich will trotzdem drüber nachdenken. Heutzutage weißt du ja nie.«

Reverend Wade Shephards Büro lag ganz hinten in dem massiven Bau der neuen Kapelle versteckt. Als Shephard durch die Tür hineinging, wandte sich eine Frau, die ihm den Rücken zugekehrt hatte, zu ihm um, und über ihr Gesicht huschte ein verlegenes Lächeln. Wade stand vor ihr, hinter einem Schreibtisch, und Shephards Eintreten schien auch ihn zu überraschen. Die Frau entschuldigte sich und ging. Wade setzte sich. Er trug den cremefarbenen Anzug, den er für seine Fernsehpredigten anzuziehen pflegte. Sein Lächeln war zufrieden. »Ich habe dich nicht so schnell erwartet«, sagte er. »Überrascht von Joes Angebot?«

»Das kann man sagen«, antwortete Shephard. »Ziemlich sogar.« Obwohl er gar nicht sicher war, ob er wirklich überrascht sei oder nicht.

»Geldbelohnungen wirken manchmal Wunder, das habe ich dir schon oft gesagt.«

»Ich kann verstehen, wenn er deiner Kirche helfen will. Aber warum mir?«

Wade lehnte sich in seinen breiten gepolsterten Stuhl zurück und legte die Hände gefaltet über seine Brust. Shephard empfand dies als Geste großer Zufriedenheit. »Das kann dir vermutlich nur Joe allein beantworten. Natürlich hat er mir die Idee verkauft, ehe sie richtig zu Ende gedacht war. Ganz ehrlich, Tom, ich glaube, er ist genauso abgestoßen von dem, was in Laguna passiert ist, wie du und ich. Vergiß nicht, er hilft ja nicht nur dir«, sagte er milde.

Shephard dachte an Datilla, wie er allein auf dem Tennisplatz Bälle übers Netz jagte, und dann an Dorothy Edmonds Worte: Er hat überhaupt nichts gern, was er nicht kontrollieren kann. Es war Shephards Natur oder zumindest seine Ausbildung, daß er stets im Auge behielt, was denn als Gegenleistung für Geschenke erwartet wurde.

»Er ist selbstverständlich auch an dem Hospital selbst überaus interessiert«, sagte Wade. »Ich sehe direkt, wie sich hinter deinem finsteren Gesicht die Fragen jagen, Tom. Ich habe schließlich einen guten Detective großgezogen. Aber man darf sich auch nicht davor fürchten, ein Wunder zu akzeptieren. Man muß es erwarten und dann auch annehmen.«

Wades Stimme war voller Vertrauen, und sein Lächeln war warmherzig. Und seine Ratschläge schienen Shephards Bedenken aus einer Arena herausholen zu wollen, die er selbst keineswegs schon zu verlassen bereit war. Er nickte. »Ich habe am Freitag mit Dorothy Edmond gesprochen. Sie hat Joe nicht gerade als Wundertäter porträtiert.«

»Ah?« Wades Lächeln geriet etwas ins Wanken.

»Kennst du sie?«

»In gewisser Weise, ja. ›Ich kannte sie mal‹ träfe die Sache genauer. Sie war eine sehr – ungesunde Frau, und sie ist es noch immer.«

»Sie hat mir ziemlich – irritierende Geschichten über Joe erzählt.«

»Verwirrt mußt du nicht sein. Ich habe dir tausendmal gesagt, wer die besten Lügner sind. Erinnerst du dich?«

»Die an ihre eigenen Lügen glauben«, antwortete Shephard wie aus der Pistole geschossen.

»So eine muß sie wohl sein«, meinte Wade.

»Ich werde es dir trotzdem erzählen. Ich habe mich mit Joe am

Donnerstag unterhalten. Als ich den Surfside gerade verlassen wollte, sprach mich Dorothy an. Als wir uns dann später trafen, erzählte sie mir eine lange Geschichte über Joe und eine gewisse Helene. Auch Joe hatte sie erwähnt – diese Helene Lang.«

»Die kannte ich auch«, gestand Wade mit einem Lächeln. Wieder lehnte er sich zurück und legte die Hände übereinander.

»Sie hat mir erzählt, wie Joe mit seinem Partner Burt Creeley in Konflikt geriet. Helene hatte Burt Liebe vorgespiegelt und es fertiggebracht, daß er sogar sein Testament zu ihren Gunsten änderte und sie so zu dreißig Prozent der Anteile am Surfside Club kam, als er tot war. Der Edmond zufolge steckten Joe und Helene Lang zusammen in der Geschichte. Sie planten sie sorgfältig, und zwar genau mit dem Ziel, Joe die Mehrheitskontrolle zu verschaffen. Sie sagte, Burtons Ideen seien den beiden zu – demokratisch gewesen.«

Während Shephard Dorothys Geschichte wiedergab, wurde ihm bewußt, wie unwahrscheinlich sie war.

»Ich habe Hope Creeleys Tagebuch teilweise gelesen«, fuhr er fort, »und darin ist die Affäre bestätigt. Sie schrieb darüber, und sie wußte davon.« Shephard hielt einen Moment inne. Wade war aufmerksam und geduldig und beobachtete gelassen das Gesicht seines Sohnes. »Sie sagte, ich müßte, um an den Mörder von Hope und Tim Algernon heranzukommen, diesen Fall wieder aufrollen. Und dann empfahl sie mir noch, mich selbst zu erkennen. Auch wenn alles stimmen sollte, was sie mir erzählt hat, sehe ich immer noch nicht den Zusammenhang.«

»Hast du dich nicht gefragt, warum sie dir das alles erzählt hat?«

»Es ist immerhin keine von den Geschichten, die man für sich behält – sofern sie stimmen«, antwortete Shephard nach einer Pause. Tatsache war, daß er sich tatsächlich nicht erklären konnte, warum sie damit zu ihm gekommen war.

»Auch, wenn sie nicht stimmen.« Wade ließ sich nach vorne sinken und goß sich aus einer Karaffe auf seinem Schreibtisch ein Glas Wasser ein. »Ich weiß nicht, was sie sich davon verspricht, wenn sie dir das alles erzählt. Ich kenne Dorothy Edmond seit vielen Jahren, und ich habe oft für sie gebetet. Wenn Joe nicht das Herz hätte, sie im Surfside zu behalten, wäre sie vermutlich längst in einem Krankenhaus. Sie war schon in ziemlich vielen, weißt du.«

»Nein, das wußte ich nicht.«

Wade erhob sich mühsam und nahm das Glas Wasser in die Hand. Er sah durch die Jalousien hinaus auf den großen Parkplatz der *Kirche zum Neuen Leben*. Als er sich wieder Shephard zuwandte, war aus seinem Gesicht alle Entspanntheit gewichen. Wie bei einem Boxer, der beim Gongschlag zur nächsten Runde aufsteht, von der er weiß, daß er sie nicht gewinnen kann.

»Ich kannte sie recht gut, als sie mit Joe verlobt war«, sagte er schließlich. Shephard sah seine Vermutung bestätigt: also doch nur enttäuschte Liebe und Rachedurst. Du Idiot, dachte er. »Der Grund«, fuhr Wade fort, »warum sie Helene Langs Leben so genau kennt, ist –, daß sie selbst Helene Lang ist. Sie hat in den letzten dreißig Jahren unter einem Dutzend Namen gelebt. Dorothy Edmond ist relativ neu.«

Shephard fühlte die Verlegenheit bis in seine Ohren brennen. Wie ein Schuljunge, der die Zahlen, die er addieren soll, statt dessen multipliziert.

»Die Creeleys, Joe und Helene, und deine Mutter und ich waren eine Zeitlang sehr eng miteinander befreundet. Joe löste die Verlobung auf, als er eines Abends Burton, seinen Teilhaber und engsten Freund, mit Helene erwischte, eng umschlungen unter Deck in Burts Boot. Es hat ihm das Herz gebrochen, Tom. Zugegeben, es ist richtig, daß sie Burton dazu gebracht hat, ihm seine ganzen Clubanteile zu überschreiben. Aber es war bestimmt nicht Joe, der das ausgeheckt hatte.« Wade ging wieder zum Fenster. Als er die Jalousien hochzog, konnte Shephard weit über den Parkplatz unten sehen. Die Bäume wiegten sich im Wind, der etwas aufgefrischt hatte. Das letzte Auto wartete eben an der Ausfahrt.

»Natürlich war Helene unmöglich geworden. Sie war eine sehr schöne und starke Frau, aber sie begann doch zusammenzubrechen, als nach und nach der ganze Club erfuhr, was sie getan hatte. An dem Abend, als Joe die beiden auf dem Boot überraschte, ging er ziemlich grob mit Burton um. Und mit Helene übrigens auch. Ein paar Leute im Club hatten es vermutlich schon gewußt, aber jetzt gab es auch noch zwei Augenveilchen und eine aufgelöste Verlobung als Beweismittel. Doch noch immer wollte Helene Lang nicht aufgeben. Sie blieb einfach im Surfside, geächtet von Joe und ausgeschlossen vom ganzen Leben dort. Sie begann zu trinken. Sie zettelte mehr als einmal einen Skandal an. Und eines Morgens dann schnitt sie sich die Pulsadern auf. Das Hausmädchen fand sie. Joe selbst setzte sie in seinen Wagen und fuhr sie ins Krankenhaus. Die Ärzte hatten nicht viel Mühe, sie wieder hinzukriegen. Aber sie waren sich nicht sicher, ob sie wieder stabil genug sei, daß man sie gehen lassen könne. Sie behielten sie also zur Beobachtung. Und daraus wurde eine Behandlung, die nie mehr endete. Sie geht bis zum heutigen Tag dreimal in der Woche zum Psychiater. Oder besser gesagt, er kommt zu ihr. Joe Datilla bezahlt alles. Nachdem sie alles Geld, das sie besaß, verschleudert hatte, mußte sie ihre Anteile verkaufen, und Joe kaufte sie. Das war Jahre später. Er mußte das nicht tun, aber er gab auch noch die Suite für sie dazu, als Teil des Geschäfts. Er brachte es nie fertig, Tom, sie rauszuwerfen.«

Wade setzte sich zurück und goß sich noch einmal Wasser ein. Shephard sah auf seinem Gesicht, wie nahe ihm das alles ging. Über seinen Lippen standen winzige Schweißperlen. Er hatte – vor vielen Jahren, als er ebenfalls noch Polizist war – gesagt, daß der Job eines Polizisten nicht darin bestehe, über die menschliche Natur nachzudenken, sondern sie einfach nur zu verstehen. Vielleicht hatten ihn diese Jahre des Verstehens des »Menschentieres« zu Gott geführt, überlegte Shephard.

»Tut mir leid, Tom, daß ich dir das mit Helene nicht schon früher gesagt habe. Ich bin mir nicht sicher, warum sie dir erzählt hat, was sie alles tat oder nicht tat. Sie weiß es wahrscheinlich selbst nicht genau. Nun, vielleicht findet sie, es sei an der Zeit zu beichten. Vielleicht, um Joe zu verletzen. Oder vielleicht ist es ganz einfach so, daß ihre Gefühle von einer Art sind, die ich nicht einmal verstehen kann. Aber ich sage dir etwas. Ich bedaure es zutiefst, daß sie es tat. Ich bedaure es zutiefst, daß gerade dir das passieren mußte. Ich weiß, wie hart dich das mit dem Todesschuß und obendrein das mit Louise getroffen hat. Ich wollte, daß Laguna ein neuer Anfang für dich wird. Es tut mir so leid, daß sie dies alles auf dich abgeladen hat. Ich entschuldige mich für sie bei dir.«

»Sie hat mir einen Scheck gezeigt, den Joe dir ausgeschrieben hat«, sagte Shephard und starrte zu Boden. »Ich weiß nicht, warum. Sie sagte es mir nicht.«

Als er wieder aufblickte, war wieder ein müdes Lächeln auf seines Vaters Gesicht. Wade schüttelte langsam den Kopf. »Ich möchte das alles, was da heute passiert ist, nicht überbewerten«, sagte er, »und mich ganz gewiß nicht über die eigenartigen Ansichten eines Menschen mokieren, der krank ist. Das war die Anzahlung für das Haus, in dem du aufgewachsen bist, mein Sohn. Joe hatte das Geld, und seine Bedingungen waren besser, als ich sie von jeder Bank hätte bekommen können. Ich mußte darauf sehen, jedes Zinsprozent einzusparen, das möglich war. Und weißt du warum? Weil ich damals achtundzwanzig Jahre alt war und bald einen Sohn haben sollte. Und ich dachte mir, das mindeste, was ich tun konnte, sei, ihm ein sicheres Dach über seinen kleinen Dickschädel zu bauen. Ich wußte im voraus, daß du ein Dickschädel würdest.«

Wade trat hinter ihn und begann seine Schultern zu massieren. Shephard bewunderte diese Fähigkeit seines Vaters, ihn sich wieder wie einen kleinen Jungen fühlen zu lassen. Einen Jungen, der in guten Händen ist. Und einer ganzen Kirchengemeinde mußte es wohl ähnlich gehen, dachte er: Little Theodore und tausend anderen.

Draußen brannte die Sonne heiß herunter, und der Wind hatte heftig aufgefrischt. Er blies nach Santa Ana hinein, das ausgetrocknet wie ein Knochen war.

Die LaVerda knatterte voller Leben unter ihm los wie ein störrisches Tier. Sie trug ihn quer durch die Stadt zum Newport Freeway, auf dem er fast bis vor die Treppe des Surfside Clubs gelangte. Shephard, dickschädeliger Bulle, der daran glaubte, daß auch Lügen ihre Gründe haben.

20

Arthur Mink trat aus dem Pförtnerhaus und näherte sich der LaVerda. Er hielt sich mit der Hand die Mütze fest, wegen des böigen Windes. Die Palmwedel torkelten wie betrunken hin und her, ihre Kronen der Küste zugewandt, während die Stämme scheinbar jede Sekunde nachzugeben bereit waren. In Minks knochigem Geiergesicht machte sich ein Lächeln breit. »Tolle Karre«, meinte er.

»Vielen Dank«, antwortete Shephard. »Sie läuft. Ich bin hier wegen einer Verabredung um zehn mit –« und fast hätte er gesagt: Helene Lang – »Miss Edmond.« Mink sah auf seinem Brett nach. »Sie klang ein bißchen beschwipst, als sie anrief«, sagte Shephard. »Vielleicht hat sie vergessen –«

»Schon gut. Wenn ich alle Leute nicht reinließe, die sie nicht registrieren ließ, weil sie zu betrunken war, bekäme sie nie Besuch. Komischer Wind heute, was?«

»Ziemlich früh im Jahr für Santa Ana«, sagte Shephard.

»Sie wohnt in Suite 207, überm B-Dock am Wasser.«

Das Motorrad tuckerte an der Surfside-Kongreßhalle vorbei, als Shephard wieder zum Gästeparkplatz fuhr. An den Tennisplätzen hielt er für längere Zeit an. Ein junges Paar mühte sich trotz des heftigen Windes noch immer mit den Bällen ab. Der Schal der Frau war wie ein Starbordsegel im steifen Wind gebläht, und dazu paßte ihr Haar. Es war wellig und golden. Wie das von Colleen. Ihr Partner, ein großer, kräftiger Mann, hätte Wade vor dreißig Jahren sein können, dachte Shephard. Und die Rackets hätten aus Holz sein können. Und das Paar auf dem nächsten Platz hätten Tim und Margie Algernon sein können. Oder Burton und Hope Creeley. Oder Joe und Helene. Die Frau schlug einen verirrten Ball in den Zaun, sah Shephard kurz an und wandte sich in einer Woge von windzerzaustem Gold wieder ab.

Erschossen in ihrem eigenen Haus von einem Mann, der versucht hatte, ihr Gewalt anzutun. Ich kann nur hoffen, Mädchen, daß dir das nie passiert.

Die Fallreeps der Jachten am Dock B klatschten gegen ihre Masten, wie eine gemeinsame Forderung, losgelassen zu werden in die See, statt hier an Land angekettet zu sein, während hinter ihnen die offene Bucht gischtete und dünte. Shephard wandte sich von den Schiffen ab und begann die Nummern an den Apartments abzusuchen. Vom Dock A herüber konnte er die Hawaii-Musik hören. Die Vorhänge der Suite 207 waren fest zugezogen.

Die Treppe zum Obergeschoß war auf der Rückseite. Auf halber Höhe blieb er stehen und sah hinunter. Ein Zimmermädchen schob unten einen Wäschewagen den Weg entlang. Ein weißes Handtuch hing heraus und wollte im Wind davonfliegen, sie konnte es mit ihrer braunen Hand gerade noch festhalten. Auf dem Außenkorridor des Obergeschosses blieb er noch einmal stehen, um den Blick über den Surfside Club zu genießen. Im Westen drüben knatterte die Nationalflagge steif im Wind über Dock A. Die Palmen darunter beugten sich vor ihr wie in Ehrerbietung. Shephard überkam der Gedanke, daß dieser Ausblick hier – keine Leute oder Autos waren zu sehen – genau der sein könnte, wie man ihn 1951 hatte, dem schwarzen Jahr des Clubs. Die gleichen Gebäude, die gleichen Palmen, der gleiche Ozean ganz in der Nähe, grün, mit weißen Gischtkronen, aufgewühlt. Die Vorstellung war einen Moment lang erregend. Als sei er mit dem Erklimmen der Stufen in der Zeit zurückgegangen. Auch noch andere Überbleibsel der alten Zeiten kamen ihm in den Sinn. Der gleiche Besitzer. Die Frau, keine zehn Meter entfernt in der Suite 207. Ein Polizist namens Wade Shephard, der vermutlich auch einmal genau an dieser Stelle hier gestanden hatte. Und vielleicht hatte er dabei sogar an seinen Sohn gedacht. So wie sein Sohn jetzt an ihn dachte. Zum Teufel, dachte er, ich hätte in Los Angeles bleiben sollen. Zumindest die Leichen im Keller waren dort meine eigenen.

Er klopfte an die Tür und wartete. Hinter der Tür miaute eine Katze. Sie klang elend, aber geduldig. Eine Tür, die niemand aufmacht, klingt ganz anders, dachte er. Er drehte am Türknopf. Die Tür war unverschlossen.

»Miss Edmond? Hallo, Dorothy!«

Die Suite stank unverkennbar nach Katzendreck. In dem schummrigen Licht sah er ein kleines weißes Tier herankommen, sich strecken und gegen sein Bein buckeln.

»Miss Edmond? Miss Lang? Wer Sie auch immer heute sind, sind Sie zu Hause?« Er knipste ein Licht an. Die Katze schnupperte mit der Nase prüfend an einer Schale nahe der Tür herum. In der Schale lag ein Klumpen Futter, der noch die Form der Konservendose hatte, aus der er stammte, aber unter einem Schwarm von Ameisen langsam kleiner wurde. Genug Futter für eine ganze Woche, dachte er.

Er blieb in der Mitte des kleinen Wohnraums stehen. Die Suite war schlecht gelüftet und wegen der zugezogenen Vorhänge fast dunkel. Er schaltete eine Lampe an und fand sich dreißig Jahren Surfside-Geschichte gegenüber. Sie hing gerahmt und staubig an den Wänden. Zuständig für gesellschaftliche Angelegenheiten. Wahrhaftig. Es waren Fotos von schlicht allem. Die ganze Besetzung des Stücks, die ihm im Lauf der letzten Woche so vertraut geworden war, war vorhanden. Joe und Helene auf den Tennisplätzen zusammen mit Wade und Colleen. Und Burton und Hope Creeley, sich in der Surfside Lounge entspannend, die Martinigläser erhoben.

Eine Wohnung, in der niemand ist, hat den gleichen Klang wie eine Tür, die niemand öffnet, dachte er. Er rief noch einmal, um sich zu vergewissern, daß wirklich niemand da war. Seine Stimme hallte wider, blieb aber ohne Antwort. Sie ist übers Wochenende weggefahren, dachte er, und hat der Katze genug Futter dagelassen. Er bemerkte den Abfalleimer in der Ecke. Er war nicht geleert. Draußen blies der Wind in Böen gegen die Fenster.

Shephard beugte sich zu einem großen Foto vor, das Helene

Lang und Joe Datilla in einem Wagen zeigte. Der Wagen war ein rotes Cadillac-Cabrio. Für einen Mann, der »mit Macht versucht hatte, ihr aus dem Weg zu gehen«, sahen sein aufmerksames Lächeln, seine entspannte Haltung und der Arm, den er zärtlich um Helenes Schultern gelegt hatte, nicht wie ein besonders entschlossener Versuch in dieser Richtung aus. Warum überhaupt hatte er sich eigentlich die Mühe gemacht, in dieser Hinsicht zu lügen, fragte sich Shephard. Wo doch offensichtlich alles allgemein bekannt war.

Der gleiche Wagen, der letzte Woche gestohlen wurde. Der gleiche Wagen, den der Feuerkiller jetzt benutzte. Trotz der Hitze lief Shephard ein kalter Schauer den Rücken hinunter. Links von diesem Foto hing ein kleineres. Wade und Colleen am Dock A. Wade zur Linken von Colleen mit dem Arm um sie. Colleen lächelte in die Kamera. Ein volles und fröhliches Lächeln. Wade sah sie an, oder vielleicht auch den anderen Mann zu ihrer Rechten, der seinen Arm ebenfalls um Colleens Schultern gelegt hatte. Sein Gesicht war im Schatten und nicht erkennbar, aber irgendwie kam es Shephard bekannt vor. Er durchforstete sein Gedächtnis nach einer früheren Begegnung mit diesem Mann, aber ohne Erfolg.

Der Flur von Helene Langs Suite hing voller weiterer Fotos. Dutzenden. Bei näherer Betrachtung sah Shephard, daß die Sammlung im Wohnzimmer begann und sich chronologisch den Flur entlang fortsetzte. Die letzte Fotografie vor dem geschlossenen Schlafzimmer zeigte eine Gruppe Leute, die er nie gesehen hatte. Die jüngste Generation der Surfside-Mitglieder. In extravaganter Kleidung. Die Hosen der Mittsechziger mit Schlag und Miniröcke. Zu viel Schmuck. Langes Haar.

Als er die Schlafzimmertür öffnete und Helene bequem ausgestreckt auf dem Bett liegen sah, wußte er sofort, daß etwas nicht stimmte.

»Helene, wachen Sie auf!« rief er. Während er in dem schummrigen Dämmerlicht auf sie zuging, sah er ihr friedlich entspanntes Gesicht. Auf dem Nachttisch stand eine leere Gin-Flasche. Daneben eine Arzneiflasche, auch leer. Und schon war auch die Katze wieder da, die auf leisen Pfoten hinter ihm hereingekommen war, aufs Bett sprang, zu schnurren und ihren Kopf am Gesicht ihrer Herrin zu reiben begann. Er langte hinunter, um die Katze wegzuscheuchen und sah in Helene Langs halboffene Augen. Sie war schon seit Stunden tot.

Auf ihrer Brust entdeckte er einen Briefumschlag. *An Joseph* stand darauf, in fester, ruhiger und schöner Schrift. Er blieb einen Augenblick stehen und versuchte seinen Herzschlag zu beruhigen, aber es war ein hoffnungsloses Unterfangen. So hoffnungslos wie vorhin der Versuch, in Helene Langs stiller Arterie noch Leben zu entdecken. Mit einem stummen Nicken zur Bestätigung seines eigenen Mangels an Ehrfurcht nahm er den Umschlag, schloß die Tür hinter sich und ging in die unaufgeräumte Küche zurück. Dort setzte er sich und hörte, während er las, dazu Helene Langs Whiskystimme:

Mein lieber Joseph,
es ist erst ein paar Tage her, seit ich weiß, wie lange ich auf dies hier gewartet habe. So seltsam es klingt, aber ich bin jetzt im Frieden mit mir. Ich gehe mit viel Bitterkeit und Reue, aber ich habe, wie Du gut weißt, beides bewußt in Kauf genommen. Das wirklich Traurige am Leben besteht doch darin, daß es uns ständig Dinge tun läßt, die wir nie mehr ungeschehen machen können. Wenn ich meine Zeit damit verbrachte, den Schatten der Vergangenheit zu nahe zu bleiben, dann ist das niemandes Schuld als meine eigene. Und wie ist es denn mit diesen Schatten, die manche von uns wie Motten ins Licht treiben? Ich glaube schon, daß es irgendwo eine helle, sonnige Welt gibt, aber uns, Joe, hat sie doch eigentlich nie recht interessiert, oder? Dafür, was wir Burton angetan haben, müßte ich zweimal in der Hölle brennen, und ich wäre mit Freuden dazu bereit, wenn ihm dies sein Leben zurückbringen könnte und die Dinge wieder in Ordnung brächte. Aber das ist natürlich kindisch, und wir waren alles andere als Kinder. Reue ist

ein Luxus, dem selbst ich entwachsen bin. Das einzig Gute, das ich in diesem Leben tat, war, Dich zu lieben, aber, bei Gott, warum läßt er es zu, daß wir unsere Vorstellungen auch verwirklichen? Dies hier wird am Ende auch Dich treffen, aber ich habe diese Beichte wirklich nur meinetwegen abgelegt, und glaube mir, ich mußte das einfach tun. Selbst nach allem, was wir gemeinsam taten, kann ich mich nicht an dem beteiligen, was Du jetzt tust. Ich habe Vorkehrungen getroffen, daß die richtigen Leute auf die richtigen Spuren kommen, und sollte es ihnen nicht gelingen und solltest statt dessen Du wieder gewinnen, dann wird auch niemandem noch mehr Schaden zugefügt werden, als ohnehin schon geschehen ist.
Ich liebe Dich, Joe, aber ich wünschte, ich wäre nie geboren worden, um eben das zu tun.
Mögest auch Du eines Tages Frieden finden.
Helene.

Die Katze sprang auf Shephards Schoß und rieb ihre Nase an einer Ecke des Briefes. Seine Nerven waren überreizt, und er stieß das Tier auf den Boden hinunter. Der Wind draußen tobte gegen die Fenster. Wenn Helene Lang wirklich eine verrückte Lügnerin war, dann hatte sie das Spiel aber bis zum bitteren Ende gespielt, dachte er. Und zwar ein ziemliches Stück weiter, schien es, als irgend jemand es von ihr verlangt hätte.

Während der nächsten Stunde durchforschte er ihre Suite. Er betrachtete noch einmal alle die Fotos an den Wänden im Wohnzimmer und im Flur. Er durchsuchte die Küchenschubladen systematisch. Im zweiten Zimmer vom Flur aus, dem Gästezimmer, warf er einen Blick in den Wandschrank. Er war fast leer. Aber er blieb an einem Stapel persönlicher Dokumente und Fotos hängen, die weit nach hinten in eine Nische eines Toilettentisches geschoben worden waren. Briefe von Joe, unschuldige Liebesergüsse; eine vertrocknete und alte Ansteckschleife mit noch funktionierender Nadel; ein Babyfoto, unverkennbar von Joe Datilla.

Dann ging er wieder ins Schlafzimmer, das ihm jetzt deutlich den Geruch nach Tod auszuströmen schien. Er arbeitete sich durch den großen begehbaren Wandschrank. Der Boden des Wandschranks sah aus wie ein Wühltisch eines Discountladens. Er stand voll von Dutzenden Schuhen, es war ein einziges Durcheinander von Farben und Formen. Ein Packen Badeanzüge lag in einer Ecke, der oberste war noch immer feucht vom letzten Schwimmen. Die anderen darunter lagen auf einen Haufen zusammengeworfen, der nach Chlor und Stockflecken roch.

Das Bad war geräumig, aber vernachlässigt. Schwarze Moderflecken standen an den unteren Rändern der Duschkabinentür. Helene Lang mußte alle ihre Gäste wohl nur in der Club-Lounge empfangen haben, dachte Shephard. Wenn sie überhaupt je Gäste hatte. Der Ausguß leckte, und der Spiegel darüber war so blind, daß ihm, als er hineinsah, gerade noch ein ungefährer Schimmer seiner selbst entgegensah.

Er schaltete das Licht im eigentlichen Schlafzimmer an und besah sich dieses zum ersten Mal genauer. Ein großer Raum, aber sehr karg eingerichtet. Und er hatte dieselbe Aura von Vernachlässigung um sich wie auch der Wandschrank und das Bad. Drüben auf der anderen Seite am Fenster stand ein einfacher Film-Regiestuhl, darüber eine Lampe. Links von ihm eine Zimmerpalme und über ihr an der Wand eine überdimensionale Radierung irgendeiner Maya-Gottheit mit einem aufgerissenen Mund voller großer runder Zähne, in der Hand eine Rassel – oder vielleicht war es auch eine Waffe. Neben dem Bett stand ein Toilettetisch mit offenen Schubladen, aus denen Unterwäsche heraushing. Neben den leeren Flaschen auf dem Nachttisch stand auch noch ein Radiowecker, dessen Digitaluhr eben, als er hinsah, auf 10.14 Uhr sprang.

Was er wirklich suchte, fand er schließlich unter dem Bett, diesem allerletzten Versteck aller schlampigen Hausfrauen. Zuerst täuschte er sich über das Gewicht. Es schien viel zu schwer für die paar Zeitungsausschnitte, die irgendwer, der »für die gesellschaftlichen Belange zuständig« ist, überhaupt sammeln konnte. Aber nachdem er die sperrige blaue Kiste in eine Ecke gezogen und ihren schweren Deckel geöffnet hatte, sah er sich dreißig Jahren Surfside-Geschichte in gebundenen Lederbänden gegenüber; einem für jedes Jahr. Die Einbände waren einheitlich marineblau, und die Jahreszahlen und die Worte *Surfside Club* waren in Goldlettern eingeprägt.

Er setzte sich in den wackligen Regiestuhl und knipste die Lampe oben ab. Er blickte über das Zimmer hin und erinnerte sich an seinen letzten Strandspaziergang. Der war ganze zwei Tage her, rechnete er aus, und es schien doch, als wären es mehr als tausend. Da hatte er gespürt, daß der Mordfall Hope Creeley dabei war, in etwas noch viel Dunkleres, noch weniger Berechenbares überzugehen. Er hatte ihn Datilla gegenüber als maßlos bezeichnet, als unangemessen. Hätte sich der Killer wenigstens die Mühe gemacht, auch nur fünf Dollar mitzunehmen, oder einen Ohrring, oder einen Fernseher, dann hätte dies zumindest einen Hauch von Realität und wie auch immer gearteten Sinn ergeben. Aber so sah er den ganzen Fall noch immer als absolut ohne Sinn. Ich bin einigen Dingen nur näher gekommen, dachte er, um insgesamt weit entfernt zu bleiben. Gut, es gab mittlerweile ein Gesicht des Mörders. Und seine Fingerabdrücke. Einen Wagen. Das Wissen von seinem künstlerischen Talent. Eine Reihe übereinstimmender Beschreibungen, mit denen man akademische Abhandlungen füllen konnte. Aber es gab nach wie vor keine Antwort auf die eine Frage: Warum?

Er saß da mit der schweren Kiste zu seinen Füßen und erinnerte sich an das eigenartige Gefühl, das er eben erst empfunden hatte, draußen auf dem Balkon. Es wurde immer klarer, daß er einen Fall in der Gegenwart zu klären versuchte, bei dem doch alles auf die Vergangenheit hindeutete. Es war offensichtlich, daß sich in diesem Surfside Club Dinge abgespielt hatten, die weit über sein Verständnis hinausgingen, und daß sich die knöchernen Finger aller Akteure, von Algernon und Creeley bis Datilla und Helene und selbst Wade, über diese Kiste hier vor ihm krallten. Er sah zum Bett hinüber und fragte sich, ob sie darin wohl zugestimmt hätte. Und während er so auf ihre leblose Brust starrte und wie ein kleiner Junge darauf wartete, ob sie nicht vielleicht doch wieder zum Leben erwachen würde, war ihm klar, daß Helene Lang nicht weniger getan hatte, als ihn direkt hierher zu führen, zu ihrem Leben und zu ihrem Tod.

Es war ihm ebenfalls bewußt, daß diese Kiste hier auch die Geschichten von Wade und Colleen enthielt, von Datilla und Helene, von Tim und Margie, von Burton und Hope. Sie schienen untrennbar miteinander verwoben. Ein und dieselbe Geschichte. Er griff nach dem Band mit der Aufschrift *1951*, und während sein Verstand ihn dazu drängte, versuchte sein Instinkt, ihn davon abzuhalten. Einen Augenblick lang meinte er, seine Hand greife zugleich zu und weiche auch zurück. Wie eine Katze, die ihre Pfote vor Wasser zögernd zurückzieht.

Am Ende war es eher Helene Langs Rat, sich selbst zu erkennen, als das Befolgen seiner Amtspflicht, was ihn endgültig nach dem Band greifen und ihn sich auf seinen Schoß legen ließ. Draußen tobte der Wind wieder gegen die Fensterscheiben, und erneut überlief ihn ein Schauer, obwohl auf seiner Stirn dicke Schweißperlen standen. Er hörte das Echo ihrer Worte förmlich, als er zu lesen begann: *Willkommen im Club.*

21

Das Jahr hatte geruhsam begonnen. Die ersten Seiten waren ordentlich und sauber mit Fotos von der Neujahrsparty gefüllt und mit langen Teilnehmerlisten. Shephard erkannte, daß Joe und Helene der beherrschende Mittelpunkt waren, obwohl Burton und Hope dreimal abgebildet waren. Diese Galastimmung zum Jahresbeginn wurde rasch von den eher trivialen Alltäglichkeiten des Clublebens abgelöst: Hochzeitsankündigungen, Geburten, Todesfälle und Ehrungen oder Stipendien. Alle diese kleineren Ereignisse waren in einem bescheidenen Mitteilungsblatt für die

Mitglieder unter dem Titel *Surfsiders* zusammengefaßt. Dessen Herausgeber war Helene Lang.

Mit dem Beginn des Frühlings begann auch die Tennissaison, und das Album füllte sich rasch mit Turnierfotos, meistens aus den Zeitungen ausgeschnitten. Im Mitteilungsblatt vom Mai wurde der Baubeginn eines neuen Apartmentflügels am Nordufer des Clubs angekündigt. Dazu gab es eine kurze Verlautbarung des Club-Miteigentümers Joe Datilla, der lächelnd beim feierlichen ersten Spatenstich abgebildet war. Burton Creeley stand neben ihm, ebenfalls mit einem Spaten in der Hand, aber es war offensichtlich, daß das Hauptinteresse des Fotografen dem robusten Joe gegolten hatte.

Shephard sah sich Burtons Gesicht und Haltung genauer an. Es war nicht schwer, sich vorzustellen, daß er dem Charme einer Frau wie Helene rasch erliegen mußte. Sie war übrigens auch noch auf dem Foto abgebildet, wenn auch ganz außen, ganz am Rand. Aber ihr warmes Lächeln in Richtung Creely war erkennbar. Creeley war klein, fast gebeugt, und er sah aus, als fühle er sich sehr unbequem in seinem dunklen Anzug. Sein Lächeln war gezwungen und gekünstelt. Aber wie hungrig ein Mann wie er auch immer nach einer sinnlichen Frau wie Helene sein mochte, dachte Shephard, so war doch immer noch etwas Zögerndes in seinem Blick. Es war nicht leicht, sich ihn als jemanden vorzustellen, der seine Frau betrügt – und seinen besten Freund dazu.

Die Frühjahrssaison wurde abgelöst von einer Serie von Sommerfesten. Frauen in leichten, dünnen Kleidern. Männer in seltsam altmodischen Freizeitanzügen. Auf einem Foto, das offensichtlich am Surfside-Strand aufgenommen war, posierten Wade und Colleen Shephard mit ihrem neugeborenen Sohn namens Tom. Sieh an, dachte Shephard, noch eine Überraschung in Helenes Kiste. Wade blickte stolz und in die Brust geworfen in die Kamera, und Colleens hübsches Gesicht war nach unten auf ihn, Tom, gebeugt. Der Bildtext lautete: »Mr. und Mrs. Wade Shephard stellen ihren neuen Sohn, Thomas Wade, vor. Er wurde vor vier Wochen geboren und brachte ein Geburtsgewicht von sechs Pfund, vier Unzen auf die Waage. Herzliche Glückwünsche an unsere Mitglieder Wade und Colleen!«

Auf der nächsten Seite folgte dann ein Artikel aus dem *Register* über Burton Creeley, den »stillen Teilhaber« des anspruchsvollen Surfside Clubs in Newport Beach. Creeley äußerte die Zuversicht, daß der Club bald zu einer eigenen kleinen Stadt erblühen werde, mit allem, was dazugehöre: Straßen, Schulen, Einkaufszentren und, am allerwichtigsten, Zugang für jedermann zu den Einrichtungen des Clubs direkt am Meer. Er sprach vom Surfside-Club als seiner »Vision« und einem »Traum von morgen«, und auf dem Foto zu diesem Artikel schien er samt seiner Idee auch körperlich gewachsen zu sein. Sein Lächeln war sehr viel entspannter, und sein Gesicht verriet ein entschlossenes Mienenspiel. Der Reporter hatte offenbar nachgefragt, ob es in den oberen Führungsetagen des Surfside-Managements auch Meinungsverschiedenheiten darüber gebe, wohin sich der Club in Zukunft entwickeln solle. Denn Burton hatte geantwortet: »Es gibt immer ein bestimmtes Maß von Geben und Nehmen. Das macht große Ideen nur noch größer. Ich kann Ihnen versichern, daß Joe und ich große Dinge für den Club im Auge haben.«

Aber dann endete die Sommerfröhlichkeit abrupt, als am 9. September das Surfside-Mitglied Colleen Shephard von einem Mann namens Azul Mercante niedergeschossen und getötet worden war.

Shephard las den Artikel darüber noch einmal. Es war derselbe, den ihm sein Vater an jenem Abend vor seinem ersten Schultag schon gezeigt hatte. Und so wie all die Jahre seither spürte er angesichts des Fotos von Colleen auch jetzt wieder dieses überwältigende Gefühl der Verletztheit, ein Gefühl, angegriffen zu sein, versehrt zu werden, in der Mitte durchgeschnitten zu werden. Er starrte wieder darauf, und wieder überkam ihn dieses Gefühl eines Verlustes von etwas, das er nie gekannt hatte, der Phantomschmerz amputierter Gliedmaße.

Mord an Frau aus Laguna
Ehemann-Polizist entsetzter Tatzeuge

Eine Frau aus Laguna Beach wurde heute morgen in ihrem Haus in Arch Bay Heights durch einen Schuß tödlich verletzt. Ihr Ehemann konnte der Tat nur hilflos zusehen.

Colleen Shephard, 22, Ehefrau des LBPD-Beamten Wade Shephard, wurde von einem bewaffneten Schützen mit einem Schuß in die Brust niedergestreckt. Der Täter flüchtete. Die Polizei fahndet nach ihm.

Nach den Worten von Polizeichef Donald Pantzar war Mrs. Shephard offensichtlich allein zu Hause, als der bewaffnete Täter in ihr Haus eindrang und ihr Gewalt anzutun versuchte. Ihr Ehemann, der eben zum Mittagessen nach Hause kam, fand seine Frau im Wohnzimmer von dem Fremden bedrängt. Der Verdächtige, dessen Name auf Anweisung des Polizeichefs noch nicht bekanntgegeben wird, soll daraufhin eine Pistole gezogen und den tödlichen Schuß abgegeben haben.

Es entspann sich daraufhin ein Kampf zwischen Mr. Shephard und dem Eindringling, der schließlich zu Fuß flüchtete.

Mrs. Shephard wurde bei der Einlieferung ins Städtische Krankenhaus von South Laguna Beach für tot erklärt.

Nach Mitteilung der Polizei ist die Mordwaffe gefunden und sichergestellt worden. Als Motiv für das Eindringen des Verdächtigen in das Haus wird beabsichtigte Vergewaltigung angenommen.

Das Ehepaar Shephard wohnt seit vier Jahren in der Stadt. Vor einiger Zeit wurde ihm das erste Kind, ein Sohn, geboren.

Shephard blätterte weiter. Er war erleichtert, daß sie nur ein ganzseitiges Foto über den Auftritt von 54 Debütantinnen bei einem von Surfside gesponserten Ball enthielt. Ihre unbekümmerten Gesichter schienen in eine andere Welt zu gehören.

Aber schon zwei Seiten weiter holte ihn die Affäre um den Mord an seiner Mutter wieder ein. Eine Titelseite:

Mordverdächtiger gefaßt

Polizei verhaftet Mann aus Laguna Beach

Die Polizei von Laguna Beach hat gestern den Hauptverdächtigen des Mordes vom Mittwoch an Colleen Shephard verhaftet.

Azul Mercante, 25, ebenfalls aus Laguna, wurde nach Angaben der Polizei in seiner Wohnung in Temple Hill Terrace nach kurzem Handgemenge überwältigt.

Polizei-Captain Lonny Wilcox berichtete, daß bei dem Verdächtigen eine geladene Schußwaffe gefunden und sichergestellt wurde.

Mercante wurde vom Ehemann des Opfers, Wade Shephard, als der Mann identifiziert, den er bei seiner Heimkehr am Mittwoch kurz vor Mittag in seinem Haus in Arch Bay Heights bei dem Versuch antraf, seiner Ehefrau Gewalt anzutun.

In einer Pressekonferenz sagte Polizeichef Donald Pantzar gestern, Shephard, ein Beamter seiner Behörde, habe versucht, den Mann zu überwältigen, als sich ein Kampf entspann. Pantzar zufolge verlor Shephard dabei seine Waffe, die sich der Eindringling griff und gegen Colleen richtete.

Shephard habe versucht, an seiner sterbenden Ehefrau erste Hilfe zu leisten, und diese Gelegenheit habe Mercante genutzt, um zu Fuß zu flüchten.

Der Tatverdächtige verbarrikadierte sich in seiner Wohnung und hielt die Polizei mit einer Schußwaffe vier Stunden lang in Schach, erklärte Pantzar. Um 14.30 Uhr ergab er sich schließlich. Es wurden bei der ganzen Aktion keine Schüsse abgegeben.

Der Bezirksstaatsanwalt teilte mit, daß noch keine offizielle Anklage erhoben wird, solange die Voruntersuchung nicht abgeschlossen ist.

Der Bericht enthielt auch ein verschwommenes Foto des Hauses der Familie Shephard in Arch Bay Heights. Der knappe und neutrale, rein informative Bildtext lautete: »Colleen Shephard, 22, wurde am Mittwoch in diesem Haus erschossen.« Shephards Magen hatte sich zusammengekrampft, und sein Hemd war schweißnaß. Er stand auf, legte den Band auf den Stuhl und starrte durch die Jalousien auf die grüne aufgepeitschte Bucht hinaus.

Die Verhaftung von Mercante war noch einmal Thema eines kurzen Berichts, der in die nächste Seite des Albums eingeklebt war. Der stellvertretende Bezirksstaatsanwalt Jim Peters war am

Tatort abgebildet, zusammen mit dem Beschuldigten, der sein Gesicht in den Händen verbarg. Shephard war klar, daß Peters diesen Fall als problemlos angesehen haben mußte, wenn er schon zwei Tage nach der Verhaftung die offizielle Anklage erhob. Ein Augenzeuge genügte, um jeden Staatsanwalt siegessicher zu machen. Peters war ein Mann in mittleren Jahren mit kampflustigem Gesichtsausdruck. Mercante begnügte sich mit einem Pflichtverteidiger namens Eugene Weingarten.

Ein weiterer Artikel auf derselben Seite berichtete von Mercantes ungewöhnlichem Verhalten im Gefängnis. Nachdem er zwei Tage lang die Nahrung verweigert hatte, schlug er seinen Kopf gegen die Gitterstäbe seiner Zelle – »in plötzlicher Raserei« – und beteuerte schreiend seine Unschuld. Am Tag darauf war Mercante in die Gefangenenabteilung des County-Hospitals eingeliefert worden, »zur weiteren Beobachtung und zu seinem eigenen Schutz«.

Mit dem Herbst wurde es im Surfside ruhiger. Das große Ereignis im Oktober war das alljährliche Jachtrennen mit Start im Club und bis nach Ensenada in Mexiko. Die Lokalpresse ging nicht so recht auf die seriöse Seite der Veranstaltung ein und beliebte von diesem alljährlichen biergetränkten Rennen als der »Sauf-Regatta« zu sprechen. In den Clubmitteilungen gab es ein Interview mit dem Dockmeister des Surfside-Clubs, Dick Evans, in dem dieser versuchte, dem Rennen einen Hauch von maritimem Drama zurückzugeben. »Wir verstehen diese Regatta als ein Ereignis sowohl für den ernsthaften wie für den mehr zur Erholung fahrenden Segler«, sagte er. Ein anderes Foto in den Clubmitteilungen zeigte die Fundamente des neuen Apartmenthaus-Flügels. Sie hoben sich gegen einen Surfside-Sonnenuntergang ab und sahen eher aus wie Ruinen.

Der Termin für den Prozeß gegen Azul Mercante wurde festgesetzt, auf Montag, den 14. Oktober. Den Vorsitz des Schwurgerichts sollte Francis Rubio führen. Der Artikel vermerkte, daß Rubio, fünfzig Jahre alt, der jüngste unter den Schwurgerichtsvorsitzenden war.

Dann folgte der Artikel vom 26. September, den Shephard

schon aus Hope Creeleys Sammlung kannte: Der kurze Bericht über den tragischen Tod durch Ertrinken von Burton im Newport-Kanal. Der gesamte Inhalt dieser *Surfsider*-Ausgabe war dem Gedächtnis des Miteigentümers gewidmet. Der Titelseiten-Aufmacher, üblicherweise in einem optimistischen Seegrün gehalten, war nun in Trauerschwarz. Creeleys Porträtfoto war fast eine Viertelseite groß, und daneben stand ein bewegender Nachruf, verfaßt von niemand anderem als Helene Lang. Sie nannte ihn einen »Visionär« und einen Mann, »für den die Zukunft immer Glück und Hoffnungen bedeutete«, einen Mann, »dessen Verlust die Hoffnungen und das Glück der Zukunft für uns alle verdüstert«. Joe Datilla schrieb ebenfalls einen Beitrag über seine persönliche Freundschaft mit Burton und die langen Tage und sorgenvollen Monate, die die Gründung des Clubs begleitet hatten. »Tief in meinem Inneren«, schrieb er, »habe ich selbst in jenen Zeiten, als es möglich schien, daß unsere Pläne kläglich scheiterten, stets einen unerschütterlichen Optimismus bewahrt. Jetzt im Rückblick auf jene Jahre ist es leicht zu erkennen, daß es die nie nachlassende Zuversicht Burtons war, die mich immer wieder aufrichtete. Er war ein Mann, der mit äußerster Entschlossenheit und Zuversicht voranschritt und niemals Zweifel aufkommen ließ, und dabei doch nicht das kleinste Übel gegen irgend jemanden im Sinn hatte. Einen besseren Mann und Geschäftsmann als ihn kann es nicht geben.«

Shephard war über ein Foto auf der dritten Seite verblüfft, das vom Monat zuvor stammte und Burton und Hope Creeley Seite an Seite auf den Club-Tennisplätzen zeigte. Ihr Lächeln war so zögernd und ausweichend wie immer. Aber ihr Mann strotzte nur so vor Kraft und Selbstvertrauen. Sie konnten nicht viel über dreißig Jahre alt sein.

Wirklich, dachte er, ein schlechter Sommer für den Club. Ganz wie Hope Creeley in ihr Tagebuch geschrieben hatte, schien das Unglück tatsächlich über ihm zu hängen »wie über den Pyramiden von Gizeh«. Er warf einen Blick nach oben zu der Maya-Gottheit an der Wand. Von seinem Blickwinkel aus schien sie auf Helenes Brust einen Totentanz aufzuführen.

Er zündete sich eine Zigarette an. Draußen heulte sich der Wind zu einem neuen Sturm auf, und dieser prallte mit Macht gegen die Fenster.

Helene hatte also den *Register*-Artikel über die angebliche Sichtung Creeleys in Laguna Beach am Abend seines Todes ausgeschnitten. Shephard rief sich ihre Erzählung über den stümperhaften Mord in Erinnerung, bei dem die gedungenen Gangster aus Los Angeles nicht imstande gewesen waren, den Newport-Kanal vom Taucherwinkel zu unterscheiden. Und daß dann andere liebe Freunde die verirrte Leiche zurück nach Newport Beach schaffen mußten. Die Polizei aber hatte für die Idee, die Leiche sei nach Norden getrieben, nur Hohn übrig, und wenn sich Shephard die genauen Umstände vergegenwärtigte, konnte er dem nur beipflichten. Wenn nun Helenes Erzählung tatsächlich der Wahrheit entsprach? Selbst wenn sie krank im Kopf war, wie Datilla und Wade behaupteten, konnte doch ihre Phantasie sehr wohl mit kleinen Fetzen der Wahrheit durchsetzt sein. Nur: welche Stückchen Wahrheit waren es, und wessen Wahrheit? Die anfänglichen hitzigen Forderungen der Zeitungen nach einer Wiederaufnahme der Untersuchung des Falles waren schnell wieder zu Desinteresse abgeflaut, und die nächste Seite des Albums enthielt nur noch einen kurzen Zeitungsausschnitt mit der Nachricht, daß der Mordprozeß gegen Azul Mercante um drei Wochen verschoben worden sei, sowie ein großes Foto von der Surfside-Halloween-Gala, bei der alle Teilnehmer als Gespenster kostümiert erschienen waren.

Auf der nächsten Seite des Surfside-Jahresalbums begann der Prozeß. Weingarten machte sogleich Schlagzeilen mit dem Antrag, daß nicht vor einem Schwurgericht verhandelt werde, sondern nur vor dem Ehrenwerten Richter Francis Rubio, der damit allein die Entscheidung in der Hand hätte. Aus seiner eigenen Erfahrung bei Gericht wußte Shephard zur Genüge, daß Anträge dieser Art äußerst selten vorkommen und naturgemäß nur von Angeklagten gestellt werden, die wissen, daß ihre Chancen vor einer Geschworenenjury gleich Null sind. Dennoch war das Klischee juristischer Seminare zuweilen ebenfalls richtig: daß auch wirklich Unschuldige diese Verfahrensart vorzogen. Richter sind nun einmal in der Tat weniger anfällig gegen Druck von der Presse und weniger durch Tricks der Staatsanwälte zu beeinflussen. Und oft – vielleicht wegen der Tatsache, daß jemand, der eine Entscheidung ganz allein zu vertreten hat, sorgfältiger abwägt – sind sie auch in juristischen Detailfragen genauer als ermüdete und schlechtbezahlte Geschworene. Man kann ihnen einfach weniger vormachen. Er wußte ferner, daß Richter eher die Beweise im Auge haben als Personen und daß sie besser zwischen Tat und Täter zu unterscheiden wissen.

Aber dieses Bemühen um ein Einzelrichterverfahren schien doch nutzlos gewesen zu sein, wie er den einleitenden Bemerkungen von Jim Peters entnahm. Seine ersten Feststellungen über Azul Mercante porträtierten diesen als einen gefährlich aggressiven Playboy: »Ein Mann, dessen Grundeinstellung zu Frauen zwangsläufig ernsthafte Fragen nach seinem Bewußtseinszustand zur Tatzeit aufwirft.« Im weiteren kündigte er ausreichende Beweise dafür an, daß das normale und übliche Verhalten Mercantes durchaus von der Art war, eine Voraussetzung und Bereitschaft für diese Art Sexualverbrechen zu dokumentieren. Und der Stützpfeiler der Anklage, wie er es nannte, war überhaupt das Beweisstück an sich: die Mordwaffe mit Mercantes Fingerabdrücken sowie die Ergebnisse der Paraffintests, die einwandfrei ergeben hätten, daß der Angeklagte den tödlichen Schuß abgefeuert habe.

Weingartens Eröffnungsbemerkungen waren kurz und sachlich: Azul Mercante war ein guter Freund der Shephards, besonders von Colleen, und er war ohne Hintergedanken und in völlig ehrbarer Absicht zu Besuch gekommen. Weingarten zufolge – und diese Darstellung erregte Shephards Verachtung über die Beschränktheit dieses Mannes –, war Wade Shephard unerwartet nach Hause gekommen und hatte in aufwallender Eifersucht auf Mercante geschossen, allerdings seine Frau getroffen. Auf die Fingerabdrücke sowie auf die Spuren von Barium und Antimon, die an Mercantes rechtem Handgelenk gefunden worden waren – die beiden beweiskräftigsten Folgen der Explosion von Schießpulver –, ging er überhaupt nicht ein.

Während er las, wuchs Shephards innerer Zorn immer mehr. Dabei war offensichtlich, wie er der Lektüre des Artikels auf der nächsten Seite entnahm, daß Mercante diese fadenscheinige Posse Weingartens gar nicht durchhalten konnte.

Sprechverbot für Mercante

Der des Mordes angeklagte Azul Mercante – er wird der Tötung einer jungen Mutter aus Laguna Beach im vergangenen Sommer beschuldigt – bekam gestern in seinem Prozeß Sprechverbot von Richter Francis Rubio.

Rubio traf diese Entscheidung, nachdem Mercante den Fortgang der Verhandlung immer wieder durch lautstarke Ausfälle gegen Staatsanwalt Jim Peters gestört hatte. Der Richter erklärte Mercante, falls er dies nicht einstelle, werde er von der weiteren Verhandlung ausgeschlossen.

Mercante begann mit seinem Geschrei während der Aussage des Polizeiermittlers Dwayne Maxwell, der bekundete, daß ein Paraffintest an Mercantes Haut unmittelbar nach seiner Verhaftung positiv war.

Mercante rief daraufhin dazwischen, das an seiner Hand gefundene Barium und Antimon komme daher, daß er Künstler sei. Die Farben, mit denen er arbeite, enthielten diese Substanzen.

Der Prozeß befindet sich gegenwärtig in der zweiten Verhandlungswoche.

Mit einem Gefühl wachsenden kribbelnden Jagdeifers blätterte Shephard eilig die nächste Seite des Albums auf. Es war nun an Weingarten, seine Verteidigung aufzubauen, und er begann damit, indem er einige Zeugen aufrief, die bekundeten, daß Mercante tatsächlich ein regelmäßiger Tennispartner von Wade Shephard und »offensichtlich« ein Freund sowohl Wades wie seiner Ehefrau Colleen gewesen war. Es war ein Donnerstagmorgen, als Weingarten Wade selbst in den Zeugenstand rief. Er befragte ihn fast den ganzen Tag lang über sein Verhältnis zu seiner Ehefrau, zu seinen Kollegen, und schließlich auch zu Mercante, den Wade als einen »zwar etwas flatterhaften, aber doch wohl anständigen Mann« schilderte. Er fuhr mit der Schilderung fort, wie schockiert er war, ihn beim Versuch der Belästigung seiner Frau zu überraschen. Wade erklärte, ihre Bekanntschaft habe sich bis dahin durchaus in Richtung auf eine dauerhafte Freundschaft entwickelt, allerdings habe er zu diesem Zeitpunkt Mercante doch noch immer als einen zufälligen Bekannten aus dem Surfside Club angesehen.

Shephard war keineswegs überrascht zu lesen, daß Mercante Clubmitglied gewesen war.

Weingarten schloß diesen Verhandlungstag damit ab, daß er Dwayne Maxwell noch einmal in den Zeugenstand rief. Er sollte bestätigen, daß Barium und Antimon tatsächlich übliche Bestandteile von Künstlerfarben seien und daß Spuren von ihnen durchaus »auch mehrere Tage lang« auf menschlicher Haut zurückbleiben könnten. Mercante unterbrach die Aussage trotz seines Redeverbots wieder durch laute Zwischenrufe, und Richter Rubio schloß ihn deshalb für zwei Verhandlungstage aus und ließ den weiter laut Schreienden abführen.

Die zwei Namen, die die nächste Spalte mit Ausschnitten beherrschten, versetzten Shephard in einen Zustand gespannter Aufmerksamkeit.

Die Zeugen des folgenden Tages hießen nämlich Tim Algernon und Hope Creeley.

Zeugin schildert Notzuchtversuch

Hope Creeley aus Newport Beach wurde von dem des Mordes angeklagten Azul Mercante im Fitneßzentrum des feudalen Surfside-Clubs in Newport Beach einmal sexuell belästigt. Dies sagte Mrs. Creeley als Zeugin im Prozeß gegen Mercante aus.

Die 24 Jahre alte Zeugin, Witwe des ertrunkenen Miteigentümers des Surfside-Clubs, Burton Creeley, sagte, daß sie seit dieser Belästigung während des Festes im Club anläßlich des Unabhängigkeitstages am 4. Juli dieses Jahres in ständiger Furcht vor Mercante gelebt habe.

Mrs. Creeley war vom Anklagevertreter Jim Peters in den Zeugenstand gerufen worden. Peters hat während des ganzen Prozesses nachzuweisen versucht, daß Mercante ein »gefährlicher sexueller Triebtäter« sei.

Mrs. Creeleys Aussage zufolge wußte sie von einem anderen Clubmitglied namens Tim Algernon, daß Mercante häufig anzügliche Bemerkungen über Frauen im Club machte und auch oft den Wunsch äußerte, mit der einen oder anderen »Beziehungen« zu haben.

Diese schwer belastende Aussage hatte laut Peters den Zweck, aufzuzeigen, daß Mercante am 9. September Mrs. Shephard in ihrem Haus »allein zu dem Zweck aufsuchte, sie sich sexuell gefügig zu machen«.

Er will die Todesstrafe fordern.

Nachdem er diesen Artikel gelesen hatte, brach Shephard erneut der Schweiß aus. Er fühlte ein Kribbeln in seinen Beinen, stand auf, zündete sich eine Zigarette an und ging mit dem Album in der Hand zum Fenster. Das helle Nachmittagslicht fiel in Streifen durch die geschlossene Jalousie auf das Buch, in dem er nun zu dem Zeitungsausschnitt über den letzten Verhandlungstag gegen Azul Mercante, den Mörder Colleens, weiterblätterte. Ein Foto zeigte, wie Mercante aus dem Saal geführt wurde. Er starrte direkt in die Kamera.

Er wurde von Richter Francis Rubio schuldig gesprochen und zu lebenslänglicher Haft im Folsom State Prison, California, verurteilt.

Und an dieser Stelle fanden Verse zurück in Shephards Erinnerung, die ihm mittlerweile sehr vertraut waren.

Lügner brennen, und
Kleine Lügner brennen zuerst

Und das so lange Rätselhafte und jetzt schmerzlich Offenbare:

DIESE BIBEL IST EIGENTUM DES
FOLSOM STATE PRISON

Er zog seine letzte zerknitterte Phantomzeichnung aus der Tasche und hielt sie neben das haßerfüllte Gesicht auf dem Zeitungsfoto.

Es gab einen Unterschied. Aber er war völlig verschwunden, als er mit einem Kugelschreiber von Helenes Nachttisch mit zitternder Hand einen Bart auf Mercantes Gesicht in der Zeitung gemalt hatte.

Es war völlig unmöglich, das wußte er. Aber je mehr er auf die Stimme seines eigenen Verstandes lauschte, desto lauter wurde der Schrei in ihm. Er blickte hinaus auf den stürmischen Ozean und wartete darauf, daß seine Trommelfelle platzten.

Dritter Teil

22

Shephard spürte dieses Kribbeln in seinen nervös zuckenden Beinen und das Zittern in seiner Stimme, als er sein Ticket am AirCal-Schalter kaufte.

Ein paar Minuten später war er mit dem 12.40-Uhr-Flug von Orange County nach Sacramento in der Luft. Er lehnte sich zurück und blickte auf die kleiner werdenden Häuser hinunter, während das Fahrwerk einfuhr.

Was würde Hannover wohl sagen, wenn er erfuhr, daß er hier auf der Suche nach einem Toten war? Oder Wade? Oder diese Journalistin Tina Trautwein, die daran glaubte, daß man tiefer als nur bis zu den Schlagzeilen in eine Geschichte eindringen müsse? Er wartete mit einer Zigarette im Mund und dem Feuerzeug in der schweißnassen Hand nervös darauf, daß das *No Smoking*-Schild, zum Teufel, endlich verlöschte.

Als das Flugzeug dann auf Flughöhe war, rauchte er und versuchte die Lage zu rekapitulieren. Er hatte zwei Opfer – sogar drei, wenn er Colleen noch mitzählen wollte. Er hatte ein Motiv. Und er hatte einen Täter; nur daß der seit einem halben Jahrzehnt tot war. Shephard überlegte sich, wie er im Folsom-Gefängnis auftreten sollte. Ständig gingen ihm Johnny-Cash-Bluessongs im Kopf herum. Andererseits…, dachte er und zählte die Punkte auf, die nach wie vor einen Sinn zu ergeben schienen. Cal. Die Jota. Zehn Stiche, die schon ordentlich hielten. Jane…

Er hatte Helenes Apartment verlassen, die Tür verschlossen

und Mink mitgeteilt, es liege ein Fall von Selbstmord vor. Die Polizei von Newport Beach würde sich bald mit ihm in Verbindung setzen wollen.

Am Flughafen von Sacramento mietete er einen Wagen und war gegen drei in Folsom. Folsom war eine verschlafene und irgendwie trostlose Stadt. Viktorianischer Stil. Und ein bißchen prätentiös, dachte er. Das Gefängnis lag außerhalb. Ein für die Ewigkeit errichteter Ziegelbau. Die Mauern efeuberankt. Tot wie ein Hundefriedhof. Der Torwächter war einer jener subalternen Beamten, die sich freuen, wenn sie sagen können, daß nichts geht. Er rasselte seinen Spruch herunter. »Ich kann den Diensthabenden nicht erreichen. Er ist nicht da. Ich kann auch seinen Stellvertreter nicht finden. Der hat zu tun. Ich kann auch nicht an die Akten ran ohne Erlaubnis von einem der beiden. Tut mir leid, Detective.«

Shephard vergegenwärtigte sich mühsam den Namen aus dem Gedächtnis: »Der stellvertretende Diensthabende TeWinkle ist ein Freund von mir. Seien Sie doch so nett und rufen Sie ihn mir, ja?«

»Hab' Ihnen doch gesagt, daß er zu tun hat.«

»Na, das wissen wir doch aber nicht, solange wir's nicht versucht haben, oder? Also, was ist? Er erwartet mich.«

Der Beamte tippte demonstrativ nachdrücklich auf die Telefonwähltasten, wartete, erklärte dann die Situation. »Er kennt Sie überhaupt nicht, Shephard. Vielleicht sollten Sie doch besser einen Termin –«

»Mein lieber Mann, ich bin Kriminalbeamter, und ich brauche Unterstützung – und jetzt sagen Sie gefälligst Ihrem TeWinkle, daß dies der dringendste Fall des ganzen Tages ist, ja?«

Der Beamte sah ihn an und seufzte. Diesmal war sein Ton etwas ermutigender. Er erklärte noch einmal, nickte, hängte auf. »Kommt gleich.«

»Vielen Dank, wirklich.«

Diensthabender Stellvertreter Dave TeWinkle tauchte tatsächlich nach einer halben Stunde – »gleich« – auf. Ein hagerer, sehniger Mann. In den späten Fünfzigern, vermutete Shephard. Schütteres rostrotes Haar. Typische Trinkernase. Er führte Shephard nach oben in sein Büro. »Mercante? Aber sicher. Den Kerl werde ich nie vergessen. Der ist bei der Meuterei von 1980 umgekommen, zusammen mit fünfzehn anderen Sträflingen. Den Weg hätten Sie sich sparen können, Detective. Ein Telefonanruf hätte auch genügt.«

»Was ich will, Dave... was ich brauche... ich muß mit jemandem reden, der dabei war. Bei dieser Meuterei. Einer, der Mercante gekannt hat.«

»Na, ich war dabei. Ich und mein Gewehr, mit dem ich vierundzwanzig Stunden lang in Schach gehalten habe, was vom Ostflügel noch übrig war. Ist vor meinen Augen fast alles niedergebrannt.« TeWinkle deutete mit dem Daumen heftig auf ein gerahmtes Foto an der Wand. Hinter dem dicken Rauch im Vordergrund des Bildes waren durch die Flammen im Zellenblock hastende Gestalten zu erkennen. Wie Leiber, die in der Höllenverdammnis brennen.

»Was ist mit Mercante passiert?«

TeWinkle schüttelte sich. »Tot. Also *so* nahe war ich auch nicht dran. Ich habe ihm keine mit der Zwölfkalibrigen verpaßt, wenn Sie das meinen, aber es hätte mir auch nichts ausgemacht, es zu tun. Was meinen Sie mit passiert?«

»Wie es passiert ist. Verbrannt? Erschossen? Oder was?«

TeWinkle lehnte sich zurück, verschränkte die Hände hinter dem Kopf und starrte zur Decke hinauf. »Das, glaube ich, weiß ich nicht mehr genau, wie es sich bei dem Azul abgespielt hat.«

»Ja, aber können Sie mir den Bericht verschaffen? Das Protokoll? Die Personalakte?«

»Ich kann verdammt alles beschaffen, was ich will«, sagte TeWinkle mit einem selbstbewußten Lächeln. »Augenblick.«

Nach fünf Minuten war er mit einem dünnen Ordner wieder da. Ein roter Aufkleber verkündete: »Inaktiv.« Er legte ihn vor sich auf den Tisch, beugte sich darüber und holte eine Lesebrille aus seiner Tasche.

»Schlechter Zeitpunkt«, sagte er. »Am Sommerende und nichts los. Genau das ist die Zeit, wo man weiß, es rumort im Kasten. Wenn man zum Dienst kommt, und die Leute prügeln sich und fluchen und machen ständig irgendwelchen Rabatz, dann weiß man, alles ist okay. Aber wenn man kommt, und absolut nichts rührt sich, muß man aufpassen. Ich war damals Wachenaufsicht. Hatte die ganze Abteilung unter mir. Ich hab' eine Menge Zeit im Nordturm zugebracht. Nur mit Aufpassen.« Te-Winkle blätterte um und nickte.

»Ging ungefähr um die Zeit jetzt los«, fuhr er fort. »Da geriet eine Schlägerei im Speisesaal außer Kontrolle, und als der Aufseher eingriff, besorgten sie's ihm. Ein halbes Dutzend war daran beteiligt. Sie haben ihn fürchterlich zusammengeschlagen und ihn rüber in den Block Ost geschleift, und da haben sie ihm das Telefon zum Wärter hingehalten. Sie hatten eine ganze Latte von 'ner Liste, was sie alles wollten. Längere Freizeit im Hof, erinnere ich mich. Bessere Desinfektion. Es war ein heißer Sommer damals, und da gab es massenhaft Ungeziefer und Kakerlaken. Und wir waren obendrein überbelegt. Viel zu voll. Der Wärter sagte, gut, er wolle zusehen, was sich machen ließe, wenn sie Connell freiließen. Aber statt dessen haben sie ihn umgebracht und dann die ganze Bude in Brand gesteckt. Matratzen, Decken, das meiste von ihrem eigenen Zeug. Der Teufel war los, alle spielten verrückt. Man konnte nicht mehr sagen, wer nun grade wer war. War ja alles voller Feuer und Rauch. Auch in den Freizeitraum sind sie rein und haben ihn angezündet.

Die Gefangenen hielten den Block vier Tage lang. Drei von ihnen sind von Aufsehern erschossen worden. Einige sind in den Flammen umgekommen. Einer oder zwei wurden von ihren eigenen Leuten umgebracht... Da, das hier war Mercante. Da steht's auch: ›Von unbekannter Hand getötet während der Gefängnisunruhen vom August 1980. Ein angespitztes Stück eines Bettrahmens wurde ihm in die Brust gestoßen.‹ Irgendeiner hat ihn aufgespießt. Hätte keinem Besseren passieren können. Aus und erledigt. Sind Sie jetzt endlich zufrieden?«

Er reichte den Ordner über den Tisch. Shephard warf einen Blick auf die Profil- und Frontalfotos, die regelmäßig jedes Jahr gemacht wurden. Auf dem letzten Foto vom Mai des Jahres, in dem er umkam, trug Mercante einen Bart. Schnurrbart samt Vollbart.

»Merkwürdiger Bursche, dieser Azul«, sagte TeWinkle. »Klein, aber alle fürchteten ihn. Sogar die Gangs ließen ihn in Ruhe. Saß wegen Mord. Dreißig Jahre, glaube ich. Ich weiß es nicht mehr so genau, Sie können's ja nachsehen, wenn Sie wollen, aber ich glaube, er hat während seiner Haftzeit hier einen umgebracht. Das war aber lange, bevor ich kam. Ende der fünfziger Jahre, glaube ich. Eine Schlägerei unter der Dusche, und als es vorbei war, hatte Mercante dem anderen an den Fliesen den Schädel eingeschlagen. Also hat er noch lebenslänglich dazugekriegt. Hätte er sich ein bißchen zusammengenommen und wäre nicht aufgefallen, wäre er schon längst wieder draußen gewesen. Dreißig Jahre sind tatsächlich ja höchstens zwanzig, bei guter Führung.«

Gutes Gedächtnis, dachte Shephard, als er einen Absatz der dritten Seite aus Mercantes Personalakte nachlas. Stimmte alles. Der Mann wurde – drei gegen einen – unter der Dusche angegriffen und überlebte es – nur, um dafür lebenslänglich zu bekommen. Die ersten fünf Jahre hatte es Azul nicht leicht gehabt: drei Schlägereien, zweimal »Ferien« in der Strafzelle, Verlegung in den Disziplinarblock, dann wieder normale Haft. Aber nach 1962 war eine Veränderung in seinem Verhalten festzustellen.

»Assistent des Gefängnisgeistlichen?«

»Die miesesten Typen landen am Ende immer auf Gottes Seite«, erklärte TeWinkle, während er sich mit seiner Pfeife beschäftigte. »Kein Wunder, daß der ständig verliert. Sehen Sie sich diesen Manson drüben in Vacaville an. Alle sind errettet und erlöst. Wissen Sie, warum? Weil es so ein gutes Gefühl ist.«

Shephard vertiefte sich wieder in die Akte. Mercante hatte als Ministrant in zwölf Jahren drei Gefängnisgeistliche überlebt. Er missionierte jeden Tag bei seinen Mitgefangenen. Er vollbrachte sogar ein paar Bekehrungen. Er brachte es fertig, daß die Teilnahme an den Gottesdiensten reger wurde. Und hatte obendrein noch Zeit, einen Job im Folsom-Archiv zu versehen. Vertrauensstellung.

Und er malte. Das Protokoll erwähnte, daß er mit Porträts von Mitgefangenen ein »einträgliches Geschäft« betrieb. Zwölf Jahre lang stellte er seine Arbeiten bei der jährlichen Kunst-und-Handwerks-Schau des Gefängnisses aus. 1972 bekam er sogar von den Aufsehern einen Auftrag für ein Porträt eines Kollegen, der in den Ruhestand ging. Und wenn seine Personalakte stimmte, änderte Azul Mercante selbst sich auch. Ein Eintrag von 1953 beurteilte ihn noch als »falsch, extrem gewalttätig, nicht vertrauenswürdig und unbelehrbar«. Zehn Jahre später aber war er »geduldig, freundlich und offensichtlich nicht mehr zu Gewalttätigkeiten neigend«. Zu Beginn des Jahres 1973 war sein guter Wille überhaupt kein Gegenstand hitziger Diskussionen unter Gefängnisbeobachtern mehr. Mercante war nun »einfach ein normaler, in jeder Hinsicht vorbildlicher Häftling«, und es war »nur bedauerlich, daß des Häftlings früheres Verhalten es leider nicht zuläßt, seine Entlassung auf Bewährung in Betracht zu ziehen«.

»Detective?« Shephard blickte auf. Hinter einer dünnen Wolke von Rauch sah ihn TeWinkle forschend an. »Würde es Ihnen was ausmachen, mir zu verraten, wonach, zum Teufel, Sie eigentlich suchen?«

Shephard ließ den »Inaktiv«-Ordner auf den Tisch fallen. »Nach jemandem, der dabei war. Als er starb. Genau mitten drin.«

»Wenn ich wüßte, was Sie –«

»Wenn ich das wüßte, würde ich danach fragen, Dave. Irgendeiner, der an der Meuterei beteiligt war. Irgendeiner, der vielleicht hinterher was aufgeschnappt hat. Einfach einer, der eine Weile hier drin war. Es ist wichtig. Können Sie mich mit so einem zusammenbringen, allein?«

»Also, Shephard, Sie verlangen da allerhand von mir. Gut, meinetwegen, ich kann Sie ins Besucherzimmer bringen. Und ich schaffe Ihnen auch einen ran, der schon länger hier ist und sich hier drin auskennt. Ed Matusic vielleicht, wir nennen ihn Shake. Der schreibt pausenlos.«

»Nicht im Besucherzimmer. Er muß sozusagen auf seinem eigenen Territorium sein, wo er sich wohl und sicher fühlt.«

»Wohl fühlen tut man sich hier nirgends.«

Shephard legte seine Waffe auf den Tisch und stand auf.

Um ihn herum war das ganze Geräuschpanorama des West-Blocks, als er durch die letzte der eisernen Schiebegittertüren trat, an der zwei Wächter wichtigtuerische Mienen aufsetzten. Aus mehreren Zellen kam Musik, kakophonisch und einander zu übertönen versuchend. In dem kleinen Raum links von ihm schrien sich zwei Männer an, von denen der eine Frauenkleider trug. Unten im Block klapperte einer einen strengen Rhythmus gegen die Eisenstangen. Irgend jemand sang und klimperte dazu auf einer Gitarre, und von gegenüber kam die wimmernde Begleitung einer Mundharmonika. Ein Bob-Dylan-Song; Shephard kannte ihn. Er sah im Vorbeigehen Gesichter im Dämmerlicht und Hände, die um Stäbe griffen. Irgendeiner rief: »He, Süßer, komm her zu Daddy!« Der Wärter an seiner Seite nickte in Richtung der Treppen am Ende des Ganges. »Matusic, 200 B, wie Baby. Oben.«

»Shake« erhob sich, als sie näher kamen, von seinem Bett und kam zum Gitter. Shephard sah forschend in seine kleinen Augen. Sie saßen in dem fleischigen Gesicht wie Edelsteine. Er war groß, aber von plumper Gestalt, und seine ganze Haltung erinnerte an einen Jungen, der ständig gehänselt wird, weil er zu weich ist. Aber als er lächelte, bemerkte Shephard darin auch die Rücksichtslosigkeit und Falschheit dessen, der gelernt hat, jedem alles heimzuzahlen. In diesem Mann war alles zerstört.

»Da ist Besuch, Shake. Mr. Shephard. Benimm dich und beweis ihm, daß der Laden hier Klasse hat.« Der Wärter öffnete die Zellentür. »Ich bin oben über der Treppe. Rufen Sie mich, wenn Sie fertig sind.«

Shephard trat ein, warf einen Blick auf das offene Notizbuch auf dem Bett und den daneben liegenden Stift. »Ein Schriftsteller? Shake wie Shakespeare?« Die Tür fiel hinter ihm zu. Er hatte völlig vergessen, warum Matusic einsaß.

»Ja, und weil ich beim Gehen immer zittere.«

Sie gaben sich die Hand. »Tom Shephard. Weswegen sind Sie

hierher gekommen?«

»Hauptsächlich Vergewaltigung. Und Sie sind ein Bulle?«

»Laguna Beach.«

»Nie gehört.«

»Weit weg.«

»Sie können sich entweder aufs Bett oder auf den Stuhl setzen.«

Shephard nahm den Stuhl, und Shake schüttelte sein Kissen aus, ehe er sich auf seinem Bett zurücksetzte. Er legte sich sein Notizbuch auf den Bauch. »Ich will nicht raus. Wenn Sie also hier sind, um mir ein Geschäft vorzuschlagen, können Sie das vergessen. Ich bin hier zu Hause. Alles, was ich zum Leben brauche, habe ich hier.«

»Sie meinen, es gibt nichts, was Sie sich wünschen? Überhaupt nichts?«

Matusic dachte über diese Frage nach und blätterte in seinem Notizbuch. Shephard sah sich in der Zelle um. Zwei fast mannshohe Stapel Bücher in der Ecke. Bücher auch unter dem Bett. Ein Waschbecken, eine Toilette. Eine Wand fast ganz von einem riesigen Foto eines Bergmassivs mit blühenden Blumen bedeckt. Die gegenüberliegende Wand voller großer Zeichenblätter, eng beschrieben in winziger schwarzer Schrift.

»Bißchen Geld kann ich immer brauchen«, sagte Shake schließlich. »Ich sammle Geld. Was ich mir wünsche, fragen Sie doch, oder?«

Shephard betrachtete des Mannes Gesicht, um irgend etwas Sympathisches darin zu finden. »Wo lassen Sie denn all ihr Zeug? Das Geschriebene?«

»Unterm Bett. Wenn das hier fertig ist, ist es mein hundertdreiundvierzigstes Buch. Ich sammle sie auch, wie das Geld.« Er klopfte mit seinem Bleistift auf das Notizbuch, und dabei schien irgend etwas sein Interesse zu erregen. Er schrieb langsam und mit angestrengt konzentriertem Gesicht. Als er fertig war, sah er Shephard wieder an, entspannt und mit einem Grinsen, als sei er beim Quälen einer Katze erwischt worden. Shephard spürte, wie sich seine Nackenhaare sträubten. Er legte einen Zwanziger auf

Shakes Bett.

»Ich möchte etwas über die Meuterei damals im Jahre '80 wissen, Shake. Nichts, was Sie mir erzählen, wird gegen Sie verwendet, oder gegen sonst jemanden. Es ist... von ganz ganz persönlichem Interesse für mich.«

Matusics kleine Augen schienen aufzuleuchten. Er nahm den Geldschein an sich und grinste. »War nix, diese Meuterei. Vier Tage lang nur Durcheinander und schlimme Sachen. Sechzehn Mann und ein Wärter waren tot. Zum Schluß haben sie uns die Nationalgarde reingeschickt.« Er beugte sich vor und fing gerade noch sein wegrutschendes Notizbuch auf. »Überall Feuer und alles drunter und drüber. Die Wärter schoben uns die Schuld zu, aber in Wirklichkeit waren die Flöhe der Grund. Das, und weil wir viel zu viele waren in den Blocks.« Er strich den Zwanziger glatt, indem er ihn über sein Knie zog.

»Erinnern Sie sich gut an alles?«

»Ich hab' neun Bücher darüber geschrieben.«

»Mich interessiert, was mit Azul Mercante passiert ist.«

»Er ist gestorben. Haben Sie nicht noch ein bißchen von dem Geld?«

Shephard legte noch einen Zwanziger auf das Bett, und Shake stürzte sich darauf wie ein Raubvogel. Jetzt war es Zeit: wenn Matusic wußte, was er wissen wollte, dann mußte es jetzt kommen. »Wie? Aber erzählen Sie mir nicht den Quatsch, daß er aufgespießt wurde. Für solchen Mist bezahle ich nicht.«

Shake wurde rot, versuchte sich aber zusammenzureißen und sah Shephard verlegen grinsend an. Er hat Angst, dachte Shephard. Nur damit kriege ich ihn. Aber man darf ihm keine Sekunde lang den Rücken zudrehen. Matusic senkte seine Stimme zu vertraulichem Ton: »In Wirklichkeit ist er verbrannt«, sagte er. »Die Geschichte mit dem Aufspießen hat nie gestimmt. Jetzt werde ich Ihnen mal erzählen, wie es wirklich passiert ist.«

Shephard wandte keinen Blick von ihm während seiner Erzählung; von den in der Zelle des Schwarzen aufgestapelten Matratzen, und wie sie Feuer fingen, nämlich mit Hilfe des Farbenverdünners aus der Werkzeugkammer, und wie im letzten Moment die Zellentür zuschlug, und Azul war drinnen, und niemand konnte ihn rausholen, und so ist er dann verbrannt, ich erinnere mich genau, Block Ost, Nummer 51 Z.

Shephard sagte ruhig: »Ich habe aber auch gehört, daß ihn die Wärter auf dem Gewissen haben. Daß sie ihn niedergeschossen haben, Shake. Auch das hat man mir erzählt.«

Er legte noch einen Zwanziger hin, und Shake kassierte ihn sofort mit Grinsen.

»Ja, das kann auch sein«, sagte er. »Es war jedenfalls so.«

Shephard ließ ihn wieder nicht aus den Augen, als er nun die Geschichte erzählte, wie Mercante von einem Wärter auf dem Turm erschossen wurde, als er versuchte, vom Freizeitraum mit ein paar Handtüchern hinüber zum Sporthof zu gelangen.

Er beobachtete Matusics Kannibalenlächeln, das immer stärker wurde, immer begieriger, es dem Zuhörer ja recht zu machen. Der Riesenkerl faltete seinen neuerworbenen Reichtum zusammen und wieder auseinander, um den Schein wieder über seinem Knie glattzustreichen. Er lachte unsicher.

Als Shephard aufstand, beobachtete er genau, wie Shake seine Beine anzog, die Hände um sie und den Kopf auf die Knie legte und immer noch still vor sich hin grinste. Shephard sah nach draußen nach dem Wärter. Der spionierte in eine Zelle an der Treppe hinein. Die Musik war noch immer laut. »Sie wissen doch ganz genau, was mit Azul passierte, nicht?« Aber in Matusic veränderte sich nichts. Nur seine kleinen Augen über den großen Knien lachten. Die Zwanziger hatte er noch immer in der Hand. Na, dann gehen wir eben pleite, dachte Shephard und holte seinen letzten Zwanziger und ein Bündel Dollarscheine heraus, und das machte sich gut. Er wedelte mit dem Geld durch die Luft.

Matusic aber schüttelte den Kopf. »Ich hab' Ihnen alles gesagt.«

»Haben Sie«, äffte ihn Shephard nach. Und dann handelte er, so schnell es nur ging. Geld zurück in die Tasche mit einer Hand, mit der anderen das Kissen wegreißen, Matusic an die Gurgel fahren, ihm den Kopf in die Matratze drücken, gleichzeitig auf ihn springen und ihm die Knie in den großen Bauch rammen.

Shake stöhnte, klatschte mit seiner freien Pranke nach oben und – Himmel noch mal, dachte Shephard – schob die Hand mit dem Geld zwischen Bett und Wand, damit er seinen Zaster ja nicht verlor. Shephard hatte nun die Knie auf den schlaffen Armen und beide Arme um sein Genick. Und verpaßte es ihm: »Mercante ist einen Dreck in dem Aufstand umgekommen, Shake, und das wissen wir alle beide. Und Sie überlegen sich jetzt, ob Sie mir endlich sagen wollen, was wirklich passiert ist, ehe ich Ihnen die Luft zudrehe, bis Sie keine mehr kriegen und tot sind. Entscheiden Sie sich, Freundchen.«

Matusic stieß ein atemloses Wimmern aus. Seine Beine schlugen hinter Shephard auf die Matratze, und seine freie Hand zuckte kraftlos unter Shephards Knie. »Ich kann nicht... ich kann nicht mehr...«

»Nicht mehr atmen. Das ist natürlich ein Problem, Shake.« Er lockerte seinen Griff etwas. »Wir sprachen grade von Azul, erinnern Sie sich? Wie er umkam, damals, '80. Sind Sie noch da, ja?« Er drückte wieder stärker zu und hoffte, daß der Aufseher nicht gerade zurückkäme.

»Ich kann es Ihnen nicht sagen. Ich hab's geschworen.«

»Entschwören Sie sich, Shake. Ich erwürge Sie jetzt entweder, oder ich hole mir mein Geld zurück. Oder beides.«

Unglaublich, dachte Shephard, aber Shake nützte die Kraft, die er noch hatte, nur dazu, das Geld noch tiefer zum Boden hin hinunterzuschieben. Hinter ihm lärmte ein Radio, und auch Gelächter kam irgendwoher, aufgeregt und gemein. Showtime, dachte Shephard. Er ließ etwas locker. »Hören Sie zu, Matusic, wenn Sie nur ein bißchen Grips im Kopf haben, dann passen Sie jetzt auf. Sie haben nur noch wenig Zeit, ein paar Minuten vielleicht, und dann ist es aus und vorbei mit Ihnen. Mercante. Was passierte mit ihm? Wenn Sie jetzt reden, können Sie das ganze Geld behalten und kriegen noch zwanzig dazu. Das ist eine Menge Geld, Shake.« Der arme Teufel japst wirklich schon mächtig, dachte er. Er lockerte seinen Griff noch etwas. »Sie sind sich noch nicht ganz sicher, meinen Sie? Shake? He, Sie! Verdammt noch mal, zum Teufel, werden Sie jetzt endlich reden?

Ich habe die Würgerei allmählich satt!«

Noch ein letzter Versuch. Er kniete sich auf Matusics Arm und verstärkte seinen festen Griff langsam und stetig. Er hörte das Gelächter in seinem Rücken, das gedämpft genug war, um nicht die Wärter herbeizurufen. Shake röchelte. »Ich ... rrr ... rokay ... rokay.«

Shephard ließ los. »Ich sage Ihnen ... gar nichts mehr.« Shakes Brust hob und senkte sich schwer.

»Na schön, Shake, dann verschleudern Sie's eben und werden Sie reich.«

Dann fiel der Arm des großen Mannes auf die Matratze, und sein Gesicht entspannte sich. Shephard stand auf, zog ihn hoch und lehnte ihn an die Zellenwand. Noch immer hielt er das Geld fest mit der Hand umklammert. »Mercante ... ist einfach gestorben. Wie ich gesagt habe.«

»Shake, Sie enttäuschen mich.« Shephard wand ihm den Arm mit dem Geld hinter dem Bett hervor und entriß der Hand die Scheine. Er steckte sie in seine Brieftasche zurück und entfernte sich zum anderen Ende der Zelle. Und da kam ein Ton aus dem Mann, der schmerzlicher als alles klang, was er je aus ihm herauszuprügeln sich hätte vorstellen können, ein hoher kummervoller Jammer aus seinem tiefsten Innern.

»Neiiiin, oh, neiiiin!! Ich hab's mir verdient, es gehört miiiir ...!«

»Steck sie dir in den Hintern, Shake. Samt den Steuern drauf. Ich berechne dir diese sechzig und die zwanzig dazu, die ich dir noch geben wollte. Für die Lieferung einer Fuhre Scheiße und für verursachten Schweißausbruch infolge Anstrengung. Das Geschäft ist geplatzt.«

Shake blickte wieder zur Wand hinauf und schüttelte den Kopf. Sein Blick war der eines Mannes mit gebrochenem Herzen. Sein Kinn flatterte. »Das können Sie mir nicht antun.«

»Hab's grade getan.«

»Sie haben die Abmachung gebrochen.«

»Halt den Mund, Matusic. Viel Spaß noch im Leben.« Er lehnte sich gegen die Zellentür, um nach dem Wärter Ausschau zu halten.

»Warten Sie doch! Vielleicht kann ich Ihnen was sagen.«

»Ich hab' Sie grade fast erwürgt. Und jetzt auf einmal wollen Sie reden?«

»Es ist doch eine Ehrensache.«

»Aha. Erzählen Sie. Ich bin ganz Ohr.«

»Und das Geld?«

»Bleibt, wo es ist, bis ich gehört habe, was ich wissen will.«

Shake verbarg sein fleischiges Gesicht in den Händen. Shephard hörte ihn seufzen. »Also gut, aber wenn ich es Ihnen sage, zahlen Sie? Okay?«

»Das war die Abmachung vor zehn Minuten.«

»Jetzt wirklich. Kommen Sie her. So kommen Sie schon näher, und ich sag's Ihnen.«

Shephard setzte sich auf das untere Bettende. Shake schob sich hoch und drückte sich noch dichter an die Wand. Die Beine zog er ganz eng an die Brust. Und er flüsterte beinahe: »Azul ist '80 überhaupt nicht umgekommen. Er hat nur Stürmen und Türmen gemacht.«

»Stürmen und Türmen?«

»Er hat sich mit einem anderen vertauscht. Kleider, Zelle, alles. Tauschen, wenn sie vor dir dran sind. Verstehen Sie... wenn sie vor dir draußen sind.«

»Aber das funktioniert doch nicht, Shake. Außer es sind Zwillinge. Ich soll das ganze Geld wohl doch behalten?«

Shake beugte sich vor, leckte sich über die Lippen, bohrte sich mit seinen kleinen Schweinsäuglein in die Shephards. »Das waren sie praktisch. Zwillinge. Außer dem Bart. Azul ließ sich einen wachsen. Und wie ich das sah, wußte ich auch, was er im Sinn hatte. Ich wußte es. Sie sahen wirklich zum Verwechseln aus. Jedenfalls genug, daß es funktionieren konnte. Und Azul arbeitete ja im Archiv. Ich wette, daß er das ausgenützt hat. Der konnte doch einfach alles ändern. Er hat sich doch sogar die Mittelzehe abgeschnitten, direkt hinter dem vorderen Glied, weil nämlich –«

»Wie hieß er?«

»Manny Soto. Weil nämlich Manny genau dieses Zehenglied fehlte. Das machte Azul während der Meuterei. Hat Manny allein zu fassen gekriegt, hat ihn aufgespießt und dann in seine eigene Zelle geschleift. Hat die Stürme gemacht, sich vollständig mit ihm vertauscht und ihn dort gelassen. Ich bin bis heute der einzige, der das weiß. Und ich – ich hab' geschworen, bis ins Grab kein Wort zu sagen.«

»Und er hat dir bei deiner Geldsammlung geholfen.«

»Fünfhundert Dollar. Ich hab' sie noch immer unter dem Bett, bei meinen Büchern.«

Shephard stand auf. In seinem Gehirn rasten die Gedanken, aber sein Körper war schwer, wie in einem Traum, in dem man nicht vorankommt.

»Ich hätte nie gedacht, daß er damit durchkommt. Nach der ganzen Aufstandgeschichte haben sie eine Menge von uns verlegt, damit sie wieder aufbauen konnten, was wir kaputtgemacht hatten. Soviel ich weiß, kam Azul nach Lompoc. Ich habe ihn nie wiedergesehen. Er war einfach weg. Ich dachte, sie werden es schon rauskriegen, und dann kommt er zurück. Aber dann nach einem Jahr habe ich nicht einmal mehr darüber nachgedacht. Azul hat mir sehr oft Geld gegeben.«

»Das glaube ich gern.«

»Wollen Sie's sehen?«

Shephard ging zur Tür und rief den Aufseher. Er überschrie das ganze Getöse von Musik und Gesang.

»He... und was ist mit der Abmachung?«

Shephard warf die sechzig Dollar aufs Bett und den anderen Zwanziger noch hinterher. Jetzt hatte er noch ganze acht Dollar in der Tasche.

TeWinkle war in seinem Büro und aß gerade. »Ah, Shephard. Na, hatten Sie Erfolg?«

»Erinnern Sie sich an Manny Soto?«

TeWinkle starrte mit gerunzelter Stirn auf seinen Teller und nickte, als er wieder aufblickte. »Ja, dunkel. Ich glaube, den haben wir nach der Meuterei verlegt. Saß, glaube ich, auch wegen

Mord. Sie bleiben immer in der gleichen guten Gesellschaft, was?«

»Lompoc?«

»Ja, glaub' schon. Da. Versuchen Sie's doch selbst.« Er schob ihm das Telefon herüber, und Shephard wählte. Fünf Minuten später verband man ihn mit dem stellvertretenden Oberaufseher. Nicht nötig, in den Akten nachzusehen, sagte er. Manny Soto war vor zwei Wochen entlassen worden.

Shephard hängte auf, steckte seine Waffe, die noch auf dem Tisch lag, wieder ein und ging.

23

Shephard wiederholte Pavlik gerade die drei Namen: Richter Francis Rubio, Distriktstaatsanwalt Jim Peters, Wade Shephard, als der letzte Aufruf für Flug 321 durch die Halle des Flughafens Sacramento dröhnte.

Eine verurteilte Dreieinigkeit, dachte er. »Carl, du mußt sie wegschaffen. Wo sie auch sind, sie müssen verschwinden, irgendwohin. Irgendwohin, hörst du. Nur, schaff sie weg. Ist das klar?«

Pavliks Stimme drang dünn und unsicher zu ihm. »Tom, erkläre mir doch erst –«

»Kann ich jetzt nicht, lieber Carl. Sonst fliegt mein Flugzeug ohne mich ab, und ich muß es auf jeden Fall kriegen. Vertrau mir einfach, Carl. Ruf mich in eineinhalb Stunden bei meinem Vater an.« Er gab ihm die Nummer. »Und, Carl, versuch es jetzt bei Wade zuletzt. Ich habe eben bei ihm in der Kirche angerufen und erfahren, daß er auf dem Heimweg ist. Er dürfte in einer halben Stunde zu Hause sein.« Er hängte auf und eilte zum Flugsteig.

Die Landung im Orange-County-Flughafen war hart und abrupt. Das Flugzeug wurde von Böen des heftigen Windes geschüttelt, der noch immer von der Wüste her wehte. Selbst die LaVerda war eine Versuchung, als er die 405 hinunterbrauste und dabei, zum erstenmal in jüngerer Zeit, darauf achtete, ob eine Polizeistreife in der Nähe war.

Wades Auto stand nicht auf der Straße, aber auch nicht in der Garage. Er schloß das Haus mit dem Schlüssel auf, den er mindestens seit zehn Jahren nicht mehr benützt hatte. Er empfand ein wachsendes Gefühl der Bedrohung.

Drinnen roch es nach getrocknetem Eukalyptus und nach Sonntagsspeck und Eiern. Er konstatierte bei sich, daß er eher Rauchgeruch erwartet hatte.

»Paps?«

Das Wohnzimmer war leer, die Küche so makellos wie eh und je, die Speisekammertür zu. Er lauschte und stieß sie dann auf. Durch die Jalousien fiel der Schein der Abendsonne und zeichnete ein Rippenmuster von Licht und Schatten an die Wand. Er ging den Flur hinunter, durch das Schlafzimmer ins Bad. »Paps?« Als er die Duschkabinentür zurückschob, sah er nur die blitzblanke Wanne und ein Stück Seife, das aus dem Seifenhalter hinuntergerutscht war und jetzt über dem Abflußloch lag. Er hob es auf und legte es an seinen Platz zurück. Wades Sekretärin hatte gesagt, er sei nach Hause gefahren, dachte er. Vor fast zwei Stunden. Wo war er? Bei einem Dinner? Einer Verabredung?

Er hörte einen Wagen in der Einfahrt und ging ans Fenster. Seine .357 schlug gegen den Rahmen, als er hinter den Vorhang trat und seinen Vater aussteigen, sich wieder hineinbeugen und zwei große Einkaufstüten herausholen sah. Shephard konnte sich nicht erinnern, jemals in seinem ganzen Leben so froh gewesen zu sein, ihn zu sehen, wie jetzt. Er ging ihm zur Tür entgegen und nahm ihm eine Tüte ab. Wade sah ihn forschend an: »Du siehst aus wie ein junger Polizist, der etwas vorhat.«

Während sein Vater die eingekauften Lebensmittel verstaute, berichtete ihm Shephard. Wades Gesicht spannte sich zusehends an, und seine betonte Aufmerksamkeit auf die augenblickliche Tätigkeit war sichtlich nur gespielt. Er stellte die Zahnpasta in den Kühlschrank. Shephard umriß seine Beweislage: die Drohungen an die Zeugen Tim und Hope, die Spuren von Kobalt und Cadmium, die in Malerfarben enthalten sind, die nahezu perfekte Übereinstimmung von Phantomzeichnung und altem Mercante-Foto aus dem Surfside-Album, Ed Matusics Berichte über Gewalt und Personentausch bei der Folsom-Meuterei und »Manny Sotos« Entlassung vor zwei Wochen aus Lompoc. Wade lehnte sich gegen die Anrichte, und aus seinem Gesicht begann die Farbe zu weichen. »Mercante... kann einfach nicht am Leben sein. Er ist doch seit fünf Jahren tot.«

»Die Zuchthäusler nennen es Stürmen und Türmen, Paps. Azul hat es zu einer Kunstform verfeinert.« Shephard ließ aus dem Hahn ein Glas Wasser vollaufen und reichte es Wade. »Kein Zweifel, es ist Mercante. Er könnte genausogut seine Unterschrift hinterlassen haben. Das hast du sogar selbst einmal gesagt. Geld, Frauen, Schweigen oder Rache. Er will Rache. Er will dich. Übrigens, Paps, Helene Lang ist tot. Sie hat sich heute morgen umgebracht.«

Er sah, wie sein Vater die Augen schloß und sich bemühte, aufrecht zu stehen und sich unter Kontrolle zu halten. Wade mühte sich ins Eßzimmer und ließ sich auf einen Stuhl sinken. Shephard folgte ihm.

»Sie mag ja eine verrückte alte Frau gewesen sein«, sagte er, »die sich einbildete, daß Joe sie liebte und daß er Burton umbringen ließ. Aber immerhin hat sie daran bis zu ihrem letzten Augenblick geglaubt.«

Als Wade aufsah, schien er kleiner geworden zu sein.

»So wird es wohl sein«, entgegnete Wade, und es war kaum mehr als ein Flüstern.

Das Telefon läutete, und Shephard nahm ab. Es war Pavlik, er klang eilig und aufgeregt: »Ich habe alles erledigt, Tom. Jim Peters braucht sich keine Sorgen mehr zu machen. Er ist schon vor ein paar Jahren bei einem Autounfall umgekommen. Aber der Ehrenwerte Richter Francis Rubio lebt noch. Irgendwo. Ich habe seinen Sohn, Francis junior, erwischt, aber er will uns die Adresse seines alten Herrn nicht geben. Hast du Wade gefunden?«

Shephard warf einen Blick in das Eßzimmer. »Er ist hier.«

»Was machen wir jetzt?«

»Gib mir die Nummer von Rubio junior. Vielleicht kann ich... vielleicht mache ich Eindruck auf ihn.«

Wade musterte Shephard ruhig, während dieser aufhängte und dann gleich eine Nummer wählte. Beim vierten Klingeln antwortete eine Frauenstimme. »Augenblick«, sagte sie kurzangebunden.

Nach einem sehr langen Augenblick fand sich Shephard dann endlich im Gespräch mit Frank Rubio, jr., der mit abgehackter und irritierter Stimme sprach. »Er wohnt nicht mehr bei uns«, erläuterte er. »Ich befasse mich jetzt mit medizinischen und Nachlaßfragen. Ich nehme an, daß dies der Grund Ihres Anrufes ist.«

»Nicht eigentlich. Könnten Sie mir wohl sagen, wo er jetzt lebt?«

Nach einer neuerlichen längeren Pause erklärte Francis Rubio junior, sein Vater lebe jetzt in Santa Ana. Er sei allerdings nicht mehr im Vollbesitz seiner geistigen Kräfte. Sein Haus in Newport Beach sei überschreibungsversiegelt, seine Finanzen in Ordnung und jederlei Besuch alter Freunde, neuer Freunde oder Finanzganoven aller Art absolut sinnlos. Und ob das klar sei?

»Klar, Frank«, antwortete Shephard. »Und wie ist es mit Besuchen alter Feinde?«

»Zu welchem Zwecke?« fragte Rubio, hörbar ungeduldig werdend.

»Nun, um ihn umzubringen«, antwortete er kühl. »Rubio? Sind Sie allein?«

»Nein.«

»Können Sie's einrichten?«

Der Hörer schlug auf etwas Hartem auf. Shephard hörte ihre Stimmen im Hintergrund, dann war Frank Rubio wieder da. »Okay. Also jetzt mal raus mit der Sprache. Was ist da eigentlich los?«

Shephard erklärte es ihm. Er berichtete Frank Rubio, daß sein

Vater vor dreißig Jahren einen Fall geleitet hatte, in dem er den Angeklagten verurteilt hatte, und daß dieser Mann jetzt entlassen worden war. Er erläuterte ihm, daß zwei der Zeugen von damals ermordet worden waren und daß die Möglichkeit, Rubio werde der nächste sein, sehr wahrscheinlich sei. Rubio hörte kommentarlos zu. Dann knurrte er.

»Klingt mir ziemlich an den Haaren herbeigezogen«, sagte er dann. Jahrelange Erfahrung hatte Shephard gelehrt, daß das beste Mittel gegen Dummheit Schweigen war. Er wartete also, und Rubio knurrte wieder, aber schon weniger ablehnend. »Sie machen hier keine schlechten Witze?«

»Ganz bestimmt nicht, Frank. Geben Sie mir die Adresse Ihres Vaters.«

Erst nach einer neuerlichen langen Pause kam die Antwort: »Schön und gut, aber woher weiß ich, wer Sie wirklich sind? Sie können doch genausogut eben der sein, der hinter ihm her ist.«

»Francis, ich bin Detective. Meine Polizeimarke hat die Nummer zwo-sieben eins-acht. Mein Mitarbeiter ist Carl Pavlik, und den können Sie jetzt auf der Stelle im Revier anrufen und mich überprüfen. Und davon abgesehen sage ich Ihnen noch eins: Je mehr Zeit Sie dafür brauchen, desto mehr könnten Sie das später bedauern.«

»Es nennt sich... Ross Manor. Er ist... nun ja, das ist ein Pflegeheim. Aber ein sehr gutes. Ross Street in Santa Ana. Steht im Adreßbuch. Die Direktorin heißt Claire Bailey. Ich –«

»Verschwenden Sie nicht einmal einen Gedanken daran, dort hinzufahren. Bleiben Sie, wo Sie sind, und warten Sie auf meinen Anruf.«

Als Shephard wieder die Frauenstimme im Hintergrund hörte, war ihm klar, daß Rubio unter Druck sprach. »Vielleicht könnten wir ihn hierherholen«, sagte er ruhig.

»Könnte passieren, daß Sie das müssen.« Durchs Telefon konnte Shephard eine Tür zuknallen hören.

»Das kann ich machen«, sagte Rubio schließlich. Im Hintergrund keifte die Frauenstimme ungeduldig.

Wade war hinten im Flur verschwunden. Als er nach ein paar Minuten zurückkam, lächelte er Shephard so gekünstelt an, wie er das in dreißig Jahren an ihm nicht gesehen hatte. Shephard hatte ihn nie so kraftlos erlebt. Selbst seine Stimme war brüchig. Obwohl Wade bis zur Sinnlosigkeit argumentierte, einigten sie sich schließlich darauf, daß er die Stadt verlassen sollte. »Und was willst du nun machen, Tommy?«

»Ich weiß noch nicht. Jetzt muß ich erst mal Francis Rubio erwischen. Er muß für eine Weile weg aus Santa Ana. Und du mach einfach Urlaub, Paps. Die Predigt am nächsten Sonntag kann auch mal dein Assistent halten. Wenn du dann wieder zurück bist, werden deine Einschaltquoten weiß Gott wohin raufgehen.«

Sein Vater lächelte schwach. Sein Blick war noch immer weit weg, sah nach innen, wie auf eine verlorene Vision. Er brachte eine 38er aus seiner Tasche zum Vorschein und eine Schachtel Munition. »Tu nicht so«, sagte er schließlich, »als sei ich ein hilfloser alter Mann. Ich kann noch immer sehr gut auf mich selbst aufpassen. Ich glaube, ich fahre für ein paar Tage nach Mexiko hinunter. Ich schau' mir das Hospitalgelände an. Ich lege dir hier auf den Tisch einen Zettel, wann ich abreise.«

Er stand auf, umarmte seinen Sohn und ging den Flur hinunter und in sein Schlafzimmer. »Deine Zahnpasta, Vater, ist im Kühlschrank.«

Er fuhr auf seiner LaVerda hinaus auf die Laguna Canyon Road, auf die Interstate 5 und durch Irvine und Tustin nach Santa Ana. Der Wind blies nach wie vor kräftig und drückte ihn oft ohne Vorwarnung von einer Fahrspur auf die andere. Er trieb ihm auch stechende Sandkörner ins Gesicht. Am Irving Boulevard nahm er die Ausfahrt, schaffte gerade noch Grün und fuhr Richtung Stadtmitte. Ein Steppengrasbüschel, hier mitten in der Stadt seltsam fehl am Platze, kullerte vor ihm vom Wind getrieben quer über die Straße und blieb an einem Zaungitter hängen. Die Ulmen entlang der Ross Street bogen sich im Wind. Zwei Kinder auf Skateboards hielten ihre Mäntel als Segel aus, um sich so vom Wind treiben zu lassen.

Ross Manor war eine umgebaute Villa im viktorianischen Stil. Auf einem makellosen grünen Rasen standen schneeweiße Stühle. Als Shephard auf seinem Motorrad zur Auffahrt einbog, sah er zwei alte Männer auf der Veranda sitzen. Sie saßen sich gegenüber und bewegten ihre Schaukelstühle sanft und gemächlich. Sie musterten ihn wortlos, während er näher kam.

Die Halle beherrschte eine hotelartige Rezeption. Dahinter saß eine ältere Frau. Sie strickte. Nicht weit vor ihr stand ein Fernseher, laut aufgedreht. Sie sah ihn hinter ihren dicken Brillengläsern forschend an, legte dann ihr Strickzeug weg, um aufzustehen. Ihr Namensschild lautete auf Claire Bailey.

»Miss Bailey, ich bin Tom Shephard. Ich möchte zu Francis Rubio.«

Die Frau stellte den Fernseher leiser. »Ich bin hier die Leiterin«, sagte sie und zog sich einen Schal um ihren dünnen Hals. »Francis Rubio?«

»Bitte.«

Sie sah in einer Kladde nach. »Der Herr Richter a. D. hat im Augenblick Besuch von seinem Anwalt«, sagte sie mit höflicher Festigkeit. »Er bat mich, dafür zu sorgen, daß sie bei der Regelung einiger persönlicher Angelegenheiten nicht gestört würden.«

In Shephards Magen drehte sich etwas um. Geschäftsbesprechung um neun Uhr abends?

»Wer hat Sie darum gebeten? Mr. Rubio oder der Anwalt?« Er bemühte sich zu lächeln und betete, daß es nicht so falsch aussah, wie es war, während er versuchte, auf die Kladde zu spähen, um vielleicht eine Zimmernummer zu erkennen.

»Der Anwalt«, antwortete sie. »Sein neuer Anwalt, genau gesagt.«

Pfeif auf die Santa-Ana-Polizei, dachte Shephard und holte seine Marke heraus. »Claire, ich bin Polizeibeamter, und ich muß augenblicklich zu Francis. Bitte, es ist von äußerster Wichtigkeit.« Als sie zögerte, schob er seinen Mantel zurück und ließ seine Waffe sehen. Sie riß die Augen auf und trat erschrocken zurück.

»Zwei Nullsechs.«

Shephard sah nach rechts und dann nach links. In schöner viktorianischer Symmetrie führten auf beiden Seiten Treppen nach oben.

»In der Mitte im zweiten Stock«, sagte sie eilig. »Das Zimmer ist genau in der Mitte des Flurs.«

Shephard entschied sich für die rechte Treppe. In der Stille von Ross Manor hallten seine Schritte wider. Auf halbem Wege nach oben hörte er, wie eine Tür geschlossen wurde. Es folgten Schritte in sich entfernender Richtung, fest und ohne Eile. Sie gelangten an eine Treppe und gingen abwärts.

Ein verschossener grüner Läufer teilte den Korridor in zwei Hälften. Die enge Gehseite war durch eine Lampe oben in der Mitte erleuchtet. Es war nur ein trübes gelbliches Licht, das eher der Widerschein der polierten Täfelung zu sein schien, als daß es von einer Glühlampe käme. Der typische Geruch von Desinfektionsmitteln und altem Bettzeug hing im Flur. Ungerade Zimmernummern links, gerade rechts. Ein Fernseher lief irgendwo. Vor 206 drehte er am Türknopf, es war aber zugesperrt. Unten fiel eine Tür ins Schloß.

Dann hörte er drinnen ein gedämpftes Klopfen, dem unterdrücktes Stöhnen folgte. Als schreie jemand unter Wasser.

Shephard stieß sich von der gegenüberliegenden Wand ab und rannte, Schulter voraus, gegen die Tür. Er knallte gegen das alte Holz. Die Tür zitterte zwar, hielt aber stand. Er versuchte es noch einmal, diesmal mit der anderen Schulter. Aber es war nur der gleiche Effekt wie beim ersten Mal. Drinnen war ein heftiges klopfendes Geräusch zu hören, anschließend ein Zischen, dem unverständliches Lallen folgte. Das unterdrückte Stöhnen war zu langem, ersticktem Röcheln geworden. Noch ein drittes Mal stieß sich Shephard von der Wand ab und warf sich gegen das dicke Holz der Tür. Er prallte auf, wich im aufbrausenden Schmerz zurück und sah, wie die Tür nun ganz langsam aufschwang.

Von innen drangen Rauch und Wasser heraus. Flammen fraßen sich am Bett hoch und aus dem weißen Bettbezug zur Zimmerdecke hinauf. Aus einer Sprinkleranlage duschte von oben Wasser herunter. Das Wasser zischte, als es auf die Flammen des brennenden Bettes traf. Er griff sich einen Stuhl und warf ihn durchs Fenster. Unter dem in Flammen stehenden Bettbezug sah er sich etwas bewegen, einen erstickenden Kampf. Er verursachte Funken, die knackend auf den Holzboden fielen. Das Röcheln klang verzweifelt und hilflos. Mit einer einzigen schnellen Bewegung, die ihm einen Hitzestoß ins Gesicht fahren ließ, packte er das Ende des Bettbezugs und riß ihn in der Mitte des Zimmers zu Boden. Das Laken darunter zeichnete die Umrisse eines Körpers, der zitterte und bebte. Er zog es ebenfalls weg und erblickte die Gestalt des Mannes, der zusammengeschnürt darunter lag, während er es zur Oberdecke auf den Boden warf und darauf herumtrampelte, um die Flammen auszutreten. Der Sprinkler begann inzwischen seine Wirkung zu tun. Die Funken knackten hoch, und das herabfließende Wasser zischte. Shephard hielt sein Bein unter den kühlenden Wasserstrom.

Als das Feuer auf dem Boden aus zu sein schien, ging er wieder zum Bett und warf einen Blick auf den Mann, dessen vibrierende Beine und Arme mit den in den Pyjama eingenähten Bändern fest an das Bettgestell gebunden waren. Die weißen Füße schlugen noch immer auf die Matratze. Die Arme waren an der Seite angebunden, aber die Hände klammerten sich verzweifelt an die Bettseiten. Die Knöchel bluteten. Und über den breiten Klebestreifen, die die untere Hälfte des Gesichts bedeckten, starrten ihn zwei Augen in panischem Schrecken an. Wassertröpfchen platschten auf seinen Kopf. Shephard legte seine Hände auf den Körper des Mannes, und seine Stimme klang hoch und fremd, als er ihm versicherte, daß alles in Ordnung sei, lieber Freund, alter Freund, es wird alles wieder gut, Mr. Rubio, Sie kommen wieder in Ordnung. Der welke Körper unter seinen Händen fühlte sich verblüffend kühl an.

In der Tür erschienen Köpfe. Shephard öffnete den Pyjama des alten Mannes und sah mit fast zu Tränen gerührter Erleichterung, daß Francis Rubios Brust und Leib nicht verbrannt waren.

In der Tür verstärkte sich das Gemurmel einer Ansammlung

alter Leute. Ein Mann drehte an seinem Hörgerät, eine alte Frau hatte Lockenwickler auf dem Kopf. Dazwischen erschien das entsetzte Gesicht von Claire Bailey, die sich ihren Weg ins Zimmer bahnte. Vom Sprinkler pladderte das Wasser herunter. Und während der ganzen Zeit ließen Rubios Augen Shephard nicht los.

Claire Bailey stand jetzt neben ihm. Sie habe bereits Feuerwehr und Polizei gerufen, sagte sie. In der Stille, die folgte, stellte sich oben der Sprinkler ab, und Claire Bailey begann zu weinen. Sie half Shephard, die Klebestreifen von Rubios Mund abzuziehen. Als sie den ersten weißen Streifen wegzogen, schlugen Rubios Fersen wieder wie wild auf die Matratze, und seine Hände öffneten und schlossen sich um einen imaginären Halt. Sein Schmerzensschrei gellte durch die Stille von Ross Manor.

Shephard bahnte sich mühsam einen Weg durch die Zuschauer vor der Tür. Er sah ihnen beruhigend in die Augen und wiederholte, es sei alles in Ordnung und es habe nur etwas Ärger mit Mr. Rubios neuem Anwalt gegeben. Ein Mann sagte, mit Anwälten habe man immer nur Ärger. Als er die Halle erreicht hatte, fing Shephard zu rennen an. Er lief springend die Treppe hinunter und hatte immer nur das Echo zweier Geräusche im Kopf, trotz des alles beherrschenden Wimmerns Rubios. Das eine waren die den Flur hinuntergehenden Schritte, als er selbst auf dem Weg nach oben war, und das andere die zufallende Tür, als er direkt vor Zimmer 206 stand. Er kam keuchend in der Eingangshalle an. Auf der Veranda waren die beiden Schaukelstuhlmänner aufgestanden und starrten noch immer auf den gepolsterten Stuhl, der vor einiger Zeit von oben auf den Rasen heruntergeflogen gekommen war. Shephard rannte zu seiner LaVerda und war, den Schlüssel schon in der Hand, gerade am Aufspringen, als er die abgerissenen und ordentlich über den Sattel gelegten Zündkerzenkabel erblickte. Er fluchte und sah zur Ross Street hinauf, wo kaum einen Block entfernt ein roter Cadillac mit einem grauhaarigen Fahrer um die Ecke quietschte und dann außer Sicht war.

24

Als Shephard an diesem Abend endlich nach Hause kam, wartete die Polizei schon auf ihn, und er hatte nichts anderes erwartet. Benson aus Newport Beach und Hudson aus Santa Ana. Sie blickten ihm hochmütig entgegen, als ihn Little Theodore auf dem Soziussitz seiner Harley Davidson zu Hause ablieferte.

»Da gibt es so ein bißchen Ärger in Newport, worüber ich mich mal gerne mit Ihnen unterhalten würde«, sagte Benson mit falschem Lächeln. Er war klein, hatte ein Kämpfergesicht und sah jünger aus als Shephard.

Hudson war bullig, unrasiert und offenbar kein Freund von Worten. »Dito in Santa Ana«, brummte er, als sei dies schon eine beträchtliche Mühe. »In Ross Manor.«

Sie gingen mit nach oben, sahen die ausgeräumte Wohnung und stellten ihre Fragen. Für Benson drehte er ein bißchen an der Wahrheit, indem er sagte, er sei mit Helene Lang verabredet gewesen, dann hinaufgegangen und habe die Tür offen gefunden, weshalb er hineingegangen sei.

Benson war neu, daß sie nicht Dorothy Edmond hieß. Er schrieb sich das auf, setzte sich dann und begann Cal zu streicheln. »Wenn die Tür offen war, als Sie sie fanden, wieso war sie dann verschlossen, als wir dort eintrafen?« fragte er.

»Ich habe lediglich an euch gedacht«, sagte Shephard. »Ich wollte verhindern, daß euch jemand den Tatort ruiniert.«

Benson schien das einen Augenblick lang zu bedenken. »Wenn Sie das nächste Mal die Absicht haben, mir zu helfen, halten Sie sich aus Newport raus, okay?«

»Dito für Santa Ana«, brachte Hudson wieder zuwege.

Nach einer Stunde Befragung machten Benson und Hudson ihre Notizbücher auf eine Art zu, als ob jetzt alles klar sei, sahen sich noch einmal in der unfreundlichen Stätte um und gingen.

Als er später an diesem Abend im fahlen Licht seines Wohnzimmers Azul Mercantes Gesicht noch einmal studierte, spürte Shephard in seinem Innern etwas seltsam Fremdartiges aufsteigen. Eine nicht bewässerte Saat, die jetzt erst allmählich zu keimen beginnt. So etwa, dachte er. Dieses hochmütige Lächeln Mercantes. Diese Augen voller scheinbarer Überlegenheit. Wie er sich damals den Zugang in sein, Shephards, eigenes Heim erzwungen und seine Mutter zu Boden gezerrt hatte. Allerlei Bilder flimmerten durch seine Gedanken. Bei der Betrachtung dieser Zeichnung erkannte er in dieses Mannes Gesicht alles, was er zu verabscheuen gelernt hatte: Arroganz, Gewalttätigkeit, Rücksichtslosigkeit und die für Shephard am schwersten zu verstehende Überzeugung, daß die eigenen Leidenschaften alles rechtfertigen. Er spürte, wie dieses Gefühl in ihm stärker wurde: Zorn.

Und noch während er jemanden die Treppe heraufkommen hörte, dachte er, daß Azul Mercante den vollen Zorn der Rache erst noch erleben mußte. Eben dieser Zorn stand wohl immer noch auf seinem Gesicht, als er die Tür öffnete und der windzerzausten Schönheit der jungen Frau vor sich gegenüberstand.

»Hi, Tom«, sagte Jane endlich. »Welche Laus ist dir über die Leber gelaufen?« Sie reichte ihm die Phantomzeichnung, die er ihr neulich gebracht hatte. »Du hast sie die Ausrede genannt, mich zu besuchen. Diesmal ist sie meine, dich zu besuchen. Ich hab' den Burschen nie gesehen.«

Er trat zur Seite, um sie eintreten zu lassen. »Das ist es.«

»Deine Wohnung, hm. Nun...« Sie sah sich in dem nackten Wohnraum um. Shephard beobachtete sie. Was eigentlich, dachte er, geht sie mich wirklich an? Aber da spürte er schon ihre Lippen auf den seinen, und sie standen lange in stiller Umarmung.

Sie setzten sich nach einer Weile auf den Boden. Cal drängte sich in aufkeimender Eifersucht zwischen ihnen hin und her. Er schien den Besuch hinreißend zu finden und drängte sich bis nah an Janes Gesicht.

»Du hast wohl recht gehabt, daß es leicht ist, Tiere zu lieben«, sagte sie. »Und risikolos. Dad und Becky, du und Cal, Buster und ich.« Sie lächelte und streichelte Cals Kopf. Der Hund knurrte leise voll Wohlbehagen und sprang zu einem feuchten

Kuß empor.

»Das reicht«, sagte Shephard. »Raus, Cal. Sie gehört nicht dir.« Aber Cal fühlte sich als Teil der Gemeinschaft und wandte sich völlig ungerührt von Shephard ab.

»Es tut mir leid wegen neulich abends. Ich wollte nicht wirklich die falsche Eiskönigin spielen. Gib mir was zu trinken, ja? Ich versuche es dir zu erklären.«

Sie legte sich auf den Rücken und blickte zur Decke auf. Ihre erste Liebe, sagte sie, das war in der High School gewesen, und sie dachte noch immer an den Jungen. Der lebte jetzt irgendwo oben im Norden und war verheiratet. Am Abend ihres Schulabschlusses hatte er ihr einen Heiratsantrag gemacht, und sie hatte aus Prinzip abgelehnt. Und das war auch völlig richtig gewesen, sagte sie, denn der Junge hatte kurz danach ein anderes Mädchen gefunden, und Jane hatte sich im zweiten Jahr nach der Schule in einen älteren Mann verliebt. Sie arbeitete zu der Zeit als Bedienung in New Orleans. Dorthin war sie aus einer augenblicklichen Laune heraus gegangen, zusammen mit einer Freundin. Der Mann hieß Charlie. Dunkle gute Augen, gelassene Aufmerksamkeit, sich in ihn zu verlieben war wie selbstverständlich. »Und außerdem ließ er sich nicht herumkriegen«, sagte sie. »Du weißt, wie das ist, wenn man nicht bekommt, was man will. Es heizte mich nur noch mehr an.«

Aber dieser Charlie, nun, er war auch ein Filou. Je mehr sie davon überzeugt war, desto mehr begehrte sie ihn sogar. Das Ende der Geschichte war dann, daß er sie in jenem harten Winter dort unten im Süden sitzen- und ihr nichts hinterließ als eine Syphilis zum Abschied. »Ich war jung und dumm, doch dieser Winter damals hat mich ein wenig klüger gemacht.«

Sie kam zurück nach Kalifornien, einundzwanzig und pleite und ohne den Hauch einer Vorstellung, was sie mit sich selbst und ihrem Leben anfangen sollte. Shephard versuchte sich vorzustellen, wie sie aus dem Bus stieg, mit ein paar Kartons unter dem Arm, Heimkehr ins Mutterland einer kalifornischen Schönheit, die dieser Charlie ruiniert hat, dachte er.

»Ich war ziemlich down«, erzählte Jane weiter. »Aber das änderte sich sofort, als ich Raymond kennenlernte. Er war ein Jahr jünger als ich. Ein verdammt gutaussehender Junge. Starkes Gesicht, gutes Herz, sehr kunstsinnig. Er wollte Maler werden. Ich hab' ihn hier in der Stadt kennengelernt, beim Kunstfestival. Wir verlobten uns und planten schon alles für die Hochzeit. Zwei Tage vor dem großen Ereignis war der gute Ray verschwunden. Er hinterließ immerhin einen kleinen Zettel. Er könne es nicht tun. Er müsse frei bleiben, um sich selbst zu finden, und so. Ich habe ihn wirklich geliebt. Zuweilen begegne ich ihm noch, er ist immer noch da, aber die Kunst hat er aufgegeben. Dafür hat er das Kokaindealen begonnen. Damit macht er eine Menge Geld. Laß ihn nicht auffliegen, Tom Shephard. Er ist schon in Ordnung. Denke ich.«

Sie gab ihm einen sanften Schlag auf den Arm und wandte sich dann um, um ihn anzusehen. »Weißt du, Tom, nach der Geschichte sagte ich mir einfach: Was soll das alles. Ich zog in der Weltgeschichte herum, Europa, Südamerika, auch ein bißchen Osten. Ich tat, was ich wollte, und wann ich es wollte. Ich ließ mich mit dem und jenem Mann ein, meistens mit denen, denen es am ernstesten war, und warf sie wieder raus, sobald es nur ging. Es war ein Weg, mich zu befreien, ein Weg, nicht wieder auf die Nase zu fallen. So hielt ich es auch noch ein paar Jahre lang, als ich schon wieder zurück war. In dieser Zeit habe ich dieses kalte Etwas in mir kennengelernt, das ich seitdem immer nützen kann, wenn es sein muß, und das habe ich zu einer Art Kunst entwikkelt. Und dann habe ich es eines Tages einfach aufgegeben. Ich hatte bewiesen, was immer ich da bewiesen haben wollte. Aber sehr glücklich hatte es mich nicht gemacht. Ich fand, daß ich immer nur eines wirklich geliebt hatte, selbst in den schlimmsten Zeiten: die Tiere. Wie den da.« Sie kraulte Cals Bauch. »Also schrieb ich mich an der Universität in Biologie ein, und danach will ich auch noch Tiermedizin studieren. Offen gesagt, weißt du, habe ich lange Zeit keine wirklichen Gefühle für irgendwas gehabt. Bis dann eines Tages dieser schlaksige Detective antanzt und sich einfach nicht abblitzen läßt. Tom, du hast mir das ganze Programm ruiniert.« Sie fuhr mit ihren Fingern durch sein Haar.

»Tja, da scheinst du mir also in der Leiden- und Liebeskummer-Schule ein paar Klassen voran zu sein. Obwohl ich auch meine Lektionen gelernt habe. Glaube ich.«

»Erzähl mir was darüber.«

»Nein. Lieber ein andermal. Für heute abend reicht's.«

»Das alles hat dich wohl zu der Meinung gebracht, daß du da draußen im Taucherwinkel doch nicht an die richtige Frau geraten bist?«

»Aber nein, Jane. Es hat mich vielmehr zu der Meinung gebracht, daß ich dich jetzt ins Schlafzimmer tragen und lieben sollte.«

»Tu's. Jetzt. Bitte.«

Zwei Stunden später lag Jane in friedlichem Schlummer. Shephard sah auf die Uhr. Es war eine Art Verzweiflung in ihrem Liebesakt gewesen. Es hatte ihn fast erschreckt. Und pausenlos hatte ihn dabei das Gesicht Azul Mercantes verfolgt. Sooft er die Augen geschlossen hatte, hatte er sich in seine Vorstellung gedrängt. Das abrupte Hin und Her zwischen Liebe und Haß war kaum noch erträglich.

»Die Zeit bleibt nicht stehen, Tom, weil du auf die Uhr starrst«, meinte Jane erwachend.

Shephard strich ihr über die Stirn und durch das Haar. »Tut mir leid.«

»Erzählst du mir jetzt, was eigentlich los ist?«

Er legte sich zurück und begann zu erzählen, von Burton und Hope, Joe und Helene, Tim und Margie, Wade und Colleen. Und Azul Mercante. Jane hatte sich hochgesetzt und lehnte an der Wand, das Laken an sich gezogen. Sie hörte bis zum Ende schweigend zu. Als er geendet hatte, war sie es, die nun auf die Uhr starrte. »Rubio ist also in Sicherheit. Und Wade? Wo ist dein Vater?«

»Jetzt schon auf der Isla Arenillas. Joe hat ihn in seinem eigenen Privatflugzeug dort runterfliegen lassen.«

Sie drehte sich zu ihm herum und küßte ihn. Dann bettete sie ihren Kopf auf seine Brust. »Tom, ich habe noch eine Frage dazu.

Was ist mit all den Rechnungen Dads, als Mutter Krebs hatte? Diese vierzigtausend Dollar? Er hat sie nie bezahlt. Da gibt es in all den Jahren nicht einen eingelösten Scheck für die Klinik. Und er hat doch auch erledigte Schecks pedantisch aufgehoben. Alle, jeden einzelnen.«

»Vielleicht hat die Versicherung sie bezahlt.«

»Er hatte keine Versicherung. Er hat mir ständig Vorträge gehalten, wie wichtig es für mich sei, mich ordentlich zu versichern, angesichts seiner Erfahrungen mit sündteuren Behandlungen.«

Shephard addierte dieses ungelöste Rätsel zu dem Paket der anderen, die ihn ohnehin schon genug beschäftigten. »In welchem Jahr fing das denn an mit den Behandlungen?«

»Einundfünfzig.«

Selbstverständlich, dachte er. Wann sonst?

Es war kurz vor zwei Uhr morgens, als das Telefon klingelte. Jane schreckte hoch. Shephard holte sich den Bademantel von der Tür im Bad und zündete sich auf dem Weg zum Wohnzimmer eine Zigarette an. Die Stimme, die sich meldete, war aufgeregt und schwankte. Im Hintergrund war New Wave-Musik zu hören.

»Tom Shephard?«

Er erkannte die Stimme, wußte aber im Moment nicht, wem er diesen nasalen, aufgeregten Tonfall zuordnen sollte. »Höchstpersönlich, mein Bester.«

»Hier ist Ricky Hyams. Von Valentine's, du weißt schon.«

»Ach ja, der gute Ricky. Du scheinst mächtigen Betrieb zu haben.«

»Hör mal, Tom, es...« Der Hörer wurde weggehalten, zwei heftig aufeinander einredende Männerstimmen waren zu hören, es ging um irgendeine Entscheidung. »Hör zu, Tom, hier ist was, das du vielleicht sehen solltest. Wegen, also wegen der Sache, über die wir letzte Woche gesprochen haben.«

»Was ist los, Ricky? Und warum sollte ich mir bei dir was ansehen, wo ich hier bei mir im Bett eine hübsche Frau habe?«

Shephard hörte drüben im Schlafzimmer gedämpft die Bewegungen Janes und dann, wie sich die Tür zum Bad schloß.

»Ich kann nicht reden. Aber komm her. Ich – wenn ich du wäre, ich käme auf der Stelle her.« Shephard hatte den Eindruck, daß Hyams offenbar betrunken war oder high oder beides. »Ich warte direkt vor der Tür auf dich, okay?«

Der Wind hatte sich gelegt. Eine dünne Kette von Rücklichtern flackerte vor ihm die Küstenstraße entlang, wie die roten Schuppen einer sich windenden Schlange. Die entgegenkommenden Scheinwerfer bohrten sich mit einer ganz neuen Intensität in seine Augen.

Im Gay-Viertel der Stadt herrschte lebhafter Betrieb. Auf der Crest Street flanierten Männer Arm in Arm. Im Alkoholladen schienen sich die Leute schier auf die Füße zu treten. Vor ihm wurde ein weißes Cabrio langsamer, weil der Fahrer einen jungen Anhalter genauer in Augenschein nahm. Shephard wich aus und brauste an ihm vorbei in die enge Crest Street, eine Sackgasse.

Die Tür von Valentine's war von einer wartenden Männerschlange verdeckt. Sie lungerten um den Eingang herum, einige tanzten zur Musik von drinnen, die laut genug war, daß sie auch hier draußen noch zu hören war. Ricky Hyams hatte sich von dieser Menge abgesetzt und wartete auf den Stufen des Eingangs. Hinter ihm stand ein großer Bursche, ganz in modischem Lederaufzug. Er nickte Shephard mit offiziellem Gesicht zu und teilte die Menge, als sie zusammen zur Tür gingen. Im Innern von Valentine's war Hochbetrieb, eine verknäuelte Menge von Männern, die redeten, lachten, tranken. Hyams nickte und sprach da und dort im Vorbeigehen kurz seiner Kundschaft zu, während er Shephard am Arm durch das Durcheinander von Leuten bis zu einem kurzen Flur geleitete, an dem ein Schild *Kein Zutritt* signalisierte. Die Musik war derart laut, daß Shephard sie bis in die Knochen spürte. Sie dämpfte sich zu einer Folge unterdrückter Dröhnlaute, als Hyams die Tür seines Büros hinter ihnen schloß. Er hatte Shephard bisher nur einmal angesehen, aber noch kein

Wort gesagt. Als er sich nun setzte und sich eine Zigarette anzündete, bemerkte Shephard, wie sie in seiner Hand zitterte. Ricky Hyams, dachte er bei sich, hat ziemlich tote Augen.

»Er war da«, sagte er endlich. »Der Mann aus den Zeitungen. Ich bin sicher, er war's.« Er blickte zu Shephard auf, als erwarte er, geschlagen zu werden. »Ich habe es erst vor – vor ein paar Stunden bemerkt, daß er es sein könnte. Aber es kann natürlich auch sein, daß er es nicht war. Aber dann, Tommy, wenn er's doch nicht war, mach mir nicht zu viel Ärger wegen heute, ich meine, es war doch jedenfalls besser, daß ich angerufen habe als nicht, oder?«

»Wann hast du ihn gesehen?«

Hyams schluckte. »Zum erstenmal letzte Woche, am Montag, glaube ich. Seitdem war er immer wieder da. Aber jetzt ist er weg. Er ist ziemlich spät heute abend weg, mit einem Koffer, und er hat ein Taxi genommen. Das weiß ich, weil ich von meiner Wohnung aus auf den Hof sehen kann.«

»Hat er etwa hier ein Zimmer gehabt?«

»Seit Montag nachmittag. Älterer Kerl mit grauen Haaren und einem Bart. Und blaue Augen. Man fühlt sich nicht gut, wenn man in die sieht.« Hyams zündete sich eine neue Zigarette an, obwohl die erste noch nicht halb geraucht war. »Scheißspiel, gottverdammtes. Siehst du, Tom, du bist ja nicht der erste, der sich für diesen Kerl interessiert. Schon am Montagabend war einer da und sagte an der Rezeption, daß er mich unter vier Augen sprechen wolle. Er wollte einen Schlüssel zu dem Zimmer, das dieser John Dixon gerade gemietet hatte. Ja, Dixon heißt er, Tom, das ist dein Mann.« Hyams sah sich im Zimmer um, als suche er etwas, was er verloren hatte. »Ich meine, so ungewöhnlich ist das hier nicht, wenn einer so etwas fragt. Unsere Gäste hier freunden sich leicht und rasch an, und zuweilen – nun ja, ein Zimmer ist ein Zimmer, nicht wahr?«

»Also hast du ihm den Schlüssel gegeben?«

»Er bestand darauf, mir einen Hunderter dazulassen, für meine Freundlichkeit, wie er sich ausdrückte. Und, meinte er, infolge bestimmter intimer Umstände wäre es ihm lieb, wenn ich sein Gesicht vergäße.« Hyams zog heftig an seiner Zigarette. »Ich habe mir nicht viel Gedanken darüber gemacht, bis am Mittwoch dieser Umschlag kam.«

Er zog aus einer Schublade seines Schreibtisches einen weißen Umschlag heraus, auf dem mit Schreibmaschine geschrieben nur seine Adresse stand. Er reichte ihn Shephard mit sorgenvollem Gesicht. »Ich wußte schon gleich beim Aufmachen, daß damit etwas nicht stimmte.«

Shephard machte auf und zog fünf Tausenddollarscheine heraus. Sie waren noch so neu, daß sie aneinander hafteten.

»Woher weißt du denn, daß es von...?«

»Russell Dulak, so heißt er. Weißt du, Tom, in dem Geschäft hier kriegt man einen Blick für eine bestimmte Sorte Männer. Zuerst nahm ich natürlich an, daß dieser Dulak gewisse, also erotische Absichten hatte. Aus sich rausgehen nennen sie das hier. Aber schon der Hunderter war verdächtig, und diese Tausender da – nun, ich weiß ganz einfach, daß sie von ihm sind. Ganz klar. Und die Art, wie er in Dixons Zimmer ein und aus ging, das war ganz einfach nicht privat. Ich dachte erst an Drogen, und ich mag von dem Zeug nichts wissen. Aber sicher war ich nicht. Dulak kam spät am Abend, parkte drüben, exakt, wo du jetzt stehst – na, ich hab' dich natürlich von meiner Wohnung aus erwartet. Aber er kam immer nur, wenn Dixon nicht da war. Das wußte er, weil er mich zuvor immer anrief und fragte. Daher weiß ich auch, daß das Geld von ihm ist.«

»Was für einen Wagen fährt er denn?«

»Dunklen Porsche Carrera. Wunderschönes Auto.«

»Wie sieht dieser Dulak denn aus?«

Hyams seufzte und trank wieder einen Schluck Gin. Shephard überlegte, warum er wohl so einen starren Blick hatte. »Ziemlich großer Bursche. Dunkle Augen und braunes Haar. Immer wirklich elegant angezogen, ist mir aufgefallen.«

Bruce Harmon – natürlich, dachte Shephard, immer auf dem Quivive. Und wedelt mit Geld herum, bei Hyams genauso wie zuvor schon bei Jimmy und Dot Hylkama. Er hat also diesen Hodges-Steinhelper-Dixon, nämlich Mercante, tatsächlich als erster aufgestöbert. Doch es war ihm nicht in den Sinn gekommen anzurufen. Aber das fand Shephard eigentlich kaum noch überraschend.

»Es ist mir ja klar, Tom«, fuhr Hyams fort und starrte wieder auf den Tisch, »daß ich mich da wohl falsch verhalten habe. Deswegen habe ich dich schließlich doch angerufen. Ich habe es mit der Angst bekommen. Als Dulak den Koffer brachte und Dixon mit dem Taxi wegfuhr, dachte ich mir, ich würde sie ja nun wohl erst mal los haben. Es ist ja auch wegen meines Lokals hier. Es hat einen guten Ruf. Das kannst du vielleicht nicht so verstehen, aber es bietet einer Menge Leute guten Service. Und ich will nicht, daß es runterkommt.«

»Welchen Wagen fuhr Dixon?«

»Einen roten Caddy, Cabrio.«

Shephard betrachtete sein Gegenüber. »Es war dir durchaus klar, daß es der Mann von der Phantomzeichnung war, die ich dir letzte Woche gezeigt habe, nicht wahr?«

Hyams trank den Rest der Flasche aus. »Dulak sagte, ich könnte das Geld behalten, und übrigens auch mein Leben, wenn ich nichts gesehen und nichts gehört hätte und nichts unternähme. Scheiß, verdammter, natürlich wußte ich, daß es nicht richtig war.«

»Und Dixon fuhr also mit einem Koffer weg, den ihm Dulak gebracht hatte?«

»Ich bin ganz sicher, daß es derselbe war.«

»Komm, Ricky, ich will sein Zimmer sehen.«

Hyams erhob sich, schwankte leicht, nahm sich zusammen, indem er sich kurz an Shephards Schulter festhielt, und ging dann voraus durch den Korridor und die überfüllte Lobby von Valentine's.

Die Zimmer lagen eng aneinander hinter dem Club, um einen Hof herum. In der Mitte stand ein großer Pflanzenbehälter mit Bananensträuchern. Ihr Blattwerk war von dem Wind, der noch vor kurzem geweht hatte, zerfranst. Hyams führte ihn in den Oberstock hinauf. Es ging über eine Betontreppe hinauf. Mehrere der schäbigen Apartmentzimmer standen offen, drinnen waren sich küssende und schäkernde Paare zu sehen. Vor der letzten Tür auf der linken Seite blieb Hyams stehen und suchte den Schlüssel. Mercante wußte schon, wo die abgelegenen Orte waren, dachte Shephard. Er hatte sich in der Stadt versteckt, wie es nur jemand tun kann, der hier gelebt hat und sie kennt.

Der Geruch von Chemikalien war das erste, das er beim Eintreten und Einschalten des Lichtes wahrnahm.

Der Schock, der ihn traf, als er das große Gemälde in der Mitte des Zimmers erblickte, durchfuhr ihn bis in die Fingerspitzen. Von der Leinwand herab, im ganzen Glanz ihrer Jugend und Schönheit, einer Schönheit, die anzusehen schmerzte, lächelte ihn seine Mutter Colleen an.

»Dieser Dixon ist ein Maler, mußt du wissen«, versuchte Hyams zu erläutern. »Ich konnte durchs Fenster sehen, wie er sie malte. Schöne Frau, nicht?«

Shephards Herz schlug wie rasend. »Schließ die Tür bitte, Ricky!« hörte er sich selbst sagen. »Und bitte faß nichts an.«

Er trat zurück und musterte das Zimmer. Es war in einem chaotischen Zustand. Farbtuben – Winsor & Newtons, verstand sich – lagen überall auf dem schmutzigen Teppichbelag verstreut, Teller auf Boden und Couch. In einer Ecke waren Zeitschriften und Zeitungen aufeinandergeschichtet. An den schäbigen Wänden hingen noch weitere Bilder, systemlos, als seien sie hingeworfen worden, ohne Zusammenhang und Ordnung. Ein wildes Seestück. Ein Stilleben von nervöser Unruhe. Und dann noch ein Bild, das Shephard augenblicklich elektrisierte. Ein Selbstporträt.

Shephard betrachtete das ungesund gelbliche Gesicht des Bildes aufmerksam. Mercante hatte sein eigenes Gesicht in gelbe und grüne Facetten zerrissen, aus denen seine Nase schmal und aggressiv herausstieß wie eine Viper, die im nächsten Augenblick zustößt. Er möchte Gott spielen, dachte Shephard, sieht sich selbst aber als Schlange.

In der Küche fand er unter dem billigen Tisch ein Paar Cowboystiefel. Der rechte hatte eine Kerbe im Absatz. Zwischen den Salz- und Pfefferstreuern auf dem Tisch stand eine sichtlich kaum angebrochene Rolle weißen Chirurgenklebebandes. Daneben eine Bibel, aufgeschlagen bei der Offenbarung.

Als Lesezeichen lag der hellfarbige Umschlag eines Flugtickets der AeroMexico darin. Das Ticket selbst fehlte. Mit der Hand war ein Datum auf die Vorderseite geschrieben: 31. August. So, jetzt reist er also per Flugzeug, dachte Shephard. Ausgang 42, Flug Nummer 217, und die Platzreservierung lautete auf Nichtraucherseite. Sein Inneres zog sich zusammen.

»Gibt's in dem Loch hier ein Telefon?«

Hyams deutete zur Couch. Shephard holte sich das Telefon unter einem schmutzigen Kissen hervor und wählte Los Angeles an.

Der AeroMexico-Schalter am International war noch offen, allerdings sagte man ihm am Reservierungsschalter bedauernd, daß Flug 217, L. A. nach Cozumel, schon um 22.15 Uhr abgegangen sei. Er fragte nach dem nächsten Flug.

»Die nächste Maschine geht heute morgen um 9.15 Uhr«, sagte die Schalterdame. »Ankunft Cozumel 19 Uhr. Möchten Sie dafür reservieren?«

Shephard buchte vorsorglich, hängte auf und versuchte, einen noch früheren Flug zu bekommen. Nach sechs Anrufen gab er es auf.

Dann fiel ihm Marty Odette ein, der ihm einen Flug versprochen hatte. Er rief ihn an. Ein Song der Rolling Stones dröhnte im Hintergrund der Sport-Bar, als Odette sich meldete.

»Marty, lieber Freund, hier ist Tom Shephard. Ich bin in zehn Minuten bei Ihnen. Sie müssen mir helfen. Schließen Sie Ihren Laden, wenn es sein muß. Sie fliegen nämlich zur Isla Arenillas.«

25

»Das Tolle an der Lear ist ihre Schnelligkeit«, brüllte Marty, als er seinen Jet die dunkle Startbahn hinunterjagte. Das Singen der Triebwerke wurde schrill, das Fahrwerk hob ab, und Shephard wurde in seinen Sitz zurückgepreßt, als sich die Nase der Maschine in die Luft hob und die Lichter der Startbahnbefeuerung schnell nach unten wegfielen. »Allerdings macht sie einen Heidenlärm, aber das ist eben der Preis für die Geschwindigkeit.«

Der Learjet stieg bis auf seine Reisehöhe und nahm Kurs Süd nach Mexiko. Als Odette auf zehntausend Meter Höhe war, überließ er Shephard die Flugkontrolle und verschwand nach hinten in die Passagierkabine. Shephard griff sich das Steuer und hielt den Kurs, indem er nichts tat. Odette war auch sofort wieder da, mit zwei großen Scotchs mit Soda in der Hand. Viel Scotch, wenig Soda. Er arbeitete sich auf seinen winzigen Pilotensitz zurück, stülpte sich den Kopfhörer samt Sprechmikrophon wieder auf und nahm von Shephard mit einem Wink das Steuer zurück.

»Ist eigentlich nicht erlaubt, ich weiß. Aber das ist Ihr Schießeisen unterm Mantel auch nicht gerade, was, Shephard? Bei der Zollkontrolle in Veracruz packen wir alles unter die Sitze. Wahrscheinlich sehen sie überhaupt nicht hin. Den Mexikanern ist es ziemlich egal, was man mitbringt, solange ein paar Dollars dabei sind.« Marty nippte an seinem Glas und setzte sich bequem zurecht. Shephard blickte durch die Scheiben nach draußen, wo im Westen der fahle Schein von San Diego zu sehen war. Vor ihnen lag die völlige Dunkelheit der kalifornischen Wüste. »Also gut, nachdem jetzt alles klar ist, was, zum Teufel, tun wir eigentlich da unten in Isla Arenillas? Heißt übrigens ›Insel des feinen Sands‹, wußten Sie das? Und der Flugplatz dort ist nichts für das Baby hier.«

»Sie werden mich ja auch in Cozumel absetzen. Da können Sie den Nachmittag verbringen, umdrehen und wieder heimfliegen. Ich fliege dann allein weiter bis zur Isla Arenillas. Ich hab' da eine

Verabredung mit einem... alten Bekannten.«

Odette sah ihn mit seinem unbewegten Spielerblick an.

»Jedenfalls erzählen Sie das zu Hause jedem, der Sie danach fragen sollte. Mehr kann ich Ihnen im Augenblick nicht sagen, Marty.«

Odette wandte seine Aufmerksamkeit seinem Instrumentenbrett zu. »Bitte, tun Sie, was Sie tun müssen, Shephard. Nachdem ich Buchmacher bin, lege ich Ihnen diese Wette hier eins zu eins. Vergessen Sie nicht, Yucatan ist nicht Kalifornien. Wenn Sie da den Polypen in die Hände laufen, kann leicht sein, daß Sie nie mehr rauskommen. Und wenn Sie irgendwas anderem Nichtpolypigem in die Hände laufen – nun ja, da unten hat's 'ne Menge Dschungel, den man mit Gringos düngen kann.«

Shephard trank vorsichtig seinen Scotch und hörte dem hypnotisierenden Stimmensalat im Funk zu. Er setzte sich zurück und bedachte alle Möglichkeiten. Aber das Ergebnis war unbefriedigend. Wie? dachte er. Wie hat Mercante herausbekommen, daß Wade zur Isla Arenillas gereist war? Von Harmon? Aber wenn von ihm, woher hatte der es, und so schnell? Nach einer Stunde nickte er ein. Seine Traumbilder kreisten ohne Unterlaß um die goldhaarige Frau auf dem Porträt.

Als er nach einer Weile erwachte, fühlte er, daß sein Hemd am Rücken schweißnaß war. Und er hatte das dumpfe Gefühl, daß ihn Mercante mit voller Absicht aus der Stadt weggelockt hatte.

Zwei Zollbeamte überprüften in Veracruz ihre Pässe und Papiere. Der eine nickte, der andere stempelte. Der Morgen war dunstig und feucht. Es roch abgestanden nach Meer. Der eine stand auf, warf einen desinteressierten Blick in die Lear und wünschte guten Aufenthalt in Mexiko. Odette hatte ihm erzählt, sie seien zum Tauchen gekommen. Shephard stellte seine Uhr nach der an der Wand zurück. Seine Handflächen waren feucht, bemerkte er.

Nach zehn Minuten waren sie hoch über dem türkisgrünen Wasser der Campeche Bay und schraubten sich zur Reisehöhe für den zweistündigen Flug nach Cozumel hinauf.

»Sie sollten wirklich ein wenig fischen, wenn Sie Zeit dafür haben«, schlug Odette vor. »Hier unten kriegen Sie Boote für zwanzig Dollar die Stunde. Hier gibt's Weißen Marlin, Thunfisch, Fächerfisch. Die besten Fische der Welt.«

Shephard steckte sich eine Zigarette an und setzte die Sonnenbrille auf. In seinem Kopf jagten sich die Gedanken bis zur Erschöpfung. »Ich will's mir überlegen, Marty.«

Odette sah zum Fenster hinaus und rieb sich die müden Augen. »Letztes Angebot, Shephard. Ich bleibe in Cozumel, während Sie Ihre Angelegenheiten regeln, und nehm' Sie dann wieder mit nach Hause. Mir täten ein oder zwei Tage fischen auch ganz gut. Na, wie wär's?«

Shephard überlegte lange, ehe er antwortete.

»Na gut, wenn Sie's für mich tun wollen, Marty. Es wäre vielleicht nicht schlecht.«

»Ich reserviere im *La Ceiba,* falls dort was frei ist. Andernfalls versuch' ich's im *Cozumel-Caribe.*«

»Ich ruf' Sie heute abend an. Vielen Dank, Marty.«

»Sie haben doch hier nicht direkt beruflich zu tun, oder?«

»O doch, hauptsächlich schon.«

Er trennte sich von Odette am Flughafen von Cozumel und fand einen Informationsschalter, wo man ihm sagte, daß es Charterflüge zur Isla Arenillas von mehreren kleinen Flugplätzen rund um die Stadt aus gab, nicht aber hier vom großen Flughafen aus. Die Dame am Schalter empfahl das Hotel *Presidente,* das auch die Flugbuchungen übernahm. Die Luft war selbst im Innern des Flughafens feucht und stickig heiß.

»Taxi?« fragte er, weil er keines sah.

»Kein Taxi von Airport – Gesetz«, sagte sie. »Bus jede fünfzehn Minuten nach Stadtmitte. Kriegen Sie gleich hier draußen bei Schild, *Señor.*«

Shephard wartete in dem zumindest andeutungsweise klimatisierten Airport. Er bestand nur aus einer kleinen und halbfertigen Ansammlung von Gebäuden, die lediglich eine zeitweilige Schneise im Dschungel zu sein schienen. Nach einer halben Stunde kam endlich ein Bus, ein VW-Bus, der schon vollgepackt mit Leuten war und der holpernd nach Cozumel hineinrumpelte. Es war unerträglich heiß, obgleich schon alle Scheiben heruntergedreht waren, und ein großer Ventilator sich über dem Rückspiegel drehte. Vom Dach hing ein Marienbild herunter. Die Fahrgäste waren alles Amerikaner, vom langen Flug vom Festland herüber erschöpft. Sie wedelten alle mit Händen oder Zeitungen gegen die feuchte Hitze vor ihren Gesichtern hin und her.

Das *Presidente* lag am dritten Busstop. Shephard stieg aus, gab dem Fahrer Trinkgeld und lehnte die Hilfe eines Kofferträgers ab. Er hatte ihn in den paar Minuten, die er noch Zeit gehabt hatte, ehe er zu Odette losfuhr, hastig und ohne Sorgfalt gepackt.

Der einfache Flug mit dem Inselflugzeug zur Isla Arenillas kostete dreizehn Dollar. Wieder draußen in der Backofenhitze, hielt er ein Taxi an. Nach einer Stunde – es war inzwischen fast neun – startete das alte Inselflugzeug mühsam von einem Sturzacker von Startbahn am Stadtrand, völlig mit erwartungsfrohen Touristen überladen. Die meisten hatten Taucherausrüstungen bei sich. Nach einer Stunde kam die Insel in Sicht. Sie war nur ein grüner Streifen tropischer Vegetation mit einer Umrandung aus schneeweißem Sand. Das Wasser war ein helles und glattes Blau. Azul auf spanisch, dachte er. Wie die Augen seines Feindes. Das Flugzeug rumpelte auf einer kleinen Landebahn zu Boden.

Der Geruch der Isla Arenillas war eine neue Erfahrung für Shephard: eine modrige, feucht-süße Mischung aus Ozean und Vegetation, Meer und Dschungel. Die Start- und Landebahn war aus dichtem Dschungel herausgeschnitten, der noch jetzt fast bis an den Rand wucherte.

Shephard kletterte aus der Maschine, seinen Koffer hinter sich herzerrend. Er ging zusammen mit den anderen Touristen einen Weg entlang, der direkt in den Dschungel zu führen schien. Er blickte kurz zurück. Der Pilot schlurfte, eine Bierdose in der Hand, schwerfällig auf eine baufällige *Cantina* am Ende der Landebahn zu. Der Weg führte bald mitten durch ein grünes Pflanzendickicht. Shephard wechselte seinen Koffer aus der einen schweißnassen Hand in die andere und lauschte der kakophonischen Aufregung der ringsum lärmenden, aber nicht sichtbaren Dschungelvögel. Er blieb stehen, um sich eine Zigarette anzuzünden, und beobachtete dabei ein Monarchen-Schmetterlingspaar, das stumm im Unterholz flatterte. Der Tabak – eine mexikanische Sorte, er hatte sie in Veracruz gekauft – schmeckte schwarz und feucht, ganz wie die feuchte Luft. Als er seinen Koffer wieder aufnahm, kroch ein dunkler Leguan gemächlich vor ihm quer über den Weg.

Der Pfad wurde nun breiter, führte aus dem Dschungel heraus und öffnete sich auf eine saubere Schotterstraße, die nach rechts bog. Er sah, daß weiter vorne zu beiden Seiten Hotels und Restaurants standen. Viele Gäste saßen mit einem Getränk draußen im Freien unter den Sonnendächern. Hinter den Hotels glitzerte das Meer blau und träge. Beim Vorbeigehen an den Tischen eines Restaurants namens *Tortuga* vermischten sich für Shephard das Aroma gekochter Shrimps und eine Skala anderer Gerüche, die, wie die Hitze selbst, bis zur schieren Irrealität intensiviert schienen. Es fiel ihm ein, daß von allen diesen Leuten hier auf dieser Isla Arenillas er gewiß der einzige war, der noch immer seinen Mantel trug und seinen Koffer schleppte und sich eiliger bewegte, als nötig war. Und, kein Zweifel, der einzige mit einer 357er Magnum im Gepäck. Zwei Mädchen auf Motorrollern überholten ihn, beide mit einer Bierflasche in einer Hand, die sie am Lenker sorgsam balancierten. »He, Gringo«, rief eines zu ihm zurück, »vergiß deine Sorgen.«

Wade hatte ihm keinen Hotelnamen hinterlassen. Auf seinem Zettel hatte nur gestanden, daß er, falls Shephard ihn unbedingt erreichen müsse, unter dem Namen Frank Seely absteigen werde. Es wird eine ziemliche Überraschung für ihn sein, dachte er. Vorausgesetzt, Mercante hat nicht schon zuvor für Überraschungen gesorgt. Der AeroMexico-Flug war um sechs Uhr gelandet, vor knapp fünf Stunden. Weniger Zeit konnte Mercante kaum brauchen, um Wade aufzuspüren, seine Pläne zu machen und für ihre Ausführung auf die kommende Nacht zu warten. Wahrscheinlich länger. Wenn er nicht wußte, daß sein Mann sich Frank Seely nannte, mußte er sich in der Hoffnung, ihn irgendwo zu sehen, in der ganzen Stadt umsehen. Der Gedanke, daß Mercante in einem der Straßenrestaurants und -cafés sitzen und ihn selbst beobachten konnte, wie er hineinging, saß Shephard entnervend im Nacken, als er die barmherzigerweise klimatisierte Halle des Hotels *Rocamar* betrat.

Kein Señor Seely, sagte man ihm. Und auch kein Señor Mercante, *very sorry*. Der Mann an der Rezeption bot ihm ein wegen einer Absage frei gewordenes Zimmer an, aber Shephard lehnte ab. Er kaufte sich an der Cantina eine Dose Tecate-Bier und im Geschenkladen einen Panamahut, ehe er wieder hinaustrat in die glühende Mittagshitze. Er zog endlich seinen Mantel aus und legte ihn sich über den Arm; und einen Augenblick lang immerhin hatte er ein paradiesisches Gefühl.

Er ging die Hauptstraße entlang, immer auf der gleichen Seite, und klapperte sämtliche Hotels nach den Señores Seely und Mercante ab. Als sämtliche Möglichkeiten erschöpft waren und vor ihm nur noch ein vom Meer abgezäuntes Tiergehege lag, das voller Meeresschildkröten war, wechselte er auf die andere Straßenseite und machte sich auf den Weg zurück.

Im *Mesón del Marquez* schließlich war gestern abend ein Señor Frank Seely eingetroffen.

Noch ehe Shephard abwinken konnte, hatte sich bereits ein Träger seinen Koffer geschnappt und war auf dem Weg zum Zimmerkorridor. Er fischte sich etwas Kleingeld aus der Tasche, während er ihm bis zum Zimmer 26 folgte, einem Zimmer im Erdgeschoß, hinaus zur Hauptstraße gelegen. Der Träger setzte den Koffer lächelnd ab. Er steckte das Trinkgeld in seine Hemdtasche, ohne die Münzen auch nur zu zählen. Im nächsten Moment öffnete Wade mit besorgtem und ängstlichem Gesicht die Tür. Dann lächelte er und trat zurück. Das Lächeln wurde von Besorgtheit verdrängt.

»Tommy! Was machst du hier? Bist du okay?« Shephard sah, daß sein Vater auf dem Bett gelegen und in der Bibel gelesen hatte.

»Paps, er weiß, daß du hier bist. Er ist gestern abend von Los Angeles hierhergeflogen. Du hast ziemlich undichte Stellen in deinem Sicherheitssystem.«

Shephard rief den Zimmerservice an und bestellte eine Flasche Scotch und Eis. Derselbe Mann, der zuvor so eifrig sein Gepäck transportiert hatte, brachte sie zehn Minuten später. Er schob den Servierwagen ins Zimmer, stellte den Eiskübel auf den Tisch neben dem Fenster und servierte Shephard die Flasche samt Rechnung. Als sich die Tür hinter ihm wieder geschlossen hatte, vergewisserte sich Shephard, daß sie versperrt war, goß sich einen kräftigen Drink ein und berichtete seinem Vater, wie Francis Rubio knapp dem Tod entronnen war, und von dem bedrückenden Zimmer im Valentine's. Wade saß auf dem Bett und hörte angespannt zu.

»Was also«, fragte er schließlich, »schlägst du vor?«

»Du verläßt den Ort hier auf dem Weg, wie ich gekommen bin«, sagte Shephard.

»Nein, das kommt nicht in Frage. Das kann ich nicht machen, Junge. Er ist verrückt. Du brauchst jede Hilfe, die du kriegen kannst.«

Shephard trank einen Schluck. »Ich sehe die Lage so. Er sucht nach dir, nach einem Mann ohne Begleitung in einem Hotelzimmer. Das hier ist eine kleine Stadt. Hier weiß schnell jeder, wer wer ist, und was er macht. Wenn er irgend etwas Verdächtiges riecht, wird er sich auf keinen Fall zeigen. Punkt zwei, Paps: du steckst da jetzt mit drin, und es wird verdammt ernst werden. Und das ist nicht gut für dich, zu Hause ebensowenig wie hier. Wer wird sich noch für dein Hospital einsetzen, wenn du in eine Mordgeschichte verwickelt bist?« Er stand am Fenster und blickte auf die Straße hinaus. Weit hinten in der glitzernden Ferne sah er ein Fischerboot in die Pier einlaufen.

»Du könntest mich sicher brauchen, Tommy. Ein zweiter Mann könnte dir von Nutzen sein.«

»Ein zweiter Mann«, sagte Shephard ruhig, »ist genau, worauf Azul spekuliert. Das läuft jetzt alles so ab, wie ich es gelernt habe, Paps. Einiges davon von dir selbst. Vor dreißig Jahren hattest du deine Chance gegen ihn. Das hier jetzt ist meine.«

Wade erhob sich und ging mit gesenktem Kopf langsam hin

und her. »Du denkst an deine Mutter«, sagte er.

»Du etwa nicht?«

»Es ist zu spät für Haß, Junge.«

»Und es ist zu spät für Predigten, Vater.« Shephard seufzte. »Tut mir leid, entschuldige.« Er ging zum Telefon und ließ sich mit dem *La Ceiba* verbinden.

»Also spielst du doch auf den schwarzen Tasten.«

Shephard wurde mit Marty verbunden, der enttäuscht darüber war, daß sein Fisch-Trip ins Wasser fiel.

»Hör zu, Paps. Du fliegst mit dem Inselflugzeug zurück nach Cozumel. Du trägst meine Kleider und meine Sonnenbrille und meinen Koffer. Da, und meinen Hut auch. Falls Mercante einen von uns beiden schon gesehen hat, kann das von Vorteil sein.«

Eine halbe Stunde später standen sie sich in dem kleinen Zimmer in vertauschten Rollen gegenüber. Shephard trug den weißen Leinenanzug seines Vaters, und Wade hatte sich in die Kleider seines Sohnes gezwängt. Shephard half seinem Vater noch beim Umpacken der Koffer. Als Wade auch noch die Sonnenbrille aufgesetzt hatte, war die Ähnlichkeit verblüffend. Shephard betrachtete ihn. »Wenn du gehst, bleibe ich hier. Der Reverend Wade Shephard bin jetzt ich.«

Er bestellte am Empfang ein Taxi zum Flugplatz.

26

Um vier Uhr nachmittags zog Shephard aus dem *Marquez* aus und schleppte seines Vaters Koffer hinaus in die sengende Hitze der Insel. Die Straße war voll von Touristen und Verkäufern. Ein zittriger alter Mann sprach ihn an. Er trug eine Kollektion getrockneter und lackierter Sandhaie an einem Stock. Shephard kaufte ihm einen kleinen ab.

Er schlenderte an den Hotels und Läden der Hauptstraße entlang, unablässig mit der Frage beschäftigt, ob ihn Mercante vielleicht bereits entdeckt hatte, möglicherweise von einem Hotelbalkon aus, und dort, mit einer Bierdose in der Hand, schon die Einzelheiten seines Mordplans erwog. Zusätzlich beunruhigte ihn ein anderer Gedanke: er war noch nie auf der Spur eines Mannes von derart unverfrorener und unauslotbarer Grausamkeit gewesen. Das abgerissene und fein säuberlich auf den Sattel seines Motorrads gelegte Zündkerzenkabel fiel ihm ein, als beredtes Zeugnis seines Zuspätkommens und seiner mangelnden Voraussicht; und er war ja auch nur um Sekunden der weiteren Niederlage entgangen, auch in das leblose Gesicht des dritten Opfers des Feuerkillers blicken zu müssen.

Er blieb plötzlich stehen und sah sich um, halb gewärtig, Mercante einen Block hinter sich spähend und sich dann rasch versteckend zu erblicken. Aber weit und breit gab es nur gewöhnliche Touristen.

Er nahm ein Zimmer im *Serenidad* an der Nordseite der Stadt direkt am Strand. Er trug sich als Reverend Wade Shephard ein und verlangte ein Zimmer im Oberstock. Der Hotelpage war ein heiterer Mann mit den hohen Backenknochen und leicht nach oben geschnittenen Augen der eingeborenen Indios. Sein Name war Cantil.

»Cantil, heißt so nicht eine Schlange?« fragte er auf dem Weg zu seinem Zimmer.

»Ja. Nur ein Name für mich. Als ich klein war.«

»Waren Sie wie eine Schlange?«

Cantil setzte den Koffer ab und öffnete die Tür zum Zimmer 58. Schal-modriger Geruch drang heraus. »Sehr ruhig«, versicherte er und fuhr fort: »Ach, warum Cantil, ich weiß nicht.«

Shephard gab ihm einen Dollar und bat ihn um einen Eiskübel und zwei Extrakissen. »Für meinen Rücken, wissen Sie«, sagte er. »Der macht mir in dieser Hitze zu schaffen.«

Er packte sorgfältig aus und hängte die Hosen und Hemden auf Bügel. Sie waren von seinem eiligen Aufbruch aus Laguna Beach völlig zerknittert. Den 357er Python-Colt, den er zusammen mit zwei Reservetrommeln in ein Badetuch gewickelt hatte, schob er unter das Bett. Er prägte sich das Zimmer ein: die Tür ging hinaus auf einen schmalen Korridor. Großer Wandschrank rechts. Links daneben die Tür ins Bad, die Toilette dahinter. Fünf Schritte von der Tür der Beginn des eigentlichen Zimmers, fast quadratisch. Links ein überbreites Bett, gegenüber ein Toilettetisch. Vor dem Fenster mit Blick auf die Straße ein kleiner Tisch und Stühle. Er zog die Vorhänge zurück und blickte hinunter. Fußgänger gab es hier kaum. Die meisten Läden und Hotels begannen erst hundert Meter von hier in Richtung Stadt. Rechts konnte er eine Bananenstaudengruppe sehen. Ihre Stämme verschwanden im dichten Dschungelgrün. Dahinter Wasser, Sand, das Festland.

»Señor Shephard?« Es war Cantils Stimme draußen vor der Tür. Shephard öffnete und ließ ihn herein.

»Nennen Sie mich Wade«, sagte er. »Das habe ich lieber.«

Der Page stellte das Eis auf den Toilettetisch und reichte ihm die beiden Extrakissen. »Für Ihren Rücken«, sagte er.

Shephard war nahe zu ihm getreten und sprach sehr langsam. »Wenn irgend jemand nach mir fragen sollte«, sagte er und suchte sich einen Dollar aus der Tasche, »möchte ich dies unbedingt wissen. Es wäre mir sehr lieb, wenn Sie mich gleich verständigen würden, falls jemand nach meiner Zimmernummer fragt, oder ob hier jemand wohnt, der wie der Reverend Shephard aussieht. Ja? Und wenn Sie jemand fragt, sagen Sie nur, daß ich ein älterer Mann bin. Und ich müßte das sofort erfahren, telefonisch.«

Cantil verstand alles genau. »Mache ich, Señor Wade, ich rufe sofort an, wenn irgendwer nach Ihnen fragt. Der Schlange entgeht nichts in diesem Hotel.« Er lächelte, bedankte sich noch einmal für das Trinkgeld und verschwand leise. Die Kissen ließ er auf dem Bett zurück.

Shephard setzte sich vor die Klimaanlage und rauchte. Von seinem Platz aus konnte er auf die Straße hinuntersehen, die um sieben noch immer von Fußgängern bevölkert war. Er betrachtete wieder die Phantomzeichnung von Azul Mercante. Er legte sie vor sich mitten auf den Tisch und fragte sich, was dieser Mann im Augenblick wohl tat, wo er abgestiegen sei und welche Pläne er sich für Wade, das nächste Objekt seiner Rache, wohl ausgedacht habe. Als es Abend geworden war, der sich nur durch ein langsames Dunklerwerden im Osten ankündigte, bestellte er sich Abendessen aufs Zimmer. Es dauerte eine Stunde, bis sein Steak Picado kam, gerade als die untergehende Sonne den Horizont orange färbte und ihre Farben ins Wasser tauchte. Er aß still und trank einen leichten Scotch dazu.

Jane antwortete schon nach dem ersten Klingeln. »Bist du okay, Tommy? Ist Wade okay? Hast du Azul gefunden?«

Er ließ ihr Zeit, ihre atemlose Hektik loszuwerden. Dann antwortete er. »Alles in Ordnung. Wade ist schon auf dem Heimweg. Aber noch kein Zeichen von Azul, bis jetzt. Du fehlst mir, Jane.«

»Du mir auch. Aber erwarte nicht, daß ich das zugebe.« Sie machte eine Pause, danach sprach sie etwas ruhiger weiter: »Tommy, du erinnerst dich an die Aktenordner, in denen Dad seine ganzen Finanzsachen aufhob, ja? Sie sind weg. Ich habe sie in seinem Wohnzimmer stehenlassen. Und als ich zurückkam, um sie wegzuwerfen, waren sie nicht mehr da. Und als ich heute morgen bei dir vorbeischaute, um Cal zu füttern, stand dein Freund, der den dunkelblauen Porsche fährt, vor dem Haus. Das alles macht mir etwas Angst.«

Shephard spürte den Adrenalinstoß in seinen Adern wie Benzin in der Leitung eines Motors. Er schloß die Augen und versuchte seinen Atem zu beruhigen. »Paß auf, Jane, ich schicke dir jemanden, der bei dir bleibt. Er ist groß und furchteinflößend, aber du kannst dich auf ihn verlassen. Geh nicht aus dem Haus, bis er da ist. Es wird höchstens eine Stunde dauern. Er weiß genau, was zu tun ist.« Obwohl es sich in seinem Kopf drehte, versuchte er, seine Stimme überzeugend klingen zu lassen. Wenn ihr Harmon etwas antut, dachte er, bringe ich ihn um.

»Ich liebe dich«, sagte er.

»Ich liebe dich«, antwortete sie. Sie sagten es beide zur gleichen Zeit.

Er rief Little Theodore an und erklärte ihm die Lage. Dann wählte er die Nummer von Louise in Malibu.

»Lou? Hier ist Tom.«

»Wo bist du denn? Ich kann dich kaum hören.«

»Weit weg. Hör zu, ich wollte dir nur sagen – also, was uns beide betrifft, ist alles in Ordnung, was mich angeht, Lou. Ich hab' hier gesessen und nachgedacht, und ich dachte, du solltest das wissen. Falls wir uns nicht mehr sehen sollten, will ich auf jeden Fall, daß du weißt, ich trage dir nichts nach.«

»Nun, Tom, ich glaube, wir sollten uns eben nicht mehr sehen. Es ist einfach zu schwer für dich – für uns beide.«

Shephard mußte lächeln. Immer noch die gleiche Louise, dachte er.

»Tom? Bist du wieder mal betrunken?«

»Ich ruf' dich mal wieder an. Gute Nacht, Lou.«

Es war kurz nach neun, als Shephard das Geschirr vor die Tür stellte, die er unverschlossen ließ. Er packte die Extrakissen der Länge nach zurecht, formte die dünne Bettdecke zu Beinen und ballte ein dunkles Hemd zu einem Kopf zusammen. Wenn die Oberdecke hochgezogen und das Licht gelöscht war, konnte man das Ganze durchaus für einen schlafenden Mann halten – den Reverend Wade Shephard möglicherweise, der nach einem heißen Tag erschöpft war.

Shephard holte seine Waffe unter dem Bett hervor und klickte die eine geladene Trommel in sie ein. Die zweite steckte er sich in die Tasche. Er wickelte zwei Meter Nähseide aus seinem Necessaire ab und band das eine Ende an die Lampenschalterschnur über dem Tisch, das andere an einen Bleistift, den er auf dem Boden neben sich plazierte. Er zog daran, das Licht ging an, er zog noch einmal, es ging wieder aus. Er begab sich in die entfernteste Ecke des Zimmers, saß so mit den Schultern an der kühlen Wand, die Waffe in der einen Hand, den Bleistift in der anderen, und wartete.

Vor seinen in der Dunkelheit geschlossenen Augen flackerten Bilder auf, blasse Visionen der letzten Woche. Als Jane erschien, versuchte er das Bild festzuhalten, um ihre Schönheit zu bewundern. Er sah sie noch einmal sich in Ekstase im Wasser winden, draußen im Taucherwinkel, er sah sie warm und schweigend im Bett an seiner Seite. Und er sah sie noch einmal am Tag ihrer ersten Begegnung in ihren hohen Gummistiefeln dastehen. Aber allmählich versuchte sich ein anderes Gesicht dazwischenzuschieben, doch es materialisierte sich nie völlig, blieb halbgeformt, Andeutung, immer wieder verdrängt von der kräftigen Energie, die Jane Algernon ausstrahlte. Erst jetzt begriff Shephard, welche grundlegenden Veränderungen in ihm vorgegangen waren. Daß sein Herz nicht mehr nur der Frau nachtrauerte, die ihn verlassen hatte. Sondern daß es sich für die nun gefundene geöffnet hat. Einen Augenblick lang schien die Zukunft, welche auch immer, wo auch immer, an Möglichkeiten für Zärtlichkeit und Liebe geradezu überzufließen. Aber vielleicht war das auch lediglich das Ende der Einsamkeit. Ihre Unterbrechung für kurze Zeit. Eines der letzten Bilder von Jane, die ihm erschienen, war das, wie sie in seinem Bett lag und ihn mit zärtlicher Besitznahme küßte, und sagte, sie werde bei ihm sein. Und wie sie ihm danach noch etwas sagte, das er seit vielen Jahren nicht mehr gehört hatte – Worte, die aus seinem Leben lange verbannt schienen: Ich liebe dich.

Wenn ich heute abend hier in Mexiko sterben sollte, dann mit dir zusammen, dachte er.

Wie damals in seinen Knabenjahren schickte er einen Schwarm telepathischer Vögel in Richung Kalifornien und vertraute ihnen, daß sie ihren Weg zu ihr schon fänden und ihr seinen Gesang von Liebe übermittelten, den er selbst niemals auszudrükken imstande sein würde.

Steif und verspannt, mit Druck im Magen aus Furcht ebenso wie aus Liebe, erhob er sich schließlich, streckte sich und marschierte im Zimmer auf und ab. Es war fast elf. Er öffnete das Fenster einen Spalt. Die Straße unten lag jetzt leer und verlassen da. Er atmete die saubere Nachtluft vom Merr her tief ein. Die Klimaanlage war schon abgeschaltet. Die einzigen Geräusche waren gelegentlich in der Entfernung vorbeifahrende Motorroller oder gedämpfte Stimmen aus anderen Zimmern.

Kurz vor drei Uhr morgens zog sich Shephard den Schulterhalfter über und steckte die Python hinein. Er entfernte die Kissen vom Bett und machte die Seide von der Lichtschalterschnur ab. Er verschloß die Tür hinter sich und ging hinunter in die Halle des *Serenidad.* Der Nachtportier las eine Zeitschrift.

»Irgendwelche Nachrichten für Wade Shephard?«

»No, Señor«, sagte er nach einem Blick auf das Fach für Zimmer 58. »Keine Nachrichten für Sie.«

»Wie viele Hotels gibt es hier auf der Insel?«

Der Portier, dessen Namensschild auf Aguilar lautete, zuckte bedauernd mit den Schultern, mit einem Gesicht, als sei eine solche Frage für diese Stunde wirklich zuviel verlangt. »Ganze Menge.«

»Welche Menge genau?« Shephard fummelte eine Fünfdollarnote heraus und legte sie auf den Tresen.

Aguilar lächelte. »Ich sage Ihnen, gewiß.« Er öffnete eine Schublade und brachte eine Broschüre zum Vorschein, die er Shephard überreichte. Es war eine Liste des Beherbergungsgewerbes der Insel, komplett mit Adressen und Telefonnummern. Er zählte zwölf.

»Ist das auf dem letzten Stand?« fragte Shephard. »Neu?«

»Oh, ganz neu«, sagte Aguilar und nickte. »Einzige nicht darin ist Hotel Cora. Ist nicht mehr offen. Geschlossen, vor zwei Jahre, aber wird wieder neu gebaut, bald. Alle anderen Sie finden da drin.« Dabei griff er sich die Broschüre und hielt sie mit Daumen und Zeigefinger in die Höhe, wobei er sie schnell hin- und herschüttelte.

»Wo ist Cantil?«

Der Nachtportier sah verständnislos aus. »Auf andere Seite vom Wasser. Niemand von uns lebt hier auf Insel.«

Shephard wandte sich zur Tür.

»Señor, con permiso, aber Nachtleben auf Isla Arenillas ist nur – minimal.«

»Nein, nein, nur bißchen frische Luft«, wehrte Shephard ab.

Auf der ganzen Welt herrscht unter Hotelnachtportiers die Tendenz, nach Mitternacht möglichst wenig Energie zu verschwenden. Shephard machte bei einem nach dem anderen diese Erfahrung. Alle betrachteten ihn eher als Ruhestörer denn als möglichen Gast, und keiner hatte jemanden namens Hodges, Steinhelper, Dixon oder Mercante ins Gästebuch eingetragen.

Um halb fünf hatte er sämtliche Hotels in der Broschüre abgeklappert – ausgenommen nur das *La Palapa.* Die Halle dieses Hotels stand voller Bananenbüsche. Sie war nur durch eine Neonröhre beleuchtet, die das junge Gesicht an der Rezeption flackernd erhellte.

»Buenos días«, sagte Shephard unter Aufbietung seiner ganzen Spanischkenntnisse. Der junge Mann nickte und legte seine Zeitschrift beiseite. Shephard leierte seine Namenslitanei noch einmal herunter, und ein weiteres Mal bestand die Antwort lediglich in einem langsamen Kopfschütteln. Er erklärte, daß er seinen Vater suche, einen älteren Mann mit hellblauen Augen, reich, und mit der exzentrischen Neigung, ständig von einem Moment zum andern seinen Namen und obendrein die Hotels zu wechseln. Er sei irgendwann gestern angekommen, vermutlich am frühen Morgen, habe es aber versäumt, ihm den Namen des Hotels zu hinterlassen, in dem er abzusteigen gedenke. Und jetzt sei er etwas besorgt, daß der alte Mann sich verirrt habe oder ihm vielleicht sogar Schlimmeres widerfahren sein könnte. Er habe deshalb schon die ganze Insel zu Fuß durchquert und in allen Hotels nachgefragt, aber in keinem habe er seinen Vater finden können. Shephard bot dem Portier eine Zigarette an, die dieser mit einem Lächeln annahm.

»Sehr Problem«, sagte er. »Isla Arenillas nicht sehr groß. Oh, fünf Meilen und zwei Meilen, aber Dschungel ist bei Nacht sehr dunkel. Ihr Vater weit gelaufen?«

»Möglich. Aber ich glaube nicht, daß er – unter freiem Himmel schlafen würde.«

Der Nachtportier nickte mitfühlend. »Möglich, daß Vater ist bißchen, wie sagen Sie, *loco?*«

»Ja, ein bißchen *loco* vielleicht.«

»Möglich, daß er ging auf andere Seite von Insel zu *Hotel Cora* und auf Rückweg verirrt. Hotel Cora geschlossen vor zwei

Jahre. Wird aber«, fügte er mit Stolz hinzu, »bald wieder aufgebaut. Möglich, daß er verirrt in Dschungel. Hotel ist bei Nacht sehr dunkel.«

»Gibt es auf der anderen Seite nichts als das Cora?« fragte Shephard.

»Nur, wo neues Hospital sein soll. Dort ist Dschungel schon weg. Neues Hospital wird heißen Schwestern von Barmherzigkeit. Baut *loco* Gottesmann mit viel Pesos. Dollars, will sagen. Er ist Amerika, Reverend Tschepahrd.«

Shephard erwog Mercantes Neigung, sich in ausrangierten Hotels und Apartments aufzuhalten, und sein Talent, sich Quartier an Orten zu schaffen, wo niemand nach ihm suchte und wo er dennoch mitten in eben dieser Zone war, in der man ihn suchte. Es lag also keineswegs außerhalb des Bereichs des Möglichen, daß er im Cora Unterschlupf gesucht hatte. Dessen Nähe zum Bauplatz des Hospitals machte es sogar um so wahrscheinlicher. Je mehr er darüber nachdachte, desto besser paßte es in Mercantes Denkweise. Und wenn er dort war, dann schlief er jetzt vermutlich. Leichte Beute also für einen frühen Morgenbesucher.

»Wie komme ich zum Cora? Ich möchte dorthin gehen.«

»Oh, Señor! Sie müssen warten bis Tageslicht. Langer Weg, noch drei Meilen. Sehr dunkel, und Weg voll von Leguanas und viele *Cucarachas.*« Der Portier hielt seine beiden Zeigefinger empor, eine Handbreit auseinander. Offenbar Riesenschaben, dachte Shephard.

»Ich kann nicht warten. Der alte Mann irrt da vielleicht gerade jetzt hilflos umher, völlig verstört. *Comprende?*«

Der Portier erhob sich seufzend von seinem Hocker und klapperte in seinen harten Schuhen durch die Halle. Draußen führte er Shephard an der ersten Zimmerreihe vorbei. Die Verandalichter vor ihnen waren von Motten und übergroßen fliegenden Insekten übersät. Nahezu durchsichtige Eidechsen klebten an den Mauern und schossen gelegentlich ein Stück weiter, ehe sie wieder unbeweglich verharrten. Am Ende des betonierten Gehwegs blieb er abrupt stehen, als stelle jeder Schritt weiter ein persönliches Risiko dar. Die Lichtung, auf die er deutete, schien wegsam zu sein.

»Hier ist der Weg breit«, sagte er mit schicksalsschwerer Stimme, »aber weiter dann schmal. Ungefähr halbe Meile von hier, er geht rechts und links, und Sie gehen rechts. Am Ende Sie werden wieder an Strand sein, und Cora ist links, auf ein Hügel über dem Wasser. Ich glaube nicht, sie hat ihr Lichter an, weil das ist sehr teuer hier. Wenn Ihr Vater auf dem Weg ist, Sie werden ihn hören, weil Dschungel ist sehr still, außer Affen und paar Schweine, aber sie werden wegrennen. Wenn Sie begegnen Wildschwein mit Jungen, Sie rennen besser zuerst. Sie können sein sehr sehr – *muy peligroso. Comprende, Señor?*«

»Ja, ja. Vielen Dank. Ich habe einen Seelöwenzahn als Talisman.« Shephard zeigte den Zahn vor, der im Widerschein der Verandalichter matt aufschien.

Der Pfad war feucht und weich. Shephard sank mit den Fersen etwas ein, als er in die Lichtung hineinging und an den ersten Bananensträuchern vorbeikam. Er blieb in der Dunkelheit stehen, um einen letzten Blick zurück auf das Hotel zu werfen, und ortete dann den Mond, der gerade ein volles Viertel hatte und hell und klar im Osten am Himmel stand. Vor ihm schlängelte sich der Weg in den Dschungel hinein, einen Schimmer dunkler als die sich an seinem Rand drängenden Bäume. Nach weiteren dreißig Metern, hinter einer Biegung nach rechts, direkt unter einer überhängenden Laubkrone, blieb er erneut stehen und bemerkte, daß er schon nach dieser kurzen Strecke wirklich mitten im Dschungel war. Dieser schien sich in einer Woge runder Formen überall um ihn herum mit Macht breitmachen und sich noch weiter ausdehnen zu wollen. Vor ihm huschte ein dunkler Schatten quer über den Weg, einen reptilienartigen Schwanz hinter sich her und wieder hinein in die tropische Vegetation schleppend. Er wechselte beim Weitergehen auf die andere Seite und duckte sich an den Stellen, wo sie den Pfad fast zu überwuchern drohten, tief unter die Blätter der Bananensträucher, wobei er sich zur Balance an den Stämmen festhielt. Lieber Himmel, dachte er, und in seinem Kopf tauchten Vorstellungen auf von

Taranteln, die wie Regentropfen vom Himmel fielen.

Er zündete sich eine Zigarette an, und seine Schritte wurden schwer. Er schlug die Zweige zur Seite, die aus dem dichten Laubwerk herausstanden. Auf halbem Wege, mitten auf der Insel – zumindest seiner Schätzung nach mußte er auf halbem Wege sein – blieb er wie angewurzelt vor einem riesigen Leguan stehen, der sich direkt quer über den Weg gestellt hatte und dort verharrte. Shephard versuchte seine aufsteigende Angst zu unterdrücken und wartete darauf, daß das Tier sich wieder entfernen würde, aber es machte keine Anstalten.

Er versuchte es fluchend mit einer heftigen Bewegung vorwärts. Dann tat er noch einen Schritt und war nun, schätzte er, bereits in Angriffsdistanz für das Tier. Und dann stellte sich dieses als nichts weiter heraus als ein Ast. Er trat zur Sicherheit dagegen, hob ihn auf und wischte die feuchte Erde von der Unterseite ab. Beim Weitergehen hieb er damit auf die Pflanzen und Bäume ein. Nach fünf weiteren Minuten erreichte er die Weggabelung. Er beschleunigte seine Schritte und ging nach rechts.

Der Pfad wurde immer schmaler. Er teilte das Laubwerk mit seinem Stock und begann ein Lied zu summen. Auf einer kleinen Lichtung hielt er wieder an und suchte den Mond, aber über ihm war nur das Dunkel des dichten Dschungeldachs. Er bemerkte, daß die Geräusche um ihn herum – das Gezwitscher der Nachtvögel, das gelegentliche Gekreisch der Affen – immer aufhörte, sobald er stehenblieb, und sich erst wieder fortsetzte, wenn er weiterging. Er zerstörte diese bedrückende Stille, indem er mit seinem Stock schlug und unterdrückte Drohungen gegen den Dschungel ausstieß, der sich auf dem immer schmaler werdenden Pfad immer näher an ihn herandrückte.

Ein dicker Schatten mit kurzen Beinen brach vor ihm über den Weg. Drei weitere, aber kleinere, folgten ihm. *Muy peligroso*, dachte er, sehr gefährlich, die Wildschweine. In der Stille hörte er sie ästeknackend durch den Urwald brechen, ein Schaben, ein Grunzen, und dann nichts mehr.

Als der Dschungel den Pfad gerade völlig erdrückt hatte, lag, nachdem er noch eine Mauer von Laubwerk durchbrach, die silbernschimmernde Karibische See glitzernd im Mondlicht vor ihm. Er warf ihr mit stummer Erleichterung seinen Ast entgegen und lauschte eine Weile dem Anbranden des Wassers auf den pulverweißen Sand. Und genau wie der Nachtportier es beschrieben hatte, stand die dunkle Silhouette des Hotels Cora auf dem Hügel über der See gegen den Nachthimmel, eine Viertelmeile entfernt im Westen. Es war völlig dunkel und nur durch seine symmetrische Eckigkeit vor dem blauschwarzen Himmel erkennbar.

Shephard folgte dem Rand des Urwalds, der sich parallel zum Strand hinzog. Der Sand unter den Füßen war weich und die Luft frisch und sauber. Sie roch wohltuend nach Meer.

Die Umrisse des Hotels Cora wurden größer, als er um eine kleine Lagune herumgegangen war. Hinter ihm war das geschäftige Lärmen im Urwald zu hören, vor ihm brandete der Ozean an die Küste.

Er ging vorsichtig um ein paar Felsen herum und sah hinauf, als er an einem verfallenen Steg ankam, der einst als Eingang zum Hotel Cora gedient hatte. Das Hotel war direkt über ihm, groß und baufällig, im vernachlässigten Zustand des Ungenutzten. Auf der Vorderfassade, die jetzt völlig überwachsen war, stand *Hotel Cora* in schöner schmiedeeiserner Schnörkelschrift. Eine der hölzernen Doppeltüren hing nur noch an einer verbogenen Angel. Über die Veranda kroch ein Leguan und zog seinen dunklen Leib dann die abblätternde Fassade der Kolonnade hinauf. Shephard konnte hören, wie er mit seinen Klauen Halt auf seinem Weg durch das verrottende Holz suchte. Er wanderte mit seinem Blick über die drei Stockwerke mit ihren dunklen Fenstern. Nur noch in wenigen waren Scheiben. Zwei Jahre im Dschungel, dachte er, können wie zwei Jahrhunderte woanders sein. Für einen Augenblick schien sich die Scheibe eines der Fenster im Oberstock zu bewegen. Es war das am weitesten vom Eingang entfernte und dem Wasser am nächsten gelegene.

Shephard trat von dem Holzsteg zurück und hinunter auf den Sandstrand. Er hielt sich nahe der Hausfassade und ließ dieses Fenster nicht aus den Augen, hinter dem jetzt ein kupferner

Schein sichtbar war, der zu einem orangefarbenen Flackern wurde.

Kerzenlicht.

Und einen Augenblick darauf erschien die Silhouette eines Mannes im Fenster. Er sah aufs Meer hinunter.

27

Der glimmende Punkt einer Zigarette bewegte sich nach oben, wurde heller, wanderte wieder nach unten. Gleich darauf trat der Mann vom Fenster zurück.

Shephard schlich vorsichtig bis zur Hotelveranda. Deren Bretter bogen sich knarrend unter seinen Füßen. Der Leguan huschte durch die Kolonnade, als er sie durchquerte. Er hielt sich ständig im tiefsten Schatten. Er zwängte sich durch die offene Tür in die Halle und blieb dort stehen, um seine Augen erst an die hier herrschende Dunkelheit zu gewöhnen. Es roch nach faulendem Holz und Moder. Aus der Dunkelheit begannen sich allmählich Umrisse abzuzeichnen: die Rezeption rechts, zwei Säulen vor ihm, dahinter eine breite Freitreppe nach oben in die Zimmerstockwerke. In der Balustrade gähnten bereits große Lücken.

Je länger sich seine Augen an die Dunkelheit gewöhnten, desto deutlicher sah er, daß alle Umrisse hier wie unscharf und ausgefranst wirkten. Dann begriff er. Alles, die Wände ebenso wie der ausrangierte Tresen der einstigen Rezeption oder der Kronleuchter über ihm, war mit einem Teppich aus Urwaldmoos überzogen. Er bückte sich und fuhr über den Boden. Die feuchte Elastizität von Torfmoos endete an kühlen Bodenfliesen. Eine Ratte quiekte und huschte durch das Moos vor ihm.

Er tappte leise bis zur Treppe und probierte vorsichtig die erste Stufe. Sie war fest und elastisch. Gut, dachte er, Beton oder Stein. Er stieg Stufe für Stufe hinauf, sich bei jeder erst vergewissernd, daß sie fest war, ehe er sie ganz betrat. Auf der Höhe des

Kronleuchters blieb er stehen und sah hinunter auf die moosüberwachsene Halle. Über dem Haupteingang war ein Fenster, das den Blick freigab auf die Karibik draußen. Sie lag nach Osten hin spiegelglatt und still da. Der Mond stand schon ganz niedrig am Horizont. Wie ein letztes Leuchtfeuer für den einsamen Seefahrer am Ende der Welt.

Die Treppe wurde breiter und öffnete sich zum ersten Stock hin. Er blieb an ihrem Ende stehen und überlegte einen Augenblick, wie er das gähnende Loch vor sich umgehen sollte. Unten sah er die Tür, durch die er hereingekommen war, wie sie verbogen an ihrer einen verbliebenen Angel zur Seite hing. Schließlich ging er weiter. Er stieß mit dem Fuß gegen die feste Planke der nächsten Stufe, hielt sich am moosbedeckten Geländer fest und zog sich über das Loch hinweg und zurück auf die Treppe. Sie vibrierte leicht, als er sie auf der anderen Seite wieder mit seinem vollen Gewicht belastete. Sein Hemd und seine Jacke waren inzwischen schweißnaß, und sein eigener Atem roch so modrig wie die ganze Umgebung hier. Das Halfter rieb an seinem nassen Brustkorb. Leder auf klitschnasser Kleidung.

Auf den letzten Stufen, mit der Hand sich am Geländer festhaltend, spürte Shephard, wie das flaue Gefühl im Magen immer stärker wurde und die Verbitterung, die ihn bis hierher geführt hatte, immer schwächer. Er blieb erneut stehen, lauschte auf seinen keuchenden Atem und auf das Dröhnen seines eigenen Herzschlags in den Ohren. Die Dunkelheit machte ihm zu schaffen. Er überlegte, ob er sich jetzt und hier zum Schlafen niederlegen sollte, bis es Tag wäre, um dann, was zu tun er gekommen war, im hellen Tageslicht zu erledigen. Würde Mercante friedlich mitkommen? Hatte er die Waffe? War er allein? Shephard beschwor Bilder seiner Mutter herauf, mit ihrem wehenden goldenen Haar beim Tennisspielen, mit ihrem Lächeln, mit dem sie ihren Sohn am Strand des Surfside-Clubs in den Armen hielt. Und da waren auch die Bilder von Hope Creeley wieder und die von Tim Algernons mit einem scharfen Stein gespaltenen Schädel, vor seinem Reitstall im Staub liegend. Und Jane. Wie sie mit kummervollem Gesicht von ihm sprach, in seinem Wohnzimmer, am Tag darauf. Er dachte an seinen Vater, wie er im Zeugenstand saß, und an seine langen nächtlichen Sprünge von der Pier.

Alles, dachte er, hat seinen Ursprung in dem Mann, den er aufzuspüren hierhergekommen war. Er verließ die Treppe im zweiten Stock und ertastete sich vorsichtig seinen Weg zum Außenbalkon, auf dem er bis zu dem Zimmer ganz hinten gelangen konnte.

Eidechsen huschten überall bei jeder seiner Bewegungen über das Geländer, angesichts des herannahenden Morgens nun schneller und hektischer. Weit draußen im Osten wurde der erste Schein des Morgens sichtbar. Das Schwarz weichte auf, die Sterne begannen zu verblassen, die Umrisse des Mondes wurden weicher.

Zwei Zimmer weiter sah er, daß der Lichtschein im hintersten Zimmer noch immer da war. Er öffnete die linke Hand, um sie stützend flach an die Wand zu legen, und holte mit der Rechten vorsichtig die Python aus dem Halfter. Mit der Waffe in der Hand spürte er sofort die alte Panik in sich zurückkommen – Pico Boulevard im Regen, Morris Mumford im nassen Gras –, und er fragte sich, ob es, wenn es soweit sei, überhaupt möglich wäre, daß die Pistole seinen zitternden Fingern gehorchte. *Zu-Spät-Tom, Zu-Spät-Tom.* Er schob sich, mit dem Rücken eng an der Wand, weiter vor bis vor das letzte Zimmer. Er wartete. Dann sah er hinein.

Der Mann, der dort am Tisch saß und sein Gesicht über ein Buch gebeugt hatte, war Azul Mercante. Sein altes und zerfurchtes Gesicht war von zwei Kerzen in ein braunoranges Licht getaucht. Er blätterte in seinem Buch um – Shephard sah, daß es eine Bibel war –, gähnte und sah auf seine Armbanduhr.

Immer noch eng an die Wand gedrückt, kroch Shephard zurück bis zum Balkoneingang und hinein in den Korridor. Er atmete schwer.

An den Zimmertüren auf der rechten Seite vorbei, ging er vorsichtig den moosüberzogenen Flur entlang, an den ersten drei Türen vorbei und über eine schmale Spalte bis zur hintersten. Er schätzte, daß er kaum mehr als zwei Meter für einen Anlauf haben würde. In seinem Kopf hämmerte das Blut. Wenn nun die Tür ebenso solide war wie die von Rubios Zimmer? Er stand jetzt direkt vor ihr und trat bis zur Mauer zurück. Verdammt, dachte er, hört denn das Hämmern nicht auf, damit ich denken kann; und er stieß sich von der Wand ab und lief über den Flur und senkte seine Schulter in die morsche Tür, und sie brach krachend durch. Um seinen Kopf flogen Splitter des zerberstenden Holzes.

Licht. Aber keine Bewegung. Nur der Schein des Kerzenlichtes und das gelassene und haßerfüllte Starren Azul Mercantes.

Shephard hatte das Gesicht des Mannes genau zwischen Kimme und Korn seiner Pistole im Visier. Er war überrascht, wie altbekannt es ihm vorkam, wie vertraut ihm die hochmütigen Augen waren, das überlegene Lippenkräuseln, die breite Stirn und die ergraute Haarmähne.

»Ich hab' dich genau im Visier, Mann. Wenn du auch nur blinzelst, knalle ich dich ab.«

Mercante war aufgestanden, seine Hand lag flach auf dem Tisch vor ihm. Er war hager und kleiner, als Shephard ihn sich vorgestellt hatte. Aus seinem Blick glaubte Shephard entnehmen zu können, daß er in keiner Weise beeindruckt oder überrascht war. Des Mannes vollkommene geistige Verwirrung wurde ihm erst klar, als Mercante endlich sprach.

»Sie stören das Werk des Herrn«, sagte er. »Aber nehmen Sie doch Platz, bitte.«

»Ich bin Polizeibeamter. Sie sind festgenommen, wegen Mordes an Tim Algernon und Hope Creeley. Und wegen versuchten Mordes an Francis Rubio.« Shephards Stimme klang ihm selbst schrill. Er versuchte sie etwas zu dämpfen, als er fortfuhr. »Sie werden mich zurück in die Staaten begleiten. Und Sie werden sich dort wieder vor Gericht verantworten.«

Mercante zog sich seinen Stuhl heran und setzte sich. Er goß sich aus der Flasche, die auf dem Tisch stand, ein Glas Wein ein und erhob es. Shephard trat vor und schlug es ihm aus der Hand. Er drückte ihm die Mündung seines Revolvers an die Schläfe und begann den ausgemergelten Körper des alten Mannes abzutasten. Die Derringer befand sich in seiner Hemdtasche. Shephard zog sie heraus und nahm sie an sich. Er ließ Mercante keinen Moment aus dem Visier seiner Waffe, als er etwas zurücktrat.

»Sie sind Tom Shephard«, sagte Mercante. »Ich pflegte Sie in meinen Armen zu wiegen, als Sie noch so klein waren.« Er deutete die Größe mit den Händen an und lachte. »Es ist wohl eine der großen Ironien meines Lebens, daß ausgerechnet Sie hierhergekommen sind, um mich zu holen.«

»Für mich ist es die größte Genugtuung. Sie sind der einzige Mensch, den ich je gehaßt habe.«

Mercante schüttelte den Kopf und machte eine neuerliche einladende Geste, Platz zu nehmen. Shephard ließ die Waffe etwas sinken, so daß sie auf Mercantes Brust zielte.

»Die Waffe wird schwer, wie? Setzen Sie sich doch einfach mir gegenüber, Tommy. Was kann Ihnen ein alter Mann jetzt noch antun? Ich gehe mit Ihnen, sobald es Tag ist, gut? Außerdem, wenn Sie mich nun schon hier herausholen wollen, möchte ich, daß Sie ein paar Dinge über mich erfahren.« Mercante holte aus einer Tischschublade ein neues Weinglas und goß ein. Shephard sah, daß Mercantes Hand beträchtlich ruhiger war als seine eigene. Er schob mit dem Fuß den Stuhl zurück und setzte sich. Mercante hob fragend die Flasche hoch, und Shephard schüttelte ablehnend den Kopf.

»Also, Sie wollen mich zurück ins Gefängnis schaffen? Haben Sie auch nur einen Funken Ahnung, welche Hölle auf Erden das Gefängnis sein kann?«

»Wenn Sie schon reden wollen, dann lassen Sie uns, zum Teufel, über Hope Creeleys Augenlider reden.«

»Diese Frau war eine Lügnerin und Betrügerin. Ihre Strafe war schrecklich, aber kurz. Und das gleiche gilt für Tom. Ein solcher Feigling von Mann, immer. In dieser Nacht versuchte er, mir in seinem Wohnzimmer sein Leben mit Geld abzukaufen. Stellen Sie sich das einmal vor.«

»Ich habe gesehen, wo Sie es hingesteckt haben. Warum haben Sie es nicht einfach mitgenommen?« Shephards Hand zitterte jetzt. Bemerkte Mercante es? Er ließ die Waffe auf den Tisch sinken, hielt sie aber auf Mercantes Brust gerichtet.

»Das wäre falsch gewesen. Und unnötig außerdem. Der Herr hat mich mit allem ausgestattet, was ich für meine Rache benötige. In meinem ganzen Leben habe ich nie etwas für Geld getan. Das ist eine schmutzige und korrumpierende Einrichtung. Ich brauche sie nicht. Ich stehe unter *Seinem* Schutz. Ich bin ungesehen durch eure Stadt gegangen. Ich bin in dem Wagen gefahren, den *Er* mir sandte. Ich habe meine Stimme auf Hopes Anrufbeantworter hinterlassen. Wie Sie sehen, bin ich – ich stehe einfach außerhalb von euren Regeln.«

»Von denen Sie ein paar geändert haben? Zum Beispiel, als Sie im Archiv in Folsom arbeiteten?«

Mercante lächelte selbstgefällig. »Es brauchte achtzehn Monate, bis der Identitätstausch zwischen mir und Manny Soto vollendet war. Ein Wunder.«

Hinter Mercante sah Shephard durch das Fenster, wie der Morgen heraufdämmerte. »Und das Flugticket? Erzählen Sie mir bloß nicht auch noch, daß es Ihnen der Herr persönlich geschickt hat.«

»Buchstäblich genommen, nicht. Aber er benützte den Weg über einen fremden Mann, mir zu helfen. Ich kannte den Mann nicht einmal. Er sorgt für mich. Ich frage nicht, ich nehme nur dankbar *Seine* Gaben an.« Er blickte hinunter auf das aufgeschlagene Buch vor sich. »An vielen Stellen hier steht drin, so zu handeln.«

»Nun, *Er* hat Ihnen auch mich geschickt. Ich glaube nicht, daß Sie immer noch dankbar sind, wenn Sie Ihren letzten Weg in die Gaskammer antreten.«

Mercante betrachtete Shephard mit seinen hellen blauen Augen. »Dies wird nie geschehen. Sie müssen jetzt etwa zweiunddreißig Jahre alt sein. Sie wogen sechs Pfund und vier Unzen, als Sie geboren wurden. Colleen war sehr stolz auf Sie.«

Shephard fühlte eiskalten Haß bei der Erwähnung ihres Namens. »Tatsächlich waren Sie der Hinderungsgrund dafür, daß Colleen und ich heirateten. Sie wollte Ihretwegen Ihren Vater nicht verlassen. Das verstand ich. Da, schauen Sie.« Mercante nahm ein Kettchen von seinem Hals ab und warf es sanft über den Tisch vor Shephard hin, der es mit seiner linken Hand aufhob. Der Anhänger war ein tiefblauer goldgefaßter Stein. »Es ist ein Lapislazuli. Colleen sagte, er erinnere sie an meine Augen. Die Gravierung hinten ist natürlich von ihr.«

Shephard legte die Pistole neben sich, behielt aber Mercante ständig im Blick, während er sich den Stein vor die Augen hielt. Mercante faltete seine Hände. Die Gravur lautete: *So viel für so viele, so wenig für uns. In Liebe C.*

Er warf das Kettchen zurück.

»Oder das hier. Alle von Colleen. Ich habe sie seit dem Tag, an dem ich sie bekam, immer bei mir gehabt. Sie sind älter als Sie, Tommy.« Mercante öffnete dabei langsam seine Hände und holte aus dem Stapel Papiere neben seiner Bibel einen Briefumschlag hervor. Er schob ihn Shephard über den Tisch zu.

Es war ein Brief in weiblicher Handschrift. Das Papier war vergilbt und vom Alter schon abgegriffen. Shephard las nur die Anrede: »Mein über alles geliebter Azul.« Er spürte wieder, wie ihm das Blut zu Kopf schoß. Der Druck in seinen Augen schmerzte.

»Gefälscht«, zischte er. »Das hast du doch alles fabriziert, *amigo.* Die Kette selber gemacht, die Briefe an dich selber geschrieben. In Wirklichkeit hast du versucht, sie zu vergewaltigen und sie umgebracht, als sie sich wehrte. Du bist geisteskrank. Hat bei Rubio nicht funktioniert. Und wird bei mir nicht funktionieren.«

Mercante zuckte die Schultern hoch und streckte die Hand aus. Shephard stopfte den Brief zurück in den Umschlag und warf ihm diesen quer über den Tisch zurück.

»Sie haben den Jähzorn Ihres Vaters«, sagte er schließlich. »Ich hätte diese Briefe vor Gericht verwenden können, aber das wäre einer Entheiligung aller unserer Gemeinsamkeiten gleichgekommen. Davon abgesehen, war der Ehrenwerte Rubio korrupt und ein Ignorant, und es gab wenig, was dies hätte ändern können. Haben Sie ihn noch gerettet?«

»Ich habe ihn gerettet.«

»Er ist wirklich ein sehr inkonsequenter Mann. In seiner absoluten Nutzlosigkeit tut er mir ebenso leid wie Ihr Vater. Nach ihm habe ich gestern den ganzen Tag gesucht, aber der Herr hat ihn mir vorenthalten. Ich kam hierher, um allein zu sein. Es ist ganz gut, daß Sie mir nicht glauben, was Ihre Mutter angeht. Wo die Wahrheit nichts gilt, ist es heilsam, Illusionen zu nähren.«

Shephard sah, daß der Himmel draußen schon eine fahle Bläue zeigte. Das Wasser des Ozeans war fast von derselben Farbe. Der Sand bekam allmählich wieder seine weiße, pulverige Weichheit. In sich aber spürte er eine zunehmende Dunkelheit aufsteigen. So, als habe die Nacht den Himmel nur verlassen, um sich in ihm niederzusenken.

»Die Wahrheit, das ist doch wohl, daß Sie eine Frau getötet haben. Nämlich meine Mutter. Und die Illusion, das ist doch wohl, daß Sie meinen, Sie hätten sie geliebt. Das können Sie mit auf Ihr Totenbett nehmen«, sagte Shephard.

Mercante betrachtete ihn lange, auf seinem Gesicht war der Ausdruck von Mitleid. »Wir liebten uns sehr«, sagte er und wischte langsam die Liebesbriefe beiseite, unter denen eine 45er-Pistole zum Vorschein kam. Sie lag nur Zentimeter von seiner Hand entfernt. »So, jetzt sind wir wieder auf gleich, ganz wie es sein soll.« Er senkte seine Hand auf den Tisch.

Das Hämmern in seinem Kopf, als Shephard Mercantes Pistole erblickte, wurde so laut, daß er dessen nächste Worte kaum mehr hören konnte.

»... werde ich nicht mitkommen ... weil ich hier hinausgehen und Wade suchen muß ... und das kann ich nicht, wenn du hier bist, Tommy ...«

Das Brüllen in seinem Kopf war so laut, daß Shephard Tränen in seinen Augen aufsteigen fühlte. Dann hörte es mit einem Schlag auf, und es blieb nur eine angespannte und trügerische Stille zurück.

Mercantes Hand schoß hinter der Kerzenflamme hervor nach vorne. Shephard griff nach seiner Python, während er den Stuhl zurückstieß und aufsprang. Er sah sich selbst zu, wie seine Finger nach der Waffe griffen – welche Ewigkeit so etwas dauern kann, dachte er –, und er sah, wie Mercante genau das gleiche tat, und dann war die Waffe in seiner Hand und riß seinen Arm zweimal zurück, während ein orangeroter Feuerstoß über den Tisch fuhr. Die Stille wurde dreimal durch einen peitschenden Knall zerrissen, einem folgte ein Hitzeschlag gegen seine Rippen. Er fiel nach vorne zu Boden, noch immer mit vorgehaltener Pistole. Zwei Dinge nahmen seine Sinne zugleich wahr: den beißenden Geruch von Schießpulver in der Luft und Mercantes Füße, die über den umgestürzten Stuhl herunterhingen.

Er lag lange Zeit – eine absurd lange Zeit, erinnerte er sich später – so da, und die ganze Zeit hatte er dabei die sich nicht mehr bewegenden Füße vor sich im Visier seiner Pistole.

Er erinnerte sich auch daran, daß seine Finger, wie er da im weichen Moosteppich auf dem Boden lag, das Loch an seiner Seite entdeckten.

Und dann erinnerte er sich noch, wie er endlich aufgestanden war – mit dem sattblauen Ozean im Hintergrund, das Zimmer moosüberzogen, und jener Mann in dem umgestürzten Stuhl, reglos, mit dem roten Fleck an seinem Hemd und dem grauen Haar, durch das die erste Morgenbrise wehte.

28

Die nächsten drei Tage verbrachte Shephard noch in Yucatan mit Erklärungen und noch einmal Erklärungen, was er hier auf mexikanischem Boden gemacht habe, warum und wie er den Amerikaner Azul Mercante verfolgte, und wie sich die versuchte Festnahme abgespielt und mit Schüssen und Tod geendet hatte. Am Montagmorgen war vor einem Kriminalbeamten namens Ruben Cortez in Cozumel ein erschöpfter und blutender Tom Shephard erschienen und hatte ihm, während er in seinem ohnehin heißen Büro heißen Kaffee trank, die Ereignisse der vergangenen Nacht erzählt. Nachdem Cortez sich umfangreiche Notizen gemacht und seinen vierten Kaffee getrunken hatte, überantwortete er Shephard der Obhut zweier uniformierter Untergebener, die ihn in eine kleine Sanitätsstation transportierten, welche als städtisches Krankenhaus fungierte.

Als er dort endlich an der Reihe war, legte man Shephard auf einen kühlen weißen Tisch, auf dem er geröntgt, gewaschen und nach einer unerklärlichen Pause von einer Stunde genäht wurde. Mittlerweile war der Bürgermeister der Stadt eingetroffen, der Shephard mit neugieriger, aber unbewegter Miene musterte. Er war besonders daran interessiert, wie denn der Gringo in seinen Bezirk gelangt war: mit einer Waffe, jedoch ohne Fahndungsvollmacht jüngeren Datums von seiner Behörde, wie es das übliche Verfahren war. Während Shephard auf dem Tisch lag und die lässigen Methoden der Zöllner von Veracruz beschrieb, schweiften seine Gedanken unaufhörlich nach Norden zu Jane ab, zu ihrem schönen Gesicht und zu ihren Worten »Ich liebe dich«. Als er sich endlich aufsetzte und den stechenden Schmerz der neuen Nähte an seiner Seite spürte, wurde ihm bewußt, daß es in diesen letzten Tagen wenige wache Augenblicke gegeben hatte, in denen seine Gedanken nicht auch bei ihr gewesen waren.

Der Bürgermeister war schließlich zufrieden damit, daß es die Bundesbeamten in Veracruz waren, die nicht ordentlich gearbeitet hatten. Wie alle subalternen Beamten überall war er gern bereit, die Schuld den übergeordneten Stellen zuzuschieben. Er überwies den Fall an den Gouverneursstellvertreter. Dieser Stellvertreter, ein Mann namens Jaime Vogel, kam eine Stunde später, las den Report von Cortez und ließ die Blätter irritiert auf den Tisch fallen. Shephard blickte in sein Gesicht: hohe Wangenknochen und blasse Augen, umrahmt von pechschwarzem Haar, das mit Pomade makellos glattgebürstet war.

»Keine Fahndungsgenehmigung«, begann er. »Keine Erlaubnis zum Tragen von Feuerwaffen in Mexiko. Und Sie verwandeln hier die Isla Arenillas in den Wilden Westen. Mr. Shephard, das ist alles höchst irregulär. Vermutlich sollte Ihr Justizministerium davon informiert werden.«

Shephard bekam die Erlaubnis, Hannover anzurufen. Der

dachte zuerst, es handle sich um einen Scherz. Aber als er die ganze Geschichte über die ständig in der Lautstärke schwankende Leitung erst einmal mitgekriegt hatte, wurde er lebhaft und geschäftig und gratulierte Shephard für eine »vorzüglich gehandhabte und durchgeführte« Arbeit. Er hängte mit dem Versprechen auf, sofort das Justizministerium in Washington anzurufen, um denen »unsere Version der Geschichte beizubiegen«. Shephard wurde auf eigene Verantwortung für eine Stunde beurlaubt. Er benützte sie, um zu Fuß ins Presidente zu gehen, seine Zimmerbuchung um eine Nacht zu verlängern, und Jane anzurufen. Er erreichte sie aber nicht.

Am späten Nachmittag kam Paul Rodriguez vom Justizministerium an. Er debattierte mit Vogel über juristische Details, und Vogel schien einigen Stolz dareinlegen zu wollen, möglichst stur zu sein. Als sie sich am Ende geeinigt hatten, fragte Rodriguez Vogel – jetzt auf englisch –, wie es denn seinen Schwestern ginge, und übermittelte ihm Grüße von irgendwem aus den Staaten.

Gegen acht drängelten sie sich alle in einem kleinen Raum hinter dem Gefängnis, wo ein weißgekleideter Aufseher die Leiche von Azul Mercante aufdeckte. Die mangelnde Kühlung machte sich bereits bemerkbar. Rodriguez und Vogel beschäftigten sich mit Fotos und Zahnvergleichsdokumenten aus der dicken Aktenmappe von Rodriguez. Vogel unterschrieb endlich die Freigabepapiere mit einem Schnörkel, dann schüttelte er sämtlichen Anwesenden reihum die Hand, empfahl sich und ging hinaus in die Straßen von Cozumel.

Shephard war kurz nach neun wieder im Hotel und nahm den Fahrstuhl zu seinem Zimmer im zweiten Stock. Aus dem Fenster konnte er dort das an die Felsen brandende Wasser sehen. Er rauchte draußen auf dem Balkon eine Zigarette, und die Schwaden des bläulichen Rauches hingen schwer in der feuchten Luft. Das Radio in seinem Zimmer spielte Dixieland-Jazz. Er stellte es aus, ehe er Jane anrief.

Endlich antwortete sie. Sie war mit Cal spazieren gegangen. Mit Little Theodores Hilfe hatte sie ihn in ihr Haus an der Laguna Canyon Road umquartiert. »Im Augenblick versuchen Cal und Buster gerade, einander näher kennenzulernen«, sagte sie.

»Wann lerne ich dich näher kennen?« fragte er.

»Sieh zu, daß es bald sein wird, Tom. Geht's dir gut?«

Er sagte ihr nur, daß alles in Ordnung gebracht worden sei und daß er ihr alles später genau erklären werde. Dann telefonierten sie noch fast eine Stunde lang.

»Ist Harmon noch einmal dagewesen?« fragte er.

»Ich glaube nicht. Und Theodore hat die ganze Zeit kein Auge zugetan.«

Den nächsten Tag verbrachte Shephard am Strand mit Tecate-Bier, dösend und den über die rauhen Küstenfelsen kriechenden Leguanen zusehend. Am Abend aß er allein im Hotel, das er sehr gut fand, wenn auch zu teuer. Er rief Jane zweimal an und redete viel zu lange. Irgendwann spürte er, wie ihn eine tiefe Erschöpfung zu übermannen begann – eine von der Art, die eine ganze Nacht Schlaf nicht beheben konnte. Es war wie das Verströmen von Energie und Dynamik, das aushöhlte, ohne daß er gewußt hätte, wie es sich wieder auffüllen könnte. Er rief seinen Vater an und war glücklich zu hören, daß er sicher heimgekehrt war, aber eine gewisse Depression schien in Wade zurückgeblieben zu sein. Er rief auch Louise noch einmal an und wußte nicht, was er ihr eigentlich sagen sollte.

Am späten Vormittag des nächsten Tages ging sein Flugzeug, für das ihn Hannover auf Amtskosten gebucht hatte. Zwar nur Touristenklasse, aber immerhin mit Fensterplatz.

Jane erwartete ihn am Flughafen, und Little Theodore war auch da. Ein breites Grinsen brach sich Bahn durch seinen wilden Barturwald, und er nippte an einer Bloody Mary, die in seinen Pranken wie ein Drink für Zwerge aussah. »Himmel, muß Liebe schön sein«, brummelte er, als sich Shephard und Jane küßten. »Da hast du sowieso Glück gehabt. Wärst du noch einen Tag länger da unten in Mexiko geblieben, hätte ich dir die Prinzessin glatt ausgespannt.«

Theodore fuhr sie in einem Riesencadillac, der sich schwer nach Backbord neigte, als er sich hinters Steuer setzte, nach Laguna heim. »Und falls die lästige Wanze noch einmal hier auftaucht, rufen Sie einfach nur Theodore«, sagte er zu Jane, als sie bei Shephards Wohnung ausstiegen. »Gute Arbeit, Shephard. Bin froh, daß du den Mistkerl erschossen hast.«

Spät in dieser Nacht erzählte er Jane die ganze Geschichte. Er lag auf dem Rücken am Boden in seiner Wohnung und berichtete von seinem Marsch durch den Dschungel, von der moosüberzogenen Ruine des Hotels Cora und von der geisterhaften Erscheinung Mercantes. Mercantes Erzählung über seine Affäre mit Colleen erwähnte er nicht. Worte schienen dafür nicht angemessen, und sie schienen unnötig zu sein.

»Dann ist jetzt wohl alles vorbei«, sagte Jane. »Aber dieses Loch da an deiner Hüfte ist schlimm. Und ich möchte trotzdem noch wissen, warum Harmon meines Vaters Aktenordner haben wollte. Falls es Harmon war, der sie sich geholt hat.«

Von unten kam Sal herauf, mit einem Heilbutt, den er an der Moss Street am Abend gefischt hatte. Zwischen den Lippen hatte er einen Joint kleben. »Schön, daß Sie wieder da sind, Nachbar«, sagte er. »Der Heilbutt da ist Spitze. Sie müssen ihn mit etwas Zitrone und Butter braten. Und wenn Sie wieder mal nach Mexiko kommen, dann versuchen Sie doch, eine kleine Angeltour damit zu verbinden, hm?« Nach ein paar Minuten ließ er sie wieder allein, Shephard zublinzelnd und einen lüsternen Blick auf Jane werfend, die sich auf dem Boden ausgestreckt hatte und eingeschlafen war.

Um neun klingelte das Telefon, und Shephard erkannte die Stimme sofort.

»Hallo, Mr. Shephard, hier ist Marla Collins, von Bruce Harmons Büro. Sagen Sie, ich hab' in der Zeitung gelesen, was in Mexiko passiert ist, und ich dachte, es spielt vielleicht keine große Rolle, aber trotzdem, ich sollte Ihnen sagen, für wen Bruce gearbeitet hat. Der Kerl hat mich gestern rausgeschmissen, also kann ich mich revanchieren. Sind Sie immer noch daran interessiert?«

»Natürlich doch, schießen Sie los.«

»Er hat in den letzten eineinhalb Wochen einen Klienten gehabt, einen einzigen, meine ich. Er hat alles andere für diesen einen sausen lassen und an Kollegen weitergegeben. Sie haben wahrscheinlich schon mal von ihm gehört. Ein echter Dandy aus Newport Beach, dem dieser Surfside-Club gehört. Joe Datilla.«

»Ja, sicher«, sagte er geistesabwesend. »Wir sind alte Freunde.«

»Tatsächlich?«

»Nur so eine Redensart, Marla. Vielen Dank. Das war sehr lieb von Ihnen.«

Als Shephard aufgehängt hatte, war er so verwirrt, daß er kaum denken konnte.

»Was ist los, Tom?« fragte Jane schlaftrunken und stützte sich auf den Ellenbogen auf. Ihr Rock war hoch hinaufgerutscht, und Shephard fühlte, wie sich in seinen Eingeweiden etwas zusammenzog.

»Stimmt was nicht?«

»Alles stimmt nicht.«

Als Joe Datilla am nächsten Morgen auf die Surfside-Tennisplätze geschlendert kam, wartete Shephard auf ihn. Er saß auf der Bank neben dem Zaun. In der Nacht war ein kühler Nebel über die Küste gefallen. Datilla war etwas überrascht, als er seinen Eimer mit Bällen abstellte.

»Hallo, Tommy.« Er ließ sein breites Grinsen sehen. »Gratuliere, junger Mann. Sie haben es geschafft, daß eine ganze Stadt wieder ruhig schlafen kann.« Er streckte die Hand aus, aber Shephard verweigerte ihm den Händedruck.

»Sie haben Probleme, Joe. Sie haben Bruce Harmon angeheuert, damit er Ihnen Mercante findet, und als das geschehen war, haben Sie Mercante Geld gegeben, einen Wagen und ein Flugticket nach Mexiko, damit er dort auch noch meinen Vater umbringen sollte. Ich nehme doch an, das alles ist Ihnen nicht neu?«

Joes Silberhaar fiel über seine sonnengebräunte Stirn, als er sich bückte. »Das ist alles kein Spaß, Joe. Eines der Dinge, die mir Helene hinterließ, ehe sie sich abmeldete, war etwas aus Ihrem Safe. Die Kennzeichen von dem Cadillac, den Mercante fuhr, damit wir nicht drankämen. Ich habe es über Sacramento nachprüfen lassen. Zweimal. Einwandfrei Ihre. Ein verschreckter Mann, der im Valentine's arbeitet, hat mir von Harmons leichtem Geld und kleinen Gefälligkeiten erzählt. Sie haben Mink einen Tag freigegeben, damit Harmon sich den Wagen ohne Aufsehen ausborgen konnte. Ein paar Stunden, nachdem mein Vater nach Mexiko abgeflogen war, übergab Harmon Mercante ein Flugticket und einen Koffer. Die einzigen, die wußten, daß er zur Isla Arenillas flog, waren Sie und der Pilot, und natürlich Harmon, der eineinhalb Wochen nichts anderes getan hat, als exklusiv für Sie zu arbeiten. Also, Joe, jetzt sind Sie dran. Holen Sie Ihre Anwälte her, wenn Sie wollen. Ich persönlich wäre ja etwas peinlich berührt, wenn ich mitanhören müßte, was sie zu hören kriegen.«

Shephard stand auf und sah Datilla an, der seine Kniebeugen beendet hatte und nun mitten in den Sprungübungen war. Shephard zündete sich eine Zigarette an und sah in den Nebel hinaus. Als Joe endlich sprach, klang seine Stimme nicht wie üblich.

»Ist Ihnen klar, in was Sie sich da einlassen, Shephard?«

»In was lasse ich mich denn ein, Joe?«

»Ich will Ihnen etwas in aller Freundschaft sagen, Tom.« Er fuhr unbeirrt mit seiner Gymnastik fort und war immer noch nicht außer Atem. »Azul Mercante ist tot. Er hat Tim und Hope umgebracht und fast auch noch Frank Rubio. Und Ihre Mutter damals. Der Bursche war verrückt, und er hat bekommen, was er verdiente. Aber jetzt ist alles vorbei. Sie sind der Held des Tages, und Ihr Vater bekommt von mir hundert Riesen für sein Scheißhospital. Wenn Sie das mit Hannover regeln können, schreibe ich Ihnen jederzeit den Rest der Belohnungssumme auf Ihren Namen aus. Ach was, das tu ich so oder so. Wird mir eine Ehre sein. Aber alles, was darüber hinausgeht, schadet uns allen gemeinsam. Und da sind Sie ausdrücklich eingeschlossen, Tom.« Datilla ging von seinen Sprüngen in Laufen auf der Stelle über. »Es gibt Dinge, die man einfach ruhen lassen muß.«

»Hübscher Vorschlag. Aber falls Sie mir nicht etwas mehr erzählen, nehme ich Sie fest wegen Verschwörung. Und zwar direkt hier in Ihrem netten kleinen Club.«

»Dazu bin ich nicht bereit.«

»Dann sind Sie selbst schuld. Die Handschellen sind hier in meiner Tasche«, log er.

»Kleiner sturer Ordnungshüter, wie? Genauso verbohrt wie Ihr alter Herr. Zwei gleiche oberrechtschaffene Oberscheinheilige. Übel kann einem werden. Also schön, Shephard, dann spitzen Sie mal schön die Ohren, und machen Sie sich eifrig Notizen.« Datilla atmete jetzt schnell. Ein dünner Schweißfilm hatte sein Gesicht überzogen. »Gut, ich habe Mercante geholfen, Hope Creeley zu kriegen. Und, gut, ich habe ihm auch bei dem Versuch geholfen, Ihren alten Herrn zu kriegen. Und warum habe ich das getan? Nennen wir es mal so: weil sie beide Dinge wußten, von denen mir lieber gewesen wäre, sie hätten sie nicht gewußt. Und Mercante stand als bereitwilliges und passendes Instrument zur Verfügung, dieses Problem aus der Welt zu schaffen.«

»Woher wußten Sie, daß er entlassen war?«

»Ob Sie es glauben oder nicht, ich sah ihn als Anhalter. Direkt unten an der Küstenstraße in Richtung Laguna. Ich traute meinen Augen nicht, deshalb kehrte ich um und fuhr noch einmal an ihm vorbei. Beim dritten Male, lieber Tom, machte es klick. Azul Mercante. Lebendig und wohlauf in seiner ehemaligen Stadt. Bruce brauchte zwei Tage, bis er ihn aufgespürt hatte. Aber er war immer noch schneller als Sie.«

Shephard strengte sich an, Helene Langs Bericht vom Tod Burton Creeleys richtig zusammenzukriegen. Es schien hundert Jahre her zu sein, seit sie es ihm erzählt hatte.

»Sie wollten, daß Hope Creeley stirbt, weil sie wußte, daß Sie seinerzeit ihren Mann ertränken ließen.«

»Falsch, Detective. Das Luder hat es nie auch nur geahnt.«

»Warum sonst?«

»Aus dem gleichen Grund, aus dem ich nicht übermäßig traurig war, von Tim Algernons Tod zu lesen.«

»Nämlich? Was genau wußten sie, Joe?«

Datilla stützte die Hände in die Hüften, atmete tief und ließ

Shephard nicht aus den Augen. »Ich habe Hope mal in eine bestimmte Richtung gedrängt, mit etwas Nachdruck, etwas Geld und einem ständigen Nachschub an Phenobarbitol. Und Tim? Der brauchte jede Menge Geld, weil seine Frau krank war, und ich gab es ihm. Jede Menge. Sie sollten sich lediglich mit etwas – Phantasie revanchieren. Ich habe sie für etwas Phantasie bezahlt, um einen guten Freund zu schützen. Ich wollte einfach nicht, daß irgend etwas von der Geschichte publik wurde, Tom. Genau das meine ich mit Einsätze absichern.«

»Von welcher Art Phantasie reden Sie?« In Shephards Gedanken stritt sich, was er hörte, mit dem, was er für die Wahrheit hielt.

»Man nennt es Meineid, Tom.« Datilla nahm seinen Tennisschläger und warf ihn vor Shephards Gesicht in die Luft. »Sie haben noch eine letzte Chance, *Detective*, jetzt zu gehen. Wenn ich Sie wäre, würde ich sie nützen.«

»Wenn ich hier weggehe, Joe, dann nur in Ihrer Begleitung. Direkt zu meinem Revier.«

Datilla feuerte den Schläger zu Boden. »In Ordnung, Junge. Wenn Sie sich die Suppe unbedingt einbrocken wollen. Ich habe die beiden ausgezahlt in der Absicht, Ihrem Vater zu helfen. So wie ich damals noch einmal zwanzigtausend reingebuttert habe. Und zwar zwanzigtausend nach dem Wert von 1951.« Shephard erinnerte sich an den Scheck, den ihm Helene gegeben hatte, Datilla für Wade, 1951. »Diese zwanzigtausend, mein Lieber, stellten sicher, daß der Chemiker auf Mercantes Haut Schießpulver fand, auch wenn da in Wirklichkeit gar keines gewesen war. Und Tim ging in den Zeugenstand und beschwor, daß Mercante seiner Frau nachgestellt habe. Phantasie. Hope erzählte dem Gericht, er hätte sie zu vergewaltigen versucht. Und weiß Gott, er hat ihr eines Abends mal Avancen gemacht. Aber in ihrem naiven Kopf hatte sie keine Ahnung, wie das einzuordnen war, und ich habe ihr einfach erzählt, daß das ein völlig klarer Versuch von Vergewaltigung sei. Tim und Hope waren die doppelte Rückversicherung gegen Mercante, obwohl wir ihm seinen Arsch sowieso schon an die Wand genagelt hatten. Du Schafskopf: Mercante hat doch Colleen nicht erschossen. Sondern Wade!«

Einen Augenblick lang hatte Shephard das Gefühl, als platze er.

»Jawohl, mein Lieber, genauso war es! Wade überraschte Colleen und Mercante in seinem eigenen Wohnzimmer, wie sie grade bei der Sache waren. Die hatten so eine richtig heiße Affäre miteinander, verstehst du. Wade also, besoffen wie üblich in jener Zeit, zieht sein Schießeisen raus und ballert los, und sie wirft sich ihm in den Weg. Mercante steht da wie ein begossener Pudel, während Wade über seine Frau niederfällt und nicht begreifen kann, das blöde Arschloch, daß er ihn nicht getroffen hat. Und dann hebt Mercante Wades Pistole auf und hält sie deinem lieben Papa eine ganze Minute lang – das weiß ich von Wade selbst – an die Schläfe und bringt es dann doch nicht fertig und haut ab. Zu dumm. Seine Fingerabdrücke waren jetzt auf der Waffe, und es war nur ein bißchen Geld nötig, damit im Laborbericht der Wachstest mit den Barium- und Antimonspuren auftauchte.«

Shephard hatte das Gefühl der Panik, die einen überfällt, wenn man sich klar wird, daß man sich in einem riesigen Wald verirrt hat. Und er taumelte blindlings weiter mit der logischsten aller Fragen. »Gut, also es ist wahr, was Sie sagen. Oder auch nicht. Warum aber wollten Sie, daß er umgebracht wird? Was hat er gegen Sie in der Hand?«

Datilla ging an der Seitenlinie auf und ab. Er blieb ein paar Meter von ihm entfernt stehen und sah durch den Nebel hinüber in die Richtung zum Surfside Dock A. »Wade hat sich dieses Geld verdient«, sagte er schließlich. Shephard konnte den Satz kaum hören, anders als das folgende, als Datilla sich ihm wieder zuwandte und laut und klar und bitter sagte: »Er hat mir einmal einen Gefallen getan, geschäftlich. Er hat Burton Creeley einen frostigen Transport verschafft. Aus den Gewässern von Laguna zum Newport-Kanal. War kein Problem. Er war ja Polizist damals. Er besorgte den Transport übrigens in einem 1950er Caddy.«

Shephard sah Datilla zu seinem Schläger zurückkehren, Schweißtropfen perlten von seinem Gesicht, und ihn wieder mit diesem bösen Pfeifen durch die Luft hauen. Aber das Geräusch war irgendwie weit weg. »Das hat er gegen mich in der Hand. Burton und ich. Und deshalb war ich ebenfalls daran interessiert, ihn loszuwerden. Ich verabscheue seine Heiligtuerei. Und ich würde einen jeden verabscheuen, der eine Frau wie Colleen umbringt, Absicht oder nicht. Aber wirklich entscheidend ist, daß ich keine Risiken eingehe. Ich sichere meine Einsätze ab. Ich wollte der Möglichkeit vorbeugen, daß Wade anfängt, Bekenntnisse abzulegen. Er hat eine fatale Neigung in dieser Richtung. Im Namen Gottes alles kaputtzumachen. Um sich selbst zu reinigen, oder was für Spintisierereien auch immer. So, Tommy Shephard, und jetzt nehmen Sie mich mit auf Ihr Revier, wenn Ihnen noch danach ist. Aber Sie müssen sich darüber klar sein, daß Sie dann zugleich auch Wade mitnehmen müssen. Denn wenn ich anfange zu reden, das schwöre ich Ihnen, höre ich nicht auf, ehe sein Name so stinkt, daß er auf jeder Predigtkanzel dieser Erde unmöglich ist. Sehen Sie das hier, das alles?« Datilla hielt seinen Tennisschläger hoch und schwenkte mit ihm über den ganzen Surfside-Club bis hin zur Bucht in der Entfernung im Nebel. »Das habe alles ich hingestellt, unter Absicherung der Einsätze. Und so werde ich das halten, bis ich einmal tot bin. Ausgeführt hat alles Mercante. Ich habe ihm nur etwas geholfen. Denken Sie nach: Sie sind aus der ganzen Geschichte sauber herausgekommen, und Wade auch, und ich kann es auch. Denken Sie an die Tausende armer kleiner Leute, die er mit seinem neuen Hospital da retten kann. Schauen Sie in die Zukunft, und halten Sie Ihren Hintern aus der Vergangenheit raus. Was Sie jetzt tun, ist hundert einsetzen, um fünfzig rauszukriegen. Denn das eine verspreche ich Ihnen, Shephard, wie gesagt« – Datilla ging auf ihn zu und stieß ihm seinen Tennisschläger gegen die Brust – »wenn ich den Bach runtergehe, dann zusammen mit Wade. So einfach ist das.«

Er bückte sich, nahm seinen Eimer auf und ging ans andere Ende des Platzes. Vom Nebel verschluckt, kam seine Stimme von dort wie aus dem Nichts. Oder auch, dachte Shephard, von überallher.

»Ich lauf' Ihnen nicht weg, keine Sorge, Tommy. Denken Sie nur daran, daß Sie hunderttausend von meinem Geld in Ihrer Tasche haben können und daß noch einmal soviel für die Leute da unten südlich der Grenze bereitliegt. Alle sind im Augenblick froh und glücklich, und sie werden noch froher und glücklicher werden. Und ich bin abgesichert. Treten Sie unserem Club bei, Tom. Alle haben nur Nutzen davon. Auf dieser Welt fressen die Habichte immer die Spatzen. Das sind übrigens Wades Worte.« Shephard hörte durch den Nebel das gedämpfte Plop eines Tennisballs. Dann kam Datillas Stimme wieder, seltsam fern: »Ziemlich kuriose Geschichte, wie? Sind Sie noch da, Tom? Wade steckt, um seinen eigenen Hintern zu retten, den falschen Kerl ins Gefängnis, und als der endlich rauskommt, knallen Sie ihn ab. Verdammt nochmal, es ist schließlich durchaus möglich, daß Azul Ihr Vater war!«

29

Die nächsten Stunden wanderte Shephard ziellos durch die Stadt, ein hagerer Mann mit steifem Gang, kaum des ganzen Treibens gewahr, das sich um ihn herum abspielte. Er ging auf ein Bier in Marty Odettes Sport-Bar und auf eine Tasse Kaffee ins Hotel Laguna, und dann kaufte er ein Eis, das er eine Weile anstarrte und schließlich einem kleinen Jungen auf einem Skateboard schenkte.

Er ging, bis ihm die Füße weh taten und auch sein Kopf genug hatte. Am Nachmittag war er soweit, daß alle die Gedanken, die ihn peinigten, keinen Sinn mehr ergaben. Trotzdem war er auch jetzt einer gerechten Entscheidung ferner denn je. Als er sich einmal umblickte, sah er die Geisterreiter der Vergangenheit am Himmel. Datilla einzusacken, hätte in der Tat zur Folge, daß sie sich direkt auf seinen Vater heruntersenkten, auf ihn selbst und auf Jane. Und wozu sollte das alles gut sein? Ein Mann, der seinen Vater einmal vor Schande bewahrt, ihm dann aber nach dem

Leben getrachtet hatte und jetzt anbot, jedermanns Schadensrechnung zu begleichen?

Shephards Haß war versiegt. Er war mit den Schüssen im Hotel Cora verbraucht. Sein Sinn für Vergebung war bankrott, das Gefühl, betrogen zu sein, dafür vollständig. Er blickte in sich selbst hinein und sah dort keine Wegweiser, hörte keinen Zuspruch und keinen Rat aus seinem eigenen teilnahmslosen Herzen.

Dr. Zahara, die Psychologin, tauschte einen Termin für ihn. Sie betrachtete ihn ruhig aus der Tiefe ihres großen Sessels. Sie rauchten. Shephard spürte ihre forschenden grünen Augen.

»Ich muß ja wohl etwas tun«, sagte er schließlich. »Das Gesetz verlangt es. Zwingend. Aber wenn ich es tue, bin ich nicht sicher, daß dadurch irgend etwas anders wird, als wenn ich es nicht tue. Außer, daß einige Menschen, die ich sehr liebe, dadurch hart betroffen werden. Einer davon ist eine Frau, die ich liebe, und sie ist völlig unschuldig. Der andere ist mein Vater.«

Es war lange still, ehe Dr. Zahara zum Telefon griff und dem Vorzimmer sagte, den nächsten Termin ebenfalls zu verschieben. Als sie wieder aufgelegt hatte, strich sie ihr schwarzes Haar straff zurück, zog sich noch weiter in den Schatten ihres Sessels zurück und sagte: »Erzählen Sie.«

Als er geendet hatte, hörte Shephard draußen den dichter werdenden Verkehr. Der Berufsverkehr setzte ein. Während der ganzen Zeit, die er sprach, war ihm aufgefallen, daß Dr. Zahara sich keine Notizen machte. Jetzt klopfte sie mit ihrem Bleistift auf den Tisch und sah ihn aus ihren grünen Augen an. »Also, um Joe zu kriegen, müssen Sie die Karriere und das öffentliche Ansehen Ihres Vaters aufs Spiel setzen. Und wie würde Jane davon betroffen sein? Ich bin nicht sicher, ob Sie das erklärt haben, Tom.«

»Tim Algernon hat für Geld einen Meineid geleistet. Um die Mittel für die Behandlung seiner krebskranken Frau zu bekommen. Jane und Tim hatten am Ende seines Lebens zwar kein sehr enges Verhältnis zueinander. Aber sie scheint ihren Frieden mit ihm gemacht zu haben, und das möchte ich nicht zerstören. Ihre ganze Familie – war er.«

»Das kann ich verstehen. Und Sie meinen, dieses Detail – Tims Meineid – würde durch Joes Verhaftung ebenfalls wieder aufgerührt?«

Shephard überlegte und versuchte die verschiedenen Gesichtspunkte zu erörtern. »Das ist durchaus möglich. Joe wird keine Rücksichten mehr nehmen.«

»Das heißt, wir sind wieder bei den Geheimnissen, die Sie gerne bewahrt hätten, nicht wahr? Diesmal geht es eher darum, die Frau zu schützen, die Sie lieben, als sich selbst.«

»So ist es wohl.«

Wieder folgte eine sehr lange Stille.

»Irgendwo da drin gibt es eine Stimme, die sich Gehör verschaffen will«, sagte sie dann. »Hören Sie sie an. Verkriechen Sie sich irgendwohin, wo Sie Ruhe haben, wenn es geht. Ich sage Ihnen noch etwas dazu. Schließen Sie sich bei der Abwägung, welchen Leuten Sie mit Ihrem Handeln Schmerz zufügen, selbst nicht aus. Sie sind für sich selbst genauso verantwortlich wie für Ihren Vater oder Jane. Opfern Sie sich nicht. Das könnte einfach sein, aber es wäre falsch.«

»Gut, dann werde ich jetzt versuchen, diesen ruhigen Ort zu finden.«

Am Ende war es, wie immer, nur der Instinkt, der ihn voranbrachte.

Am späten Abend traf er seinen Vater im Garten an. Er pflegte die Rosen, die der letzte Sturm zerzaust hatte. Shephard kam leise durch das Wohnzimmmer und in die Küche. Durch die gläserne Patiotür sah er Wade zu, wie er eine gelbe Rose anfaßte und die abfallenden Blütenblätter, die zu Boden trudelten, zu fangen suchte. Er wandte sich um und lächelte, als er Shephard durch die Tür kommen sah. Der Reverend Wade Shephard, dachte Shephard, gütig und lächelnd.

»Hallo, Tommy, ich dachte schon, du schläfst eine Woche lang.« Er zog sich die Gartenhandschuhe aus und umarmte seinen Sohn, schob ihn dann etwas von sich und warf einen Blick auf dessen Hüfte. »Wie geht's damit?«

»Nur noch etwas steif. Sonst tadellos.«

Sie setzten sich am Terrassentisch in den Schatten des großen Sonnenschirms. Im Westen leuchtete der Sonnenuntergang hoch über dem Horizont über einer Szenerie von Haufen- und Zirruswolken, die sich rot und schwarz zu färben begannen. Wade brachte Limonade und zwei Gläser.

»Auf diesen herrlichen Sonnenuntergang«, sagte er. »Und auf deine Arbeit. *Salute.*«

»*Salute.*«

Sie lächelten sich an, aber beide nicht sehr offen. Drüben auf der anderen Seite des Tisches schien Wade Shephards Gedanken zu erraten. Er seufzte und faltete die Hände.

»Ich weiß, wie du dich fühlst, Junge. Als ich nur etwas älter war als du jetzt, erschoß ich einen Mann. Er hätte zuerst abgedrückt, hätte ich es zugelassen, aber selbst unter diesen Umständen brach es mir hinterher fast das Herz. Du wirst damit fertig werden. Ganz gewiß.«

»Mit manchen Dingen immerhin wird man nie fertig, nicht wahr?«

Sein Vater nippte an seinem Glas und sah hinaus über den Pazifik. Selbstprüfung, dachte Shephard. Die Last dreier Jahrzehnte hatte auf Wades Gesicht ihre Spuren hinterlassen. Die Furchen um die Augen, die nach unten gezogenen Mundwinkel, der ausgebrannte, nach innen gerichtete Ausdruck allgemein.

»Mit manchen Dingen nicht, nein.«

»Ich nehme an, du hast es wenigstens versucht. Bausteine für Wunder hast du es genannt. Dieses Bedauern, das sich in einem auftürmt und sich zu etwas Gutem wandelt.«

Wade lächelte verlegen. Er liebt es, dachte Shephard, wenn sich jemand an seine Predigten erinnert. »Ach, du erinnerst dich daran. Wir haben alle unsere Wunderbausteine. Die deinen sind jetzt Azul Mercante.«

Einen kurzen Augenblick lang fühlte Shephard wieder das Brüllen in seinen Ohren. Das Brüllen, das er gespürt hatte, ehe er abgedrückt hatte, dort unten im Hotel Cora. Das durch sein Gehirn gefegt und dann verschwunden war und ihn in diesem schrecklichen Moment der Stille zurückgelassen hatte. Und er lauschte auch jetzt wieder diesem Nichts nach. Vielleicht ist er das jetzt, dachte er: Dr. Zaharas Ort der Ruhe. Und er hörte sich selbst wie aus großer Ferne sprechen: »Ich weiß, daß er sie nicht getötet hat. Ich weiß, daß sie sich liebten.« Er zwang sich, seinen Vater nicht anzusehen. Er hörte, wie Wades Glas vom Tisch gehoben wurde, Schlucken, und wieder das Geräusch von Glas auf Holz. Als Wade wieder sprach, klang seine Stimme rauh und weich, als wäre sie die Stimme eines viel älteren Mannes.

»Du bist der einzige Mensch auf der Welt, vor dem ich mich schäme, daß er das erfahren mußte.« Er fuhr erst nach einer langen Pause fort. »Verstehst du, was ich meine?« Shephards Schweigen sprach für sich selbst. »Ich meine: daß ich weiß, daß ich gesündigt habe. Und damit meine ich nicht gegen Gott, sondern gegen einen anderen Menschen. Jeden Tag meines Lebens habe ich daran gedacht, es zu bekennen, allen die Wahrheit zu sagen. Manchmal abends allein zu Hause. Manchmal am Sonntag auf der Predigtkanzel. Aber ich war nie dazu imstande, Tom. Ich konnte dich das nicht mitansehen lassen.« Seine Stimme war leise und weit weg, als käme sie aus einem Grab.

»Aber es ist geschehen, Vater.« Shephard blickte in seines Vaters bebendes Gesicht.

»Ich wußte seit einiger Zeit Bescheid, damals«, begann Wade. »Einen Monat vielleicht. Aber ich brachte es nicht fertig, Colleen zur Rede zu stellen. Es ist – eine meiner Schwächen, daß ich niemandem Tatsachen vorhalten kann. Ich hoffte, es würde von selbst wieder zu Ende gehen. Ich versuchte mich zusammenzunehmen. Aber als es einfach immer so weiterging, gab ich auf und begann zu trinken.«

Shephard sah seinen Vater auf das Glas in seiner Hand starren. »Und dann war da dieser Tag, als ich einen Kollegen bat, auf seiner Streife an meinem Haus vorbeizufahren und nachzusehen, ob da sein Wagen stand. Er sah sie aber das Haus verlassen, und er folgte ihr. Sie fuhr zu einem Hotel, wo sie sich trafen. Und am nächsten Tag ließ ich sie wieder beobachten, und sie fuhr zu ihm in sein Studio, und da liebten sie sich draußen im Freien unter den Bäumen. Ich weiß nicht, was mein Kollege tatsächlich sah, aber so erzählte er es mir. Und ich beschloß, daß es nun genug sei und ich das nicht länger mitansehen könne. Und daß ich ihr sagen würde, ich liebte sie und daß sie mich deshalb seinetwegen sogar verlassen könnte, wenn sie wollte. Weil ich nur wollte, daß sie glücklich wäre. Und das wollte ich wirklich. Nur als junger Mensch kann man so lieben, glaube ich.

Ich hatte aus allen diesen Gründen viel getrunken an diesem Vormittag, als ich auf Streife war, und der Alkohol machte alles unwirklich und fast erträglich. Und ich bin hierhergefahren, zu diesem Haus hier, und kam den Gehweg herauf. Ich erinnere mich genau, wie heiß es war. Ein klarer Tag. Der Eukalyptusgeruch und der des Bourbon verschmolzen miteinander. Und in mir war eine gewisse Entschlossenheit. Ich weiß es noch genau, ich dachte einfach, es wäre gut, das alles hinter mich zu bringen, damit wir unserer getrennten Wege gehen und jeder mit einem anderen wieder glücklich sein konnte. Und so ging ich zur Tür hinein, und da waren sie, mitten in meinem Wohnzimmer. Er unter ihrem Kleid, und ich sah die Unterwäsche an ihren Knöcheln und ihre geschlossenen Augen und seine Hand dort unten und wie er sie auf den Hals küßte. Und sie stöhnte, und auch an das erinnere ich mich genau.«

Wades Augen schwammen in Tränen, und in seinem Gesicht zuckte es unaufhörlich, als zögen unsichtbare Fäden an ihm. Er starrte hinaus aufs Wasser.

»Wir waren befreundet, weißt du, Mercante und ich. Im Surfside spielten wir zusammen Tennis. Wir tranken miteinander und machten Witze miteinander. Er war ein hervorragender Maler. Ein kleiner lustiger Mann voller Energie. Deine Mutter bewunderte ihn sehr. Sie fing sogar selbst zu malen an, mußt du wissen.

Aber als ich sie da nun sah, vor der Wand im Wohnzimmer, fühlte ich mich so ausgeschlossen, so verletzt, so betrogen. Als Narr. Und der Blick, mit dem er mich ansah, als er mich erblickte, war nicht etwa Scham oder Angst. Sondern Triumph. Er sah mich an, als sei ich ein Idiot, daß ich so etwas zuließ, und ein Blödian, mir das auch noch selbst anzusehen. Und da zog ich einfach die Pistole und erschoß ihn.« Wade verlor die Beherrschung, er zitterte. »Aber statt dessen war sie da plötzlich – Großer Gott – statt dessen war sie da plötzlich.«

Während der langen Pause, die folgte, suchte Shephard nach Worten, die er sagen könnte. Dr. Zaharas Worte kamen ihm wieder in den Sinn. Manchmal, wenn wir uns selbst verlieren, finden wir uns gleichzeitig auch. Als Wade sich umwandte, um ihn anzusehen, war sein Gesicht versteinert, seine Augen weit aufgerissen, wie in großer Verwunderung.

»Und ich lag auf ihr, eine Ewigkeit lang. Ich hörte, wie Mercante die Pistole aufhob, und ich spürte, wie er sie mir an den Hinterkopf drückte. Ich wartete, daß er es tun würde, ich hoffte es. Aber dann warf er sie hin und rannte zur Tür hinaus. Colleen – atmete nicht mehr. Und ich versuchte eine ganze Weile wie verrückt, sie wieder zu beatmen, aber es nützte nichts. Und da stand ich auf und ging zum Telefon, um den Wachhabenden vom Dienst anzurufen. Um ihm zu sagen: Wachhabender vom Dienst, ich habe eben meine Frau erschossen, aber es war irrtümlich. Und ich wählte die Nummer und ließ mich verbinden und sagte, John, John, meine Frau ist erschossen worden. Colleen ist tot. Und er sagte, um Gottes willen, wie ist das passiert. Und ich sagte, sie ist erschossen worden. Ihr Liebhaber hat sie erschossen. Azul Mercante hat sie erschossen, und ich war dabei und habe es mitangesehen. Und im selben Augenblick habe ich begriffen, Tom, was sündigen bedeutet. Man tötet jemanden, den man liebt, und läßt einen anderen dafür büßen. Es ging so leicht. Es war so einfach, sich selbst herauszuhalten. Joe lieh mir aus Gefälligkeit etwas Geld. Später, nur ein paar Tage später, glaube ich, rief er mich an und wollte, daß ich mich für seine Gefälligkeit revanchierte, und ich schaffte in meinem Wagen einen Toten nach Newport Beach. Und so schlitterte ich tiefer und tiefer hinein.«

Shephard sah seinen Vater wieder an. Er bot das Bild eines Mannes, den nur noch seine schiere Willenskraft aufrecht hält.

Alles an ihm schien sich jederzeit auflösen zu können.

»Es verging kein Tag, an dem ich nicht darüber nachdachte, dem allen ein Ende zu machen. Mercante entlasten. Aussagen. Bekennen. Erst Jahre später, als ich endlich aufhörte zu wünschen, ich wäre tot, dachte ich, das Zweitbeste, was ich tun konnte, sei, anderen dabei zu helfen, besser zu leben. Und ich betete unaufhörlich, und dann bat mich Gott, in seinem Namen zu handeln. Ich spürte, daß Er mich bat. Und ich wollte es. Ich wollte etwas tun, was meinem Leben wieder einen Sinn gab. Als ich hörte, Azul sei im Gefängnis gestorben, verdoppelte ich meine Gebete für ihn.«

Sein Vater blickte auf, und Shephard hielt seinem Blick stand. »Deshalb weiß ich, was Vergeben bedeutet«, sagte er. »Weil das Schwerste, was ich in meinem ganzen Leben tat, der Versuch war, mir selbst zu vergeben. Und als ich dafür getan hatte, was ich nur tun konnte, begann ich mit dem Versuch, wiedergutzumachen. Ich denke, alles Anständige, was ich seit jenem Tag überhaupt tat, war für Colleen. Ich glaube sogar, daß sie – vielleicht mein Gott war.« Wades Stimme verlor sich ins Nichts, war nur noch ein Gewisper vor dem Hintergrund der Meeresbrandung.

»Datilla hat Harmon angeheuert, Vater. Sie gaben Mercante ein Auto und Geld. Und er schickte ihn nach Mexiko, um dich zu suchen. Er wollte, daß du stirbst.«

Das Gesicht seines Vaters war so leer, sein Ausdruck so kindlich-infantil, daß kein Zweifel bestand: Wade verstand überhaupt nichts.

»Joe hat mir gesagt, er hatte Angst davor, daß du eines Tages diese Beichte ablegen würdest. Er hatte Angst davor, daß er dann doch noch für Burton Creeley büßen müßte. Und deshalb hat er Mercante geholfen, Hope zu kriegen.«

»Joe?«

»Ja, Joe. Das ist Verschwörung. Verschwörung zur Begehung eines Mordes. Verstehst du, was das bedeutet?«

In seiner Verwirrung wurde aus dem Reverend für einen Augenblick wieder der Polizist. »Wenn mehr als eine Person an der

Planung, Vorbereitung und Ausführung eines –«

»Nicht das, Vater. Ich meine, ob du verstehst, was das für dich bedeutet? Wenn ich Joe wegen Verschwörung verhafte?«

Wade beugte sich vor, als habe er ein Geheimnis mitzuteilen. Später erinnerte sich Shephard, daß es wohl dieser Moment war, in dem seines Vaters Zusammenbruch geschah. Wade schüttelte langsam den Kopf. Sein Haar wehte in der leichten Abendbrise. Es war sehr ähnlich dem wehenden Haar Mercantes in der Morgenbrise auf der Arenillas-Insel.

»Es bedeutet, daß Joe, wenn er sich wegen Verschwörung verantworten muß, dich mitnehmen wird. Mit allem, was du mir gerade erzählt hast. Colleen, Burton in deinem Wagen, alles.« Shephard nahm wahr, daß seine eigene Stimme zitterte, und er bemühte sich, nicht die Gewalt über sein bebendes Herz zu verlieren. Und dann kam auf einmal dieser Moment der Klarheit, den ihm alle seine früheren Überlegungen nicht gebracht hatten, und er wußte mit einem Schlag, was er tun mußte.

Nein, dachte er, niemals. Ich kann ihm das nicht antun.

Wade stand auf und zog wieder seine Handschuhe an. Hinter ihm hatte die Sonne inzwischen fast den Horizont erreicht, und auf dem Rand des Ozeans balancierte wie ein grauer Körper die Insel Catalina. Das Wasser war ein karmesinroter Tanz. So ist es besser, dachte Shephard, als sein Vater zu den Rosenbüschen ging. Irgendwo muß es enden. Warum also nicht hier. Solange wenigstens noch etwas übrig ist.

»Was wirst du tun?« fragte Wade. Er hatte sich eine Gartenschere genommen und fuhr damit in einen dichten Busch, der ungefähr in der Mitte stand. »Komm her, Junge. Komm her.« Da war plötzlich ein neuer Ton in seiner Stimme, den Shephard seit vielen Jahren nicht mehr gehört hatte. Zehn vielleicht? fragte er sich. Zwanzig? »Hol dir die anderen Handschuhe, Tommy. In der Garage, auf der anderen Seite.« Auf dem Weg dorthin wurde ihm klar, was es war. Es war der Ton, der zu dem allem hier paßte. Zu den Wänden des Hauses. Zu den Blumen. Zu den Teppichen und Tapeten, die ihm seit jeher vertraut waren. Zu dem Geruch des Frühstücks, das sein Vater an allen Sonntagen zubereitet hatte. Das war nicht Wade, der Mann des Gesetzes. Es war Wade, der Gottesmann.

Er nahm sich die Handschuhe von der Wand und ging zurück zur Rosenhecke. Wades Kopf war nach unten gebeugt. Er schien irgendein Detail eines Rosenbusches zu erkunden.

Ich kann ihn leben lassen, dachte Shephard. Nach alledem kann ich ihn leben lassen.

Aber das Gefühl, das er dabei in seinem Inneren empfand, war nicht eines der Erleichterung. Es war nur Kapitulation, und es war das erste Mal, soweit er sich erinnern konnte, daß er etwas aufgab, woran ihm wirklich lag. Der Gedanke, daß Datilla ungeschoren davonkäme, saß ihm als dicker Kloß im Hals.

»Zieh dir die Handschuhe an, Tom, und schneide von diesen Büschen hier die toten Zweige aus. Der Sturm hat ihnen diesmal ziemlich zugesetzt. Rosen sind zwar alles in allem ziemlich zäh, aber sechzig Meilen pro Stunde aus der Wüste sind einfach zu viel. Die kleinen Zweige halten das nicht aus. Die großen sind okay.«

Ja, dachte Shephard, diese Stimme kenne ich.

Dann hatte sich Wade abgewandt und arbeitete schweigend in seinen Rosenbüschen, Zweige stutzend und die Ausschnitte sauber zu einem Stapel auf dem Rasen ordnend. Shephard sah hinaus aufs Meer, wo der letzte Widerschein der versunkenen Sonne hinter der Insel leuchtete. Wade drehte sich um und blickte ihn an.

»Was wirst du also tun, Tommy?«

Shephard vermochte die Frage nicht zu beantworten.

»Vor Jahren habe ich mit diesen Rosen etwas herumexperimentiert«, sagte Wade und schnitt weiter. »Als ich sie gepflanzt habe. Die da links von dir habe ich einfach so in den Boden gesteckt, wie er zu der Zeit war, als deine Mutter und ich dieses Haus kauften. Erst danach habe ich in einer Rosenschule erfahren, wie man Rosen richtig pflanzt. Und dann habe ich Mulch gekauft und Vitaminlösungen und ein Buch und alles. Und die da drüben habe ich dann mit all diesem Wissen, wie man es macht, gepflanzt. Na, und dann wuchsen sie alle heran und begannen zu blühen, und weißt du was? Die linken wuchsen besser. Die Blüten waren zwar nicht so groß, und es waren nicht mehr, aber sie waren schöner. Sie waren dichter, kräftiger, lebendiger. Einfach glaubhafter.« Er trat zurück und demonstrierte vergleichend die Rosen auf beiden Seiten. »Soviel zum Thema Mulch, sagte ich mir. Und von da an steckte ich sie einfach wieder alle ohne das ganze Drumherum in die Erde und ließ sie einfach wachsen. Natürlich paßte ich auf, daß sie keine Blattläuse bekamen.«

Er warf seinem Sohn ein Lächeln zu, eines von der Art, wie Shephard es schon sehr lange nicht mehr an ihm gesehen hatte; eines, das auch zu seiner neuen Stimme paßte. Nicht mehr der Polizist, nicht mehr der Reverend, nur noch der Mann selbst. Und der Vater. Unverkrampft, ungezwungen. Glaubhaft.

»Hör zu, Tommy. Wenn du Joe laufen läßt, muß ich mich zu Tode schämen für das, was ich großgezogen habe. Du hast das doch nicht auch nur für eine Minute in Betracht gezogen, oder? Denn wenn du das hinter dich gebracht hast, kann ich mich selbst endlich in ganz normale Erde pflanzen. Dafür ist es, glaube ich, höchste Zeit. Es ist noch nicht zu spät für mich, meine Lebenslüge zu beenden, aber für dich wäre es viel zu früh, mit einer anzufangen. Du hast meinen Segen.«

Nach einer kurzen Weile, in der Shephard entschied, einen halbtoten Zweig am Strauch zu lassen, überkam ihn eine tiefe Erleichterung im Herzen, und er spürte, wie sein Inneres ins Gleichgewicht zurückfand. Er dachte an Jane. In der Grotte wieder, heute nacht.

»Ich danke dir«, sagte er.

Sie arbeiteten in der Abendstille und mit Alltagsgesprächen bis nach dem Einbruch der Dunkelheit, und als die Rosen alle in Ordnung waren, fuhr Shephard heim.

30

Der Mond stand niedrig am Horizont. Seine Lichtreflexe tanzten auf dem Wasser des Taucherwinkels. Shephard und Jane gingen barfuß durch den Sand des Strandes bis hinter die Ebbepriele im Norden, die ihnen wie Spiegel entgegenblinkten. Als sie schon nahe der Grotte waren, empfand Shephard das Gefühl, daß die Wellen, die an seine Füße schwappten, alles von ihm abgewaschen und weggeschwemmt hätten, was in diesen letzten Tagen in seinem Leben geschehen war. So wie an jenem Abend, als er das erste Mal hier mit Jane allein gewesen war. War es eine Woche her oder hundert Jahre? Die Erinnerungen schienen von ihm abzufallen. Die drei Schüsse, die die Stille des Morgens im Hotel Cora zerrissen. Datillas Bekenntnis. Die Veränderung, die mit Wade vor sich gegangen war. Noch ehe sie die Grotte erreicht hatten und sich nackt auszogen, hatte er dieses Gefühl von Erleichterung und Vergessen, das ihn durchströmte.

Diesmal entkleideten sie sich gegenseitig, schnell und hastig. Sie kam näher und legte ihren Arm sanft um ihn.

Dann wateten sie zusammen durch die Fluten, und als sie knietief in den brandenden Wellen waren, tauchten sie unter. Die erste Welle warf ihn um, als er sie unterlief. Er kam hoch und sah Jane, wie sie vor ihm durch das Wasser glitt. Silberne Schultern, silberne Arme im Mondschein. Und je weiter sie hinausschwammen, um so mehr verlor die Realität draußen am Ufer an Bedeutung.

Epilog

Joe Datilla und Bruce Harmon wurden wegen Anstiftung zum Mord verhaftet. Harmon stellte sich als Kronzeuge zur Verfügung, und Datilla wollte sich durch die Flucht der Verantwortung entziehen, wurde aber in der Grenzstadt Calexio wieder gefaßt. Er wurde schuldig gesprochen und wegen seiner Beteiligung an dem Mord an Hope Creeley und dem Mordversuch an Francis Rubio zu dreißig Jahren Haft verurteilt.

Noch vor dem Beginn des Prozesses gegen Datilla legte Wade Shephard ein öffentliches Bekenntnis der Wahrheit über den Tod seiner Frau Colleen ab. Tom versuchte, diese Erklärung am Fernsehen zu verfolgen, aber er vermochte es nicht. Der Bezirksstaatsanwalt beschloß, keine Wiederaufnahme des Falles zu betreiben. Der Reverend Shephard übergab die Leitung der *Kirche zum Neuen Leben* seinem jungen und engagierten Assistenten. Er zog sich auf die Isla Arenillas zurück, wo er eine kleine Sanitätsstation eröffnete, die sehr erfolgreich arbeitete und täglich größer wurde, aber doch erheblich bescheidener blieb als das einst geplante Hospital.

Jane Algernon nahm ihr Studium wieder auf und plante eine Laufbahn als Tierärztin. Sie setzte Buster wieder im Meer aus, nachdem sie seine Krankheit, die ihn seinerzeit an den Strand gespült hatte, erfolgreich behandelt hatte.

Tom Shephard quittierte den Polizeidienst und eröffnete ein eigenes Detektiv-Büro am Küsten-Highway, nahe dem Taucherwinkel. Er ist mit Jane verlobt, und sie planen ihre Hochzeit für nächstes Frühjahr auf der Isla Arenillas.

Seine Geschäfte gehen gut. Bei den Leuten, die diese Art Dienstleistung in Anspruch nehmen, gilt er als fähiger und engagierter Privatdetektiv.